二見文庫

密会はお望みのとおりに

クリスティーナ・ブルック／村山美雪＝訳

Heiress In Love
by
Christina Brooke

ジェイミーに、心から愛を込めて

謝辞

本とは愛の産物であり、すばらしい物語を生みだせるよう情熱をもって、わたしを日々励まし、力づけてくれる人々とともに仕事ができるのは幸せです。

モニク・パターソンに、その行動力と才腕で、わたしの本を輝かせてくれてありがとう。セント・マーティン社のホリー・ブランクと驚くべきチームには、わたしの本を書店の棚に並べるためのあらゆる努力に心から感謝します。みんな、ありがとう。

有能なエージェント、ヘレン・ブライトウィザーに、あなたの助言と支え、そして考えられないほどの貢献のすべてに感謝します。あなたと働くのが大好きです。

KとDには、心から深い感謝の念を抱いています。ふたりの飛びぬけた発想力と批評眼、それに誠実さと友情、そのどれもがわたしにとってほんとうにかけがえのないものです。

家族と友人たちに、欠点だらけのわたしに我慢し、苦しいときに支えてくれてありがとう。みんな、愛しています。

密会はお望みのとおりに

登　場　人　物　紹　介

ジェイン(レディ・ロクスデール)	若き未亡人
コンスタンティン・ブラック	名門ブラック家の長男
ルーカス(ルーク)・ブラック	ジェインの亡夫の遠縁にあたる少年
モントフォード公爵	名門ウェストラザー家の当主。 婚姻省の創設者。ジェインの後見人
レディ・アーデン	名門ブラック家の貴婦人。 社交界の有力者
セシリー、ロザムンド、ベカナム(ベックス)、 アンドルー、ザヴィア	公爵の被後見人。 ジェインとともに育つ
ジョージ・ブラック	コンスタンティンの弟
オリヴァー・デヴィア	名門デヴィア家の当主。 社交界の有力者
アダム・トレント	オリヴァーの甥
フレデリック・ブラック	ジェインの亡夫。コンスタンティンのいとこ。 前ロクスデール男爵
ブロンソン	トレントの工場の責任者

プロローグ

一七九九年、春、ロンドン

「見つけたのね。ようやく」

女性の静かな声を聞いて、モントフォード公爵は振り返った。そこに立っていたのは、この質素で健全に設《しつら》えられた育児棟には自分と同じくらいそぐわない、年代物の金やダイヤモンドで着飾った貴婦人だった。

「ああ」モントフォード公爵は答えた。

眠っている少女を感慨深げに眺めるうち、レディ・アーデンの凜《りん》とした優美な顔が母親であるかのようにどことなくやわらいで見えた。それから貴婦人はさっと鋭敏な視線を公爵に向けた。

「ドーントリーの子なの？」

モントフォードは首を片側に傾けた。この幼い少女の存在を知る者はほとんどいないはずだが、この婦人には自分がレディ・ジェイン・ウェストラザーをあちこち探しまわっていたことを知られていたらしい。

もっとも、レディ・アーデンがこの少女に強い関心を抱いていたとしてもふしぎはなかった。なにしろ未婚の女性相続人なら一マイル先からでも嗅ぎわけられそうなご婦人だ。

しかもこの幼い女性相続人は八年間も行方知れずだった。母親が出産後一週間と経たずに赤ん坊を抱いて、ドーントリー伯爵の広大な屋敷を飛びだしたからだ。

ドーントリー伯爵夫人はおそらく、男児を産めなかったことで冷酷な夫の怒りをかうのを恐れたのか、あるいは出産後の女性が患《わずら》いがちな病でも発症していたのだろう。夫はその妻を探そうともしなかった。モントフォードが調べたところでは、レディ・ドーントリーは出奔《しゅっぽん》して数カ月のうちにリウマチ熱でこの世を去っていた。

いっぽうドーントリー伯爵、ジョナソン・ウェストラザーも狩猟中の事故で首の骨を折って亡くなり、一人娘の養育権はモントフォードにゆだねられた。モントフォードはウェストラザー家の当主として由緒《ゆいしょ》ある大一族の大勢の子どもたちの後見人を務めているので、これはしごく当然の取り計らいだった。とりわけこの少女の場合には、土地を含めた相続財産があるため、判断をくだせる知識と経験のある者が必要だ。

嘆かわしくも、モントフォードはやはり同じように資産を有する孤児たちをあまた引き受けてきた。

子どもはたくさんいるというのに、いまだ妻がいないとは……誰に想像できただろう？

時おり、まだ三十にもなっていないのに、百年は生きているような気分になる。

ふと傍《かたわ》らに目をくれると、まばゆいばかりに優雅な姿のレディ・アーデンが、蜂蜜色の髪を蠟燭《ろうそく》の灯りにきらめかせている。目的は神のみぞ知るだが、この婦人はここまで自分のあとをつけてきたのに違いない。モントフォード自身も、なぜみずから開いた舞踏会の最中に、この少女に会いたくなってこの部屋に来てしまったのかよくわからなかった。

にわかに自分がいくぶん愚かしく思えてきた。レディ・ジェイン・ウェストラザーの世話を焼く使用人なら山ほど雇っている。少女が目覚めればすぐにわかるよう、続き部屋には子守役の女中もひとり寝ている。自分がここにいる必要はない。

モントフォードはレディ・アーデンに育児部屋から出るよう身ぶりで伝え、最後にもう一度だけ肩越しに振り返った。華奢《きやしや》な少女は小さな手の上に頰をのせ、呼吸するたび薔薇《ばら》の蕾《つぼみ》のような唇をわずかにふるわせながら開いていて、あの脅《おび》えた瞳はいま、なだらかにふくらんだ瞼《まぶた》の下に隠されていた。

少女にそれほどの恐怖を抱かせた原因を思い返し、怒りが湧《わ》いた。だがこの期《ご》に及んで憤《いきどお》ったところでなんの役にも立たない。あのような薄汚れた下宿屋で少女をこき使っていた罪びとたちは容赦なく速やかに始末した。この少女はもう安全だ。

とはいえ、あの大きなグレーの瞳によぎる恐怖は、少女を引き取っていた悪人たちを退治したようにやすやすとは搔《か》き消せなかった。どうすれば消し去れるのかわからない。

モントフォードは背を返し、貴婦人に軽く頭をさげて、腕を差しだした。レディ・アーデンが手袋をした手を軽く肘にかけた。並んで戸口を出ると、傍らから香気がぷんと漂った。

控えめだがなんとも言えず魅惑的な香りだ。まさしく、それをまとった女性本人のように。

レディ・アーデンは思慮深い間をおいて、口を開いた。「あの愛らしいお嬢さんがドーントリーの娘だとすれば、大変な資産の相続人ね。ぜひ、フレデリック・ブラックに嫁がせたいわ。ご存じのとおり、ロクスデールのご子息よ」

モントフォードは率直な物言いに驚きながらも平静を装った。もともと洞察力と機転の速さでは貴族のあいだでも名高いご婦人だ。「失礼ながら、そのような話題が不適切であるのは、私同様、あなたもよくご存じのはず。然るべき手順をふんでいただかなくては」

レディ・アーデンはモントフォードの腕をきつく握った。「然るべき手順だなんて！　婚姻省がまさしく不正の温床となっているのは、あなたもよくご存じでしょう。デヴィアは今年わたしが提案したものすべてに反対票を投じてるのよ」

「デヴィアは自分のいかがわしい魅力にあなたがまるでなびかないので、すねているだけです」モントフォードは答えた。

レディ・アーデンの顔に一瞬、感情の変化が表われたが、残念ながら真意は読みとれなかった。近いうちに一度、デヴィアを訪ねておいたほうがいいだろう。

「公正な審議をしていただけると、あなたに確約してもらいたいわ」レディ・アーデンは食いさがった。

モントフォードは辛らつな返し文句を呑みこんだ。このご婦人はただ熱意が格別に強いだけのことだというのに、自分はなぜこれほどいらだっているのだろう？　あの少女の哀れな

生《お》い立ちについてろくに知らなければ、このような言い方をしたとしてもやむをえまい。第一、婚姻省なるものを創設し、社交シーズンが訪れるたび権力争いが勃発《ぼっぱつ》するようになってしまったのは自分の責任ではないか。レディ・アーデンの立場なら、やはり同じようにより上流の少女をみずからの一族の跡継ぎにどうにかして嫁がせようとしていただろう。

モントフォードは頭《こうべ》を垂れた。「もちろん、あなたが提案なさる婚姻はいずれも公正な検討がなされます。ご存じのとおり、私は規則を遵守《じゅんしゅ》する人間ですから」

「そもそも、ご自分で作られた規則ですものね」レディ・アーデンは乾いた口ぶりで応じた。「わかったわ。それなら、婚姻省が承認してくだされば、わたしはぜひ、レディ・ジェイン・ウェストラザーに未来のロクスデール男爵の妻になってもらいたいわ。これ以上にはない組み合わせよ」

理屈の上では、たしかにそうだろう。ロクスデールについては念のため、もう少し詳しく調べておかなくてはならない。

舞踏会が開かれている大広間に近づくにつれ、方舞《カドリール》の曲の演奏を上まわる人々の喧騒《けんそう》が廊下にまで漏れ聞こえてきた。レディ・アーデンはしとやかに膝を曲げて挨拶《あいさつ》し、大広間へ入ろうと背を返した。

モントフォードはその腕に手をかけて引きとめた。「このことはまた時機を見て話しましょう」いったん口をつぐんでから続けた。「あの少女の後見人として、花婿《はなむこ》を慎重に見定めるのが私の務めなので」

レディ・アーデンは褐色の目を大きく見開き、濃い睫毛《まつげ》の一本一本が乳白色の肌からくっきりと浮き上がって見えた。あの少女には特別な思いがあるのをもしやこの婦人に見透かされてしまっただろうか？　いや、そんなことはあるまい。いくつも枝分かれした親族に結婚させなければならない子どもたちを何人もかかえる大一族の当主であり、婚姻に愛は不要だと心から信じる男として、弱みはけっして見せられない。本音を明かすわけにはいかない。むろん、この件については婚姻省の決定など、どうでもいいと思っていることも。

モントフォードはただ、恐怖にとらわれているあの少女の笑った顔が見たかった。

1

一八一四年、春、イングランド、コッツウォルズ

未亡人となったばかりのジェイン、レディ・ロクスデールは自分の居間の窓辺に立ち、外を見おろしていた。

黒いクレープ布が掛けられた馬車や、高貴な紋章が飾られた馬車が連なり、イグサが撒《ま》き散らされた屋敷までの車道を埋めつくしている。黒光りする甲虫の行列のように、凝《こ》った装飾の施された錬鉄の門扉《もんぴ》のあいだをじりじりと抜け、オークの並木道を進み、玄関先に迫《せ》りだした屋根の下で停まっては弔問《ちょうもん》者を吐きだしていく。

ゆっくりと慎ましやかな速度で、遅々として進まない。ジェインは帰りもこのようにゆっくりと慎ましやかに全員を送りだすことになるのだろうかと、気の遠くなる思いだった。ふるえる指先を窓ガラスに押しあてる。あとどれくらい？　あとどれくらいでこの家を引き払わなければいけないのだろう？

もう自分の家ではない。ある男性のものとなったのだから。

コンスタンティン・ブラック。亡き夫のいとこにあたる相続人。親類の葬儀に現われさえしなかった薄情者だ。

たとえ相続人がきょうここに来る気遣いすらない人物であっても、この土地についてわたしが心配したところで、もうどうしようもないことでしょう？　とはいえ新しいロクスデール卿は派手好きで、野蛮で、女癖が悪く、大酒飲みで、賭け事好きで、賭けカードゲームや娼婦遊びやワインを楽しむことしか頭にない男性だと噂されている。彼の父親の遺産と同じように、新たに相続する財産も好き勝手に使い果たされてしまうのだろう。もちろん、コンスタンティン・ブラックのような賭博師《とばくし》でも、ある程度の時間はかかるだろうけれど。

このレーゼンビーの領地は広大で、自分の多額の花嫁持参金の助けもあってどうにか維持されてきた。けれど自分はこの家を出ていかなければならないのに、そのお金までもが放蕩《ほうとう》者《もの》の新たな男爵に浪費されることになる。こんな腹立たしい不公平があっていいの？　せめて、もし……。

せめて、もし跡継ぎを授《さず》かっていたなら、このような悲運は避けられた。

ジェインは突如哀しみがこみあげ、喉がつかえた。心から息子のように思っているルークが血を分けたわが子であればよかったのに。

外ではしとしと落ちていた小雨が本降りとなって、バルーシュ型馬車やランドー型馬車の幌《ほろ》を叩き、窓ガラスを通してジェインの指先をも打っていた。従僕たちが、立ち往生している馬車から弔問者たちを屋敷へ案内するために傘を手にして飛びだしていく。

ジェインはカーテンを閉めて目をつむった。コンスタンティン・ブラックは、懐《ふところ》に転がりこんできた遺産を手慣れた娼婦であるかのごとく我がもの顔で手にするのだろう。自分にそれをとめる術《すべ》はない。何ひとつ。

はっとして目を開いた。何かに警戒心が働いた。雨と厚い窓ガラスでほとんど遮《さえぎ》られている音のせいではない。気配のようなものを感じた。薄いカーテンをわずかに引いて、ふたたび外を覗くと、あきらかに慌《あわただ》しい動きが見てとれた。

男性が見える。それも白馬に乗り、車道の脇の芝地を突き進み、長く連なる黒い甲虫を夜空に流れる星のごとくどんどん追い越していく。

肩幅が広く、馬の脇腹に掛かった足も筋骨逞《たくま》しく、外套《がいとう》が危険なほど風をはらんで背になびいているのはわかるものの、顔はよく見えない。

男性は列の先頭の馬車にふさがれている玄関先の屋根の下で手綱《たづな》を引いた。大きな乳白色の牡馬が悠然と脚をとめ、紳士が優雅な動きで馬から降りた。

帽子をさっと取り、間違いなくそそられているはずの好奇心を品よく押し隠している弔問者たちに頭をさげた。ウェーブのかかった黒い髪は雨を含んだ風に吹かれてもつれ、濡れている。

紳士がぴたりと動きをとめた。目に見えない指にうなじをつままれたかのように、幅広の肩をわずかにすくめた。

それから振り返り、見上げた。ジェインを。

目が合い、ふたりのあいだの距離が一瞬にして縮まったかのように思えた。いかにも眠そうに半開きの目で、横柄《おうへい》に、ややいぶかるふうにこちらを見ている。

ジェインはわずかに唇を開いた。鼓動が激しく打ちはじめ、呼吸を忘れかけた。

ふいにその紳士が口の片端を上げて微笑み、白い歯がきらめいた。夏の稲妻に黒布で覆われた心を貫《つらぬ》かれたように感じられた。目の前がぼんやりとしてしまうほどの熱さと快い刺激が足裏まで伝わった。自然と顔がほころびそうになって、こらえた。

紳士の顔から笑みが消えた。いわくありげに目をすがめ、じっと見ている。ジェインは空気ではなく煙を吸いこんでしまったかのごとく胸がひりついた。それでもどういうわけか目をそらせず、ただじっと見返していた。

信じがたいことだけれど、このような男性はいままで見たことがなかった。行ないが悪ければ姿も醜《みにく》くなって然るべきなのに、この男性は……悪人ほど見た目をよくつくろうというのはほんとうなのかもしれない。

コンスタンティン・ブラック。新しいロクスデール卿。そうとしか考えられない。ガラスの内側に囚《とら》われた小鳥が羽根をばたつかせているかのように胸がざわついた。慌ててカーテンを閉めて、窓からあとずさった。

静けさのなかで大きな鼓動を聞いているうちに落ち着きを取り戻し、背筋を伸ばした。あのようにしなやかな手脚に生来の逞しさや颯爽《さっそう》とした男らしさといった見かけばかりがよい男性に、怯《ひる》んだり恥じらったりしてはいけない。とうてい受け入れられない男性に、騙《だま》されはしない。

「ジェインおば様、ジェインおば様、ジェインおば様！」

元気いっぱいの呼びかけに、思わず笑顔になって振り返った。六歳の少年はばたばたと駆けてきて、ジェインの前でとまった。

「見た？」ルークは褐色の瞳を輝かせて窓のほうを見やってから、せかすようにジェインの顔に目を移した。「あんなに大きくて強そうなのは初めて見たよ！」

ジェインはとっさに黒い髪の紳士の姿を呼び起こした。

頬を染めた。「そんな、でも……まあ！」気恥ずかしげな笑い声を漏らした。あたりまえでしょう！　ルークが話しているのはあの紳士ではなく、馬のことだ。「ええ、そうよね。わたしも同じだわ。あれほどどりっぱな馬を見たのは初めてよ」

ルークは椅子を窓辺に引きずっていき、座面に上がった。カーテンを開いて窓の外を覗いている。

ジェインはその場から動かなかった。

「あんな色の牡馬もいるんだね」ルークは最上等の馬を少しでもよく見ようと首を伸ばした。「アラブ馬、それともウェールズの馬なのかな？　アラブ馬にしては大きいよね。少なくとも百七十センチくらいの高さはあるよ！」

「おりていって確かめてみたらいいわ」ジェインは勧《すす》めた。「あなたなら、あの紳士の馬丁《ばてい》もきっと快く見せてくれるでしょう。でも、見るだけにするのよ」諭《さと》すように言った。「あなたが乗るには大きすぎる馬だから」

ルークは大きな褐色の目にうずうずした光を灯して見つめ返した。

ジェインは手を差しだした。「約束できるわね？」

ルークは仕方がないといったふうに口もとをゆがめた。「うん、わかってる」

真剣な顔つきになって小さな手でジェインの手を握り、しっかりと縦に振った。「紳士の約束だ」

ルークはそのままジェインの手につかまって、椅子からおりた。けれどもすぐに行くのかと思いきや、そこにとどまり、いくぶん肩を落とした。

「ジェインおば様、ぼくたちはいつ、ここを出ていかないといけないの？」

突然話題を変えられ、ジェインはとまどった。「そうね、まだしばらくは大丈夫だと思うわ」ルークは赤ん坊のときに孤児となってここに連れてこられたので、家と言えば、このレーゼンビー館しか知らない。フレデリックは親類の子をしょいこまされるのをどうにかして避けようとしていたが、ジェインは頑としてゆずらなかった。ルークがふっくらした腕で抱きついてきた瞬間から、この子の虜《とりこ》になってしまった。ルークを守るためならどんなことでもするだろう。

「どうしてここにいちゃいけないのかな」ルークがつぶやき、うつむくと、頰に長く黒い睫毛の影が落ちた。「部屋が足りないわけじゃないのに」

「正確に言うと、三十七部屋あるわね」ジェインは明るく応じた。それも寝室だけの部屋数だ。

「三十七部屋もあるんだから、ふた部屋くらい使わせてくれたっていいじゃないか」ルークは丈の短い革のブーツの爪先で椅子の脚を蹴った。

ジェインはルークの頰にそっと触れた。「つらいのはわかるけど、ここはもう新しい男爵様の家なのよ。わたしたちのものではないわ」

「だけど、ここでたったひとりで住んでどうするの？　ぼくたちにここに残って、話し相手になってと言うんじゃないかな？　レディ・セシリーだって、ぼくとのお喋《しゃべ》りは楽しいって言ってるんだ」

ジェインはくすりと笑って、ルークの髪をくしゃりと撫でた。「たしかに、新しい男爵様もそう言ってくださるかもしれないわね」そう答えた。「でも、残念ながら、それでもわたしたちは出ていかなければいけないのよ」

ため息をこらえた。一七でフレデリックのもとに嫁いで以来、ずっとこのレーゼンビー館で暮らしてきた。そこを去らなければならないのは心細く、ルークには見せないようにしているものの、だいぶ気が沈んでいた。レーゼンビーの領地も、そこに暮らす人々の生活も、もう自分が担《にな》うべきものではない。いくら助けたいと思っても、何もできない。

それでも同じように夫を亡くした多くの女性たちより恵まれているのは事実だ。結婚の際に、後見人のモントフォード公爵がじゅうぶんすぎる寡《か》婦《ふ》給与を定めておいてくれた。おかげで望みさえすれば自分の家を構え、自立して生きていける。

そのうえ、なにより大切なルークもいる。

ジェインはルークに言った。「楽しいお喋り相手と言えば、あなたにも気に入ってもらえそうなとびきりの提案があるの。これからはハーコートで、モントフォード公爵とレディ・セシリーとレディ・ロザムンドと一緒に住むのはどうかしら。楽しそうでしょう？　わたしたちが昔よく行っていた場所すべてにあなたを案内するわ。遊び相手になる子たちにも会えるわよ」

ルークは濃い眉をひそめた。「だけど、ぼくの友達はみんなここにいる」

ジェインは胸が痛んだ。「そうね、でもまたきっと遊びに来られるわ」安請《やすう》けあいではあるけれど、環境の変化によってルークにもたらされる苦しみはできるだけ小さくしてあげたい。

陽気な声をつくろった。「こうしているあいだも、とても美しい馬があなたを待ってるわ。厨房《ちゅうぼう》に寄って、人参《にんじん》か林檎《りんご》を持っていってあげたらどうかしら？　運がよければ、料理人がジャム入りのタルトをひとつかふたつ、分けてくれるかもしれないし」

ルークは食べ物の話題にたちまち顔を輝かせた。「スケッチブックもいるね。戻ってきたら、どんな馬だったか詳しく説明したいから」力強く言った。

「楽しみにしてるわ」

ルークは戸口であやうくロザムンドにぶつかりかけて、ほんのわずかにとまって頭をさげ、口早に挨拶すると、厨房を目指して駆けていった。

ロザムンドが眉を上げてジェインを見やった。

「馬が来てるのよ」ジェインはひと言で説明した。

「まあ！」ロザムンドは笑い声を立てた。「残念ながら馬には勝てないというわけね？」

「あなたに会えて、ほんとうに嬉しいわ」ジェインはいとこの背に両腕をまわし、しっかりと抱きしめた。「来てくれて、ありがとう。あなたがいなければ、とても持ちこたえられそうになかった」

身を引いて、ロザムンドの両手を取った。一緒に育ったとはいえ、会うたびこのいとこの美しさにはあらためて驚かされる。

「階下《した》に大勢の人たちが来てるわ」ロザムンドの深みのある青い瞳には思いやりと気遣いが表われていた。「セシリーとベカナムもあなたに会いたがってるわ」

ロザムンドは片手を上げ、ジェインの巻き毛のひと房を耳の後ろにそっとかけさせた。

「うっかり屋《グーシー》さん、ひとりぼっちでここに残って、いったい何をしていたの？」

ジェインは子どもの頃の呼び名を使われ、微笑んだ。深々と息を吸いこんだ。「勇気を奮い起こしてたのよ」

ふと、ひとりで馬に乗って現われた紳士のことが頭をよぎった。あの男性も階下にいる……人込みのどこかに。そう思うと息苦しくなり、脈拍が速まった。これはいったいどういうこと？

「公爵様がしびれを切らしてるわ」ロザムンドが言う。「階下におりたほうがいいわね」

神経がヴァイオリンの弦のようにぴんと張りつめた。これから遺言書が読みあげられる。

親族や知人たちはみな、それをただ見物するためにやってきたのだ。人々の関心の的となり、好奇の目にさらされると思うと、ジェインはほんとうに気が滅入《めい》った。

きょうばかりは勇気を奮い起こさなければいけない。弔問者たちと顔を合わせるためだけでなく、モントフォード公爵と向きあうために。公爵は自分の今後のことについて計画を用意しているはずだ。今回はそのような計画を受け入れる気にはなれない。

自由。それは地の底に差しのべられた手のように惹《ひ》かれる言葉だ。けれど同時に、肉をむさぼり骨を吐きだそうと口をあけ、涎《よだれ》を垂らしている怪物のように恐ろしくもある。

ロザムンドが歯切れよく言った。「さあ、もう行くわよ。人込みがいやな気持ちはわかるけれど、あなたはそこに行って、遺言書が読みあげられるのを聞かなくてはいけないわ」

「ええ。わかってる」それに、ともに育った寄せ集めの家族には心から会いたい。結局はその思いの強さに背中を押された。

ジェインは居間とひと続きの寝室に入った。帽子掛けからいまわしい黒い婦人帽《ボンネット》を取り、頭にのせる。これではまるで赤褐色の巻き毛に獲物を狙う猛々しい鳥がとまっているかのようだ。

肩越しに振り返った。「遺言書に書かれていることはもうわかってるわ。いずれにしても、領地は限嗣《げんし》相続財産なんだもの。何もかも、あの不作法者のものになるのよ」

ロザムンドが小首をかしげた。「噂どおりの美男子なのかしら?」

ジェインはそっけなく肩をすくめたものの、白馬に乗った男性の姿はしっかりと目に焼きついていた。「きっと中身ほどひどくはないでしょう。うわべの顔の裏にどんな中身を隠していることやら」

ロザムンドが横目でちらりと見やった。「ジェイン、ちゃんと敬意は払わなくてはだめよ。いまやこの家の当主様なのだから」

「もうわたしの家ではないもの」

ジェインは鏡台の鏡で身なりを確かめ、皺《しわ》になりやすい襞襟《ひだ》をきちんと整えた。まだ顔は赤らんでいて、頬をつねって色みを加える必要はなかった。

深呼吸をひとつして、ロザムンドの肘に腕を絡《から》めた。「仕方ないわ。行きましょう」

「それはないだろう！」コンスタンティン・ブラックはじっと立って、カーテンがまた引きあけられるのを待った。こうしていればきっと、あの女性は自分を哀れに感じて、ふたたび姿を見せてくれるに違いない。

ところが、女性とはやはり無慈悲な生き物らしく、当然ながらあの女性は二度と現われず、むろんコンスタンティンは望みを捨てきれずにその場に佇《たたず》んで、ますます雨に濡れることとなった。

あの女性は……輝きを放っていた。太陽の輝きとはまた違う。まぶしさや華やかさ、きわだった温かみといったものではなく、柔らかな月光の銀色のきらめきを思わせるものだった。すらりとしているが胸は豊満なふくらみを帯びていた。髪の色は黒っぽく見えたが、雨空の下でこの距離からでは、正確な色は判別できなかった。そして、この自分をまるで指先に口づけられることすら許せない虫けらであるかのように見返し、唇を引き結んだ。

コンスタンティンは謎の女性の体の一部に口づけることを想像し、冷たい春の雨に打たれながらも体がかっと熱くなった。

たったいま目にした女性の姿に心とらわれて立ちつくしていると、馬が駆けてくる蹄《ひづめ》の音がだんだんと近づいてきて、ついにはぬかるみの泥を跳ね上げる音とともにとまった。

顔を振り向けると、弟のジョージがそこにいた。ともに馬を駆って野原をここへ向かっていたのだが、途中でジョージの馬が石垣を越えるのをいやがったため、遠まわりせざるをえなくなったのだ。

コンスタンティンは弟に呼びかけた。「ジョージ、恋に落ちてしまったようだ」

「ほう！」弟は前かがみになって馬の艶《つや》やかな首を軽く叩いた。「どんなに痛い目に遭ったって、兄さんには恋などわかりっこないさ」

コンスタンティンは頭を傾けて考えこんだ。「そうなのかもしれないな。なかに入って、お目当ての女性がいるか確かめるとしよう」

ジョージは笑って首を振った。ふたりは待機していた馬丁にそれぞれの馬をあずけ、屋敷のなかへ向かった。

兄弟は葬儀に出られなかったことをいたく悔やんでいた。ノーサンバーランドで開かれた泊りがけのパーティに出席していて、フレデリックの死去の報をすぐに受けとることができなかった。コンスタンティンはロンドンに戻ってからようやくその悲報を知った。ただちにジョージとともに馬を飛ばして駆けつけようとしたのだが、教会に着いたときにはすでに葬儀は終わっていた。

フレデリックとは何年も前に苦い別れ方をしていたので、あの手紙がなければ、きょうここへ来ることもなかったかもしれない。ロンドンの住まいに山積みになった書簡のなかに、フレデリックが二週間前に記した、訪問を求める手紙がまぎれこんでいたのだ。フレデリックは自分の死期を悟り、相続人と話しあっておきたかったのだろう。もしや和解の道を探ろうとでもしていたのだろうか？

コンスタンティンは胸の奥に鈍い痛みを覚えた。いまとなってはその答えは知りようがない。

玄関扉があけ放たれた戸口からあふれかえった人込みに分け入ると、コンスタンティンは表情を引き締めた。この世のおよそどこより来たくない場所をこうしてわざわざ訪れた理由をあらためて思い起こした。

すべての人々の希望に反して、このなつかしい大きな古屋敷を相続することになってしまった。フレデリックがまだ子ども部屋を設えることも叶わないまま、あまりに若くしてこの世を去ったからだ。

思いも寄らないことだった。実際、愕然《がくぜん》とした。

哀れなフレデリック。性行為の最中に亡くなったと囁《ささや》かれているだけに、コンスタンティンはなおさら未亡人に会ってみたいと好奇心を掻《か》き立てられていた。

身を重ねながらの死。逝《い》き方としては悪くない。死ぬ運命だったとすればだが。

コンスタンティンはほとんどの人々よりだいぶ背が高いので、そこにいる女性たちの顔をひとりひとり確かめていった。窓辺に立っていた女性は何者なのだろう？　この家に住んでいるに違いないが、レディ・ロクスデールではないだろう。亡きフレデリックの妻ならばここにおりてきて弔問者たちに挨拶をしているはずなので、塔に閉じこめられた王女のように高いところから見おろしているとは考えにくい。

だからこそ自分は魅了されたのだと、コンスタンティンは思い至った。手の届かない高いところに、誰にも邪魔されずにひとり心おきなく佇んでいるように見えた。そんな女性の服を引き剝がし、素肌に貪欲《どんよく》なキスを浴びせて、悦《よろこ》びでふるえさせてみたい。

いや、だが、貞淑《ていしゅく》なご婦人に見えなかっただろうか？　たとえ燃えあがってもみずからスカートを捲《まく》りあげる女性ではないだろう。第一、自分はこのところ評判に染みひとつない貞淑なご婦人や良家の令嬢たちから徹底して遠ざけられている身だ。アマンダとのあの不幸な出来事があってからは。

コンスタンティンは帽子と手袋を従僕に渡し、顔をしかめた。きょうはここでいったいどれだけ多くの人々に背を向けられ、そしらぬふりをされるのだろう？

「コンスタンティン！　ジョージ！」──人々のひそやかな話し声のなかで女性の甲高い声が響きわたり、ジョージが足をとめた。まったく、弟には自衛本能というものが欠けている。ココンスタンティンは自分たちを呼びとめる声は聞こえないふりで進みつづけた。

声の主はわかっている。災いを呼ぶ小うるさいおば、レディ・エンディコットだ。不機嫌そうなとげを含んだ声からすると、また何かしら叱りつけようとしているのは間違いない。何が気に入らないのかは知りたくもない。コンスタンティンはジョージを置き去りにして、中央の階段をなめらかにのぼり、べつの棟に通じるドアを開いた。

その先には長い画廊が延び、凝った装飾が施された金の額縁の内側から、なじみのある顔が非難がましく自分を見おろしていた。祖先たちの魂がさまよえる場所だ。

何も変わっていないのがなんとなくふしぎに感じられた。ただし新しい肖像画がひとつ加わっている。いまは亡きロクスデール卿、フレデリック・ブラックだ。画家はできるかぎり美しく描くはずなのだが、それでも青白く冴えない顔をしている。

細長い部屋のなかを眺めていると、たちまち昔に引き戻された。きょうのように地面が湿地のように濡れ、雨がやみそうにない日には、フレデリックとここでクリケットを楽しんだものだった。

フレデリックはやさしく球を投げるのに、コンスタンティンは自分たちのいる場所を忘れ、一挙に六点を狙って硬いコルクの球を打ち返した。球が大理石の胸像のひとつに当たって転がったときの凄《すさ》まじい音はいまでも耳に残っている。胸像は台座から落ちて、輝かしい名を遺《のこ》した先祖の鼻梁《びりょう》の高い鼻がもげた。フレデリックの父親からお仕置きを受けずにすむよう、ふたりで必死に鼻を付けりようとしたときのことが呼び起こされ、コンスタンティンはうっすらと笑みを浮かべた。

フレデリックの父親と最後に会ったときのことを思いだすのはつらい。第十代ロクスデール男爵の肖像画のやさしい目はあえて見ないようにして、その記憶を振り払った。

いとこで友人でもあるフレデリックの肖像画に目を戻す。ブランデーの小瓶を取りだし、乾杯のふりで掲げた。

「おい、久しぶりだな」ブランデーを口に含むと、温かい液体が喉を滑り落ちた。「きみがぼくを誤解していたことを証明してやろう。ちゃんと見ていてくれよ」

そうたいそうな決意を述べたにもかかわらず、またも窓辺に立っていた女性が頭をよぎった。コンスタンティンは歯嚙みして嘆息し、ブランデーをもうひと口含んだ。

まあ、仕方がない。しょせん、善行など自分の柄《がら》には合わないことなのだから。

2

古めかしい音楽室に入ると、ジェインはロザムンドを見やった。先ほどのいとこの話とは違って、そこにいたのはモントフォード公爵だけだった。ほかの人々はどこにいるのだろう？

公爵は窓辺の書き物机の椅子から立ちあがり、挨拶をしにやってきた。

「レディ・ロクスデール」公爵が会釈《えしゃく》し、ジェインは膝を曲げて丁寧《ていねい》な挨拶を返した。

モントフォード公爵はジェインが八歳のときから嫁ぐまで後見人を務めていたにもかかわらず、このようにいつでもかしこまった態度で接する。距離を保とうとしているのだろうか？　それとも、極上のワインを舌の上で転がすように、ひとりの女性の運命を操る至福を楽しんでいるのかもしれない。いうなれば、この公爵は戦略的にロクスデール男爵家の地位と権力をいったんはその手中におさめたのだから。

けれども、フレデリックが急死したため、モントフォード公爵はそうした利益を取り逃すこととなった。ロクスデール男爵家の土地も名家の血筋も政治的影響力も――すべては公爵の一族の血は引かぬ男子の相続人、コンスタンティン・ブラックに引き継がれることになったからだ。

この公爵はほんとうにそんなにも狡猾《こうかつ》な男性なのだろうかと、ジェインは思いめぐらせた。うわべからは何を考えているのかまるで読みとれない。

年齢は四十代になっているはずだ。聖職者のように地味な身なりだが、いかにも貴族らしい顔つきで、物腰にはあきらかに、身につけているものからだけではわからない、高位の人間の威厳が表われている。瞼が重たげな暗い目も、知性の高さを窺《うかが》わせる光を宿している。

「心からお悔やみを申しあげる」公爵が言った。「ロクスデールの死に、誰もが衝撃を受けている。善良な男だった」間をおいて言葉を継いだ。「きみは大丈夫か？」

「はい、お気遣いくださってありがとうございます、公爵様」ジェインは答えた。この公爵が体や心労を少しでも心配してくれているとは思えない。チェスの名人が容赦なく駒を動かすのと同じで、自分の元被後見人の考えや気持ちを思いやることなどあるはずもない。

ジェインは言いつのらずにはいられなかった。「考えてみれば、フレデリックの死はさほど驚くことではありませんもの。もともと心臓が弱かったんです。いつこうなってもふしぎはなかったのですから」

モントフォードは頭を傾けた。「たしかに、そうだ。それでも、いざとなると、やはり人は動揺するものだ。きみはよく耐えている」

公爵が鋭いまなざしを注いだ。ジェインは子どもの頃、この男性には人の考えを見通す能力があるのだとほんとうに信じていた。成長してから、その才能が魔法のようなものではないことを悟った。公爵は人々の表情やちょっとしたしぐさから、言葉の真意、あるいはあえで言わずにいることを読みとる能力に秀でているだけなのだと。だからジェインはなるべく平静な表情を保ち、最小限のことしか言わないよう気をつけていた。あとは相手の思いたいように読みとってくれればそれでかまわない。

「これからどうするつもりかね、レディ・ロクスデール？」モントフォード公爵が訊いた。まるで選択肢があるかのように。

「この家を速やかにお引渡しするよう努めます。それが終わったら、ハーコートに帰るつもりです。あなたにご了承いただけるのなら」と、言い添えた。

公爵はうなずきはしたが、そうやすやすと認めるつもりはなさそうだった。「今後のことについて話しあわなければならない。だがまずは遺言書の内容を確かめてからだ」

モントフォード公爵は長い指をベストのポケットに差し入れ、純金の懐中時計を取りだした。いらだたしげに眉をひそめて蓋《ふた》をぱちんと開く。「フレデリックの弁護士がもうそろそろ現われてもいい頃なのだが」

「きっと玄関前の混雑に足どめされているんですわ」ロザムンドが言葉を差し挟んだ。「フレデリックの親族の方々も、まだ何人かお見えになっていませんし」

「肝心の相続人も」ジェインは乾いた声で付け加えた。

それからはたと、目をしばたたいた。考えてみれば、あのりっぱな白馬に乗った紳士がコンスタンティン・ブラックだとはかぎらないでしょう？

いっきに気が楽になり、軽いめまいすら覚えた。なんの根拠もなく思い込んでしまうなんてどうかしていた。あんなふうに華麗で颯爽とした馬の乗り手ではないかもしれない。自分はもともと創造力がたくましすぎて、たまに突飛な妄想を抱いてしまうことがある。

廊下から話し声と足音が聞こえてきた。「ジェイン！　ここにいたのね」

セシリーが部屋に飛びこんできて、息苦しいほどどきつくジェインに抱きついた。「あなたはもうすぐおりてくるとわたしが言っても、ベックスが、いや、あなたは取り乱していて、わたしたちに会いたくないんだろうと言うのよ。だから、わたしはそんなことはないと言ったの。だって、あなたはフレデリックをそんなに——まあ、やだわ、モントフォードもいたなんて、また口うるさく叱られちゃう」

セシリーはまったく臆せず淡々とジェインから身を離し、そつなく優雅に膝を曲げてお辞儀をした。

「公爵様」そして背を起こし、にっこり笑いかけた。このように堂々と切り抜けるセシリーにジェインが驚かされたのは、これが初めてではなかった。公爵は居丈高《いたけだか》な視線を投げかけたが、セシリーはわずかに眉を上げ、機知と陽気さにあふれた濃い色の瞳で見返しただけだった。

「セシリー」後ろから部屋に入ってきたベカナムが諫《いさ》めるように呼びかけた。「思いついたままをすぐに口に出すのはやめてもらえると、ありがたい」

「あら、そんなことはしてないわ！　もしほんとうに思いついたままを口に出していたら、ベックス、あなたは驚いて腰を抜かしているはずよ——

ベカナムは歯軋りをした。公爵に向きなおって言う。「来年このお嬢さんを社交界に登場させるのならば、礼儀作法を身につけさせなければなりませんね」

モントフォードは苦笑した。「適切な準備もせずにレディ・セシリーを登場させて、みなさんにご迷惑をおかけするようなことはしない。そこのところはロザムンドが引き受けてくれるだろう。そうではないかね?」

「ええ、もちろんですわ、公爵様」真剣な口調だったが、ロザムンドの目は楽しげにきらめいていた。

「きみの辛抱強さにはまったく感心させられる」ベカナムが言い、セシリーの黒い巻き毛の頭から靴の爪先までをまじまじと眺めおろした。「徹底的に訓練してもらわなければ」

セシリーが鼻先で笑った。「まるで馬あつかいね」

「とんでもない。ぼくは馬たちに最大の敬意を払っているのだから」

ベカナムは険しい表情をやわらげて首を振り向けた。「ジェイン」

近づいてきて、ジェインの両手を取った。ジェインも親しみを込めて軽く握り返した。ベックスを見るといつも大きな黒い熊が思い浮かんだ——大柄でやさしそうだが、闘志を掻き立てられると獰猛《どうもう》になる。

「フレデリックは善良な男だった」ベカナムがはからずもモントフォードの真心のないお悔やみの言葉を繰り返した。「寂しくなるな」

ジェインはうなずき、握られていた手を引き戻した。「ありがとう。そうね。寂しくなるわ」

ほんとうはフレデリックを恋しいと思ってはいない。けっして口には出さないけれど。「坐りません？」ロザムンドがぎこちない空気を消し去った。しとやかにジェインを長椅子へ導いてから、自分も隣りに腰をおろした。

心やさしいロザムンド。フレデリックが若くして急死したことを詮索したり声高に嘆いたりすることもなく、さりげなく支え、気遣ってくれる。飛びぬけた美貌のみならず穏やかで控えめな性質も兼ね備えたロザムンドに、ジェインは感謝の思いと同じくらい羨《うらや》ましさも抱いていた。周りにいる人々をとても気持ちよく過ごさせてくれる女性だ。つい率直にとげのある物言いをして人々を困らせてしまう自分とは違う。

フレデリックの事務弁護士が駆けこんできて、詫《わ》びの言葉を並べ、馬車が渋滞していて動けなかったのだと弁明した。公爵が弁護士に近づいて挨拶し、机のほうへ案内して、ふたりでなにやら声をひそめて話しだした。弁護士が書類を取りだして、ぱらぱらとめくり、ひとつに揃《そろ》えてから机の上にきちんと重ねた。

ベカナムはロザムンドとジェインのそばにある細長い脚の椅子に腰かけた。身を乗りだすようにして、つぶやいた。「ザヴィアもアンドルーもお出ましにならずか」

セシリーが鼻先で笑って、ジェインとロザムンドのあいだにすかさず腰をおろした。「来るはずがないわ。アンドルーにはエジプトから戻って以来、誰も会ってないでしょう。ザヴィアは……」肩をすくめる。「誰か知らないの？　まあ、わたしにはどうでもいいことだけど――

「セシリー」ロサムンドの声は静かだったが、そのさりげない忠告のほうがペカノムの唸り声よりもよほど効き目があった。セシリーは黙ったものの、負けん気の強そうな愛らしい唇には、つねに一族から距離をおいている人物へのいらだちがはっきりと表われていた。

四人ともそこにいないふたりに考えをめぐらせて黙りこんだ。アンドルーについては仕方がないとジェインはあきらめていた。いつものことだ。どんなに腹立たしいことをされても、どのような状況であれ如才なくおどけて屈託なく詫びられるアンドルーの特異な才能には、つい心ほだされてしまう。かたやザヴィアは……いいえ、むしろここにはいないほうがいい。

六人ともモントフォード公爵の庇護《ひご》のもとに、同じ屋根の下で育った。モントフォードは多くの後見人たちとは異なり、そうした特別な事情のある子どもたちの養育者の役割も担ってきた。この公爵を知る者なら誰にでも、その理由は考えるまでもなく察しがつくだろう。子どもたちを自分の支配下においておきたいのだと。

引き受ける少女たちはみな女性相続人で、少年たちは爵位と領地の継承者か、相続順位の二番めに位置づけられた男子だ。そうした価値ある孤児たちを――ハーコートの――ひとつの家で育て、少年たちはいつかそれぞれの領地へ送りだすのが一族にとって有利に働くというのが公爵のもくろみだ。

実のきょうだいはザヴィアとロザムンドだけで、かなり遠縁の者も含まれているが、全員が親類関係にある。つまるところ系図上でかろうじて繋がっている親類であれ、絆《きずな》は強い。

ウェストラザー家は、その繁栄した誇り高い歴史の研究に生涯を捧げた子孫がいるほどの由緒ある大一族だ。そしてモントフォードもまた、この一族の名誉を高めて繁栄させることに生涯をかけている。

公爵の頭にはどのような絵が描かれているのだろうとジェインは憶測していた。心臓が弱い男性だとわかっていれば、フレデリックに自分を嫁がせはしなかっただろう。しかも、その心を勝ちとることも叶わなかった。

これでもう自由にさせてもらえるの？　そうは思えない。全財産を株取引で失ったり、大騒ぎとなる醜聞を引き起こしたりでもしないかぎり。

ああ、法律上はすでに独立した女性であっても、この先の運命もゲームの駒のごとくモントフォードの思いどおりにされかねない。その計略をかわすためには、つねに一手先を読まなければ。

「あら」セシリーが口を開いた。「またどなたかいらしたみたい」

執事のフェザーーが現われ、遺言書に関心を抱いている弔問者たちを音楽室に案内した。このようなときにはたいてい図書室が使われるものなのだろうが、そこはふだんジェインの安らぎの場となっていた。いまはまだその部屋を手放すふんぎりがつかない。

人々のお悔やみの言葉に、ジェインは礼儀正しく静かな声で礼を述べた。

部屋はまたたく間に人で埋まった。いったいどれだけの人数がいるのだろう？　人込みのなかで、身につけた帽子と同じくらい気位も高い婦人がきんと響く声をあげた。

エンディコット伯爵夫人、グリゼルダ。フレデリックのおばのひとりだ。ジェインは椅子

に沈みこんだか　その程度の努力で身を隠せるはずもなかった。レディ・エンディコットは豊満な胸を船首のごとく突きだして人込みを掻き分けつつ、近づいてきた。

そばに来ると、ジェインはロザムンドとセシリーとともに立ちあがり、膝を曲げて挨拶した。

「ジェイン！」伯爵夫人は呼ばわった。「かわいそうに、フレデリックをあんなみすぼらしい棺《ひつぎ》におさめるなんて。いったいどういうおつもりなのか説明していただきたいわ。送りだす馬車に運びこまれるときには、目のやり場に困ってしまったじゃないの！」

ジェインは弔問者たちの視線を浴びて頬が熱くなった。「お言葉ですが、あの棺はフレデリック本人が依頼したものなんです」それも真鍮《しんちゅう》の取っ手が付いた、光沢のあるマホガニーのりっぱな棺だ。文句のつけようがないものなのに。

この伯爵夫人がなんにでもあら探しをせずにはいられない女性であるのは、ジェインも承知していた。けれどせめて、もう少し場をわきまえてほしい。

レディ・エンディコットはわずかに褐色の目を剝《む》いた。「フレデリックがあんな見苦しいものを選んだですって？　どうしてそんなことをしなければいけなかったの？」厭《いと》わしげに片手をひらりと振った。「いいこと、ジェイン、葬儀は本人がどうこうするものではないのよ。妻として、本人の意思はどうあれ、最上のものを用意するのが、あなたの務めでしょう。結婚して何年も経つのだから、それくらいわからなくてどうするの」

ジェインはどう答えるべきかわからなかったので、折りよくそこに現われた隣人のミスター・トレントに救われた。ミスター・トレントは会釈してから、ひときわ魅力的な笑顔をさりげなく伯爵夫人に向けた。「これは、レディ・エンディコット。相変わらずお美しい。そろそろ読みあげが始まるのではないでしょうか。あちらに行きませんか？」

伯爵夫人は打って変わって従順に、差しだされた腕を取った。トレントは伯爵夫人を導いて歩きだしながら、肩越しにちらりとジェインを見やった。ジェインが声を出さずに礼を述べると、トレントはわずかに口角を上げてうなずいた。

小柄な弁護士がもったいぶったしぐさで、咳払いをした。いよいよ、遺言書の読みあげが始まった。

難解な法律用語が使われた公文書は意味がとりにくく、ジェインはすぐさま集中力を切らした。といってもその遺言書に書かれていることはわかりきっている。所領はコンスタンティン・ブラックのものとなる――これは誰もが知っていることだ。数えきれないほどの細かな遺品は使用人、従者、親類に分与される。分配の詳細は正確に記されていた。フレデリックはさして気前のよい男性ではなかったが、几帳面《きちょうめん》な性格だった。

ふと、結婚によって運命が間違った方向へ進みだす前の記憶がジェインの頭によみがえった。昔フレデリックは学校の休みに砂糖菓子を持って、ハーコートのジェインのもとを訪れた。そして、真新しい二頭立ての二輪馬車で外に連れだした。フレデリックの求婚は形ばかりのものだったのに、世間知らずだった自分は実際よりも深く想われているものと思い込んでしまった。

少女時代からフレデリックの妻になることを定められ、ふたりで生きる将来に希望をふくらませていた。

その将来もこうして潰《つい》えた。夫がこの世を去ってしまったのだから。

ジェインはふるえがちな息を吸いこんだ。

「ジェイン？」ロザムンドが囁いたが、遠くから呼ばれているように聞こえた。

ジェインは首を振った。こみあげる熱い涙をこらえた。ああもう、めそめそせずにいようと決めていたのに。どうしていまになって、あんな思い出に気持ちを揺さぶられるの？

けれども、ジェインはあまりに長いあいだ結婚について思い返すことすらこらえてきた。

フレデリックが息を引きとる際にも涙は見せず、慣習どおりひと晩遺体の傍らに付き添った。それから艶やかな棺が家から運びだされて葬儀用の馬車に載せられ、走り去っていくのを見送った。当然ながら、女性は葬列に加わることは許されない。自分にとってこの決まりは耐えがたいというほどのことではなかったけれど。

この数日はやるべきことに追われていた――使用人たちの喪章を準備し、車道にイグサを撒き、古い黒衣を当座しのぎの喪服に仕立て直した。

これまでひとりで哀しみに浸《ひた》る間もなく、いまになって急に涙と嗚咽《おえつ》があふれだしかけていた。

フレデリック。

もう一度、ジェインは懸命に息を吸いこんだ。夫がこの世からいなくなってしまった。

ロザムンドの声が聞こえた。「ベックス、窓をあけてもらえないかしら?」

「いいえ」ジェインはかすれ声で言った。「どうか……」

ベカナムはロザムンドからジェインに視線を移してから、大股で歩いていって、両開きの窓をあけ放った。突風で雨が吹きこみ、ジェインはそばにいた婦人の驚いた声を聞いて、懇願するように片手を上げた。「もういいわ。ほんとうに、わたしは大丈夫だから」

あまり気を遣わないでほしい。ただもう……ともかくこの部屋から出たい。

ロザムンドがセシリー越しに柔らかな白い布を差しだした。ジェインはそのハンカチを握りしめた。いとこのなにげないしぐさに込められたやさしさと真心はじゅうぶんすぎるほど胸に響いた。とうとう堰《せき》を切ったように聞き苦しい声を漏らし、むせび泣きはじめた。

ああ、なんてこと! もう、いや! とても耐えられない! こんな大勢の人々の前で泣くなんて。

数人のひそひそ声が大勢のざわめきと化していった。もちろん、みな自分についての憶測を語りあっている。ジェインはいたたまれなかった。こんなふうに人々の関心の的になるのは耐えられない。

力強い手に肘を支えられ、立ちあがった。いとこが低い声でなだめる言葉を囁きかけて、人々のなかから連れだしてくれた。静かな威厳を漂わせたベカナムの行動に、ジェインは心から感謝した。ベックスはつねに言うべきことを心得ている。

ジェインはロザムンドのハンカチで顔を覆い、煩《わずら》わしい視線や小声や囁き、詮索好きな

[illegible]耳に話すのも当然よね……ひょっとして子を宿しているのかしら……そういえば、ちょっと驚く話を耳にしたんだけれど……。

気がつけばジェインは図書室の坐り心地のよい肘掛け椅子に腰をおろしていた。縦長の窓のひとつがあけ放たれ、椅子はそのそばに引き寄せられていたので、涼やかなそよ風が顔を撫でて、息苦しい胸に流れこんだ。テラスの屋根が大きく張りだしていて部屋に雨は吹きこんではこないが、濃い深紅のカーテンが風に吹かれてこちらのほうになびいている。

哀しみの嵐が通りすぎると、ジェインは目を上げた。ベカナムが水の入ったグラスを持ってきて手渡してくれた。

「ベックス」ジェインがむぞうさに鼻を啜《すす》ると、いとこはボンネットを頭からそっと取って机に置いた。「やさしいのね」

ベカナムはいかつい顔を気遣わしげにゆがめた。でも、もう心配はいらないわ。最悪の時は過ぎ去った。ここでなら涙が涸《か》れるまで好きなだけ泣けるのだから。

「悔しくてたまらないの」ジェインは丁寧に頰をぬぐった。わたしはこれほどやわに育ってはいないはずなのに」雨を含んだ空気を胸いっぱいに吸いこんだ。「ほんとうにごめんなさい」

「謝る必要はないさ。感情を見せるのは恥ずかしいことではない」

本心からそう思っているのだとしたら、自分もベカナムの心の重荷を少しは軽くしてあげられるのかもしれない。でも、ジェインはそんなことをここで言うべきではないのも、ある女性の名は口に出すことすらしてはいけないことも承知していた。ため息が出た。お互いに耐えなければならない重荷を背負っている。

ジェインは水を飲んで、ベカナムにグラスを返した。椅子の背に頭をもたせかけ、笑みを浮かべて恥ずかしさを隠そうとした。「どうか、もうあちらに戻って。あとで、聞いたことを説明してくれるとありがたいわ。モントフォードは信用できないから」

ベカナムは音楽室のほうをちらりと見やってから、こちらに目を戻した。「呼び鈴を鳴らして女中を呼んでおくかい？」

「いいえ、呼ばなくていいわ。落ち着いたら階上《うえ》に戻るから。少し休みたいのよ」

ベカナムはジェインには無理強《じ》いしないほうがいいことを心得ていた。とても大柄で無骨だけれど頼りになる愛すべきいとこは、ぎこちなくジェインの肩を軽く叩いて、歩き去った。なんて恵まれた関係なのだろう。実の兄がいたとしても、ベカナムほど思いやってはくれなかったかもしれない。

ジェインはゆっくりと目を閉じて、遠ざかっていく足音を聞いていた。ドアがかちりと閉まり、ひとりきりになったことを知らされた。

のんびりと椅子に体をあずけ、息をついた。まるで胸を締めつけていた大きな手の力がゆるめられ、あらゆる機能がだんだんと正常に戻ってきたように感じられた。鼓動もしだいに落ち着いてきた。やがてまどろみはじめて……。

……これは何？　煙？　まさかまた煙突が詰まったのかしら。

でも、自分はもうこの屋敷の女主人ではない。

目をあけると、大きな体が視界をふさいでいた──視界は人げさだとしても、戸口をふさいでいるのは間違いない──濃い色の髪をむぞうさに乱し、気だるげな目をこちらに向け、真っ白な歯のあいだに細い巻き煙草をくわえている。

ジェインは息を呑んだ。先ほど階上の窓から見えた白馬の騎手。

いまその男性が、手を伸ばせば届きそうなところに立っている。男性がおぞましい葉巻をくわえた口もとをゆるめて笑いかけ、ジェインは呆然となって見返した。心臓が飛び跳ねたような気がした。

溺れかけた女性がロープをつかんだかのごとく、ジェインは先ほど鼻についた煙の出所を悟った。ロザムンドのハンカチをポケットに入れて、男性を睨《にら》みつけた。「その汚らわしいものをここで吐きださないでいただきたいわ」

男性は緑色の目をすがめるようにして、いっときまじまじと見返した。それから、みるみる不快なものをくわえた口をすぼめた。頬のくぼみがさらにへこんだ。細い巻き煙草の先端が琥珀《こはく》色に染まってきた。わざとゆっくりと口から葉巻を取りだし、頭を傾けて、煙を上に向かって吐きだした。形のよい唇から灰色の煙が流れでてきて、漆喰《しっくい》の天井へ渦を巻いて立ちのぼった。

そうしていると、やや頑固そうな顎《あご》が目立って見えた。ジェインは自分の要望を故意に無視した態度にいらだちながらも、真っ白な首巻き《クラヴァット》から覗いている逞しい喉もとに魅入られた。

男性がテラスに出て放り投げた吸いさしは、きれいな弧を描いて雨のなかへ飛んでいった。

その不作法な行動が天の神々の怒りをかったのか、突如として雨脚が激しくなった。風が恐ろしげな唸りをあげた。血の色のカーテンが風をはらんで男性にまとわりつき、ジェインはふいに地獄から悪魔が現われたかのような幻想にとらわれた。男性が部屋のなかに戻り、背の高い窓を閉めて、雨と突風を封じた。

ジェインはとっさに椅子から立ちあがり、長身の男性が思いのほか自分に近づいていたことにとまどった。漂ってくる香りは不快なものではなかった——馬革、雨、それにスペインの葉巻煙草の独特な匂いも含まれている。

ふたりは同時に動き、ジェインの手が男性の胸をかすめ、脇が逞しい太腿にぶつかった。大きな力強い手で、二の腕をしっかりとつかまれた。「待ってくれ」

男性の手のぬくもりが冷えた体に染み入った。階上の窓から見えたときよりもさらに大きく感じられる。首を伸ばしてやっと意志の強そうな顎と顔が見えた。

そのときふいに、男性の気だるげなまなざしにきらめきが灯った。もう少し支えていてくれるのかと思いきや、体勢を完全に立て直す前に手を放されてしまった。ジェインは慌ててあとずさり、膝の裏が椅子に当たった。

男性が微笑み、日に焼けた肌のせいでよけいに笑みがまぶしく見えた。「おっと、待って

じゃない」男性のかすれがかった高めの声が、ジェインの背筋を

ジェインは眉をひそめた。いったい何様のつもり？　紳士なら、許しを得ずに他家の部屋に入ってくるようなことはしない。「あら、わたしはどこにも行くつもりはないわ。弔問に訪れたほかの方々は客間にいらっしゃるのよ」

「知っている。だから、図書室に来たんだ」男性が目尻に皺を寄せた。「ぼくが誰なのか、見当もつかないのか？」

ジェインもちょうどそのことを考えはじめていた。「わかるはずないわ。紹介されていないのだから」自分の気どった口ぶりに嫌気がさして、わずかに顔をそむけ、手持ち無沙汰に椅子の肘掛けをつまんだ。

まさかこの男性が……いいえ、そんなことはありえない。もしロクスデールなら、遺言書の読みあげに立ち会っているはずでしょう？

ジェインは手のひらを広げて、肘掛けを無駄にいじるのをやめた。よく知らない相手と話すのはもともと苦手だけれど、この男性といるとよけいに気分が落ち着かない。

男性が言葉を継ぐ前に、口を開いた。「あなたが誰だろうとかまわない。ここにふたりでいるのは不作法なことだわ。出ていって」

「出ていけ？　せっかくうちとけてきたところなのに」男性は断わりもなくジェインの前へ手を伸ばし、進路をふさいでいた椅子をどけて、さらに部屋の奥へ歩を進めた。

書棚と地球儀と地図の脇をのんびり歩き、大きな製図台をまわって、盆に酒瓶が揃えられた食器棚に行き着いた。クリスタルガラスのデカンタからグラスにブランデーを注ぐ。

　ジェインはつかつかとそのあとを追い、怒気を含んだ声で言った。「あなたはいったいどういうつもりで――」

「ぼくのほうが有利な立場にあるようだ」男性は向きなおり、長い指を巻きつけたグラスをジェインのほうに傾けた。「きみが誰かを知っているから」

　ジェインは足をとめた。「どうして知ってるの？　だってあなたはさっき――」着いたばかりでしょうと言おうとして、思いとどまった。自分が蜜壺《みつつぼ》に吸い寄せられた蠅《はえ》のように、この男性のまなざしにたちまち魅入られてしまったことはけっして悟られたくない。

「ああ、ぼくはちゃんと調べたからな」男性が穏やかな声で言う。「レディ・ロクスデール」

　男性は口の片端をいたずらっぽく上げて、ブランデーを含んだ。その頬にえくぼと呼ぶには深すぎるくぼみができた。ジェインはブランデーを味わう男性の魅惑的な唇に目を奪われた。ふるえを覚え、思考をはっきりさせなければと瞬きをした。魔法でもかけられたような心地がする。

　そしてすぐに、いま耳にした言葉の意味を理解した。誰かに自分のことを尋ねたということだ。なぜ？

　理性が、どこの誰かもわからない男性と無意味なやりとりをしていないで、すぐに部屋を出るべきだと勧めていた。正式に紹介された相手ではないのだから、話せることは何もない。[illegible]ければ……上流社会の礼儀作法はなるべくなら守りたい。

ところが今回は、手に負えないほど好奇心が高まっていた。たいして興味はないふりで、手をひらりと振った。「それで、あなたは……？」

魔術師。奇術師。魔力でわたしを虜にしようとしている魔法使い。

男性はグラスを置き、あらたまって頭をさげた。「どうやらこれからは、ロクスデールになるらしい」白い歯がきらめいた。「だが、きみはコンスタンティンと呼んでくれてかまわない」

3

女性はたちまち血の気を失い、それから徐々に頬にほんのり赤みが差してきた。こちらをじっと見つめるグレーの瞳に炎が燃え立った。

「あなたが――」ありとあらゆる蔑みをそのひと言に詰めこもうとしているような声で言う。「――新しい男爵様」

コンスタンティンは頭をさげた。「なんの因果か」

その言葉に女性が引き結んだ唇が、早くも自分の悪い噂を聞き及んでいることを物語っていた。まったく、なんという歓迎ぶりだ。この未亡人はあからさまに嫌悪《けんお》を見せている。

コンスタンティンは皮肉っぽい笑みを浮かべ、食器棚のところに戻ってグラスを取りあげた。手のひらで包むように持ち、琥珀色の液体をゆっくりまわして、手のぬくもりで温めた。正体を明かすのはもう少し待ったほうがよかったのかもしれない。目の前の女性もほかの貞淑な良家の婦人たちと同様に、自分を警戒し、避けようとすらするのだろう。

落ち着かなげなグレーの瞳を見据えた。「遅ればせながら、お悔やみを申しあげる。フレ

「善良な男だった、のよね。ええ、そうですわ」未亡人は奥歯を噛みしめるように言った。

この女性は亡き夫がそのように言われることに不満でもあるのだろうか？　目が少しむくんではいるものの、フレデリックの死に憔悴《しょうすい》しきっているというほどではなさそうだが、なにぶんイングランドの婦人の考えを見きわめるのはむずかしい。なかには控えめすぎて冷淡だと誤解される婦人もいる。もしやこの女性も……。

好奇心が疼《うず》くのはコンスタンティンの悪い癖だった。正確に言うなら、悪い癖のひとつだ。食器棚に腰を寄りかからせ、片脚をもういっぽうの足首のところで交差させた。ここはもうたとえ自分の家であろうと、亡き当主の未亡人の前では、勧められなければ腰をおろせない。

その未亡人が先に口を開いた。「どうして夫のことをそんなによくご存じなの？」

つまり、フレデリックは自分との関係を妻に話してはいなかったということだ。「フレデリックとは子どもの頃によく遊んでいた。だが、この七、八年は会っていなかった。だからいまは、善良な男だったかどうかはじつはよくわからない。子どもの頃は、たしかによき友人だったが」

未亡人はその言葉を反芻《はんすう》するように小首をかしげた。「わたしにとっても、よき友人だったわ。昔は」

最後のひと言がむなしく響いた。この女性は体面を気にして仕方なくフレデリックを褒《ほ》めているのか、それともこれでも最上の賛辞を贈っているつもりなのだろうか？　判別するのはむずかしい。女性の顔からは感情がまったく読みとれない。だが、両手はもがき苦しむふたつの魂さながら揉みあわされている。

どうも言動が不可解で、興味をそそられる女性だ。表の皮を剝がしてやりたくてたまらなくなる。

いいか、そこは危険な領域だ。夫が交わりの最中に死んだとはきわどい話だが——じつのところ、誰にでも起こりうることでもある——フレデリックの未亡人は見るからに貞淑な婦人で、この悪名高きコンスタンティン・ブラックには手出しできない高貴な女性たちのひとりだ。本来ならこうして引きとめておくことは許されない。自分のような懲《こ》りない放蕩者とふたりでいたと知れれば、どのような騒ぎになるかわかったものではない。それも夫の葬儀の当日だ。

だが、この女性のことをもう少し知らずには部屋を出る気にはなれなかった。この場をゆずることになるのだから、なおさらだ。図書室は昔からこの屋敷のなかでいちばん快適でくつろげる場所だった。おまけにここにいれば弔問者たちと顔を合わせずにすむという利点もある。選択の権利が与えられるなら、どうして出ていくだろう。この婦人がそれほど自分を不愉快に思っているのなら、そちらが出ていってくれればいいではないか。

「男爵様、あなたは今夜ロンドンへ戻られるの？　それとも、宿屋にお泊りに？」この婦人のほうもまた自分に興味を抱いているらしい。

コンスタンティンは返答をためらった。いまさらながら、いささか気まずい状況にあることに気づいた。フレデリックの葬儀に参列しなければという一心で、ろくに考えもせずレーゼンビーまで馬を飛ばしてきた。ここに到着して、立場は一変した。いまや自分はこの地の領主だ。といっても、レディ・ロクスデールの表情を見るかぎり、この婦人にはまたべつの見方をされているらしい。強奪者だと。

そう思うと、いつになく意固地な気持ちが働いた。「ここに残る」

レディ・ロクスデールが驚いたように目を見開いた。「失礼ながら、それは無理だわ」

「どうしてだろう?」

この女性の唇は決然と引き結ばれていてもなお官能的だった。「あなたがお泊りになる準備をしていないから」

コンスタンティンは微笑んだ。「そんなことなら、ぼくはそれほど高慢な男じゃない。寝場所と空腹を満たせるものがあればそれでじゅうぶんだ」

「レーゼンビー館でどのようなおもてなしができるかということは関係ないわ」

コンスタンティンが黙ってただ片方の眉を上げると、レディ・ロクスデールは勅令を伝える女王を思わせるしぐさで頭を傾けた。「あなたが何を必要としているかは問題ではないと言ってるの」

その気どった言いまわしはたいして楽しめなかった。「ぼくがこの家の主人ならば、問題なのはぼくが何を必要としているかということだけだ」負けじと言わずにはいられなかった。

レディ・ロクスデールはいらだたしげにさっと手を振り、言葉を返した。「ここで働く人々の気持ちも考えていただきたいわ。あなたが来られるとわかっていれば、必要なものを準備して、それなりにきちんと支度を整えたかったはずよ」顎をこわばらせた。「たとえあなたが何ひとつお持ちでなくても」

コンスタンティンは目をしばたたいた。それからいきなり笑いだした。最後のひと言は無礼きわまりない付け足しではあるが、この女性はよくもこれだけ堂々と自分を侮辱《ぶじょく》できるものだと感心させられた。

いや、当然なのかもしれない。なにしろ、ウェストラザー家の血を引くご婦人ではなかっただろうか？　この一族は礼儀作法を気にするより自分たちのほうが大切なのだ。

いまの笑い声にレディ・ロクスデールはとまどっているらしかった。どうして笑われなければいけないのかとでもいうように、困惑顔で眉をひそめている。もしや笑われたことがないのか？　気の毒なことだ。ならばときには高慢さをへこまされるのもいい薬だろう。

コンスタンティンは表情をあらためた。肝心なことは率直に話しておくにかぎる。

「この家の人々にはぼくのやり方に慣れてもらわなくてはならない。ぼくは気まぐれ者だ。どこかに行きたくなれば、勝手に出かける。伺《うかが》いを立てたり、何週間も前に知らせたりといったことはしない」

ついで、これからこの家の主人になるにあたって、聞いておかなければならないことはないか、レディ・ロクスデールに尋ねようと考えた。しかしそれではいわば、きみにはもう采配をふるう権利はないのだと念を押すようなものなので、結局口に出すのは差し控えた。フレデリックから訪問を求める手紙を受けとっていなかったなら、この家に足を踏み入れるのは一カ月ほど先になっていただろう。だがもういまとなっては、あと戻りはできない。

レディ・ロクスデールは息を吸いこみ、ちょうどいい具合に頬に赤みが差した。いかにも心苦しそうに訊いた。「それなら、今夜はこちらにお泊りになるおつもりなのね？」

コンスタンティンは頭をさげた。「奥様、あなたにお許しいただけるのなら」あくまで社交辞令で言ったまでのことだ。領主が自分の家にとどまることを拒む権利がこの女性にないのは互いに承知している。

レディ・ロクスデールは表情を隠すように顔をそむけた。枝付き燭台のほのかな灯りがその髪を照らし、それまでコンスタンティンが気づかなかった赤みがかった色をきわだたせた。コンスタンティンは、結い上げたところからほつれている長い巻き毛を目でたどり、さらになにげなく喉もとまで視線をおろして、その鎖骨のくぼみを指先で撫でる光景を想像した。

ああ、まったく、この女性は不愉快そうでまるでうちとけず、お堅い老嬢のようにつんけんしているというのに、それでもやはり美しい。

「ジェイン！」

コンスタンティンははっと振り返った。いつの間にか未亡人に見とれていて、大柄な濃い色の髪をした男性の足音にはまったく気づかなかった。男性は大股で部屋に入ってきて、コンスタンティンを目にして立ちどまった。

レディ・ロクスデールが悪事を見咎《みとが》められたかのようにびくりとなって、慌てた口調で話しだした。

「あら、ベカナム。ロクスデール卿をご紹介するわ。男爵様、こちらはわたしのきょうだいも同然の親類で、ベカナム伯爵です」

コンスタンティンは伯爵に挨拶を返して、自分が見きわめられているのをはっきりと感じた。とはいえ敵意は感じられない。警戒されていると言ったほうが近いだろう。そういえばベカナム卿はあからさまに自分を避ける紳士たちの一団には加わっていなかった。それでも気を許せるわけではない。相手がベカナム卿でも、誰であれ、どう思われようがかまいはしないが。

むろん、この伯爵には親類の女性とふたりきりでいた理由を自分に問いただす権利がある。しかしどういうわけか、ベカナム卿には尋ねようとするそぶりは見受けられなかった。

それどころか当惑した暗い目でコンスタンティンを見据えた。「フレデリックの遺言書の読みあげに立ち会われなかったのですね」

「はい」これ以上おおやけの目に身をさらして、みずから噂の種を与えてやるつもりはない。

ベカナムは背中で両手を組んだ。片方の手の甲をもう片方の手のひらに叩きつけるようにして部屋のなかを歩きだした。「では、ご存じないわけか」

コンスタンティンは一抹の不安を覚えた。「何をです?」

束の間、ベカナムの顔に迷っているような表情が浮かんだ。「きわめて遺憾なことなのですが――」言葉を切り、咳払いをした。「いやしかし、ぼくはあなたにお知らせする立場にはない」

すなわち悪い知らせだということだ。当然ながら、考えられないことではない。

コンスタンティンは奥歯を嚙みしめた。「ぜひ、いま伺いたい」フレデリックの弁護士からまわりくどい法律用語で長たらしい説明を受けるより、単刀直入に教えてもらったほうがまだましだ。

コンスタンティンは腕組みをして、耳を傾ける体勢を整えた。内心では、なんとのんきにかまえていたものかと自分に呆れていた。人生とはがいして、天にも昇る希望を抱いた直後にまっさかさまに突き落とされるものだ。

ジェインはコンスタンティン・ブラックを注視していたが、ベカナムの低く厳かな言葉にとまどっている様子は感じられなかった。もちろん、気にしていないそぶりをつくろっているだけなのかもしれない。それほど鈍い男性とは思えない。気にならないわけがない。

それにしても、どうしてベカナムはこんなに深刻そうな顔で自分を見ているのだろう？　寡婦給与は確保されている。婚姻の財産契約を定める際に、モントフォードがきちんと取り計らい、わざわざ詳細を説明してくれた。あの公爵についてひとつだけ確実に言えることがあるとすれば、女性の知性を見くびってはいないということだ。

ベカナムは辺りを見まわしてから、部屋の中央にある暖炉を囲うように配された椅子を身ぶりで示した。「坐りませんか？」

ジェインは唇を嚙んでソファに腰かけた。コンスタンティンは向かいの肘掛け椅子に腰をおろし、くつろいだ様子でブーツを履《は》いた脚を組んだ。ベカナムは立ったまま、前にある椅子の背をつかみ、両腕をぴんと伸ばした。

そして口を開いた。「まず最初に、ぼくはフレデリックがまずい計らいをしたと思っていることを述べておきます。じつにまずい計らいだ。事前に相談を受けていれば、やめるよう説得していたでしょう」

「なんのこと？」ジェインはせかした。「ベックス、あなたが何を言いたいのかわからないわ。夫の遺産相続については誰もが承知していることなのよ。限嗣相続財産なのだから、つまり、この所領のすべてがここにいる新しい男爵様に引き継がれる。あとは、わたしの寡婦給与と、細々とした遺品があるだけでしょう」

ベカナムは首を振った。「そうではないんだ。いいかい、この所領が限嗣相続財産だったのはフレデリックが相続するまでのことだ。先代の男爵は亡くなる前に、フレデリックとともに、限嗣相続を解除する手続きを取っていた。いわば、フレデリックは、自分の望みどおりにいかようにも資産を処理する権利を与えられたわけだ」

ベカナムはジェインをまっすぐ見据えた。「細かな遺品を除いて、フレデリックは資金、株式、債券、金品のすべてを、ジェイン、きみに遺した。きみはきわめて裕福な女性になったんだ」

ジェインは巨大な手に自分のいる世界をわしづかみにされ、ひっくり返されて、激しく揺さぶられているかのように感じた。めまいがして、頭のなかを考えがめまぐるしくめぐった。

もちろん、相当な額の寡婦給与が得られることはわかっていた。でもこれほどの富を手にするとは……まるで実感がない。

「なにより憂慮すべき問題は、この領地についてだ」ベカナムはコンスタンティンのほうへ目を移した。「端的に言うなら、ロクスデール卿、フレデリックがあなたに相続させたのは爵位と、それに当然ながら付与される土地だけで、そこを適切に管理するための資産を遺していない」

ジェインの耳に、コンスタンティン・ブラックの押し殺した罵《ののし》り言葉がかすかに届いた。吐き気がこみあげた。「どういうこと？　そんなことは考えられないわ！」

所領をまかなっていくには途方もない費用がかかる。領民たちの住まいの修繕や建て直しはつねに欠かせないし、新たな耕作機械や農法を取り入れるのにも資金がいる。いうまでもなく、この屋敷も維持していかなくてはならない。使用人たちの賃金だけでも……。

ジェインは口に手をあて、すぐにその腕をおろした。ああ、フレデリック！　わたしがこんなことを望んでいるとでも思ってたの？

いいえ、やはり、夫が自分のためにこのようなことをするとは思えない。もしやコンスタンティン・ブラックを懲らしめようとしたのだろうか。

コンスタンティンは腕組みをして、椅子の背にもたれた。「それだけだろうか？」

「残念ながら、これだけではない」ベカナムはため息をついた。「工場の所有権に多額の抵当権が付けられている。ミスター・グリーンスレイドから詳しい説明があるはずだが、フレデリックの死去によって、返済義務が生じるはずだ。二カ月以内に利子を含めた全額を返済しなければ、工場は没収される」

　ジェインはコンスタンティンをちらりと見やった。端整な顔に感情は表われていないが、緑色の瞳に怒りがたぎっている。この男性にここにいてほしくはないし、嫌悪すら抱いていたものの、いまの心情を思いやると胸が痛んだ。苦難を背負い込むためではなく、目がくらむほどの富を相続するためにここにやってきたはずなのだから。

「もうどうすることもできないの？」ジェインは訊いた。同時にコンスタンティンも言葉を発した。「フレデリックにそのように遺産を取りあげる権利が認められているんだろうか」

　ベカナムはまたゆっくりと歩きはじめた。「ロクスデール、ぼくにはわからない。その点については、きみの事務弁護士に助言をあおいだほうがいいだろう。訴訟を起こすこともできるはずだ。しかし、こういったことの解決には何年も――気の遠くなる年月が――かかるし、いうまでもなく途方もない裁判費用がかかる。現実的な解決策ではないだろう」

「それなら、ルークについてはどうなってるの？」ジェインは訊いた。「フレデリックはあの子が不自由なく生きていけるよう取り計らってくれたのよね？」

　ベカナムは息を吐きだした。「残念ながら、遺産は分与されていない。だが、もっと厄介な問題があるんだ」

　首の後ろを手でさすった。「まったく」つぶやいた。「きみにどう伝えればいいのやら」

「ミンミのこと？」ジェインは鋭い声で訊き、椅子から立ちあがった。「話して」

ン・ブラックにロクスデールをルークの後見人に定めている」

衝撃がずしりと胸に響いた。ジェインは椅子の肘掛けをつかんで、ぺたんと腰を落とした。喉が締めつけられた。思うように息がつけない。そんな、そこまでフレデリックに嫌われていたの？　そうでなければ、わたしにどうしてこんな仕打ちができるのだろう？

コンスタンティン・ブラックに六歳の男の子をきちんと育てられるとフレデリックが考えたのだとしたら、どうかしていたとしか思えない。このような悲運からルークを救うにはどうすればいいの？

拒絶することしか思い浮かばなかった。「だめよ！」そう口走った。「こんな——こんなたちの悪い人がルークの後見人だなんて」

コンスタンティンは立ちあがり、険しい目つきで見おろした。「ぼくがまだこの部屋にいたことをお忘れかな、奥様？」冷ややかに言い、すぐにベカナムに視線を移した。「そもそも、そのルークとやらが何者で、なぜぼくが後見人を務めなければならないのか説明してもらえないだろうか？　話が見えない」

「失礼」ベカナムはため息をついた。「ルーカス・ブラックは六歳の少年だ。フレデリックの遠い親類にあたる——つまり、ロクスデール、きみの遠縁でもあるわけだ。まだ赤ん坊のときに両親を亡くし、この家に引きとられ、それ以来、ここで暮らしてきた」

ジェインはルークを初めて見たときのふっくらした小さな脚も、愛らしい褐色の瞳も、あどけない笑顔もはっきりと憶えていた。たちまち心とらわれて、この赤ん坊を引きとるべき

だと主張した。自分がもしそう言わなければ、フレデリックはルークを手放してしまってい
ただろう。

必死さのあまり語気が鋭くなった。「あなたには渡せない」ジェインはコンスタンティンに言い放った。「わたしがハーコートに一緒に連れていくわ」ルークと離れることなどとても考えられない。フレデリックがこのようなことをしようとは夢にも思わなかった。

コンスタンティンが眉を吊り上げた。「いや、それには賛成しかねる」涼しげに言う。「なにしろ、きみのことはまだほとんど知らないんだ。その子をまかせられる人物なのかどうか見きわめようがないじゃないか。そんなことを簡単に許しては義務を怠ったことになる」ベカナムのほうに顔を振り向けた。「つまりぼくのいとこは、その子の養育権をレディ・ロクスデールに与えなかったというわけだからな」

ベカナムは黙って首を振った。

コンスタンティンは頭を傾けて、ジェインをしげしげと眺めた。「どうしてなのだろう」

ジェインは怒りとやりきれなさで胸を引き絞られる思いだった。さっと椅子から立ちあがり、新しい男爵につかつかと歩み寄った。「フレデリックは頭がどうかしていたからだわ！遺言書を作成したときにまともに頭が働いていなかったことは、あなたにもわかるはずよ。こんな遺産分与を決めたのだから、あきらかでしょう。ほかに考えようがない。養育の権利は放棄して、わたしにゆずって！」

コンスタンティンはジェインを見据えた。「だめだ—

インの目を見つめ返した。見逃しようのない頑なな決意が表われている。恐怖に襲われた。この男性は自分を苦しめたいがためにルークを引きとろうとしているのだろうか？　いくらコンスタンティン・ブラックでも、そこまで非情ではないはずだ。

ベカナムが咳払いをした。「ロクスデールに養育権を放棄してもらう案は、ぼくも真っ先に考えたよ、ジェイン。だが、無理なんだ」

ジェインはさっと目を上げた。「どうして？」

「フレデリックは代案も定めていた」

「誰なの？」ジェインはルークを取り戻すためなら、ブラック家の人々が何人かかってこようと戦う覚悟で訊いた。

「エンディコット卿だ」

コンスタンティンが皮肉っぽい笑い声を響かせた。「あの軟弱者か！　親愛なるレディ・ロクスデール、ぼくのおばは気弱な息子がその子をきみに引き渡すことはけっして許すまい」

それは間違いない。ジェインは不安に喉を締めつけられた。エンディコット卿が母親の前掛けの紐《ひも》にしっかりと括《くく》りつけられていることは広く知られている。レディ・エンディコットは他人の暮らしに口出しすることを生きがいにしていて、おまけに家名への誇り高さも並大抵ではない。息子がブラック家の血を引く子の養育をウェストラザー家に、それもジェインにゆずりわたすのを許すくらいなら死んだほうがましだと考えるだろう。

どちらかを選ばなければならないとしたら、いま自分の目の前に立っている男性のほうがまだいいように思えてきた。

でも、これからもルークと一緒に暮らせるよう、この男性に認めてもらうにはどうすればいいのだろう？　それに、たとえともに暮らすことを承知してもらえたとしても、今後いつ、この男性が後見人としての権利を行使してルークを自分から引き離そうとするかわからないでしょう？

声を絞りだすようにして言った。「フレデリックを殺してやりたいくらいだわ！」

「それほど無意味な発言はなかなか思いつけるものじゃない」と、コンスタンティン。

ジェインは発火しかねないまなざしを向けた。淑女として不作法きわまりない振るまいであろうと、この男性を殴ってやりたいと心の底から思った。

コンスタンティンが口の片端を上げた。「何かな」穏やかな声で言う。

ああ、それなのにジェインは魅入られていた。コンスタンティンの面白がっているような緑色の瞳から形の整った口に視線を移した。薄ら笑いを叩きのめしたい思いで手のひらを疼かせながら。

黙って睨みつけたまま、しばしの間が過ぎ、そのうちべカナムがわざとらしく空咳をした。

ジェインはぶるっと身をふるわせ、噛んでふくめるように明瞭に言った。「ひとつだけ約束して。わたしたちのあいだで話がつくまで、あなたが後見人であることはルークには言わないで。[illegible]後見人[illegible]、あの子のことをいちばんよく知っているのはわたしだ…に任せるため、わたしに決めさせてほしいの」

わずかな間をおいて、コンスタンティンが頭をさげた。「お望みどおりに」

ベカナムがコンスタンティンに言った。「フレデリックの事務弁護士のミスター・グリーンスレイドと話しあっておくことをお勧めする。古い音楽室できみを待っている」

「そうするとしよう」コンスタンティンはのんびりとしたしぐさで、ほとんど底をついたグラスを食器棚の上に戻し、ふたりに向かって頭をさげた。ジェインは礼儀をとりつくろう心の余裕すらなく、顔をそむけた。図書室のドアがかちりと閉まり、コンスタンティンが去ったことを告げた。

ジェインはベカナムを見やった。「あの人が後見人のままでも、わたしが養育権を認めてもらうことはできないのかしら？　ルークをあずかっても、あの人が得することは何もないはずよね？」

たちの悪い男性であれ、わざわざ女性に嫌われることをしても厄介なだけなのはわかっているはずだ。よく考えれば、小さな男の子を育てる手間を負うのは賢明ではないと判断がつくだろう。ルークを引き渡してもらえるよう説得するにはどうすればいいのだろう？　お金？　もしそれで願いを聞き入れてもらえるのなら、全財産を渡してもかまわない。

ジェインは唇を湿らせた。「お金を払うわ。ルークの養育権をゆずってもらえるのなら、全財産をあの人におゆずりするわ」

ベカナムは首を振った。「だめだ、ジェイン。フレデリックは遺言書に、きみが保有すべき財産だと明記している。それを簡単にゆずりわたすことはできない。受託者が認めはしない」

　ベカナムは親指と人差し指で眉間《みけん》を揉んだ。そのいたく深刻そうな表情を見て、ジェインの希望は手のなかから滑り落ちていった。実直で頼りがいのあるこのいとこは、どんなことでも親身に面倒をみてくれる。それなのに今回は解決策がないと思っているのだとしたら……。

「しかし……」ベカナムは口ごもり、視線を落とした。「結婚すれば、きみの信託資金の所有権は、おのずと夫のものとなる」

　ジェインは大鉈《おおなた》で突かれたかのような衝撃を受けた。

「け、結婚？」消え入りそうな声で訊き返した。「コンスタンティン・ブラックと結婚するということ？」

　ベカナムは息を吐いた。「いや。とうてい無理な話だ。そんなことは考えられない。ただし……ジェイン、そうすればきみの問題はすべて解決される。ついでに言うなら、ロクスデールのほうも都合がいいはずだ。ふたりが結婚すれば、領地はいままでどおり維持できる。そして、ルークはきみのものになる」

　ジェインは呆然となって脇の炉棚をつかんだ。膝から力が抜けて、立っていられそうにない。結婚がルークと暮らすための唯一の方法だとしたら……ああ、だけど、自分をみじんも
…しない男性との結婚が決まってすぐに、またも愛のない結婚生活に身を投じ

いっそルークを連れて逃げてしまいたい。だけど、どうやって生きていけばいいというのだろう？　自由に使える財産があるわけでもない。ベカナムが言うように、すべて信託管理されている。たとえふたりの生計を立てられる方法を見つけたとしても、逃亡者となってしまう。そんな汚名を背負って、ルークにどのような暮らしを与えてやれるというのだろう？　コンスタンティンにあずけたほうがまだ幸せになれるかもしれない。

ベカナムが近づいてきて、ジェインの肩をつかんだ。「こうなってしまったことは、言葉にできないくらい残念だ。ぼくもできるかぎりのことはすると約束する」

心やさしいベカナム。でも、今回ばかりは何ができるというのだろう？　ジェインは腕を伸ばして、いとこの手に手を重ねた。「ありがとう、ベックス。話してもらってよかったわ」

ベカナムが気遣わしげな暗い目で、感謝の言葉を払うように手を振った。「緑の間でモントフォードがきみを待っている」静かに言う。「話しあっておかなくてはいけないことがあるんだろう」

いまは公爵と顔を合わせたくなかった。公爵は財産相続のことしか考えていない。そのようなことに気持ちを振り向けられる状態ではない。ルークとどうすれば一緒に生きていけるのかを考えるだけで精いっぱいなのだから。

「公爵様にはお待ちいただくわ」できることならひと晩じゅうでも。

ベカナムが説得しようとするそぶりを見せたが、ジェインは手を振ってそれをとどめた。

「お願い、ベックス。わたし……ひどく頭が痛むのよ。公爵様とはいまはとても話せない」

ベカナムは束の間じっと見つめてから、うなずいた。「きみは気分がすぐれないようだと伝えておこう」

身をかがめ、ジェインの頬に妹にするかのような軽いキスを落とした。「少し休むといい。あす、あらためて話そう」

ジェインは感謝の笑みをこしらえて、うなずいた。

けれど休むつもりはまるでなかった。ルークと暮らせる方法を見つけなければいけない。何か手立てを考えなければ。

コンスタンティン・ブラックとの結婚？　ジェインはぶるっと身をふるわせた。きっとほかにもまだ何か手立てはあるはずだ。


「何度でも言うぞ、ジョージ、だめだ！」コンスタンティンはいらだちを抑えて、忍耐強くおどけた笑みを浮かべてみせた。

ブロードミアの売却は問題外だということが、このきまじめすぎる弟にどうすればわかってもらえるのだろう？　ふだんはきわめて穏やかな性質のジョージが、この案を思いついたとたん強情者になってしまった。

ジョージは兄を睨んだ。「ここをつぶさないためにはそれしか手はないんだ」

コンスタンティンは首を振った。「おまえにあずけたわが一族の家を売るくらいなら、破産したいとかましたか、自分の兄をどんな悪党だと思ってるんだ?」陽気さを欠いた笑いを漏らした。「いや、答えなくていい」

コンスタンティンは窓の向こうの雨に濡れた景色を見やった。レーゼンビーはいまや自分の領地だ。これを機に気持ちを新たに出直そうと考えていた。しかしおもな収入源も人々が働ける仕事も失っては、領地の運営はままならない。工場を守る手立てを考えなければならない。絶対に。

だが、だからといって父の一族に代々引き継がれてきた家を売るわけにはいかない。そこは自分たちが育った家で、いまもジョージの家族と母が暮らしている。自分は家名を穢《けが》して以来、帰れてはいないのだが。

フロックトン嬢との破廉恥《はれんち》な出来事がおおやけとなり、父にブロードミアから追いだされ、領地はジョージにゆずることが決められた。哀れな父は遺言書を書き換える前に亡くなり、コンスタンティンは嫡男《ちゃくなん》としてすべてを相続した。

父の遺志は承知していたので、ブロードミアは本来は弟のものだと考えている。だが、ジョージは頑なだった。兄が正式に所有権を譲渡しようとしても受け入れなかった。

ジョージは兄がいつか父の死にぎわの願いを聞き流して折れてくれるだろうと、人のいい愚かな期待を抱いている。だが、コンスタンティンにその気はなかった。今後も跡取りとなるつもりはない。だからこそ遺産は嫡男以外の男子に認められる手当てだけを得るにとどめ、残りはすべて弟の手腕に託した。以来、ブロードミアの地には足を踏み入れていない。

レーゼンビーを救うためにブロードミアを売る？　そんなことをするくらいなら、あの〝氷の女王〟と結婚するほうがまだましだ。このような立場におかれた男なら誰しもそうするのが当然ではないのか？　血統や富や名声を手にするための政略結婚。それをしたからといって、いまの自分にどんな傷がつくわけでもない。

だが、この案にはどうしても引っかかりを感じた。かつて自分は不幸な結婚を避けるためにとても多くのものを犠牲にした。結局はそのような結婚に頼らざるをえなくなるとは、なんと皮肉な運命なのだろう。けれども今回は自分の名誉以上に大切にしなければならないものがある。

「ブロードミアを売らなければ、工場を失う」ジョージが粘り強く続けた。「兄さんは自分の名誉のためなら領民たちを路頭に迷わせてもいいというのかい？」

名誉だと？　そんなものはもはやない。自分のこれまででいちばんの善行は、ジョージに一族の家を継がせたことだ。それをまた自分で台無しにしてしまうわけにはいかない。

コンスタンティンは腹をくくった。「べつの手を見つけるさ」

とはいえ、一点についてはジョージの言うとおりだった。かなり多額の資金が必要だ。早急に。

グリーンスレイドの話によれば、フレデリックはレーゼンビーの毛織工場と周辺の数エーカーの土地を担保に、北側に工場を持つブロンソンという男から借り入れをしていた。フレデリックの死去により債務不履行《ふりこう》となり、元金と利子を――途方もない額だ――四十五日以い返済しなければならない　コンスタンティンがそれまでに金を用立てられなければ、担保を差し押さえられ、工場の所有権はブロンソンに譲渡される。

いったいどういうわけで、フレデリックは工場を担保に入れようなどと考えたんだ？　領民すべての暮らしを危機にさらす行為だ。おまけに、いとこの自分には莫大な借金を返済するための資金は相続させず、その後始末だけを押しつけた。

フレデリックが借り入れた資金はいったいどこにいってしまったんだ？　レディ・ロクスデールの金庫のなかだろうか？　コンスタンティンはそう考えて、口もとをいかめしく引き締めた。

不可解なことと言えば、ルーカス・ブラックのこともまた然りだ。〝氷の女王〟の言うとおり、フレデリックはいったいなぜ、六歳の男子の後見人にいとこを指名するようなことをしたのだろう？

けれども、レディ・ロクスデールが少年の養育者にふさわしい人物かどうかもまだよくわからない。先ほど話したかぎりでは、母性らしきものもとりたてて感じられなかった。フレデリックが妻を少年の養育者に指名しなかったのには何かわりがあるのだろう。

ジョージが顎を突きだした。「ぼくにまかせてくれれば――」

「帳簿を調べて、領地をひとめぐりしてこなければならない」コンスタンティンは遮って言った。無益な議論を長引かせたくはない。「借金を返済する金を掻き集める方法はきっとあるさ。投資もしているし……」

コンスタンティンは言葉を切って、いぶかしげに目を狭めた。そうした多くの投資はまだじゅうぶんな利益を生みだしていない。いま売却すれば、損をする可能性も高い。しかもその売却金では、多額な借金を返済するには足りないだろう。危険の大きい投機取引に手を出すしかない。ジョージは反対するだろうが。

弟をまっすぐ見据えた。「ブロードミアを売る話はもうしたくない。なるべく早く譲渡文書を作成するよう弁護士に頼んでおこう」

ジョージがテーブルにこぶしを叩きつけた。「相続権は受け入れない。どうしてなんだよ、兄さん！　父さんと同じことをしてるんじゃないか。父さんとそっくりだ。名誉を重んじることばかり考えて、分別を失っている」

コンスタンティンは弟の言葉に胸を突かれた。堅物で執念深かった父と自分が違わないというのか？　いつもならこのような鋭利な言葉も身に染みついた鎧《よろい》でかわし、笑い飛ばしていただろう。だが今回の相手はジョージで、自分にとってはいちばんの——それもただひとりの——理解者だ。

傷口から熱く危険な怒りが噴きだした。獰猛な防衛本能が働いて、口もとをゆがめた。

「弟よ、おまえも小うるさいおば以上につまらない人間になってしまったものだな。ジョージ、家族のもとへ帰れ。あとは好きなようにやらせてもらう」

ジョージはやり場のない怒りをこらえているような顔で、しばらくそこから動かなかった。

コンスタンティンは片方の眉を吊り上げた。おい、いったい何をぐずぐずしているんだと

でも言いたいに

ジョージが苦々しげに悪態をつき、背を返してドアのほうへ向かった。「それなら、兄さんの好きなようにやればいい」歯の隙間から吐きだすように言い捨てた。「勝手に地獄に落ちてくれ！」

4

「うんざりするほどの財産を相続して、どうしてそんなに機嫌が悪いのかしら」セシリーが言う。「わたしが遺産を自由に使える立場になったら、きっと有頂天になってるわ」

セシリーはジェインのベッドに腹ばいになり、退屈そうに脚をばたつかせている。ロザムンドは窓辺の椅子に腰かけ、青く澄んだ目にいつになく気遣わしげな表情を浮かべている。

ジェインはじっとしていられなかった。もう自分のものではない寝室のなかを落ち着きなく歩きまわっていた。ルークと一緒に暮らせないのなら、どんなに遺産があっても意味がない。

「考えてみて、ジェイン」セシリーがため息まじりに言う。「あなたは裕福な未亡人なのよ。わたしがあなたの立場だったなら、めいっぱい着飾って、好き勝手に過ごすわ」

「あなたはいまでも着飾っているでしょう」ジェインは言った。「何を身につけても似合ってしまうんだもの。あなたが大胆な装いをしても、誰も驚かないわ」

ロザムンドが微笑んだ。「あら、セシリーにだってちゃんと役目を果たさなければいけない。[illegible]来るのよ。わたしたちには、公爵やベカナムとはまた違う、逃れられない務めがある。

シェイン　あなたは少し休ませてあげたかったけれど。こんなことになってしまって残念だわ」

　ジェインはいとこの意外な言葉にさっと目を向けた。ロザムンドはこの結婚が幸せなものではなかったことまでは知らないはずだ。ロザムンドやセシリーにさえ、誰にも、結婚生活についての不満は漏らしたことがなかった。

　憶測から言っただけなのだろうか？　それも考えられない。ロザムンドはまるで邪気がなく、誰にでも良心があると信じているような女性だ。

「逃げちゃえばいいんだわ」セシリーが言う。「そのときには、わたしたちを連れてって」

　ロザムンドがぱっと顔を輝かせた。「逃げるとしたら、どこへ行くの？」

「どこにでも！」セシリーが声をあげた。「パリ、ローマ、エジプト」両手で頬杖をつき、黒い巻き毛を揺らして目をきらめかせた。「すてきな冒険ができそうよね？」

「わたしはとても楽しめそうにないわ」ジェインは言い、唇を噛んだ。「遺産相続の問題だけならまだしも、ルークを残してはいけないわ」ぴたりと口を閉じて、ふたたび唇を噛んだ。

　ロザムンドが首を振った。「あなたがどれほどルークを愛しているかはフレデリックも知っていたはずだわ。どうしてこんなことをしたのかしら？」

「わたしにもわからない」ジェインは両手をきつく組み合わせた。「もしかしたら、だいぶ前に取り決めたことで、書き換える機会がなかっただけなのかも」下唇を噛みしめた。「それとも、何か特別な理由があったのかしら。ルークはブラック家の血を引いているわけだし、誰もが知っているように、並はずれて誇り高い一族でしょう。フレデリックが本人たちの気持ちはさしおいて、自分の一族にルークの養育をまかせようと考えたとしてもふしぎはないわ」

もともとルークの気持ちなどまったく考えていなかったのだからとジェインはいらだたしく思い返した。フレデリックはルークにほとんど目を向けようとはしなかった。

「あのならず者さんが、あなたからルークを取りあげるとはかぎらないでしょう！」セシリーが言う。

ジェインは理不尽さに胸を焼かれる思いだった。「あの人は認めないと言ったのよ。しかも、わたしがルークの養育者にふさわしいかどうかもわからないと！」

「失礼な人ね！」セシリーが嘆いた。

「最善の手段は、コンスタンティン・ブラックと結婚することよね？」ロザムンドが静かに言葉を挟んだ。

「結婚――あんな不作法な人と？」ジェインは訊き返した。「ベカナムにも同じことを言われたけど……ああ、ロザムンド、せめてあなただけはわたしの気持ちをわかってくれると思ってたのに」

ロザムンドは片手を上げた。「とんでもない放蕩者と言われている男性との結婚を無理強いするつもりはいっさいないけど、あなたたちの利害が密接に絡みあっているのは確かだわ。フレデリックはこの領地を衰退させてしまった。ルークの養育費用を遺言書で定めることもしなかった。ベカナムはなによりそのことに怒ってるわ。だからわたしにも、レーゼンビーを守るためには、あなたとコンスタンティン・ブラックが結婚する以外に方法はないと言っていた」

セシリーが口を挟んだ。「そのとおりだわ、ジェイン。そうすればなによりルークと暮らせるんだもの」

ジェインはうろたえてみぞおちを引き絞られるように感じた。「無理よ」両手を握りあわせる。「あの人とは結婚できない。あんな人とは。いいえ、誰とも」

「飛びぬけた美男子だと聞いてるわ」セシリーが言う。「なぐさめにはなるわよね。だって、どうせ愛していない人と結婚しなければならないのなら、容姿がすてきなほうがいいに決まってるでしょう？」

ジェインの脳裏に、コンスタンティン・ブラックの彫りの深い顔が呼び起こされた。いいえ、あの男性の並はずれて危険そうな容姿は……なぐさめになるどころか、なんとなく不穏な気分を抱かせる。

不安がつのり、息が詰まりそうだった。「無理だわ。わたしに結婚は向いてないのよ」

ロザムンドが慮《おもんぱか》るふうに表情をやわらげた。「ジェイン、子を授からなかったからといって、結婚が向いていないということにはならないわ」

いいえ、それは違う。でも、たとえ相手がロザムンドであれ、そのような夫婦のあいだの問題を打ち明ける気にはなれなかった。

「第一、あちらのならず者さんだって、夫に向いているとは思えないわよね？」セシリーが間違いないとばかりに問いかけた。

「わりにうまくやっていけるのではないかしら」ロザムンドがそれとなく言った。

「ほかに愛人を持てばいいんだし」セシリーがとりすましてなめらかに言い添えた。

ロザムンドがうなずいた。「あなたがいやなら、必ずしもここで暮らす必要もない。もしくは、あなたがここを取り仕切って、あの人にロンドンへ行ってもらうほうがいいかもしれないわね。名案ではないかしら」

いいえ、まるでそそられない。やっぱり無理よ。

ロザムンドがジェインの手を取り、そっと揺らした。「一案として、むやみに撥ねつけないほうがいいわ」

ジェインはロザムンドの力強くしなやかな手を握り、ため息をついた。「自分の定めに不満を口にするなんて考えたこともなかった。もちろん、フレデリックが死んでしまったことは哀しいわ！　だけど……コンスタンティン・ブラックと結婚するなんて！　夫はどうしてわたしにこんな仕打ちをしたの？」

それでも、ルークをほかに誰も愛してくれる者のいないレーゼンビー館に残し、ろくでなしの放蕩者の見本のような男性の手にゆだねて、自分ひとりで去るなどということは絶対に考えられない。義務の繋がりなどよりよほど強い愛の絆で結ばれたルークを連れていけないのなら、ここから離れられはしない。でも、結婚もせずに、コンスタンティン・ブラックのような放蕩者と同じ家に漫然と居坐りつづけることもできない。評判を傷つけられるのは避けられないだろう。

ロザムンドが心配そうに眉をひそめている。もはや定められた運命なのだと思っているのかもしれない。ウェストラザー家の女性相続人に結婚相手の選択権はない。三人ともとうにその事実を受け入れている。ジェインは未亡人となったことでそうした務めから解き放たれたにもかかわらず、今度はまたフレデリックの遺産に縛りつけられてしまった。

そんな財産なら……いっそテムズ川の底に沈めてしまいたいくらいだ。

「こんなことをするなんて、フレデリックを許せないわ！」ジェインはやりきれず、涙をこらえた。きょうはもう泣きたくない。「あの人があんなばかげた遺言書を残さなければ、わたしはルークと暮らせたのよ。自由になれたのに」

「ジェイン、ジェイン」セシリーがさっとベッドをおりた。「あなたは気が動転しているのよ。モントフォードのことはわかっているでしょう。コンスタンティン・ブラックがいなくても、喪《も》があけたらきっとまたすぐにべつの花婿をあてがおうとするに決まってるわ。それに、いま決断すれば、少なくとも、あなたが欲しいものは手に入るのよ」

ジェインは首を振って拒んだが、セシリーの言うとおりであるのはわかっていた。公爵は必ず自分の思いどおりに事を進めてなし遂げる。それも無理やり結婚を強《し》いるわけではない。けっしてこちらが断われないように策を講じるだけのことだ。

セシリーがため息をついた。「ロザムンド、例の家訓を」

「今回はあなたのほうがいいわ」ロザムンドが穏やかに勧めた。

「わたしよりうまく言えそうだから」

セシリーは袖の皺を伸ばした。「そうね、わたしは誰より、きっとザヴィアよりも何度も聞かされているんだもの。もしかしたら、モントフォードより正しく憶えているかもしれないわ。先週は公爵の言いまちがいを指摘してあげたんだから」

「あの人も腕が落ちたのね」ロザムンドが言う。

「そうかもしれないわ。お気の毒に」

ジェインは顔をしかめた。「例の家訓は必要ないわ。自分の務めは承知しているから。だからこんなに苦しんでるんじゃない」

ロザムンドとセシリーは目配せしてから、声を揃えた。「ウェストラザー家に生まれるということはどういうことなのか、わかっているのかね。レディ・ロクス――」

「やめて！」ジェインは場をなごませようとするいとこたちの見当違いの気遣いを、笑いといらだちのまじりあった声で遮った。「家訓は無用よ！」

こめかみを指で押さえた。「あなたたちの言うとおり。あなたたちはたしかに正しいわ。わたしはあの人と結婚しなければいけない。ルークといるにはそれしか方法はない。たとえコンスタンティン・ブラックがわたしに養育権を認めてくれたとしても、いつあの人にルークを連れ去られてしまうかわからないんだから。そんなことは耐えられない」

ロザムンドが心配そうに見つめた。「でも、あのならず者さんが承知するかしら？」

ジェインは肩をすぼめた。「この結婚で得られる利益を逃すほど愚かではないでしょう。あの人にはなによりわたしのお金が必要なのだから」

しかもコンスタンティンは妻としての役割も要求できるようになる。ジェインは不安から吐き気を覚えつつ体は熱くなっていた。

あの男性はとても……とても逞しく、活力に満ちあふれている。

男らしさがみなぎっている男性をまったく知らないというわけではない。ウェストラザー家の男性のいとこたちもそうした魅力はじゅうぶんに備えている。それでもどういうわけかコンスタンティン・ブラックには、いままで出会った誰より危険を感じるし、不安な気分にさせられる。近づかないほうがいいのは間違いないけれど、それではルークと暮らせなくなってしまう。

にわかに汗ばんできた両手をスカートに擦《こす》らせた。「きちんと論理立てて、提案してみるわ。この結婚によってお互いに欲しいものが得られることを。あの人は……フレデリックの代わりに夫になる。それだけのことよ」

ロザムンドが不安げに口を開いた。「そんなに率直に話して大丈夫かしら？　気分を害する紳士もいるかもしれないわ」

調子に乗られるくらいなら気分を害してくれたほうがいい。ジェインは内心、得をするという理由では、コンスタンティン・ブラックを説得できないのではないかという気もしていた。

「気持ちを逆なでしないように話してみるわ」ジェインは答えた。「そう簡単にはいかないでしょうけど」

いとこたちの疑わしげな表情にはそしらぬふりで、書き物机のほうへ歩いていった。落ち着かなげな手つきで、けれども毅然《きぜん》と抽斗《ひきだし》を引いた。紙とインクを取りだし、椅子に腰をおろして羽根ペンを構える。

「あすの午前中に公爵と会う前に、ロクスデール卿と話しておかないと。今回は自分で取引を成立させるわ」

コンスタンティンは空《から》のグラスを眺め、脇に置いてある底をつきかけたデカンタを睨みつけた。すでに新たなボトルは頼んであるのだが、いったい何をぐずぐずしているんだ？　イングランドにはいまの悲惨な状況を忘れられるくらい酔わせてくれるワインはないのだろうか。

これまでほとんど衝突したことのなかったジョージと言い争い、さらにはおばも怒らせてしまった。レディ・エンディコットは激昂して部屋にさがったので、少なくともあと数時間は煩わされずにすむだろう。

おばと亀裂が生じようとかまいはしない。これまでも事あるごとに小言を聞かされてきた。そのうえ恐るべきレディ・アーデンを呼び寄せようとたくらんでいるのは間違いないので、後ろめたさなど感じようがない。

だがジョージについては話はべつだ。上流社会の誰に背を向けられようとも、家族のなかでただひとり自分を信じてくれる存在だ。父が一族の面汚《つらよご》しの長男に絶縁を言い渡したときにも、公然と兄をかばって楯突《たてつ》いた。

コンスタンティンは後悔の念から奥歯を噛んで悪態をついた。いや、しかし、自分のために弟に夢をあきらめさせるくらいなら、嫌われたほうがましだ。

夜の帳《とばり》がおりると、奥深い田舎の静寂がしんと耳に響いた。蠟燭は灯していない。暖炉でゆらめく炎がわずかな明かりとぬくもりをもたらしている。

レディ・ロクスデールにあからさまに滞在を拒まれたが、コンスタンティンはそれにはかまわず、彼女の私室から離れた東棟の寝室に陣どった。主人用の寝室ではないが――いまそこに入るのはさすがにまだ厚かましいだろう――きちんと手入れのなされた庭園を見渡せる、広々として快適な部屋だ。

コンスタンティンは立ちあがり、あり放っておいた窓に歩いていった。雨はいったんやんでいるが、空は嵐雲に覆われ、星も月も遮られている。どこか不穏な予感を抱かせる静けさのなか、暖炉の火床で薪《まき》が燃えあがり、小枝がはじかれる音だけが時おり響いている。コンスタンティンは答えを探すように漆黒《しっこく》の闇を眺めた。

決断しなければならない。それもすぐに。

たしかに、レディ・ロクスデールと結婚するという選択は理にかなっている。わかりきったことだ。あの女性が資金を持ち、自分は領地を有している。このふたりが結婚すれば、すべてが丸くおさまる。おばはそうするよう強く求めた。あとはブロードミアを売却する以外に手はないと、ジョージが詰め寄った。

　おばと弟の言うとおりなのだろう。

　そうだとしても……金のために女性と結婚するのかと思うと、どうしても自尊心が邪魔をして受け入れられなかった。それも相手はあからさまに自分を侮辱した女性だ。

　レディ・ロクスデールのような女性には会ったことがない。歯に衣着せず、自分への嫌悪を口にした。そのうえどうやら、こちらに邪悪な下心があるものと思い込んでいるらしい。

　けれども、ベカナムからルークの後見人について聞かされたときには、初めて弱さを覗かせた。敬虔《けいけん》な信仰心から、このような男と暮らせば少年が堕落《だらく》してしまうとでも考えたのだろうか？　それとも、ほんとうに心から少年を気遣っているのか？　どうしてそのルークとやらのためにそこまで必死になれるのだろう？

　いつもの自分なら便宜《べんぎ》上の結婚など考えもしなかっただろうが、今回はほかに解決の糸口が見つからない。

　レディ・ロクスデールは顔立ちも姿も美しい。欲望をそそられる。たしかに、あのお高くとまった〝氷の女王〟を自分のベッドに連れこめたなら、無上の喜びを味わえるに違いない。

　またしてもあの女性のほんのり赤らんだ頬と、なめらかで透きとおるような肌が思い浮かび、触れたい欲求で指先が疼いた。猫のように柔らかな肌を撫で、ふたたびほのかな色に染めさせたい。体じゅうを。

ただ、都合がいいからと気持ちも愛もない結婚をするというのか？　とはいえそれ以外には、わが一族の家を売るしか手はないだろう。

背後でドアが開いた。すばやく振り返ると、近侍《きんじ》がブルゴーニュ産の赤ワインのボトルと新たなグラスを載せた盆を手に立っていた。

「やあ、プリドル。ちょうどよかった」新たなワインがこの憂うつな考えから救ってくれるかもしれない。

「旦那様」近侍はコンスタンティンの傍らのテーブルに盆をおろした。ワインのコルク栓を抜き、グラスに注ぐ。

赤ワインをまずはひと口味わったところで、コンスタンティンは銀の盆に載っていた小さく巻かれた紙に目を留めた。

「これはなんだ？」盆から取りあげ、小さな紙を広げた。

「なんのことでございましょう、旦那様？」

コンスタンティンは目を上げずに答えた。「いや、いいんだ」

プリドルはことのほか思慮深い。仕事とは関係のなさそうな、婦人からの書付《かきつけ》であれば（今回のように）見えないふりを装うだろう。

コンスタンティンは親指で紙の皺を伸ばした。インクの染みがべったりと付いた紙に記された優美な文字がかろうじて読みとれた。急いで書いてすぐに届けられたものであるのはあきらかだ。インクがまだ乾いていない。親指に付いたインクの汚れを眺めた。

「礼拝堂で密談か。ううむ……」片眉を上げて近侍を見やった。「どう思う、プリドル？」

「逢瀬《おうせ》をお勧めするようなことは申しあげられません、旦那様」

コンスタンティンは顎をさすった。「いや。記憶が正しければ、レーゼンビー館の礼拝堂はとりわけ薄暗い。典型的なゴシック建築だ」ため息をついた。「あの礼拝堂では戯《たわむ》れるどころか刺される心配をしたほうがよさそうだ」

グラスのふちを指先でなぞった。「行くべきだろうか？　ぼくを追い払うための罠かもしれない」

「ご婦人をがっかりさせてはいけません、旦那様」

「命が危険にさらされても？」

「外套をお持ちいたしましょう」

「無用だ」コンスタンティンはワインをふた口飲むと、靴下を穿《は》いた足を礼装靴に入れて立ちあがった。

「旦那様！」プリドルが慌てた声をあげた。「そのようなお姿で出られてはなりません！」

コンスタンティンはかまわず部屋を出て、礼拝堂へ向かった。

待ち合わせ場所に着くと、祭壇にある燭台の一本の枝に火が灯されていた。持ってきた蠟燭を側卓に置き、薄闇のなかを見まわした。

女性はステンドグラスを眺めているかのように、こちらに背を向けて立っていた。せっかく色鮮やかな模様を輝かせる陽が出ていない晩には無益な行為だ。足音が聞こえていたとしても、女性に反応を見せなかった。

　コンスタンティンはそれならばと黙って女性を観察した。飾り気のないドレスを着て、髪はきつく束ね、背をぴんと伸ばして立っている――このように夜遅い時間でも、レディ・ロクスデールの身なりに乱れはない。赤褐色の髪が数本ほつれて、耳の後ろから首筋に垂れている程度だ。

　いったいどうすればこのように頑なな態度をゆるめさせ、血の通った生身の女性らしさを引きだせるのだろう。愚かな願望もいいところだ。それでも、コンスタンティンの体は欲望で激しく脈打っていた。

「お待たせした」

　女性の首筋がこわばった。背筋がさらに伸びたように見えたかと思うと、振り返って驚いた顔つきで唇を開いた。瞳が青みがかったグレーにきらめき、肌に金色の灯火がちらちら映りこんでいる。

「お呼びだろうか？」やさしい声で尋ね、うやうやしく頭をさげた。

　レディ・ロクスデールは派手やかな絹地のガウンを羽織った男の姿に、目を大きく開いて見入った。いかにもウエストラザー家の女性らしいとりすました態度で、コンスタンティンの櫛《くし》を入れていない癖毛からシャツの襟が開いた首、黒い礼装靴の留め金へとゆっくり眺めおろす。

　目が合うとすぐにそらした。頬が赤らんで見えるのは灯火のせいだろうか？　コンスタンティンはまたしてもこの女性の透きとおるようなきめ細やかな肌と、たちまち赤らんできた頬に魅入られた。

この密会はなかなか興味深いものになりそうだ。

ジェインは落ち着かなければとひそかに自分に言い聞かせた。なんて人なの！　このように髪を乱して悪びれもせず、派手はでしい身なりで立っている美形の男性に、どうやって重大な話を切りだせばいいというのだろう？

紳士たちのあいだで風変わりな柄のガウンが流行しているのは知っている。フレデリックもコンスタンティン・ブラックがむぞうさに羽織っているのと同じような柄のものを身につけていたけれど、清国の絹地の鮮やかな色彩は蒼白い顔のフレデリックにはあまり似合わなかった。

かたやいま目の前に立っている新しい男爵は、彫りの深い顔立ちと日焼けした肌がいっそう引き立って見える。宝石を散りばめたかのようにきらびやかな模様が緑の瞳をきわだたせている。小麦色の逞しい首と胸がちらりと覗いていて、紳士らしいクラヴァットもベストも身につけていない姿には、荒くれ者の海賊のごとき雰囲気が漂っていた。

ジェインは鮫《さめ》が泳ぎまわっている海に踏みこんでしまった心地がした。胸がぞくぞくし、手がふるえた。心臓がいまにもせりあがってくるように思える。

いったい自分に何が起こっているのだろう？　見ないようにしようとしても、どうしても男爵の胸に目がいってしまう。

「レディ・ロクスデール？」その面白がるような声は、相手の動揺を見抜いていることを物語っていた。ジェインは顔が熱くなった。

コンスタンティン・ブラックの逞しく美しい鎖骨からどうにか気をそらし、低い声で言った。「せめて上着をお召しになってきてほしかったわ」

男爵が片方の黒い眉を吊り上げた。「こんなところへ呼びだしておいて、ぼくの身なりを指摘できる立場ではないだろう？　ぼくが貞淑なご婦人を誘惑するのをどれほど得意としているか知らないのか？」

「どうしてそんなふうに堂々と、自分のよくない評判を自慢できるの！」ジェインは鋭い声で返した。「言っておくけど、わたしはなんとも感じないわ」

コンスタンティンが口の片端を上げた。「ではいったい何しに来たんだろうな」

ジェインはまじまじと眺めまわされたが、自分も先ほどまで目をそらせなかったのだから、お互いさまだと思うしかなかった。

深みのある緑色のきらめく瞳で見つめられると、体が熱くなって落ち着かず、少しばかりびくついてきた。首もとがすぼまったドレスを着ているとはいえ、胸の前で腕を組みたくて仕方がなかった。何枚もの布地に隠された裸体を見通されているような気がしてならない。尋ねれば、靴下留めの色まで言い当てられてしまいそうだ。

ジェインは顔をほてらせ、急いで口を開いた。「男爵様、あなたに大切なお話があるの」

「それにしては妙な場所を選んだものだ」

「ちょうど中間の場所だから」ジェインが礼拝堂を選んだのは、どこより風情《ふぜい》のない場所だと思ったからだ。それなのに、この男性が入ってきたとたん、辺りの空気が張りつめた。神経が研ぎ澄まされ、ジェインの頭になんとも不可思議な想像がめぐりはじめた。

この男性はまるで歩くかまどだ——足を踏み入れた部屋はどこもたちまち熱気に満たされてしまう。株式の取引所や、弁護士の事務所や……牛小屋で会えばよかったのかもしれないけれど、それでもやはり同じような状態に陥《おちい》っていたかもしれない。

ぼんやり立ちつくしていないで何か話さなければと、ふたたび口を開いた。「先にあなたとふたりきりで話しておきたかったの——モントフォード公爵より先に。あすでは時間がとれそうにないから」

ロンドン住まいの紳士が昼前に起きてこないことは誰でも知っている。モントフォードとは朝食後に会うことになるだろう。いまを逃せば、あすコンスタンティン・ブラックを見つけて手を打つより先に、公爵に運命を定められてしまう。

ジェインは両手を組み合わせ、コンスタンティンの顔に視線を定めた。「フレデリックの遺言書のせいで、このままでは領地が大変なことになってしまうわ」

「財産を相続するきみに、どんな不都合があるのかわからないが」コンスタンティンは腕組みをして、大理石の柱に寄りかかった。

「わからないの？」ジェインは乾いた声で訊いた。「つまり、わたしの一族のことをご存じないのね」

「よく知っているとも」その陰気な声から、気乗りしない話題であるのが聞きとれた。

ジェインはいぶかしげに目をすがめたが、あえて言葉は返さなかった。いまはともかくこの男性に協力してもらわなくてはならない。

「こんなふうにふたりで会うのはまずいだろう」コンスタンティンが非難がましく言った。

「公爵が祈りを唱えに現われたらどうするんだ?」

ジェインは一笑に付した。「モントフォードに祈りは必要ないわ。自分を神だと思っているような人なんだから。いずれにしろ、夫のいとこと少しくらい話したからといって、わたしの評判に傷はつかないでしょう」

「神にかけて、そう思ってるのか?」コンスタンティンは辺りを見まわし、その動きでガウンの金糸がきらりと光った。「ぼくについて言われていることが半分でも事実だとすれば、この状況できみを誘惑せずにはいられないだろう」

怖気《おじけ》づいてはいけないと自分に言い聞かせていたにもかかわらず、ジェインの呼吸は速まっていた。一瞬鼓動がとまり、心臓が飛び跳ねた。

必死に気を鎮め、どうにか口を開いた。「脅《おど》しても無駄よ、男爵様。わたしはあなたを恐れてはいない」

「そうか、だが脅してなどいない」コンスタンティンは口もとをゆがめ、じろりと見返した。

「当然の推論を述べたにすぎない」

いったい何が言いたいの？　けれどコンスタンティンの愉快そうな表情を見て、答えは知らないほうがいいと見定めた。

本来の目的に気持ちを戻した。「こんなふうに遺産を分けられては、お互いにとても都合が悪いでしょう。わたしの一族は、わたしたちが結婚することが唯一の解決策だと考えてるわ」

いったん待ったが、返事はなかった。簡単には話がつきそうにない。ジェインは両手をぎゅっと組み合わせた。「あす、モントフォード公爵とこの問題について話しあわなくてはいけないのよ」

ジェインは当初、公爵にコンスタンティン・ブラックと結婚させられることを懸念《けねん》していたが、いまはまたべつの計画があるのかもしれないと恐れていた。ルークを手放すことにはけっして同意するつもりはないけれど、公爵にこの気持ちを理解してもらえるとは思えない。ウェストラザー家の富を増やし、権力を強めることしか考えていない人に、どうしてたいして縁のない小さな男の子のことを気遣えるだろう？

ジェインはじっとコンスタンティンを見つめたが、いらだたしくも目の前の男性は今度も何も言おうとはしなかった。結婚話を持ちだされたことに驚いているそぶりも見えない。よほど愚かでないかぎり、フレデリックがもたらした難題の解決案として、ふたりの結婚をちらりとも考えないことはありえない。それに、たとえ道徳心は完全に欠落していたとしても、コンスタンティン・ブラックが愚かな男性ではないのはあきらかに感じとれた。

ジェインは考えを読みとろうとしたが、コンスタンティンの顔には腹立たしいほど表情がなかった。できるかぎり困らせてやろうとでも決意しているかのように。

ルークと暮らすためには、ここでくじけるわけにはいかない。

気恥ずかしさで顔を赤らめつつ、深々と息を吸いこんだ。「お互いの……気持ちはどうあれ、この領地を守るために、わたしたちは結婚すべきだと思うの」

呆気《あっけ》にとられたような間をおいて、コンスタンティンは眉を上げた。「なんと」静かに言う。「このように美しく気高いご婦人から、求婚していただけるとは光栄だ」

ええ、光栄どころではないでしょう！　この婚姻はあなたにも同じように利益をもたらすものなのだから。しかも失うものは何もない。財産が手に入れば、コンスタンティンはそれを心おきなく使って、いままでどおり賭け事を楽しみ、情婦を囲い、娼婦と戯れていられる。そのあいだこちらはつねに誇り高く、自分の住む世界には何ひとつ綻《ほころ》びなどないふりで、領主の妻の務めを果たさなければならない。

ジェインは唾を飲みくだした。「当然ながら、わたしたちは便宜上、結婚するだけよ。だから、あなたの……習慣について改めてもらおうとはいっさい思っていないから安心して」

「ぼくの習慣？」穏やかな口ぶりだったものの、コンスタンティンの目は危険な光を宿していた。「きみはなんと寛大なご婦人なんだ。まったく恐れ入った。いや、心から光栄に思うよ」

ジェインはこらえきれず言葉をほとばしらせた。「光栄に思うですって？　ほんとうはあなたなんて絶対に結婚相手に選びたくないわ。でも、ほかにどうしようもないんですもの」

　束の間、コンスタンティンは怒りをあらわにしたが、すぐに穏やかな表情に戻って、微笑んだ。けれどもジェインは騙されなかった。男爵の目は険しく、エメラルドのような冷たい光を放っている。

「なるほど」コンスタンティンが静かに言う。「それでぼくには好き勝手にやっていろと？」

　ジェインは顔を赤らめた。不作法な態度を詫びる言葉が喉もとまで出かかったが、呑みこんで、不機嫌に答えた。「あなたが結婚すると言えば、女性が誰でも嬉しくて気を失ってしまうとでも思ってるのね」

「気を失う？」

　コンスタンティンはにやりと笑ったが、目だけはなお表情が変わらなかった。なめらかな絹地のガウンを羽織った逞しい体をしなやかに動かし、力強い足どりでやすやすと歩み寄ってきた。「きみだっていつ卒倒してもふしぎじゃない。そんなにきっちり髪をまとめて、首もとまでボタンで絞めつけて、がちがちに自分を縛りつけている」ジェインのすぐ手前で立ちどまった。「その内側では情熱が沸き立っているというのに」

　ジェインは呼吸を落ち着けようとしていたが、そばに来られたせいでまた徐々に速まりだした。コンスタンティンの呼気からワインの甘い香りが漂ってくる。折り返しの襟もとから覗く魅惑的な素肌に目を引かれた。この男性には圧倒されそうなほど並はずれた男らしさがある。

それでもジェインに恐れを感じているわけではなかった。この身が燃え立っているのは恐れとはいっさい関係がない。

思いきって挑むように目を合わせた。情熱ですって？　ばかばかしい！　この人にどうしてわたしの欲望がわかるというの？　この人とベッドをともにしたいとは思わない。みじんも。

コンスタンティンは視線を絡ませて手を伸ばし、ジェインのうなじに垂れていたひと房の髪をつまんだ。幅のある指先が顎をかすめ、ぞくりとするぬくもりを残した。親指と人差し指で巻き毛を揉み擦られて、わずかに頭皮が引っぱられるのを感じた。

「柔らかい」低い声がした。

ジェインは相反する様々な感情があふれだし、自分が何をしようとしているのかわからなくなった。息を呑んで、身を引いた。背を向けて、心乱されている理由を必死に探した。

唇を噛み、とまらない体のふるえをどうにか鎮めようとした。いままで誰にも、フレデリックにさえ、こんなふうに触れられたことはない。親密な触れ方だった。なれなれしすぎる。こんなことを許してはいけない。

このようなことをして、コンスタンティンはいったい何をたくらんでいるのだろう？　怖がらせようとでもしているの？　ふいに、先ほど誘惑せずにはいられないと冗談めかしていた言葉が悪意あるものに思えてきた。

どきりとする静かな声がした。「それにしても、いったいどうしてフレデリックはきみにすべてを遺したんだろうな？」

そのかすれがかった声に含まれた思わせぶりな響きが、ジェインの癇《かん》にさわった。すぐにでもベッドをともにできるものと思い込んでいるかのような口ぶりだ。さしずめ、フレデリックにベッドで格別な奉仕をして財産をものにしたとでも思われているのだろう。

なんて皮肉な話なの。

「フレデリックはどうかしていたんだわ」そう切り返した。「わたしはそういったことに口出しできる立場ではなかったし、話に出したこともなかったのだから」

沈黙。

信じてもらえていないのだろう。

ジェインは唾を飲みこみ、頭を整理しようとした。この話しあいにルークの幸せがかかっている。コンスタンティン・ブラックの手慣れた挑発に惑わされてはいけない。

ジェインは向きなおった。「駆け引きはやめましょう。わたしの望みはご存じのはずよ。ルークと一緒にいられればそれでいい。そのためにあなたと結婚しなければならないのなら、そうするだけのことだわ」

「その少年ひとりのために、きみは自由も富も犠牲にするというのか？」コンスタンティンの口ぶりにはとうてい信じがたいという思いが滲《にじ》んでいた。

ジェインはふるえがちな声で答えた。「わたしにとってルークは息子も同然なの」実の息子だと思っている。命をかけても守りたい。

目の前のならず者にそんな自分の思いがわかるはずもない。説明しようとするだけ無駄だ。思わず礼儀も気にせず、弾丸のごとく言葉をほとばしらせた。「わたしと結婚するの、してくれないの？」

コンスタンティンは激しく投げつけられた言葉にも動じず、とりわけ魅力的な笑みの威力を見せつけた。

「どうだろうな」さらりと言った。「まだ決められない」

5

ジェインはルークの眠りを妨げないようベッドからじゅうぶんに離れたところに蠟燭を置いた。ほの暗いなかで目を凝らすと、ルークは目を大きく開いてこちらを見ていた。

「だいぶ遅い時間よ」ジェインは静かに言った。「もう寝ないと」

「寝れないんだ」ルークが小さな声で答えた。「お話を読んでくれるのを忘れてたでしょ」

やっぱり、憶えてたのね。「ええ、そうね、ほんとうにごめんなさい。とても忙しい一日だったから」

ジェインは忘れていたわけではなかった。でも、最後の弔問者を送りだしたときにはすでに夜になっていた。そのあとも、おそらくはならず者の甥《おい》のせいで興奮状態となってしまったレディ・エンディコットを介抱しなければならなかった。この伯爵夫人からやっと解放されたときにはすでにルークのいつもの就寝時間を一時間も過ぎていた。

それからコンスタンティンとの密会で神経をすり減らしたのち、もう寝ているものと思い込んでそっとルークの様子を見にきたのだった。とはいえ、ここ数日でこの子がおかれている環境が大きく様変わりした。気持ちが落ち着かないのも当然なのかもしれない。

[illegible]コンスタンティンが後見人となったことは納得のいく解決がつくまでルークには話すべきではないと、ジェインは決意を新たにした。かわいそうに、こんな小さな子をよけいに不安にさせる必要はない。コンスタンティンがいくら冷酷な男性でも、いますぐ自分たちを引き裂きはしないだろう。それまで、新しい男爵に自分の提案をのんでもらえるよう最善を尽くさなくては。

ルークの癖毛を額《ひたい》から後ろにそっと撫でて、指先で眉をなぞった。本を読んであげたら、眠くなるのかしら、それともかえって目を冴えさせてしまうだけ？

「だめ？」いたずらっ子が懸命に、哀しくて仕方がないといった顔をしてねだっている。

「サー・ニニアンがあれからどうなったのか、どうしても知りたいんだ」

こんなふうにせっぱ詰まった顔を見せられては拒めない。「わかったわ。でも十分だけよ、いいわね」ジェインは書棚に歩いていき、『サー・ニニアンの冒険物語』を探した。

「あったわ」本を棚から引きだして、続けた。「どこまで読んだか、憶えてる？」

「油で茹《ゆ》でられそうになってたんだよね？」ルークが見るからに嬉しそうに言う。

ジェインはくすりと笑った。「ええ、そうね」緑のリボンを挟んでおいたところに指を差し入れる。ページを開いて、読みはじめた。

ほんとうに、なんてかわいそうなサー・ニニアン！　この破茶滅茶な冒険物語は、あのおてんば娘のセシリーがまだ子ども部屋で勉強をしていた頃に書いたものだった。サー・ニニアン・トリニアンは物語の主人公なのだが、事あるごとに、機知に富む怖いもの知らずの宿屋の娘、ヘンリエッタ・ペドルソープに助けられる。いとこのアンドルーがセシリーの文才に感嘆し、製本を依頼して、いとこたち全員に配っていた。

ルークはもうおとぎ話で満足できる年齢ではなくなったので、ジェインはちょうどこの年頃の少年が面白がりそうな本を図書室で探したのだが、ほとんど見あたらなかった。自分が持っているのも恋愛小説ばかりで、やはり読み聞かせるのには適していない。

そこで、セシリーが創りだした奇想天外な物語を思いだした。ルークのような少年が喜んで読みそうな本があるとすれば、この愉快な出来事にあふれた物語に違いないと。ジェインはもう何年もその本を開いていなかったが、ルークと同じようにたちまち夢中になっていた。物語を創りだすセシリーの才能は十五歳ですでに花開いていたのだ。

読み聞かせながらさりげなくルークを見やると、眠そうな目になっていた。瞼をわずかにぴくぴくさせて眠気をこらえている。読む声を徐々に落としていくうちに、ルークはとうとう目を閉じた。それでも読みつづけて、ルークの寝息が深まるのを待った。

緑のリボンを差し挟み、セシリーの本を書棚に戻した。

ルークのそばに戻って身をかがめ、花びらのように柔らかくふっくらとした愛らしい頬にキスを落とした。するとそばにジェインがいることを知っているかのように、口角がかすかに上がった。そして小さく息を吐き、自分が愛されているのを本能的に感じとっているような安心した表情で、枕に頬をすり寄せた。

ジェインは胸が詰まった。涙で目が潤《うる》み、喉を硬く尖ったものでふさがれたような痛みをこの子のためならなんでもできる。どんなことでも。

コンスタンティン・ブラックと結婚することでさえ。

コンスタンティンは酒を飲まずにはいられなかった。もう一杯欲しい。廊下を大きな歩幅で進み、続き部屋の戸口を通り抜けては荒々しく鼻息を吐きだした。

ここはまるで兎《うさぎ》の巣穴だ！　寝室を目指してだいぶ歩いてから、デカンタを図書室に置いてきてしまったことを思いだした。残念ながら地図や羅針盤《らしんばん》でもなければ、この古めかしい大屋敷のなかをそこまで引き返せそうにない。

ウェストラザー家め！　一族もろとも虫が好かない者ばかりだ。腹立たしいほど身勝手で、世の中すべての人々を完全に見くだしている——それも、自分たちだけの基準で。なぜジェイン・ウェストラザーにあのように偉そうな態度をとられなければならないんだ？

あすは主人用の寝室に移って、高慢な鼻をへし折ってやる。あの女性をレーゼンビー館から早く追いだせれば、せいせいできる。

コンスタンティンは歯の隙間から息を吐きだした。とはいえ、この家の主人が誰かをあの女性に示すことより、フレデリックの相談相手の人々と内密に話をして、この苦境から脱する方法を探ることのほうが先決だ。

ブロードミアを売らなければならないとしたら……歩調を落とした。こぶしで太腿を叩いた。いや、だめだ。父の所領は弟に継がせなければいけない。ジョージにはその権利がある。必ずほかに手立てがあるはずだ。

　それも、とりすまして身勝手な要望を押し通そうとするウェストラザー家の女性を娶《めと》る以外に。

　そうとも、あの女性の要求をのめるかどうかはまだ決められないと、しっかり釘を刺してやった。自尊心をこれほど傷つけられてさえいなければ、あのときのレディ・ロクスデールの顔にこのうえない満足を味わえていただろう。

　考えてみれば、もう誰からもこのような打撃を与えられることはないだろうと思っていた。父にも母にも、今度はフレデリックにまで、すでにさんざんな目に遭わされている。それなのに、あの女性は……いったいなんだって、あの女性にどう思われているかを気にしなければならないんだ？　まだ出会ったばかりだというのに！

　いかにも高慢な淑女らしく、ルークにとって何がいちばん大切かを知っているのは自分だと言わんばかりの態度だった。だが、それを決められるのは、その少年の後見人に指名された者だけだ。レディ・ロクスデールのことをきちんと調べもせずに、少年を手渡しては、おのれの役目を怠ることになる。

　そもそも、フレデリックがルークをレディ・ロクスデールの手にゆだねることを望んでいたなら、遺言書にそう明記していたのではないだろうか。そうしなかったのには、何か理由があるはずだ。それがなんなのかを突きとめなければいけない。

まずはハドック本人と話してみるべきだろう。あすの朝、乗馬のあとで少年を呼んでこさせよう。

廊下をひたすら歩きつづけていると、画廊に通じるドアの向こう側から物音が聞こえてきた。こんな夜遅い時刻に誰が何をしているのだろう？　十一時をまわったくらいかもしれないが、なにしろここは誰もが規則正しい生活時間を守っていそうな館《やかた》だ。

ドアを開くなり、鋼《はがね》が擦れてぶつかり合うような音と、力のこもった唸り声が聞こえた。コンスタンティンは眉根を寄せた。用心深く部屋のなかに歩を進めると、モントフォード公爵がもうひとりの男性とフェンシングをしていた。どちらも剣さばきが巧みで腕が立ち、なかなかの好勝負だ。公爵の対戦相手には長身で手も長いという強みがあるものの、思うように攻められていない。

またべつの機会があれば、どちらもひと勝負挑んでみたい相手だ。だがとりあえずは咳払いをした。

中断を合図する声が響き、両者がフルーレの先端を床におろして、こちらを振り返った。

「おお、ロクスデールか」モントフォード公爵が言った。

コンスタンティンは当初、もうひとりは自分の知らない人物だと思ったのだが、すぐに見憶えがあることに気がついた。アダム・トレントとは何年も会っていなかった。トレントの所領はレーゼンビーの西側と接している。昔は金髪の少年で、フレデリックとコンスタンティンはこのトレントにいたずらに加担するのを拒まれ、告げ口されてしまったこともあった。

鋼のように冷ややかな目つきからすると、いまもどうやら何か根に持っているらしい。

その肩越しから公爵が礼儀正しく対戦の取りやめを願い出た。「はずしてもらえないだろうか、ミスター・トレント。ロクスデール卿とどうしても話しておきたいことがある」

トレントはコンスタンティンから目をそらさずに、フルーレを公爵に返した。それから上着とブーツを拾い上げ、さっと頭をさげて画廊を出ていった。

コンスタンティンは片方の眉を吊り上げた。「またずいぶんと愛想がいいな」ドアのほうを見やった。「フェンシングのお邪魔をするつもりはありませんでした。たまたま通りがかったものですから」

「かまわんとも。もう時間も遅い。どうだね……私と一戦、剣を交えてみないか？」公爵はなにげなく言ったが、その声は剝きだしの剣の刃のように鋭く危険な響きを帯びていた。

「いえ、けっこうです。フェンシングはやらないので」

公爵は大きく息を吐き、壁から突き出た燭台にフルーレを戻した。「きみのような若者たちが、野蛮きわまりない武器でしか戦おうとせぬのは残念なことだ」

じつのところコンスタンティンはレイピアで剣術を磨《みが》いていたが、今夜はその腕をふるうつもりはないだけだった。それをいちいち公爵に説明する気にもなれない。「たしかに、なんとも情けないことです。あなたは相変わらず腕を磨いてらっしゃるのですね」

「そうとも」公爵は笑みを浮かべ、驚くほど筋肉質な体に上着をまとった。「私の歳になれば、ほとんど健康でいられるよう、おのずと体に気を配るようになる。痛風や心臓病、そのほ

[illegible]いろいろ出てくる……」そんざいに手を振った。「罪の報いだな」

「それではまるで極悪人ですよ」コンスタンティンは言い、またしても酒が欲しくなった。きょうはまず財産なしの宣告を受け、そのあと〝氷の女王〟から傷口に塩を塗られ、今度は公爵から説教されている。こんな責め苦だらけの一日があるだろうか？

公爵が礼装靴に足を入れた。「少々出すぎたことを言ってしまっただろうか？　すまない。賢人ぶるつもりはなかったのだが」

ゆったりとした動作でシャツのカフスを留めると、右手にはめた大きな印章付きの指輪がきらめいた。「遺産分与の問題について話しあっておくべきだろう」ひと呼吸おく。「きみの力になれるはずだ」

〝氷の女王〟との今夜の密会のおかげで、それが何を意味しているかは察しがついた。

「自分が助けを必要としているとは気がつきませんでした」

「そうだとすれば、まがぬけているぞ」公爵の目に冗談めかした陽気さはなかった。「この所領を一年維持するのにどれだけの費用がかかるか、おおよその見当くらいはつくのではないか？」

コンスタンティンは自然と目つきが険しくなった。「おおよそのところは」

モントフォードは、コンスタンティンがあらかじめ覚悟していなかったなら動揺していたに違いない金額を口にした。そのうえブロンソンへの借金をかかえ、いったいどこからそんな大金を用立てろというのだろう？

「図書室へ移ろう」公爵が言う。「ブランデーでも飲みながら話しあおうではないか」

提案といった口ぶりではなかった。コンスタンティンはここはもう自分の家で、したがってブランデーも自分のものだと公爵に言って聞かせてやりたかったが、けち臭く聞こえそうなので思いとどまった。それに、酒は飲みたい。

階下《した》へ向かうあいだ、コンスタンティンはいつもの力強い大股の足どりを抑えて、公爵の貴族らしいのんびりとした歩調に合わせなければならなかった。「この家が完璧に修繕されているのはせめてもの救いだ」モントフォードがつぶやくように言った。「イングランドじゅうを探しても、レディ・ロクスデールほど有能な女主人は見つかるまい」

コンスタンティンは顔をしかめないようこらえた。モントフォードは自分を説き伏せられると本気で思っているのだろうか？「よくできたご婦人ですね」そう応じた。

「女主人にここを取り仕切るコツを教えてもらうのもよかろう」公爵は図書室に入って言葉を継いだ。「このように大きな屋敷を維持するために必要なのは計画性、配慮、それにむろん——」

「資金」コンスタンティンは暖炉のほうへ歩いていき、坐り心地のよい長椅子に腰をおろし、腕を広げて椅子の背の上面にのせた。モントフォードはなんと無遠慮な男なのだろう？このような言い方をされれば、公爵が何を言わんとしているかは、たとえ〝氷の女王〟からあらかじめ警告されていなくとも察しがついたに違いない。

「では、簡単に言ってしまえば、そうだな」公爵は黒い上着の燕尾《えんび》を後ろへさっとはじいて、向かいに腰かけた。「それできみから何か提案はあるかね？」

求婚の提案などするつもりはない。

「選択肢を検討しています」コンスタンティンはなにくわぬ顔で答えた。

公爵の話の腰を折るような不作法はできないので、それが精いっぱいの抵抗だった。いまもまだフレデリックの気むずかしい事務弁護士から知らされた事実を冷静に受け入れられてはいない。このままでは足もとすらおぼつかない状況だというのに、ましてこの狡猾な結婚仲介人の公爵のややこしい駆け引きに応戦できる余裕はなかった。

モントフォードが瞼の重たげな暗い目をめいっぱい開いた。「おやおや、いまのきみに、結婚以外にいったいどんな選択肢があるというのかね？」

公爵がなんだというんだ！　どうしてこの家の主《あるじ》がここにおとなしく坐って、こんな話を聞いていなければならないのかわからない。そもそもモントフォードはここに何をしに来たんだ？

しばし黙って気を鎮めてから、愛想よく答えた。「お耳に入っていないのかもしれませんが、ぼくは結婚に向く男ではありません」

公爵は微笑み、椅子に深く坐りなおした。どうしてそれほど愉快そうな顔をしているんだ？

モントフォードは両手を組み合わせ、両方の人差し指を伸ばして合わせ、唇にあてた。

「ぶしつけながら、きみは相当な額の金を早急に用立てなければならない。しかもきみが所領の仕事に専念したとしても、この広大な屋敷を維持していくのは容易なことではないだろう。女主人が必要だ」

コンスタンティンは鼻で笑った。

公爵が両手を広げて言う。「きみが女性相続人と結婚すれば、問題はすべて解決する。たとえコンスタンティン・ブラックの名が取り返しのつかないほど穢されていたとしても、ロクスデール男爵家は由緒ある名門だ。若きフレデリックが廃《すた》れさせてしまったとはいえ、肥沃な土地もある。相手を選びさえすれば、きみの評判のせいで結婚に尻ごみされることはないだろう」

コンスタンティンの口のなかに苦味が沁《し》みだした。「金目当てに結婚しろと」

「必然の決断だ」モントフォードはやんわりと正した。さりげなく片手を振る。「われわれの世の倣《なら》いというものではないかね。政略結婚の重要性を理解している女性と結婚すれば、快適に暮らせる。きみの、そうだな、いうなれば習慣はいっさい変える必要はない」

どうして今夜は何度も自分の習慣とやらを指摘されなければいけないんだ？　ウェストラザー家にはまったく腹が立つ。なんでも自分たちの思いどおりにものを言い、行動してもいいと思い込んでいる。

公爵が身を乗りだした。「一杯、いかがかね？」

「いや。いえ、飲みたい気分ではないので」腹のなかで煮えくり返っているものが喉もとまでせりあがってきているのだから、その言葉は本心だった。

鋭いまなざしで公爵を見据えた。「あなたのお話がどうもまわりくどくて混乱してきたので、公爵閣下、これだけはお伝えしておきます。いかなる状況であれ、ぼくはレディ・ロクスデールと結婚するつもりはありません」

まだそう決めたわけではなかったのだが、腹立たしさのあまり、あとに引けなくなっていた。

公爵の冷ややかな目は凍りつき、唇は不愉快そうにきつく引き結ばれた。コンスタンティンは内心で自分の無粋《ぶすい》さが恥ずかしくなった。これまでは非難されてもつねに平然と笑顔で受け流せることには自信を持っていた。それなのになぜ、この公爵には許しがたいほど無礼な言葉を口にせずにはいられないのだろう？

こわばった口ぶりで言った。「失礼しました」

「どういうことかね？」公爵は疑わしげに訊いた。「私の聞きまちがいだろうか？」いかにも驚いたそぶりで、瞼の重たげな目を見開いた。「もしや、私がきみとレディ・ロクスデールの結婚を望んでいるとでも思っているのかね？」

その間延びした声に含まれた蔑みが、コンスタンティンの胸をひりつかせた。

「そのようなことは」コンスタンティンはガウンの胸もとを引き寄せた。「やはり、飲んだほうがよさそうだな」

コンスタンティンが立ちあがると、公爵も腰を上げ、進路をふさいだ。モントフォードは自分より背は高くないものの、こうして向きあうと威圧感と激しい憤り、それに揺るぎない意志を痛切に思い知らされた。

どうしようもなかった。コンスタンティンは怒りと屈辱に片手をきつく握りしめたが、モントフォードに蔑まれても仕方がないことは承知していた。

新たな身分を得たからといって、過去の罪が消し去られるなどと一秒でも考えたとすればどうかしていた。一からやり直せるとでも思ったのか？　自分をあきらかに悪の化身のごとく見ている、敵意に満ちた女と結婚するくらいなら、眉を剃り落とされたほうがましだ。そうだとしても、モントフォードからあの女性の花婿候補とは一瞬たりとも見なされていなかったという現実は、やはり胸にこたえた。

公爵が言った。「きみがおのれの状況の深刻さを理解できているとすれば、最も手近にある藁《わら》にもすがりたくなる気持ちもわかる。ただし、これだけは言っておく。その選択は間違いなくきみのためにならない」

コンスタンティンは鼻から深々と息を吸って吐きだした。「率直に言わせてもらいます、公爵閣下。あなたの謎かけにはもううんざりです」

公爵が毒気を隠した穏やかな声で言う。「いいだろう。では、わかりやすく言おう。レディ・ロクスデールに指一本でも触れたら、ただではすまされない」

コンスタンティンはモントフォードの目を長々と探るように見つめた。それから言った。

「ぼくに指一本でも触れさせたくないのなら、あの女性にぼくの家からさっさと出ていくよう伝えてください」

6

公爵閣下
突如、価値ある獲物が市場に放たれたとの情報が婚姻省内で囁かれはじめた。しかも、その丸々と太った小鳩は、貴兄の大切な鳩小屋にいるとのこと。
当然ながら、すでに狼どもも嗅ぎつけており、われわれの共通の知人も一名、間違いなくその小鳩を狙って、さっそく姿を消したもよう。
ゆえに、早急に会議に出席されたし。時刻と場所は従来どおりにて。

取り急ぎ
デヴィア

ジェインが朝食用の食堂に入っていくと、ロザムンドとセシリーが席についてナヨコレートを飲んでいた。
いつもならもうとっくに朝食をすませている時間だが、今朝はコンスタンティン・ブラックが乗馬から戻るのを待っていた。早起きをして、コンスタンティンが起きたらすぐに手渡すよう書付を寝室に届けさせたが、遅かった。どうやら、都会の気ままな放蕩者にしてはずいぶんと早くに起床したらしい。

ゆうべはなぜあれほどうろたえさせられてしまったのか、ジェインはいまだによくわからなかった。熱くなるような話しあいではなかったはずだ。冷静に淡々と交渉するつもりだった。分別のある男性なら誰にでも、結婚するのが得策であるのは判断できるだろう。

それなのに、自分はあの男性の並はずれて男らしい姿と思わせぶりな挑発に心乱され、めまいを覚えて、まともに呼吸ができなくなっていた。そのせいでむきになって不作法な態度をとってしまったことを思い起こすたび、身がすくんだ。ほかの女性ならこのようなときにはたいがい従順な女性を演じて気に入られようとするはずで、自分もそうすべきだったことにあとになって気づいた。やさしい声で愛想よく、哀れな悩める乙女を装えばよかったのだろう。

とはいえやはり、そこまで自分を貶《おとし》めることはできなかったかもしれない。それでも、ああ、どうして、もう少し口を慎めなかったの？

この失敗を取り返さなければと、朝からコンスタンティンを探しているが、まだ会えていない。でも、ならず者であろうと何も食べずにいられるわけではないでしょう？　そんなわけでジェインはここで待つことにしたのだった。

「それで？」セシリーが強い調子で訊いた。「どうだったの？」

ジェインは両方の手のひらを返して肩をすくめた。「とんでもない人だわ」

「結婚を拒まれたの？」ロザムンドが尋ねた。

「まだ決められないんですって」ジェインは顔をしかめた。「信じられる？」

「決められない？」セシリーが口もとをゆがめた。「軟弱者の返答ね」

〝軟弱者〟というのは、コンスタンティン・ブラックにはなにより似つかわしくない表現だとジェインは思った。首を振る。「違うわ、いやがらせで返事を先延ばしにしているだけよ」

そう言ってしまってから、すねたような自分の口ぶりに気づいた。ロザムンドが眉を上げたのにはそしらぬふりで、窓に目を移した。今朝も憂うつな空模様だ。この部屋は美しい景色が見渡せるから朝食用の食堂に改装したのに、きょうは肝心の太陽が出ていない。見えるのは青みがかった暗灰色の雲と、しとしとと降りつづく雨だけで、もうすぐ顔を合わせなければならない公爵との話しあいの見通しも暗い。

いまや目に入る明るい光と言えば、ロザムンドとセシリーだけだ。ふたりは今朝も最新の流行のドレスを優雅にまとっている。ジェインは自分の暗く陰気な装いを思い、ため息をついた。

それからはっと、いとこたちが外出用の身支度を整えている理由に思い至った。「まあ、そんな！　もう行ってしまうの？」ふたりがこんなに早く帰ってしまうとは思わなかった。

ロザムンドがナプキンで口もとをぬぐった。「ええ、そうらしいわ。公爵様から、ロンドンに急用ができたので、わたしたちもすぐに発《た》つ準備をするようにと言われたの。オックスフォードまではベカナムも一緒よ」ジェインに触れようとするかのように、テーブル越しに手を伸ばした。「長く滞在できなくて、ほんとうに残念だわ」

「でも、来たばかりじゃない！」ジェインは言った。「どうして、あなたたちも連れていくの？」

「ロクスデール卿のそばにロザムンドをおいておくのは危険だと思ったからではないかしら」セシリーがティーカップ越しに濃い色の瞳を覗かせて言った。「発つ前にせめて、不埒《ふらち》な男爵様の姿だけでも見られないかしら。聞かせて、ジェイン。やっぱり美男子だった？」

コンスタンティン・ブラックはこれまで自分が会った男性の誰より文句なしに美しい容姿の持ち主だけれど、それを口に出して認めるくらいなら死んだほうがましだ。「まあまあかしら」そう言葉を濁《にご》した。「でも、どうしようもなく不愉快な人よ。あの人とはとうていうまくやっていけそうにないわ」

「どうかしら」ロザムンドがわけ知りふうに青い瞳を向けた。

「どうかしら？」ジェインはおうむ返しに訊き返した。「それはどういう意味？　あなたが勝手な思い込みでどんな結論を導きだしたのかわからないけど、そういったものは打ち消してほしいわ、ロザムンド」

「仕方がないわよ」セシリーが言う。「救いようのない、夢みる乙女なんだから」

「結婚すればすぐに治るわ」ジェインはつぶやいた。

息を吹きかけられた蠟燭のように、ロザムンドの顔からさっと笑みが消えた。

ジェインはすぐに、なんてことを言ってしまったのだろうと気がついた。胸が悪くなり、よ……んだ。ただじっとロザムンドを見つめた。

どうしてこう考えなしに軽はずみな言葉を口にしてしまうのだろう？　ロザムンドは夫に定められている相手ではない男性を愛してしまい、誰よりつらい思いをしているというのに。その男性は容姿もすてきなりっぱな紳士で、勇敢な騎兵隊の将校なのだが、ウェストラザー家の女性相続人の花婿としてはふさわしくないと見なされていた。モントフォードが選んだ花婿はその男性とはまるで違って、ロザムンドが愛せるとはとうてい思えない強面《こわもて》の荒々しい大男だ。

「ああ、ロザムンド」ジェインはか細い声で言った。「ごめんなさい。悪気はなかったのよ！」

ロザムンドがカップを置き、かちゃんと小さな音が響いた。ややよそよそしく、形ばかりの穏やかな笑みを浮かべた。「気にしないで。悪くとるはずがないでしょう？」

ジェインは自分の目に表われているはずの憐れみを隠そうと向きを変え、食器台のほうへ歩きだした。銀色の蓋を上げ、深皿に粥《ポリッジ》を少しばかりよそった。その真ん中にひと匙《さじ》ぶんのバターを落とし、溶けて金色の渦巻きが広がっていくのを眺めた。それからさらに黄色の輪をなぞるようにミルクを垂らした。

完璧だ。といっても、いまのように食欲が失せていなければだけれど。自分にとってロザムンドは誰より傷つけたくない存在だ。テーブルに戻り、腰をおろした。

セシリーが頬杖をついて、まじまじとこちらを見ている。「やっぱり、あなたはあの人の心をつかまなくちゃ」

ジェインは鼻に皺を寄せた。「取りいれとでも言うの？　だけど、どうすればいいのかわからないわ」

「ちょっと笑って、少し気のあるそぶりをするくらいならできるでしょう」ロザムンドが言う。「ほら、あなたには意地を張りやすいところがあるから」

ジェインは顔をしかめた。「コンスタンティン・ブラックは、ものすごく厚かましい人なのよ。気のあるそぶりなんて必要ないわ」

「話してはみたわけよね」セシリーが言葉を挟んだ。「それなら、今度はもう少し説得してみたらどうかしら？」チョコレートを飲む。「それでもだめなら、あとはもう誘惑するしかないわね」

ジェインはポリッジを喉に詰まらせかけた。「なんですって？」

セシリーが肩をすくめた。「だってそうでしょう。そうすれば、あなたと結婚せざるをえなくなる。よくあることだわ」

「わたしから？　あの人を誘惑しろと言うの？　本気で言ってるわけではないわよね」

「もちろん、本気ではないわよ」ロザムンドが眉をひそめた。「そうよね、セシリー？」

「どうせ無理だもの」ジェインは言った。「そもそも——どうすればいいのかわからないんだから」

ロザムンドが頭を傾けたしぐさには、どことなく好奇心が表われていた。夫ともう何年べをともにしていなかったかを知っていたなら、そんなふうに自分を見つめはしなかっただろう。たしかに、最後には一度同じベッドに入らざるをえなかったけれど。ジェインはそう思い返して、身ぶるいをこらえた。

「放蕩者なのは、そんなに特別なことではないわよね」セシリーが考えこむふうに言う。

そんななぐさめ言葉に答える前に、ジェインは廊下を進んでくる待ち人の足音を耳にした。男性が戸口に姿を現わし、部屋に入ってきた。

コンスタンティン・ブラックはゆうべ会ったときの印象と変わらず、ほんとうに大きく、とても均斉のとれた体つきをしていた。けれどそれ以上に、部屋いっぱいに響きわたって壁から跳ね返ってきそうなほどの存在感がある。

愚かにも心が跳びあがったようにジェインには感じられた。

「ご婦人がた」コンスタンティンはいくぶんおどけたふうにさりげなく頭をさげて挨拶した。ジェインに紹介され、セシリーが目を見開いた。「あなたが新しいロクスデール？」

コンスタンティンは頭を傾けた。「驚かれましたか？」

男爵の緑色の瞳には不穏な光が灯っていたが、セシリーは怯まなかった。「当然でしょう！　ほんとうにフレデリックのいとこにあたる方なのかしら？」

「そうです」

「まったく似てないのね」

男爵の顔が氷の膜に覆われたかのように見えた。「ああ、たしかに、見た目は母似と言われます。ウェールズの血を引いているんです。そのせいかもしれないな」

「お美しいお母様なのでしょうね」セシリーは言い、ジェインに顔を振り向けて、咎めるような視線を投げた。「まああですって？　このならず者さんは、どうみても美男子じゃないの、ジェイン！」

ならず者さん？

三人のご婦人がたがまじまじと自分を見ている。

コンスタンティンはクラヴァットをゆるめたいのをこらえた。ご婦人に容姿を褒められるのはよくあることだが、このように若い女性たち三人から、それも朝食の席で、あからさまに品定めするまなざしを向けられた経験はなかった。あろうことか、気恥ずかしさで頬が熱くなってきた。

微笑んで、歯の隙間からどうにか言葉を吐きだした。「レディ・セシリー、お上手ですね」

レディ・ロクスデールはこちらの動揺を見抜いて面白がっているらしく、肩をすくめた。「言わせてもらえば、そういったことはそれぞれの好みの問題だわ」

「美しさは行ないにこそ表われるものでしょう」美しいブロンドの女性が静かに言った。レディ・ロクスデールをちらりと見てから、ひときわ鋭さを帯びた青い目をこちらに戻した。

「あら、それはどうかしら」レディ・セシリーが言う。「これだけ見た目がすてきなら、きっとなんでも大目に見てもらえるわよ」

レディ・セシリー・ウェストラザーはまだ子どもも同然だが、何を言ってもやっても許されると思っているウェストラザー一族らしい小娘だ。〝氷の女王〟もいらだたしいほど礼儀にこだわるくせに、この娘を黙らせようとするそぶりはない。物静かな美女もそれは同じだった。

コンスタンティンはふつふつと沸いてきたいらだちはみじんも見せずに言った。「レディ・セシリー、あなたのお好みに合って光栄です」

レディ・セシリーがテーブルに両手で頬杖をつき、こちらを見ている。これではまるで肉屋に品定めされている極上の牛肉の気分だ。この娘は間違いなく、次はどこを切り分けようかと考えている。

「教えてくださらない？」小娘が言った。「放蕩暮らしはやっぱり胸がわくわくするものなのかしら？」

意外にも、ブロンドの女性がくすりと笑って席を立った。「いいかげんにしなさい、セシリー。ロクスデール卿をからかって朝食の邪魔をしてはいけないわ。さあ、わたしたちは階上《うえ》で荷物をまとめましょう」

レディ・ロクスデールの頬にそっとキスをする。「支度をして、一時間後には発つわ」

コンスタンティンはわずかに気が抜けた。ふたりがこれほど早く去るとは知らなかった。もう一度頭をさげて、部屋を出ていくふたりを見送った。

「男爵様、わたしたちがいまおかれている状況について、もう少しお話ししなくてはいけませんわ」レディ・ロクスデールが言った。「結婚で得られる利益をちゃんと考えていただきたいんです」

この女性はどうしてそんなにも結婚したがっているのだろう？　領地への単なる責任感からだろうか？　それとも、ルークという子どものためなのか？　新しい男爵が少年の道徳観に悪い影響を及ぼすと、お節介な懸念を抱いていたとしてもふしぎはない。独りよがりの親切心を働かせているだけで、本心からそこまでその子どものことを考えているとは、コンスタンティンには信じられなかった。

「むろん、得られる利益については考えている」コンスタンティンは答えた。「だが、自分の懐《ふところ》具合をきちんと見定められるまでは、その件については何も約束できない」

ゆうべのモントフォードとの話しあいには腸《はらわた》が煮えくり返ったが、レディ・ロクスデールとは結婚しないと断言してしまったのは早計だった。今朝は雨のなかをくたくたになるまで馬を走らせたら気分が落ち着き、ようやく現実が見えてきた。レディ・ロクスデールが提案した解決策をむげに突っぱねる余裕は自分にはない。このままレーゼンビーの領地を守っていくつもりならば。

公爵がこの婚姻にどれだけ反対しているかを伝えておいたほうがいいだろうかとも考えたが、結局は思いとどまった。すぐにわかることだ。公爵に反対されたら、レディ・ロクスデールはどうするつもりなのだろう。ゆうべは相当に決意が固いように見えたが、そう簡単に押し通せることではない。

にし話に中断させてもらえることを願って、銀の卓上鍋が並んでいる食器台へ歩いていった。皿を手にして、鍋の蓋を上げた。ポリッジか。次の鍋は半熟卵。そしてその次の鍋は。胸が悪くなりそうなくらい冴えない色のプディングだった。

腹が落胆の唸り声を鳴らした。ベーコンはどこにある？　牛肉や鰊《にしん》の燻製、ソーセージ、豚の炙《あぶ》り肉は？　母がブロードミアで用意してくれていたような、うまくて食べごたえじゅうぶんのイングランドらしい朝食を期待していた。

目覚めたときには前夜の飲酒のせいで頭に厄介な痛みを感じ、すっきりさせるには新鮮な空気のなかで体を動かすしかないと考えて乗馬に出かけたのだ。冷たい雨に濡れ、腹をへらして帰ってきて、待っていたのはこれだけとは……。

「病人食だ」ぼんやりとして言った。「これは病人が食べるものだ」

「栄養があって体に好ましい食事よ」

ゆっくり振り返ると、レディ・ロクスデールが不可思議なものでも目にしたように、こちらを見ていた。大げさに驚いてみせた。「おっと、まだそこにいたのか？」

レディ・ロクスデールは目をしばたたき、その問いかけは聞き流して言った。「どうぞ、ポリッジを召し上がって。きょうはとりわけおいしくできてるわ」

「舌を飲みこむほうがまだましだ」

レディ・ロクスデールが病人向けの粥をスプーンですくい、口に含んだ。それを味わっている口もとから、コンスタンティンはどうにか目をそらした。まったく、空腹のせいで頭がどうにかなってしまいそうだ！　そうでなければ、ポリッジを食べている女性がなまめかしく見えるはずがない。

「ぼくへの腹いせでこんなものを用意させたんだな」子どもじみた言いぐさだったが、なにしろ腹がへっているのに、子どもか病人に与えられる程度のものしか用意されていなかったのだから、どのような行動をとっても仕方がないだろう。

レディ・ロクスデールは眉を上げ、ほんとうに驚いている顔つきだった。「どうしてわたしがそんなことをしなければいけないの？　フレデリックも毎朝食べていたものよ。信じられないのなら、料理人に訊いてみたらいいわ」

レディ・ロクスデールがナプキンで口もとをぬぐい、立ちあがると、わずかばかりの食事を終えたあとが見受けられた。またもあのきちんとした態度で姿勢を正し、言い添える。

「とくにお好みのご要望はなかったから、料理人はいつものように用意しただけのことだわ」

好きなものを頼めたというのか？　コンスタンティンはここの朝食もイングランドのほかの紳士の家で供されるごくふつうのものだろうと思い込んでいた。

自分の過ちだ。レーゼンビー館にはふつうのものなど何もない。

ふいに、先代の男爵に心から同情心が湧いた。哀れなフレデリック。こんなものを毎朝飲みこまなければならなかったとしたら、自分なら壁にスプーンを突き刺していただろう。

レディ・ロクスデールが顎を上げた。「お望みのものがあれば、わたしから指示しておきたとえ一時的であれ、この婦人にふたたび家の取り仕切りをまかせれば、追いだしにくくなってしまう。「いや、その必要はない」

自分の脇をすりぬけようとしたレディ・ロクスデールの肘をつかんだ。剥きだしの腕は気質とは正反対に温かく柔らかい。そのしなやかな感触が、絶対に抑えつけておかねばならない体の一部をそそり立たせた。モントフォードが本気だとすれば、命が危険にさらされる行為だ。

レディ・ロクスデールが息を吞み、腕を引き戻そうとした。頰がピンク色に染まっている。

「ご自分のお立場をお忘れだわ！」

いや、たったいま思いだしたところだ。

見おろすと、レディ・ロクスデールの目には警戒心ととまどい、それにおそらくは期待らしきものも渦巻いていた。そのような目をみだらな悦びで閉じさせたい衝動に駆られ、あやうく理性を失いかけた。

手を出すなと禁じられてよけいに欲しくなるような青臭い年頃はとうに過ぎたはずだ。それでも、自分と同じようにこの女性も心乱されているのかどうかを、どうしても知りたくてたまらなかった。

しかし、当然ではないだろうか？　ゆうべも冷ややかな表情の裏に隠された情熱が垣間《かいま》見えた。どうしてその残り火を燃やしてみたいと思わずにいられるだろう？

「主人用の寝室に移る」そう告げると、レディ・ロクスデールの目に炎がゆらめき、唾を飲みくだしたのが見てとれた。「どのみち遅かれ早かれ、そうしなければならないんだ」

コンスタンティンは肘をつかんでいた手の力をゆるめ、指先でそっと撫でるように腕をたどった。なめらかな柔らかい肌に自制心が揺らいだ。もっと触れていたい。口づけて味わい、隅々まで快さで上気させてみたい。レディ・ロクスデールがうっとりとまどろむかのように、ほんのいっとき瞼を閉じた。それからすぐにわずかに首を振って姿勢を正し、さっと腕を引き戻した。

あとずさり、あきらかに快感のふるえとわかるものを抑えようと息を吸いこんだ。「あなたの家だもの。なんでもお望みどおりになさって」

コンスタンティンはゆっくりと思わせぶりな笑みを浮かべた。「なんでもお望みどおりに？」

もしやレディ・ロクスデールは半熟卵が跳びあがって助けに来てくれるとでも思っているのか、懸命に食器台のほうを見ている。「朝食のことはお詫びするわ。あらかじめお伺いして……」喉に言葉がつかえたかのように声が途切れた。

ひょっとして譲歩しようとしているのか？　いったいどんな心境の変化やら。当惑ぶりを楽しんでいるわけではないが、何を言おうとしているのか興味が湧いて、待った。この女性がこちらの機嫌をとるためにどの程度までへりくだれるのか見ものだ。

レディ・ロクスデールはあらためて口を開いた。今度は心を固めた笑みを浮かべている。

「わたしが料理人と話をして、あすは朝食にご馳走を用意するよう伝えておくわ。楽しみにね」

コンスタンティンはその笑顔に気圧《けお》されかけた。なにしろ顔は明るく輝き、瞳が銀色にきらめいている。なにより目を引かれたのは、口角が上がり、白い歯が覗いた、ふっくりとした唇だった。口紅は塗られていないが濃い暗赤色に色づいている。上質のブルゴーニュ産ワインのごとく、濃厚で芳《かぐわ》しそうだ。

しかしいつから自分はこんなふうに女性の笑顔に惚《ほう》けるようになってしまったんだ?

女性たちが微笑みかける理由はふたつだけだと、コンスタンティンは思い起こした——何かが欲しいときか、何かを与えられた直後かだ。そんなことは百も承知だし、そういった駆け引きが女性たちとのつきあいの醍醐味《だいごみ》でもある。

この柔和《にゅうわ》な表情にも思惑がまるでないわけではないだろう。この女性であれ、たとえ亡きいとこの妻でも、何か理由があって微笑んでいるに違いない。自分の指に結婚指輪をはめさせるためなのか。

「いいんだ」コンスタンティンは低い声で答えた。「ぼくが自分で料理人と話そう」

空腹で腹を鳴らしつつ軽く頭をさげて廊下に出ると、食堂からも朝食用の居間からもやけに離れたところにある厨房へ大きな歩幅で向かった。この不便さも改善しなければと胸に留めた。といってもその資金があればの話だが。そう思うといらだちはたちまち怒りに変わった。

廊下で乗馬から戻ったばかりらしいモントフォードとベカノムと出くわした。

モントフォードは執事に帽子を手渡し、眉を上げた。「やあ、ロクスデール。よく会うな」

コンスタンティンは空腹の鬱憤《うっぷん》をここぞとばかりにぶつけた。「まともな朝食をお望みなら、残念ながらがっかりなさるでしょう」

ベカナムは厚手の外套を脱ぎ、待ち受けていた執事の手にあずけた。「いや、心配無用ですよ、ロクスデール。ぼくたちは村で朝食をすませてきたので」

「村で」コンスタンティンは復唱するように繰り返した。

公爵が笑みを浮かべ、手袋を手のひらに打ちつけて言う。「ああ。〈キングズ・ヘッド〉はすばらしい朝食を出すんだ。なあ、ベカナム？　ここに滞在するときには必ずそこで食べている」

「とりわけベーコンはうまいですね」ベカナムも同調した。「燻製の仕方にコツがあるんだろうな。絶品ですよ」

ベーコンと聞き、コンスタンティンの口のなかに唾液が湧いた。胃が大きな唸りを漏らすと、公爵が片眼鏡を上げ、腹のほうをじろりと見やった。

コンスタンティンは黙って向きを変え、屋敷の奥のほうへ歩きだした。まったく、ウェストラザー家は揃いもそろって利口ぶった連中ばかりだ！　こっちよりこの家のことを知っているのは当然だろう。

もし〝氷の女王〟と結婚すれば、あのいらだたしい一族も追い払えはしない。好き勝手に

ることになるのは間違いない。

厨房に続く、暗がりに隠れた細い階段をとぼとぼおりていくと、ふっと子ども時代に引き戻された。

ああ、そうだった。この厨房の床はチェス盤のような模様で、大きな木製のテーブルが置かれ、窓辺には冷却保存箱があり、子どものときにはここでほかほかのロールパンや生姜《しょうが》入りビスケットを頬張ったものだ。焼きたてのパンや香草や蜜蝋の匂いがして、マーテが温かな粉だらけの手で抱きしめてくれた。

マーテはいまもここにいるのだろうか？　そう思うと心がはずみ、マーテが焼いたパンのように胸が温まって、明るい気分になった。

厨房には誰ひとりいなかった。細い廊下の先にある使用人用の食堂から食器のぶつかりあう音や話し声が聞こえてきた。食料庫をあさりに来たのだが、それはあとでもいい。マーテがいるのなら会いたかった。

食堂の戸口に立つと、使用人たちがみなはじかれたようにお喋りをやめ、動きをとめた。皿と口のあいだでいったんとめたフォークをがちゃんと置いて椅子を引き、いっせいに立ちあがる。コンスタンティンは食堂のなかに足を踏み入れた。

見まわすと、なんとなく憶えのある顔もひとりふたり見つかった。だが、テーブルの端でピンク色の頬をした丸い顔に笑みを湛《たた》えている人物のことは、灯台の明かりのようにはっきりと見わけられた。

コンスタンティンはにやりと笑った。「やあ、マーテ」

「コン坊ちゃま！」そう呼ばれて、喜びの祈りを聞いたかのように活力が湧いた。すぐに歩み寄り、年配の婦人を引っぱりだして、くるりとまわらせた。

そのせいで耳の上をそっと叩かれた。「あらもう、坊ちゃまったら！　どうしてわざわざこんなところまで？」

「マーテ、きみに会えて心から嬉しいよ」まともな朝食を求めて腹が唸り、食器台を見やった。にっこり笑う。「腹はもっと喜んでるな。勝手にやらせてもらっていいだろうか？」

コンスタンティンは返事を待たずに皿を取り、どの料理もたっぷりと盛った。親指に付いたベーコンの油を舐《な》めとったとき、ふと、使用人たちがなおも立ったままこちらを見ているのに気づいた。

「いや、坐ってくれ」皿を持ち上げた。「これは、その、厨房に持っていく」

マーテはすぐに機転を取り戻したらしかった。「みんな、朝食を続けて。わたしが旦那様のお世話をしますから」

それからマーテはコンスタンティンを追ってせかせかと出てきて、階上の食事が足りなかったことを詫びつつ、もっと早く自分のところに来てくださればよかったのにとたしなめた。

「ええ、でも、仕方ありませんよ！」マーテが続けた。「こちらの奥様は味がまるでおわかりにならないので」大げさにため息をつき、表情豊かな唇の両端をさげて首を振った。「たとえ理不尽なことでも、わたしにはどうにもできませんでしょう？　ご指示どおり、味気ないお客[illegible]かないんです」両手を広げる。「あんなプディング！　みすぼらして泣いていますわ」

「それでもきみがまだここにいたとは驚きだ」いっぽうコンスタンティンは香草とブランデーを加えたクリームソースのかかったマシュルーム炒めを口いっぱいに味わって、至福の喜びに満たされていた。

フランス人の料理人が肩をすくめた。「ここから出ていかないのは、忠誠心だけが理由ではありませんもの」

コンスタンティンはウインクした。「執事に恋でもしたのかい？　すみにおけないな！　フェザーがそんなにもてるとは知らなかった」

マーテはすっくと胸を張った。「あの方はもう老いぼれじゃありませんか！　どうしてわたしがそんな人に恋をするんです？」

「では、誰なんだ？」

むっとしていた目が今度はきらめいた。料理人はひらりと手を振った。「誰だろうといいじゃありませんか」

コンスタンティンは自分も昔、可愛らしい客間女中に淡い恋心を抱いたことを思いだして、ふっと笑った。「ヴァイオレットはまだここにいるのか？　いま思えば生意気娘だった」

「ええ、でも野心家でしたわ」マーテは言い、肩をすくめた。「こちらを訪問なさったどこその奥様に気に入られて、侍女として引き抜かれたんです」

コンスタンティンは食べ物を飲みこんで答えた。「ヴァイオレットにとってはよかった」

厨房を見まわす。「そのどこぞの奥様にきみが引き抜かれなかったのはふしぎだが」

　マーテはまた肩をすくめた。「たくさんの方からお誘いがありましたけれど、じゅうぶんにお給金をいただいてますから、満足してますわ。それに、ほら！　もうあなたがここにいらしてくださったなら、また腕をふるえますもの！」

　コンスタンティンは笑った。「そのとおりだとも。マーテ、思うぞんぶん腕をふるってくれ」それから追い払うようにフォークを振った。「だが、きみの食事の邪魔をしてしまった。さあ、もう戻ってくれ！」

「承知しましたわ、旦那様」マーテはくすりと笑い、膝を曲げてお辞儀をして歩き去った。

　コンスタンティンはふたたび料理を食べはじめたが、ばたばたと階段をおりてくる足音に気をそがれた。目を上げると、黒い髪の少年が厨房に飛びこんできて、ぴたりととまった。厨房で働く少年ではないのはひと目でわかった。南京木綿の短い上着や上質な真鍮のボタンが、この家の子どもであることを如実《にょじつ》に表わしていた。

　少年は気を取りなおしたらしく、ぎこちなくちょこんと頭をさげ、早口で言った。「ロクスデール卿ですね」

　コンスタンティンは笑いかけた。「するときみがルークだな」

「そうです」

　コンスタンティンは立ちあがり、テーブルをまわりこんで近づき、自分の被後見人に手をルークは男爵に握手を求められたことに困惑したそぶりで、わずかに首を傾けた。それからすぐに手を伸ばし、コンスタンティンの手をいくぶん挑むように握った。

なんと。どうやらこのレーゼンビーで自分を歓迎していないのはレディ・ロクスデールだけではないらしい。

コンスタンティンは軽い調子で言った。「きみもまともな朝食を探しにおりてきたのなら、ベーコンをお勧めする。とてもうまい」

少年はちらりと使用人用の食堂のほうを窺った。料理がたっぷり盛られたコンスタンティンの皿に気づき、目を丸くした。

「きみが黙っていてくれるのなら、ぼくも誰にも言わない」

ルークは唾を飲みこみ、またも厨房の奥のほうへちらりと目をやった。「ジェインおば様を傷つけたくないんです」

「その気持ちはよくわかる。だが食事については、男の場合、階上で用意されているような……軽めのものだけではじゅうぶんに精がつかない」コンスタンティンは続けた。「皿に料理を盛って、ここに持ってきたらどうだ？　お互いのことをもっとよく知っておいたほうがいいからな」

少年の表情豊かな顔は食欲と良心がせめぎあっていることを示していた。ついに食欲が勝ったとみえて、料理を取りに駆けだした。

戻ってくると、椅子をコンスタンティンから少し離して坐った。そしておそらくは話すのを避けるために、自分の皿を一心に見つめて、マーテがこしらえた風味豊かな料理をひたすら口に運んだ。

コンスタンティンはレーゼンビーで過ごした自分の子ども時代を自然と思い返さずにはいられなかった。「子どものとき、ぼくとフレデリックもよくこうしてマーテのところにおりてきた。厨房で鞍袋をおやつでいっぱいにしてもらってから、馬で領地を駆けまわった。竜《ドラゴン》を退治して美しい乙女を助ける騎士になったつもりでな」にやりと笑った。「ぼくは助けるところが好きだった」

ルークが少し羨ましそうな目をして言った。「ジェインおば様は、ぼくがまだ小さいから馬丁と一緒じゃないとポニーに乗っちゃいけないって言うんだ。時どき、おば様と乗馬に行くんだけど……」片方の肩を上げてみせた。

コンスタンティンは眉をひそめた。「それできみはいくつなんだ?」

「あと三カ月で七歳になる」ルークの声には不満が滲んでいた。

「そうか」その歳の頃には、フレデリックとあらゆるいたずらをして、勝手気ままな少年時代をめいっぱい楽しんでいた。ルークがしょげた声を出しているのも無理はなかった。馬丁が一緒では胸躍る冒険などできはしない。

ジェインがおばとしてこの少年を必要以上に絞めつけているのは間違いない。悪気があってのことではないだろう。そこまで無慈悲な女性ではないのは誰の目にもあきらかにわかる。単に過保護なのは間違いない。いずれにせよ、あまり甘やかすのはこの少年にとって好ましいことではない。

コンスタンティンは慎重に言葉を選んだ。「レディ・ロクスデールにそんなに大事にしてもらえるとは、きみは幸せ者だぞ。とはいえ、ご婦人がたにはなかなかわかりにくいこともある。もっといい方法がないか、ぼくから話してみよう」

ルークが嬉しそうにぱっと顔を輝かせた。ところがまたすぐに、表情を曇らせた。暗い目をして視線を落とした。口角もさがっている。

「どうせ無駄なんだ」つぶやいた。「ぼくたちは追いだされちゃうんだから」

コンスタンティンは手を伸ばし、ルークの顎を上げさせて、目を見据えた。「ぼくはきみたちを追いだしなどしない。いいかい、ルーク、これは約束だ」


「お待たせしました、公爵様」ジェインは話しあいの心がまえをして、約束の時間に客間に入った。新しい男爵からはむろん結婚の承諾を得られていないものの、自分の意志を通そうと胸に決めていた。

公爵は避けられていたことに薄々気づいているはずだ。ゆうべは疲れていると言いわけをした。今朝も馬を走らせて爽《さわ》やかな田園の空気を吸いたい気持ちは山々だったけれど、乗馬の誘いを断わっていた。でもこれ以上は引き延ばせない。公爵はまもなくロンドンへ発つのだから。

モントフォードが、読んでいた手紙から目を上げた。「おお、来たか。かけてくれ」

ジェインは手紙に目をやった。公爵宛てにここに手紙が届くとは、よほど重要な用件に違いない。「よくない知らせでなければいいのですが」

公爵は眉を上げた。ジェインは詮索を咎められるのだろうかと身がまえた。けれども公爵は黙って手紙を折りたたみ、上着のポケットに入れた。「たいしたことではないない。片づけなければならない急ぎの仕事ができてしまってね。滞在を切りあげなければならないのは残念だが、すぐにロンドンへ発つ」

「ロザムンドから聞きました。残念ですわ。少なくとも一週間は滞在されるものと思っていたので」

「ああ、私もそのつもりだった」公爵は息をついた。「しかしきみがここにいてくれれば、事務弁護士たちが遺産相続の手続きを終えるまで安心してまかせられる。しっかりと目を光らせていてほしい」

「わかりました」ジェインは請《う》けあったが、コンスタンティン・ブラックのように悪名高い男性と同じ屋根の下に残ることに難癖をつけられなかったのは意外だった。「このようなときにわたしが去っては、よけいに状況を混乱させてしまうと思いますので」

ジェインはソファに腰をおろし、公爵も細長い脚の椅子を選んで坐った。その優雅でくつろいだ物腰に、自分もこんなふうに感情を抑える術を身につけられたならと、ジェインは羨ましく思った。だけど、この男性にはそもそものような意識はないのかもしれない。きっと噂はほんとうなのだろう。モントフォード公爵には感情がないと囁かれている。

一教えてくださいし、公爵様。ベカナムが言うように、それほど深刻な状況なのでしょうか？」

公爵はため息をついた。「コンスタンティン・ブラックにはレーゼンビー館のいっさいと、領地のすべてが遺された。それ以外は——投資信託、株式、債券といったものは——きみに譲渡される」

「でも、わたしは望んでいませんわ」ジェインは言った。

「それでもだ」

ジェインは唇を湿らせた。「それをすべてお返しする方法はないのですか？」もちろん、ルークと引き換えに。

「そう簡単にはいかないのだ。それを許せば、受託者は義務を履行しなかったことになってしまう」モントフォードは不慣れな力ないしぐさで両手を広げた。「フレデリックがこのような形で遺産を振り分けたのはきわめて遺憾だが、いまとなってはわれわれにできることはかぎられている。弁護士の手にゆだねでもすれば、次の世紀にまで処理を引き延ばされかねない。彼らのやり方はきみもわかっているだろう」

公爵は両手の指先を合わせ、口もとにあてた。「レディ・ロックスデール、きみは聡明な女性だ。ばらばらになってしまったこのパズルをもとに戻そうとするなら、ひとつしか方法がないことはもう気づいているだろう。つまり、きみが新しい男爵と結婚するということだ」

ジェインはうなずいた。「公爵様——」

モントフォードは片手を上げてとどめた。「しかしながら、私はその案は勧めない。あのような男でなければまた違っただろうが……」不愉快そうに口をつぐんだ。「なにしろコンスタンティン・ブラックは女性を不幸にする男だ。評判は凄まじく悪い。社交界でもほとんど除《の》け者にされている」

ジェインは目をしばたたいた。聞きまちがいではないのだろうか？　この公爵が一族の利益より自分の幸せを大切にしろと助言するとはとても信じられない。けれどルークのために進んで身を捧げようとしているときに、このように心を入れ替えられてはかえって迷惑だ。

「あの方はいったいどんなひどいことをなさったのですか？」なにげないふりで問いかけた。「取りざたされたのなら憶えているはずなのですが、フレデリックからは何も聞いていなかったので」

「あの男は若いお嬢さんをもてあそんで捨てたのだ」公爵は率直に言った。「それ以前から評判はあまりよくなかったとはいえ、その一件でどうしようもないろくでなしに成りさがった。むろん、一族はもみ消そうとしたのだが、そういったことは必ず広まるものだ」

ジェインは失望のようなものを感じて心が重く沈んだ。呆然と瞬きを繰り返した。コンスタンティン・ブラックがろくでなしなのはわかっていたはずでしょう？　それなのにどうして失望などするの？

「その若いお嬢さんはどうなったのですか？」ジェインは訊いた。

公爵は肩をすくめた。「ああ、べつの男性のもとに嫁いだ。たしか相手は法廷弁護士だったんです。ブラックがきちんと責任をとっていれば、いまとは比較にならない暮らしができていただろうに」

ブラックがきちんと責任をとっていれば、いま頃自分ではなくその見知らぬ女性がレーゼンビー館の女主人になっていたかもしれない……いいえ、ああ、わたしはなんて身勝手な恐ろしい考え方をしているのだろう。仕方なく法廷弁護士に嫁がされたのだから気の毒な女性なのに！　思いやるのが当然でしょう。

つまりセシリーの名案にも落とし穴があった。たとえコンスタンティン・ブラックを誘惑できたとしても、そのような過去を持つ男性では、責任感から教会で誓いを立てようなどとは思わないかもしれない。第一、そのような浅はかな罠を仕掛ければ、後ろめたさで自分自身を許せなくなるだろう。

無垢《むく》な女性がコンスタンティン・ブラックに惹かれた気持ちはジェインにもよくわかった。もう無垢でもなく、ベッドでの戯れに夢想などまるで抱いていない自分ですら、抗《あらが》いがたい魅力を感じてしまったのだから。

「あの方が何歳のときのことですか？」どうしてあの男性の罪を少しでも軽くできる事情を探しているの？

公爵はまた肩をすくめた。「二十歳か、二十一歳くらいだっただろうか？　分別があって然るべき年齢だ」

過ちをおかしても仕方のない若さだわ。

ジェインはかぶりを振った。わたしはあの人をかばおうとしているの？　それではもてあそばれた気の毒な若いお嬢さんと何も変わらない。高潔な男性なら、どんなに若くとも、自分が穢した良家の子女との結婚を拒みはしない。

新しいロクスデール卿と結婚するという案に公爵の賛同を得るのはむずかしい。そうだとすれば、自分でどうにかコンスタンティンから同意を取りつけなければならない。

公爵の話から推測するかぎり、コンスタンティン・ブラックは結婚の罠をすり抜けることにかけては相当に抜け目ない。

ジェインは本題に話を戻した。「相続の問題がどうなるにしろ、やはりわたしがここに残って、混乱が生じないようきちんと家の引き継ぎを行なうべきですわ」

「うむ」公爵は懐中時計を取りだし、ぱちんと蓋を開き、またポケットに戻した。「だが、用心するようきみに忠告しておく。コンスタンティン・ブラックは信用できない男だ」

ジェインは前夜の礼拝堂での密会を思い返した。なんて無用心なことをしたのだろう！とはいえ、襲われはしなかった。唇を奪われたわけでもない。あの人はただ……。

思いがけず背筋にぞくりとふるえが走った。

表情の変化を悟られないよう、ジェインは膝を擦るようにスカートの皺を伸ばした。「ご心配いりませんわ、公爵様。わたしは愚かな小娘ではありません。それどころか、ああいった男性のたくらみには誰よりかかりにくい女性でしょうから」

公爵が険の[illegible]目でひとしきり見つめた。「たしかに、そうかもしれん。それでも、

[illegible]は望ましいことではない　遺産がこのように厄介な形で分与されていなければ、同居はとうてい容認できなかっただろう」

「レディ・エンディコットがこちらに残って、力になってくださるとおっしゃってますわ」ジェインは言い添えた。

モントフォードはうなずいた。「そうだった。それで伯爵夫人はどちらに？　葬儀で見かけたきりだが」

「きのうの夕方から頭痛と吐き気で寝込んでらっしゃいますわ。侍女によれば、たいがい一日休めばよくなるそうですが」

公爵は眉根を寄せた。「快復されていることを祈ろう。寝室から出られないようでは付添人の役目を果たせない」

ジェインは顎を上げた。「先ほども申しあげたように、わたしは愚かな小娘ではありませんわ、公爵様。コンスタンティン・ブラックに振りまわされはしませんから」しっかりと目を見据えた。「さすがにあの方も、その気もない女性の関心を引こうとはなさらないでしょう？」

「ああ。そのあたりの分別はわきまえている男だと思いたい」モントフォードは続けた。「とはいえ、レディ・エンディコットにそう長くとどまってもらえるとはかぎらないのだから、代わりの者を手配しておいたほうがいいだろう。それについては私が考えて、またあとで連絡しよう」

ルークのことは話しておくべきだろうか？　やはりまだ何も言わないほうが無難だ。どれほどルークと暮らしたがっているかをモントフォードに知られれば、レーゼンビーに残る真意を疑われてしまうかもしれない。そうなれば、コンスタンティン・ブラックと結婚する試みを邪魔立てされかねない。

外から慌しげな物音が聞こえてきて、公爵が立ちあがった。のんびりと窓に歩み寄り、外を眺めた。

「おう、出発の準備が整ったようだ。発たなければな」ゆったりとした優雅な身ごなしで手袋をはめる。

それからまじまじとジェインを見やった。「失礼する、ジェイン」

そう名で呼んだ。昔のように。ジェインは驚いてじっと見返した。公爵の表情がやわらいだように見えたのはただの思いすごしだろうか？　たぶん光の加減のせいかもしれない……。

ジェインは返事をしなかったが、公爵を見送るため、一緒に馬車のところへ向かった。

7

公爵の一行が旅立った。ジェインは玄関先に迫りだした屋根の下に立ち、数台の馬車が遠ざかり、ぼんやりとしか見えなくなるまで手を振った。みなが発たなければならない事情はわかっていても、なんとなく取り残されたように感じずにはいられなかった。

けれど感傷に浸っている暇はない。気を取りなおして、コンスタンティン・ブラックに結婚を承諾させる計画を決行しなくては。

みずから結婚を提案し、愛想よく接してもみたけれど——まったく気持ちが入っていなかったのは認めざるをえない。コンスタンティンを結婚しなければならない状況へ追いこむというセシリーの案も、モントフォードからフロックトン嬢との醜聞を聞き、うまくいく可能性は少ないように思えてきた。新しい男爵は評判を気にする男性ではなさそうだ。たとえ必死に誘惑したところで、コンスタンティン・ブラックに結婚を拒まれては意味がない。

そうだとすれば、セシリーのもうひとつの案のほうが実を結ぶ可能性は高い。つまり、コンスタンティン・ブラックに結婚する利点を理解させるということだ。愛はなくとも、女性としての魅力がじゅうぶんにあると感じて好意を抱いてもらえれば、資金繰《ぐ》りを画策するより結婚という手立てを選ぶかもしれない。

あとは自分がコンスタンティンの心を惹きつけられるかどうかにかかっている。ジェインはため息をついた。男性の関心を引くのは得意ではない。それが、ロンドンの社交界に登場せずに十七歳でフレデリックとの結婚を快く受け入れた理由のひとつでもあった。

ジェインが背を返して家に戻ろうとすると、コンスタンティンが階段の上に立ってこちらを見ていた。目が合い、そのとたん……熱くみなぎるものが体の奥から湧きあがった。

ジェインが頰を染めると――愚かにも顔を赤らめてしまうなんて！――コンスタンティンは愉快そうに笑みを浮かべた。のんびりとした足どりで、視線をそらさずに階段をおりてくる。

ジェインの胸は慌しく脈打っていた。何かほがらかに挨拶の言葉を口にしなければと懸命に頭を働かせようとするうち、ふと男性らしい自信に満ちたコンスタンティンの態度が癇にさわった。とっさに冷ややかなあしらい言葉が頭に浮かんだけれど、そんなことを口走っても自分のためにはならないと思いなおした。

計画を忘れてはだめ。ルークのことを思いだすのよ。自尊心は捨てなければ。

コンスタンティンがよりじっくり観察しようとでもするかのように頭を傾けた。「きみの肌は透きとおるように白いから、よけいに赤く染まりやすいんだな。触れてもいいだろうか？」

コンスタンティンの目に勝ち誇ったような光が灯った。からかおうとしたもくろみが達成されて満足したといった表情だ。

ジェインはいとこたちの忠告を思い起こして憎まれ口を控えた。口もとをこわばらせて言った。「よいお天気ですわね。よろしければ——よろしければ、お庭をご案内しますわ」

コンスタンティンは少しもよい天気ではないことを正そうとはしなかったし、この家のなかも庭もすでによく知っていることについても触れなかった。

ただ、幅広の肩をわずかにすくめて答えた。「よろしければ」

コンスタンティンは腕を取ろうとするそぶりを見せたが、ジェインはさりげなくそれをかわし、小道のほうへさっさと歩きだした。「こちらです」

格式をより重んじた時代の名残りで、幾何学的にかたどられたパルテール庭園へ案内した。歩きながら、あれこれと説明を続けた。そのあいだもずっと、めずらしい植物や興味深い特徴などを語っているときでさえ、コンスタンティンのまなざしが自分に向けられているのを感じていた。

ジェインは思いきって問いかけた。「男爵様、うわの空でいらっしゃるのね」

コンスタンティンが遠くを見やり、それからまたこちらに視線を戻した。「こんなふうに、まるで無駄な愚かしい礼儀作法をつくろうのはやめないか？　なにせぼくたちは義理のいとこなのだから、ジェイン」

昔からいつも平凡だと思っていた自分の名が、これまでとは違って聞こえた。温かみがあって親しみやすく、ジェインの耳に心地よく響いた。一音一音に胸がぞくりとした。

この男性の評判を考えれば、そんななれなれしい呼び方を許してはいけないのはわかっている。いままでの自分なら、拒んでいたはずだ。

でも、いまは親交を深めておかなくてはいけないのでしょう？　だから、行き過ぎない程度であれば……。

ジェインは遠まわしに答えた。「じつを言うと、フレデリックが亡くなってすぐにあなたをロクスデール卿とお呼びすることには少し抵抗があったの。それに、あなたの言うとおり、わたしたちは義理の親類であるわけだし」こくりとうなずいた。「ええ、そう呼んでくださってけっこうよ」

コンスタンティンがジェインの腕に手をかけてとまらせた。「だが、きみはまだぼくを名で呼んでいない」

やはりコンスタンティンはそう簡単にはやり過ごさせてくれなかった。ジェインはひとしきり見つめ返した。感情はいっさい見せずに、はっきりと落ち着いた声で言った。「コンスタンティン」

相手も自分と同じように新鮮な刺激を感じているのをジェインは直感した。コンスタンティンの翳《かげ》りを帯びた表情がそれを物語っていた。それとも、やすやすと思いどおりに名を呼ジェインはこの場にふたりきりでいるのをにわかに強く意識しはじめた。後ろで水しぶきをあげている噴水と同じくらい勢いよく血がめぐりだしたように思えた。息が喉につかえた。

いつの間にか、コンスタンティンが手を伸ばし、自分のほてった頬を指で撫でていた。

「また染まっている。だが残念ながら、今朝はこれからやらなければならないことがあるんだ。そうでなければ、もっといろいろな方法で、きみを何度でも赤らめさせることができたんだが」

その言葉の意図は取り違えようがなかった。たちまち胸がさざ波立って、ジェインはうろたえた。このままではコンスタンティンの関心を引くどころか、自分が完全に魅了されてしまう。なんて浅はかな計画だったのだろうと笑いだしそうになった。新しいロクスデール卿の気を引くのは、野生の猫と友情関係を結ぼうとするようなものだ。逆に食いつかれてしまいかねない。

それからふと、いま耳にした言葉が気にかかった。「やらなければならないこと？」訊き返した。「領地にかかわること？」

「ああ」コンスタンティンは身をかがめ、芝地からうつむきかげんの雛菊《ひなぎく》を摘みとった。

「そんなにふしぎがらなくてもいいだろう」つぶやくように言い、愛らしい花を差しだした。

「領地の管理の仕方については心得がないわけじゃない」

その口ぶりにはこれまで見せていた無頓着《むとんちゃく》な態度にはそぐわない、どきりとさせる傲慢《ごうまん》さのようなものが感じられ、ジェインは意気をくじかれた。

わずかにためらいつつも、差しだされた雛菊《ひなぎく》を受けとった。腕を取られ、噴水から離れてまたべつの方向へ導かれても抗わなかった。

「あなたはたしか」ジェインは言葉を継いだ。「ダービーシャーに所領をお持ちなのよね？」

コンスタンティンがけげんそうな目で答えた。「そのとおり。ブロードミアだ」

なぜ顔をしかめたのだろうとジェインはいぶかった。「もうそちらには住まないの？」

コンスタンティンは首を振った。「相続してから一度も足を踏み入れていない」

ジェインはじっと見返した。フレデリックがコンスタンティンを無責任な領主だと非難していたのも無理はない。

「少なくともきょうは家のなかにいても苦痛には感じないだろう」コンスタンティンは目をすがめて空を見上げた。ふたりの頭上にはいまにもまた雨が降りだしそうな雲が垂れこめている。「退屈な仕事ではあるだろうが、フレデリックが遺したものをしっかりと把握したうえで、身の振り方を決めたいんだ」

結婚するかどうかを決めるということ？

ジェインは言った。「信じてはもらえないかもしれないけど、わたしはこのような形で遺産が分与されたことをほんとうに残念に思ってるわ。わたしたちをこんなふうに混乱に陥《おちい》らせるなんて無責任だし、フレデリックらしくないもの」

[illegible]まだいろいろなことを整理する時間が遺

されていると思っていたんだろう」いったん口をつぐんだ。「ぼくを懲らしめたかったのかもしれないが。もう何年も前にあと味の悪い別れ方をしたきりだった」

「そうだったの？」もしやふたりはコンスタンティンがもてあそんで捨てたという女性のことで、揉めたのだろうか？

コンスタンティンが鼻から深々と息を吸いこんだ。「理由を知りたいよな」

「あなたがおっしゃりたければ」ジェインは言葉を濁した。

コンスタンティンはしばし黙って見つめた。「話したいのかよくわからない」

その緑色の瞳がやわらぎ、魅惑の森のごとく影と謎に満ちて深まると、ジェインはその場に立ちすくんだ。そこに表われた感情は……見きわめがつかない。哀しみ、それとも後悔？

自分が穢した女性に何かしら感情は抱いていたということ？　いまも彼女を想っているの？　もう何年も前のことだ。この男性ならその後も何人もの——大勢の——女性たちとベッドをともにしているはずなのに。

ジェインの頭に、逞しい手脚や艶やかな褐色の肌、さらにはもつれたシーツがぱっと思い浮かんだ。視線をさげて、いまの想像が顔に表われていなかったことを祈った。

この男性のそばにいると妙な感情を掻き立てられてしまう。ふたりのあいだの空気が濃くなり、ジェインはいつしか息をするたび、また触れられるのを期待するようになっていた。

コンスタンティンの気を引きつつも、それ以上の不埒な行為は避けることなどできるのだろうか？　守られた世界で生きてきたので、放蕩者の誘惑には慣れていない。ロンドンで社交シーズンを過ごしたことさえない。コンスタンティン・ブラックのような男性に出会ったのは初めてだ。

　コンスタンティンが手袋をしていない指をジェインの顎に添えて、顔を上げさせた。ジェインは彼の気持ちの変化を感じとった。表情が熱を帯びている。

　ぎこちなく口を開いた。「男爵様、あなたは許されないところまで踏みだしてるわ」

　コンスタンティンがかすれがかった声で答えた。「ああ、だが、ひそかに楽しむことほど味わいは増す。そう思わないか？」

　ジェインはややうろたえて息がつかえ、首を振ってあとずさった。

　コンスタンティンに詰め寄られ、高い生垣に背中が触れた。つまり屋敷からはイチイの高木に遮られて見通せない、庭の奥まった場所に入り込んでしまったのだとジェインは気づいた。いつの間にここまで来ていたの？　すっかりコンスタンティンに心とらわれてしまっていた。

　近すぎて、男性の体の熱気に包みこまれているような気がする。体が燃え立ってきた恥ずかしさで肌が引き攣《つ》っている。

「そうとも」コンスタンティンは自分がどのような影響をもたらしているかを正確に察しているふうに低い声で言った。「レディ・ロクスデール、きみはいとこたちとともにロンドンへ発ったほうが賢明だったのかもしれない。ぼくは誘惑をこらえられないたちなんだ」

「わざわざ警告してくださるなんて、ご親切なのね」ジェインは不機嫌そうに言い返した。

「そうでなければ、完全にその気にさせられていたかもしれないわ」

いわくありげな表情は消え、コンスタンティンは短い笑いを漏らして、あとずさった。

「人が悪いな！　だがまあ、これでお互いのことをわかりあえた」コンスタンティンにさっと眺めおろされ、ジェインは秘めやかな部分の素肌を手ですっと撫でられたかのように感じた。「罪なことではないだろう、レディ・ロクスデール」コンスタンティンが囁くように言う。「ぼくたちが悦びを分かちあっても、なんの問題もないはずだ」

「でも、わたしはあなたと悦びを分かちあいたいのではないわ」ジェインは言った。「あなたと結婚したいだけなのよ、男爵様」

コンスタンティンが眉をひそめたのを見て、ジェインは不可思議な満足感を覚えた。けれどさらに言葉を継ぐ前に、相手の視線が自分の背後に移っているのに気づいた。

コンスタンティンは口もとをゆがめて陽気さの欠いた笑みを浮かべ、その目はとたんに険しくなって嘲《あざけ》るような光を放った。「おっと、ごりっぱな隣人のお出ましだ。相変わらず、絶妙な頃合で現われる」

ジェインが顔を振り向けると、隣人のアダム・トレントが帽子を手にして、芝地を大股で突っ切ってきた。「ご存じなの？」

「子どもの頃からのくされ縁だ」

コンスタンティンは彫りの深い顔に、先ほど公爵を見送ったときと同じように、どことなく蔑みも含んだ面白がるふうな表情を浮かべた。

その視線の先には、茶の三つ揃いをきっちりと着込んだ筋骨逞しい長身の男性の姿があった。アダム・トレントはこの辺りでいちばんの美男子だと言われていて、ジェインもこれまではそう思っていた。けれど日に焼けてひときわ精悍さがきわだつコンスタンティン・ブラックと並ぶと、ミスター・トレントは朝食の慎ましいポリッジのように見えた。髪は砂色で、肌も白い。瞳の色は淡い褐色なのか緑色なのか薄い黄褐色なのか、判然としない。

地味で、平凡だ。なんて失礼な言い方をしているのだろう。フレデリックが最も大切にしていた友人なのに。

「おはようございます、ミスター・トレント。ご機嫌いかが?」ジェインは近づいてくる男性に膝を曲げて挨拶した。

「レディ・ロクスデール」トレントが手を取って、頭を垂れた。「きのうはきちんとお悔やみを申しあげる機会がありませんでしたが、あなたのお気持ちを思うと胸が痛みます」

「ありがとうございます」ジェインは低い声で応じた。「あなたこそ、フレデリックがいなくなってとてもお寂しいはずですわ」

「まったくです。善良な男だった。すばらしい友人でした」

ジェインはコンスタンティンのほうをさりげなく身ぶりで示した。「ロクスデール卿はご存じですのね」

コンスタンティンが軽く頭をさげた。「トレント」

それからしばらく、噴水がよどみなく流れ落ちる音だけが響きつづけた。一羽の鳥がよくとおる美しいさえずりを奏《かな》でた。アダム・トレントはぴくりともせず、挨拶を返さなかった。そこにじっと立ったまま、ジェインの顔を見ている。

まるでコンスタンティン・ブラックは存在していないかのように。

ジェインはいらだちが沸いて頰を紅潮させた。この不作法をとりつくろわなければとコンスタンティンのほうを向いたときには遅すぎた。

コンスタンティンは踵《きびす》を返し、砂利道を踏みしめるようにして歩き去っていった。

ジェインは眉根を寄せ、隣人を咎めようとしたが、言葉を口に出す前に、はっとわれに返った。コンスタンティン・ブラックをかばうの？　どうしてそんなことをしなければならないの？

トレントは遠ざかっていくコンスタンティンの後ろ姿を見つめている。やがて顔をしかめて言った。「あの男がここにいるとは思わなかった」

「ご存じだったなら、あの方の土地に足を踏み入れなかったとおっしゃりたいのね」ジェインは言った。聖人ぶられるのは嫌いだし、不作法な態度はそれ以上に腹立たしい。どんなにろくでなしだろうと、白分の家を訪ねてきた相手に無視されなければならない道理はない。

トレントは不興《ふきょう》をかったことには気づいてはいないようだった。「レディ・ロクスデール、じつはその……」帽子のつばをまわしながら、眉間に皺を寄せた。「ジェイン、きみに言っておきたいことがあるんだ。あの男には用心したほうがいい」

ジェインはほがらかに笑った。「安心なさって、ミスター・トレント。コンスタンティン・ブラックの評判についてはじゅうぶん承知しています。わたしの身を気遣ってくださっているのなら、その必要はないわ。あの方から危害を被《こうむ》る心配はないから」

ああ、ジェイン、あなたはなんて嘘つきなの！

トレントはよりじっくりとジェインを観察しようとするかのように目を狭めた。「それならよかった。この話はもうやめておこう。どのみち、きみが聞いて楽しめることではない」

つまりモントフォードがあえて言わなかった話もほかに何かあるということだろうか？

ジェインは思いのほか興味をそそられた。モントフォードは事実を簡潔に教えてくれたけれど、コンスタンティンがどうしてそのように恥知らずな行動をとったのか、さらに詳しく知りたかった。トレントなら知っているかもしれない。なにしろフレデリックとはいちばん親しい友人だった。

ジェインは唇を嚙んだ。わたしはまた、あの男性の罪を少しでも軽くできる事情を探しているの？ そのような道義にもとる行為に同情できる余地はないはずなのに。

ジェインは胸のうちで首を振った。亡き夫の相続人についてよからぬ噂話を聞きたがるなんてどうかしている。トレントがコンスタンティン・ブラックをどのように非難しようとしているにしろ、聞いても仕方がないし、自分にはかかわりのないことだ。

「では、もう失礼するとしよう」トレントはそう言いつつ名残り惜しそうに屋敷のほうを見やった。まさか、新しい男爵にあのように無礼な態度をとっておきながら、家に招き入れられることを期待しているわけではないでしょう？ 「きのうのきょうで、きみが体調を崩していないか様子を見に来ただけなので」

「どうもご親切に」ジェインはいくぶん堅苦しい口ぶりで答えた。「わたしは大丈夫ですわ。ご覧のとおり」

「ああ、きょうは頬に赤みがさしている。とてもいいことだ」トレントは腕を差しだした。

「そこまでお送りしましょうか?」

応じる以外にどうすればいいというのだろう? ジェインはトレントの腕に手をかけて、ゆっくりと歩きだした。トレントがこうしてそばにいても、鼓動が速まってうろたえるようなことはなかった。コンスタンティン・ブラックと一緒にいるときとは違って。

やや間をおいて、トレントが言った。「これからどうなさるのですか、レディ・ロクスデール?」

ジェインはモントフォードにも話したとおりのことを答えた。「きちんと家の引き継ぎがすむまではここに残ります」いいえ、コンスタンティン・ブラックが結婚に同意してくれるまで、と胸のうちで言いなおした。

トレントが眉を上げた。「そうなのですか? ならば付き添っていただけるご婦人もいらっしゃるのですね」

「レディ・エンディコットが滞在してくださっています。ありがたいことですわ」当の伯爵夫人はゆうべ気を高ぶらせてからまだ寝室にこもったままだが、ジェインはそれをトレントに明かすつもりはなかった。

「あなたがレーゼンビーを離れなければならないのは非常に残念だ。この土地のためにこれほど尽くされてこられたのに」

ここを離れなければならないのはほんとうに寂しい。ジェインは雨の匂いのする空気を深く吸いこみ、噴水が点在する広々としたテラスや庭、湖、さらには枝垂《しだ》れ柳にふちどられ、趣《おもむ》きのあるアーチを描いた石橋といったものを見まわした。

一陣の風がジェインのスカートをはためかせ、湖の水面を波立たせた。ふいに鉄灰色の雲の切れ間から太陽が顔を覗かせ、黄色いダイヤモンドが降りそそぐかのように陽射しが揺らめいた。深緑色の丘陵の囁きが生垣を伝いおりてくる。

ああ、馬に乗りたい。この一週間雨つづきだったので、頭をすっきりさせて、じめじめとした気分を振り払いたい。

「離れがたいのはこの土地だけですか?」トレントの低い声に考えを遮られた。「むろん、ジェイン、ぼくはあなたがいなくなるのが寂しい」

ジェインはすばやく目を上げたが、トレントの表情はにこやかで、友人として以上の含みは感じられなかった。ほっとして息を吐きだした。「もちろん、それだけではないわ。言うまでもないことはお察しください」

ジェインはしとやかに、けれど決然と別れを告げる態度で手を差しだした。「お送りくださってありがとうございます、ミスター・トレント。今朝はいろいろとやらなければいけないことがあるので、これで失礼します」

いジェインの手を取り、両手で気持ちを込めて握った。「これだけは憶えておいてください……助けが必要なときには、けっして我慢してはいけない」顎をこわばらせた。「それと、もしあのならず者が少しでも無礼なことをしたときには、必ずぼくに言ってください。対処の仕方はわかっていますから」

ジェインは手を引き戻し、片方の脚を後ろに引き、膝を曲げて答えた。「ありがとうございます、ミスター・トレント。でも、そのようなご心配はいりませんわ」

それから屋敷に戻ると、人々が慌しい動きを見せていた。お仕着せ姿の従僕たちが次々に旅行鞄を玄関広間に運びこんでいて、黄みがかった深緑色のビロードと銀色のレースが階上《うえ》へ継ぎ目なく延びているように見える。新しい男爵が早くも客を招いたのだろうか？

「あら、そこにいらしたのね！」よくとおる張りのある声は、広々とした空間になんなく響きわたった。

ああ、いったい今度は何が起こったのかしら。ジェインはゆっくりと振り返った。「レディ・アーデン。どうして……驚きましたわ」

とはいえ、考えてみれば予想できたことだ。レディ・アーデンは結婚を取り持つことに執念を燃やしている。読み違いでなければ、フレデリックの親類として、未亡人にコンスタンティン・ブラックと結婚して務めを果たさせるべく取り計らおうと現われたに違いない。ジェインからすれば好都合なことだった。加勢が得られるのならそれに越したことはない。

年嵩《としかさ》の婦人はすたすたと歩いてきて、手首周りの高価そうな凝ったレースの襞飾りをひらつかせて両腕を差しだした。どのようなときでも、レディ・アーデンはつねに涼しげで優美に着飾り、明るい褐色の髪もわずかな乱れすらなくきちんと整えられている。ジェインはこの落ち着いた身ごなしが心から羨ましかった。

レディ・アーデンはジェインの手は取らずに、芳しい腕をまわして抱きしめた。

それから身を引き、ジェインの頬に触れた。「大変だったわね。こんな形で急死してしまうなんて、フレデリックは身勝手だわ」唾を飲みこみ、目をまたたいた。「肝心なことがわかっていないのよ」

その声のわずかなふるえが、言葉の辛らつさをやわらげていた。レディ・アーデンの瞳は潤んでいて、ブラック家のこの貴婦人がこれほど感情をあらわにしたところをジェインは目にしたことがなかった。

「突然のことでした」ジェインは静かに答えた。「一年ほど前からは時間の問題だとみなわかっていたのですが、心がまえをする時間はありませんでした」

レディ・アーデンが慮《おもんぱか》るふうにうなずいた。「葬儀はきのうすませたのね？　ええ、そうだろうと思っていたのだけれど」

「申しわけありません」ジェインは答えた。「お手紙を書いたのですが」

「あなたのせいではないわ。ちょうど手紙を受けとれなかったのよ。スコットランドの所領をまわっていたものだから」レディ・アーデンはふさぐ気分を払いのけるかのようにぴんと背筋を伸ばした。「どこか落ち着ける部屋に案内してくださらない？　お茶でもいただきた

「では、わたしの居間へ」ジェインは微笑んで、階上へ導いた。部屋に入るとお茶の用意を頼むために呼び鈴の紐を引いてから、レディ・アーデンに椅子を勧めた。

レディ・アーデンが口もとをほころばせて言う。「あのやんちゃなコンスタンティンがこちらに来ていると聞いたわ」

「ええ」ジェインは答えた。「領地の管理人や事務弁護士と部屋にこもっているはずですわ。いろいろと面倒な問題が残されてしまっているので」

「そうなの？」レディ・アーデンが訊いた。「あの方も大変ね」

「あの方だけではありませんわ」ジェインはぼそりとこぼした。

「ほんとうに、仕事ほど退屈なものはないもの。つまらない話はやめましょう」レディ・アーデンは親類の財産問題をひらりと手を振って一蹴した。

「そうそう！」レディ・アーデンが目を輝かせて続けた。「つまりあなたはブラック家でいちばんの危険人物にお目にかかったわけよね」片手で頬杖をついた。「ねえ、ジェイン、初めから聞かせてちょうだい」

8

コンスタンティンは書庫の時計を見やった。あと三十分で晩餐《ばんさん》の鐘が鳴らされる。

あらゆる場所の地図、帳簿類、公文書、そのほかの書類が机に散乱し、椅子に積み重なっている。作業は思いのほかはかどった。おかげで現在の自分の財務状況がだいぶ鮮明に見えてきた。

気がつけばあっという間に長い時間が過ぎていた。それ以上に意外だったのは、作業を始めてすぐに自分が仕事の要領をつかみ、長年やってきたことのように情報を整理し、結論を導きだし、指示を出せたことだった。

といっても考えてみれば当然のことなのかもしれない。ブロードミアを引き継ぐ定めの嫡男に生まれ、領地の管理の仕方を教え込まれて育った。幼い頃から身に沁みついたものはそう簡単に消し去れないものなのだろう。学んだことは無駄ではなかったというわけだ。

亡きいとこの領地の管理人と事務弁護士が書類をめくる音が部屋に響いている。このふたりを休憩も入れず六時間以上も働かせてしまった。そろそろ解放してやらなければいけない。

けはじめた。

「いや、そのままで」コンスタンティンは言った。「もう一度、あとで目を通しておきたい」

弁護士がきょとんとした目を向けた。夜中まで仕事を続けようとしているのではなく、月へ飛び立つとでも宣言されたかのような驚きようだ。

コンスタンティンはやんわりと言い添えた。「もしかしたら見逃した点があるかもしれないし」

当然ながら、領地の帳簿類から隠れた資産を見つけられないかという、藁にもすがる思いがあった。なにしろきょうの成果と言えば、さらに資金を工面しなければならないところを見つけただけにすぎない。

弁護士は、悪名高き怠惰なろくでなしが自分より几帳面そうな発言をしたことにただ目をぱちくりさせて、そつなく応じた。「では、このままにいたしましょう」

「あすは正午からでどうだろう？」コンスタンティンは問いかけた。

弁護士は頭をさげた。「あなた様のご意向に従います」

「心から礼を言います」コンスタンティンは腰の片側を机にもたせかけた。「どちらにお泊りですか？」

「〈キングズ・ヘッド〉に」

「そうでしたか」コンスタンティンは片方の眉を上げた。「そちらの宿の朝食は絶品だとか」

弁護士がようやく笑みを見せた。「ええ、ほんとうですよ」

ミスター・グリーンスレイドが頭をさげて部屋を出ていき、それに続こうとした領地の管理人に、コンスタンティンは声をかけた。「ちょっといいだろうか、ラーキン」

管理人は狐を察知した兎のごとくびくりとして、脅えたような表情になった。顔は青白く赤毛で、痩《や》せぎすのせいで流行の装いがあまり似合っていない。ひょろりとした体型にふわふわした髪がのった姿はタンポポそっくりで、ほんの軽く息を吐きかければ、いまにも吹き飛ばされてしまいそうだ。

こうして見るかぎり、まじめだが有能とは言えない若者だ。フレデリックの信頼を得ていたのだろうか？　考えにくい。だが、いまとなってはそれは誰にもわからないことだ。

「ラーキン、きみはいつからここで働いているんだ？」

「もうすぐ三年になります、旦那様」

「ロクスデール卿とはよく連絡をとりあっていたんだろうか？」

ラーキンがごくりと唾を飲みこんだ。「いいえ、旦那様。前のロクスデール卿は領地の日々の仕事にはあまり関心をお持ちではありませんでした」

「すべてきみにまかせていたのか？」

「ぼくにではありません、旦那様。ミスター・ジョーンズにです。あの方が管理人をなさっていたんです……一年ほど前に身を引かれるまでは」

口にされていたことも鮮明すぎるほどに記憶していた。それもやむをえないことだった。なにせ子どもの頃は暇さえあればいたずらをすることばかり考えていた。

ジョーンズはいまもこの領地にある家で暮らしている。コンスタンティンは帳簿ですでにその名を目にしていた。「もうそんな歳になっていただろうか。いまは退職金で隠居暮らしというわけか」

ラーキンはその問いかけには答えようとしなかった。しかもそれ以降、何を尋ねられても口を閉ざしたままだった。コンスタンティンは仕方なくラーキンを帰らせて、晩餐の着替えをするために寝室に戻った。

先ほどの若い管理人との会話に考えをめぐらせた。一見したところ、善良だが気弱そうな男だ。管理人の資質はまるで感じられない。べつの役割を与えて働いてもらったほうがいいだろう。領地の取りまとめには機転が利いて、意志の強い人物が望ましい。

ジョージなら最適だとひらめいた。だが弟には管理しなければならないべつの領地がある。コンスタンティンはため息をついた。ブロードミアの所有権をジョージの名義に書き換えるために必要な書類を事務弁護士に作成してもらわなければならない。その件についての決意は変わらなかった。未亡人と結婚する以外にほかに手立てがなくなろうとも、弟が受け継ぐべき一族の家を売り払いはしない。

ふっと〝氷の女王〟のことが頭に浮かんだ。ゆうべあの女性に発した言葉は本心だった。結婚に同意するかどうかはまだ決められない。とはいえ、きょう目にしたものを考えれば、いまのところ亡きいとこの未亡人と結婚する以外に選択肢はなさそうだった。

工場の債務を返済しなければ、すべてを失いかねない。あとひと月半でそれほどの大金を一から工面するのはとうてい無理だ。たとえ領地を切り売りするにしても、時間がかかる。そもそも、そのような手段をとるのは自分の性分ではとてもやりきれない。領民たちはみずからが働いている土地の長期の借地権をいつか手に入れることを夢みて暮らしている。その土地を引き剝がすかのごとく領主が切り売りしはじめれば、領民の意気をくじくことになるだろう。

それに、たとえ周りからどう見られていようと、次の世代に引き継ぐべき役目はじゅうぶんに自覚している。自分の務めは領地を守ることであり、むやみに売りさばくことではない。そうだとすれば、レディ・ロクスデールと結婚するのは望ましい選択だ。

コンスタンティンはクラヴァットを結ぼうとしていた手をとめた。結婚することを考えると、腐ったミルクを口に含んでしまったように気分が悪くなった。かつて上流社会の人々に押しつけられかけた結婚を撥ねつけたために、さんざんな目に遭わされた。当時はまだ未熟な世間知らずで、裏切られたという思いにいきり立ってしまったのだ。あの頃は何においても善悪をはっきりさせなければ気がすまなかった。

コンスタンティンは鏡で身なりを確かめてから、近侍が着せかけた上着の袖に腕を通した。深みのある赤ワイン色の上着をまとうと、酔った娼婦にまとわりつかれているかのようにもオフィスを留める。きょう得た情報からすれば見通しは暗いが、いまだ資金繰りの解決策を探すことをあきらめきれない。

あすは前の管理人を訪ねてみよう。ジョーンズなら、このトーゼンビーのためになることを何か知っているに違いない。工場を救う方法があるとすれば、その鍵を握っているのはジョーンズだ。

今週末には資産の状況がより正確につかめるだろう。あらゆる投資先からの利益はべつにして、個人資産はブロードミアを除けば、たいした額にはならない。最上等の血統の馬が数頭と数台の馬車。あとは骨董品のコレクションにもそこそこの値打ちはあるだろう。目利きの競売人に連絡をとってみよう。

ああ、そうだ、いざとなれば、代々受け継がれてきた銀器も売らねばなるまい。

その晩、コンスタンティンがのんびりと客間に入ってきたときには、ジェインは努力して愛想をつくろう必要はなかった。なにしろレディ・アーデンとレディ・エンディコットという、気が強く歯に衣着せぬ物言いの婦人たちと話しつづけなければならず、神経がすり減りそうになっていた。だからそうしようとするまでもなく、ほっとして思わず笑みがこぼれた。

同時にぞくりとする緊張が体をめぐった。手持ちのなかで最も喪服にふさわしいドレスを身につけ、ふだんは軽くまとっている肩掛け《フィシュー》は襟ぐりにたくしこんで胸もとを隠している。髪は……これでいいのかいまもよくわからない。侍女によればロンドンで流行している髪形なのだという。どことなくだらしなく感じられるほどまとまりがなく、いつほどけて肩に垂れてきてしまってもおかしくないような気がする。ジェインは巻き毛が垂れていないか触れて確かめたいのをこらえていた。

コンスタンティンが戸口で足をとめ、驚いたふうに眉を上げた。つかつかと歩み寄ってきた。「こんばんは、またお目にかかれましたね、ジェイン」礼儀正しく手を取って頭を垂れた。手をきつく握られはしなかったし、口づけられもしなかったが、ジェインはそれだけで胸がどきりとした。

不可解で恥ずかしくてたまらないその反応を必死で隠したつもりだったが、コンスタンティンの目はからかうようにいたずらっぽく輝いていた。

「今回は、ぼくに会ってずいぶんと嬉しそうだ」囁くように言う。「ひょっとして具合でも悪いのかい？」

「あら、いらしたのね、コンスタンティン！」

歌うような声を聞き、コンスタンティンはさっと首を起こした。ジェインの頭越しに客間の向こう側を見やった。

「なんてことだ」つぶやいた。

ジェインは吹きだしかけて笑みをこらえた。コンスタンティンは思わず漏らした文句を空咳でごまかし、おばたちのもとへ挨拶に向かった。

「レディ・アーデン」頭を垂れ、貴婦人の手を取って口もとに引き寄せた。「お目にかかるたし、ますます美しくなられますね」

レディ・アーデンが瞳をぐるりと動かした。「いまさら、そんな戯言《ざれごと》には騙されないわよ、いけない人。あなたの愛想のよさには慣れたものなのだから」

もちろんそれは冗談以外のなにものでもなかった。つねに冷静なレディ・アーデンがコンスタンティンの気遣いに少しばかりはしゃいでいる姿に、ジェインは笑みを漏らさずにはいられなかった。

すると今度はコンスタンティンがレディ・エンディコットのほうを向いたが、いったいどのようにこの婦人のご機嫌をとるつもりなのかジェインには想像もつかなかった。なにしろこの三十分、コンスタンティンがいかに礼儀知らずで分別に欠けた親不孝者なのかを滔々《とうとう》と語っていたのだから。ところが、甥のコンスタンティンから気の利いた褒め言葉を少しかけられただけで、レディ・エンディコットも楽しげな声で話しはじめた。

晩餐では形式にとらわれず、コンスタンティンがテーブルの上座につき、ジェインがその右側の席に坐り、レディ・アーデンとレディ・エンディコットが左側の椅子に腰をおろした。ほどなく、ふたりの年嵩の婦人が顔を寄せあって一族内の噂話を始めたので、ジェインとコンスタンティンは取り残されてしまった。ジェインはまた思わせぶりな言葉を投げかけられるのではないかと身がまえていたが、コンスタンティンは料理が運ばれてくるまで、たわいない世間話以外のことはいっさい口にしなかった。

従僕たちが銀の盆や料理の皿を次々に運んできた。ジェインはいくぶん気が抜けた。たとえコンスタンティンであれ声の届くところに女性の親類たちがいれば、やはり行動を慎むらしい。

バターを塗ったロブスターを取りわけてもらうと、コンスタンティンが言った。「いとこたちが帰られて、お寂しいのではないですか？」

ほんとうは一緒に行けばよかったとでも言いたいのだろうかとジェインは思いつつ、なにくわぬ顔で答えた。「ええ、わたしにとってはとても大切な人たちですもの」

コンスタンティンが表情を窺うように首を傾けた。「公爵は威厳のある方だ。あの方の家でいったいどのような子ども時代を過ごされたのだろう？」

「わたしたちが子どもの頃は、公爵様と過ごす機会はそれほどありませんでしたわ」ジェインは答えた。「ほとんどいつも、いとこたちと過ごしていたんです」思いめぐらせて続けた。「ハーコートでの暮らしはとても楽しかったわ。もちろん、男の子たちには容赦なくからかわれもしたけれど。でも、わたしたち女の子もしっかりやり返していましたから。セシリーはとりわけ仕返しの方法には機転が働いて」

コンスタンティンは従僕にうなずいて、ボルドー産の赤ワインを注がせた。「レディ・セシリーはあなどれないお嬢さんだったのでしょうね」

「間違いありませんわ。でも、とても愛らしくて楽しい女性なので、みな必ず許してしまうんです。セシリーは正式にはまだ社交界に登場していないのですが、生まれてすぐにノーランド公爵と婚約しているので、お披露目《ひろめ》をとりたてて急ぐ必要もないんですわ」

――では　レディ・ロザムンドは？　やはり結婚のお相手は決められているのですよね。あの美貌《びぼう》ならば、社交界に出てもすぐに引く手あまたでしょうが」

当然ながら、コンスタンティンもロザムンドの美貌に目を留めていた。ジェインはそれを知ってちらりと切なさを感じた。「美しさがきわだっていますでしょう？　レディ・ロザムンドはトレガース伯爵との結婚が決まっています。伯爵とご面識は？」

「たしか、憶えがある。デヴィア家の方ですよね？」コンスタンティンは身を寄せて声をひそめた。「レディ・アーデンの前でその名を出すのは控えたほうがいい。デヴィア家とブラック家は何代にもわたる宿敵なんだ」

ジェインはコンスタンティンの温かい息に耳をくすぐられ、背筋がぞくりとした。何も感じていないふりで、笑みをこしらえた。「まあ、そうでしたの？　そのような因縁はエリザベス女王時代で途絶えたものと思っていました。いわば、モンタギュー家とキャピュレット家のあいだのようなことは」

「いや、なくなってはいません。昔ながらの対抗意識というものは、かつてほど剝きだしではないにせよ、いまもまだしっかりと残っている」コンスタンティンがほんのわずかに顎をこわばらせた。「ほとんどいつの時代にも」

もしやコンスタンティンも決闘をしたことがあるのだろうか？　それも、愛して見捨てた女性をめぐって……？　だめよ。今夜はその女性のことは考えないようにしなければ。

ジェインは様々な料理を供されていたが、そちらにはほとんど目が向かなかった。あたりさわりのないことしか話していないにもかかわらず、コンスタンティンの動作や表情のひとつひとつが気になって仕方がなかった。緊張に胸を締めつけられ、ひと口も食べられない。

「ウェストラザー家のお嬢さんがたは恋をしたいとは思われないのだろうか？」コンスタンティンが訊いた。「お三方とも美しく聡明なご婦人なのだから、そのように強引な婚姻の決め方にはうんざりして当然だと思うが」

うんざりする？　コンスタンティンは事の重みをまるでわかっていない。ジェインは片方の肩をすくめてみせた。「ウェストラザー家の娘たちは、結婚に愛など求めていませんわ。むしろわたしは――そのほうがお互いにとって都合がいいのではないかと思っています」

コンスタンティンは何か言いたげにしばしじっと見返した。それから気が変わったのか、ただフォークを動かして料理を示した。「この子牛の煮込み《フリカッセ》はぜひ味わってみたほうがいい。とてもおいしい」

ジェインはまだ手をつけていない目の前の皿を見おろした。もともと料理にはほとんど関心がなかった。それどころか、たいがいは滋養《じよう》をとらなければならないと思って食事をしているだけのことだ。

「昔、乳母に食べるようせかされていたのを思いだしたわ」ジェインはそう答えて、フォークを手にした。といっても、比較すること自体が間違っている。ふくよかで親しみやすい年配の乳母と、隣りに坐っている野性味あふれる美しい男性とではなにもかもが違いすぎる。

「おいしいものを食べることは人生の大きな喜びのひとつだ」コンスタンティンが言う。

そのほかの悪しき楽しみとは違って　誰も傷つけずにすむのもありがたい」肩をすくめた。

「ならば楽しまない手はないだろう？」

そのわずかにかすれがかった低い声が、ヴァイオリンの弦をはじくようにジェインの神経をふるわせた。コンスタンティンはほんとうにただ美食の喜びを説いているだけなのだろうか。そしてふと、その目がいたずらっぽくきらめいていることに気づき、やはりそうではないと確信した。

ジェインはイヴが蛇にそそのかされて林檎を食べてしまった気持ちがしみじみとわかって、料理が盛られた皿を眺めた。

少しばかりむきになって、銀のフォークの先を子牛料理に刺し、小さなひと切れを口に運んだ。口のなかに広がった風味のよさに低い声をこらえきれなかった。味気ない食事に慣れている口には刺激が強すぎるようにすら思えた。

「どうかな？」コンスタンティンがせかした。

ジェインはなにくわぬ表情を装って飲みこんだ。

「ちょうどいい味ではないかしら」

コンスタンティンが眉根を寄せた。「ちょうどいい？」

ジェインは懸命に冷静な顔を保った。それでも本心を読みとられてしまったらしく、コンスタンティンの顔にゆっくりと笑みが広がった。口もとに鋭い視線を感じた。ソースの染みでも付いてしまったの？　ジェインは気になって唇を舐めた。

コンスタンティンの目は熱を帯びていたが、声は落ち着いていた。「レディ・ロクスデール、きみが才ある料理人の腕を封じこめてしまっているのは許しがたいことだと思っていたが、むしろきみを憐れむべきだとわかった」首を振る。「ちょうどいい、か。そのような感想はどうか料理人には言わないでくれ。すぐにでも辞めさせてくれと言って来かねないから、ぼくが引きとめなければならなくなる」

ジェインはもうひと口味わい、満足の吐息は全力でこらえた。コンスタンティンの言うとおりだ。自分がこれまで見逃していたものに初めて気づかされた。じつはフレデリックは数年前から医師に味の濃いものを禁じられていた。当主が茹でた羊肉とエンドウ豆で我慢しているのに、妻が凝ったフランス料理を食べるのは少しばかり気が引けるという事情もあった。

「これからはあなたからたっぷりと褒め言葉をかけてもらえるのだから、料理人も腕のふるいがいがあるわね」ジェインはそう言うと、ワインをひと口含んだ。思わぬ口あたりのよさに眉をひそめた。「うちのワインセラーから出してきたものかしら？」

「まずいワインでは、せっかくのマーテの料理が台無しになってしまう」コンスタンティンはグラスに手を伸ばした。「上等なボルドーワインは味わうためにあるのであって、がめつい輩《やから》の金貨のごとく貯めこんでおくものじゃない」

「あなたは快楽主義者なのね」ジェインは咎める口ぶりで言った。

「官能主義者なのさ」コンスタンティンが正した。「喜びを見いだすことを楽しんでいる」

その[illegible]声を聞いて、ジェインの体に熱いものが湧きあがった。息苦しくなり、鼓動が速まり、気分が落ち着かない。だからなおさら、この料理で食べる喜びを呼び覚まされたことを認めずにかわしたのは、賢明な判断だったとあらためて思った。

蠟燭の明かりでコンスタンティンの肌が青銅色に輝き、頰骨の高さや、しっかりとした顎の輪郭がきわだっている。ジェインはいつしかワイングラスの脚をもてあそぶコンスタンティンの指に魅入られていた。長くほっそりとしているが、関節のしなやかさには力強さも感じられる。優美な襞飾りに縁どられた真っ白な袖口から、対照的に濃く日焼けした逞しい手首が出ている。

コンスタンティンがグラスを持ち上げ、ワインをたっぷりと口に含んだ。ふたりの目が合い、視線が絡まった。

言いようのない緊迫した空気は、レディ・エンディコットのきんと響く声に破られた。

「コンスタンティン！　ジェイン！　わたしの話を聞いてるの？」

コンスタンティンがちらりといらだたしそうな表情を覗かせた。ジェインも伯爵夫人に救われたことを感謝しなければと思いつつ、やはりいらだちを覚えずにはいられなかった。

レディ・エンディコットは返事を待たずに話を進めた。「レディ・アーデンがロンドンでとんでもない話を聞きつけてきたのよ」当の婦人にじろりと目を向けた。「ねえ、エマ、どうしてもっと早く話してくれなかったのかしら。わたしの息子を狙っているたちの悪い女性がいるなんて」不満げに言う。「放ってはおけないでしょう！　ジェイン」と続けた。「ロンドンに戻らなくてはいけないわ。おつらいときにあなたのもとを離れるのは申しわけないけれど、これは一大事なんですもの！」

　コンスタンティンは目をしばたたいた。「おば上、ここを発たれるのですか？」わが身の幸運が信じられない思いだった。

「夜明けに発つわ！」伯爵夫人がナプキンを手早く置くと、従僕がすぐに来て椅子から立ちあがるのを手助けした。「荷造りを頼んでおかないと」

　レディ・アーデンが軽やかに手を振った。「お好きなようになさって、グリゼルダ。あなたがいらっしゃらなくても、こちらはわたしたちでどうにかなりますから」

　伯爵夫人がせわしなく部屋を出ていき、レディ・アーデンはいとも淡々とワイングラスを口もとに持ち上げた。

　コンスタンティンは眉を上げ、恐るべき親類の貴婦人をまじまじと見つめた。何かたくらんでいる。いつもそうなのだ。不屈の結婚仲介人、レディ・アーデンは当然のごとくコンスタンティンとジェインに視線を据えた。

　コンスタンティンのもの問いたげなまなざしに、レディ・アーデンが満面の笑みで応えた。

「これでいいわ」

「でも、失礼ながら」ジェインが口を開いた。「レディ・エンディコットがあすロンドンに発たれるのなら、どなたがわたしに付き添っていただけるのですか？　ご存じのとおり、わたしがひとりでコンスタンティンのもとに残るのは不適切なことですもの」

「初めから言っているように、ぼくは有意義な機会だと思うが」コンスタンティンはにやりの瞳を向けられた。今夜は少し態度がやわらいだような気もしていたのだが、その目つきはまだ先が思いやられることを示していた。

レディ・アーデンが両方の手のひらを返した。「ええ、もちろん、これほど危険な男性とあなたをふたりきりにはさせないわ！　当面はわたしがレーゼンビーに滞在します。公爵も安心してくださるはずよ」

「あなたが？」コンスタンティンはいぶかしげに笑みを浮かべた。「よりにもよって春の数週間を、その上品なおみ足で田舎の土を蹴って過ごすおつもりですか？　ぜひとも拝見したいものだ」

「言わせてもらえば、わたしはケンブリッジシャーで育ったのよ」レディ・アーデンは鼻であしらうように答えた。「豚や馬が少しくらいいたって、びくつきはしないわ」

「羊ですわ」ジェインはグラスを口もとに近づけて笑みを隠した。「レーゼンビーでは羊を飼っていますから」

「ええ、そうだったわね。ここはコッツウォルズだものね？」レディ・アーデンはナイフとフォークを手にした。「久しぶりの田舎暮らしが楽しみだわ」

ジェインが続けた。「では、これで決まりですわね。ありがとうございます。あなたがいてくださらなかったら、どうなっていたことか」

ふたりの女性は揃って考えこむふうにコンスタンティンを見やった。

仕方のないことなのだろう。このふたりが結託して自分の敵にまわるのは容易に想像できたことだ。レディ・アーデンの思惑どおり事を進められたら――この婦人はだいたいいつもこの調子だ――独身貴族を楽しめる日々も残りわずかの運命だ。

とはいえ、自分はもっと若いときに大勢の人々から執拗に結婚を迫られても、拒む意志を貫いた。まだ負けると決まったわけではない。

女性たちがお喋りを再開したので、コンスタンティンはジェインを観察した。今夜は髪形がいつもと違っている。昼間より柔らかな感じで、女性らしさが引き立っている。赤みがかった褐色の髪はくるんと巻かれ、ベッドから出たばかりかと思うほどむぞうさにゆるく結い上げられている。襟ぐりから覗く胸が呼吸に合わせてわずかに持ち上がってはさがり、白い肌に付けられた黒玉の首飾りがひときわ輝きを放っている。

今夜のジェインには驚かされた。マーテの料理を味わったとき、束の間、喜びの表情を浮かべたのをコンスタンティンは見逃さなかった。そのような喜びをもっと親密な方法で自分が味わわせてやりたいという衝動に駆られた。

そのときの表情が頭から離れず、今夜はずっと苦しめられている。いっそあの表情を自分だけのものにしてしまいたい。

コンスタンティンは自分の欲望の強さにとまどった。あれほど無表情に見えた女性にこんなにも熱情を掻き立てられるとは。なにしろ外から見るかぎり、ジェインはいかにも冷ややかで高慢な貴族らしい婦人だ。だから氷の表面をつつくようなつもりで、ジェインをからかっていたのだが、今夜は思いがけず、その内側にある熱情の深みを目にした。

のに溺れないよう用心しなくてはいけない。

今夜。

ジェインは両手を握りしめ、寝室のなかを落ち着きなく歩きまわっていた。

そうよ、今夜しかない。つまり、いますぐということだ。すぐに行動に移さなければ、二度と気力を奮い起こせそうにない。

コンスタンティン・ブラックにキスをする。さもなければ、向こうからキスをさせる。

想像すると、鼓動が肋骨《ろっこつ》に響くほど高鳴った。

コンスタンティン・ブラックとキスをすることにどうしてこれほど脅えてしまうのだろう？　それでルークと暮らせるのなら、ちょっとキスをするくらい、たいしたことではないはずだ。ただし、コンスタンティン・ブラックとのキスはそれほどたやすくすむものではないかもしれないという不穏な予感も抱いていた。

あらゆる試みが失敗に終わり、ジェインはいったいどうすれば自分との結婚をコンスタンティンに承諾させられるのかわからなくなっていた。ほかの女性たちはどのようにして紳士から求婚の言葉を引きだしているのだろう？　あのコンスタンティンが裁縫や家計のやり繰りのうまさに心動かされるとは思えない。財産を取りあげられ、破産するかもしれない差し迫った状況に追い込まれてもなお、結婚を承諾しようとはしないのだから。

誘惑すればいいのだとヒシリーは言った。その選択肢も当初から完全に否定していたわけではなかったけれど、新しい男爵の過去の醜聞を考えると、成功の見込みは高くない。コンスタンティン・ブラックは、相手の女性はおろか自分自身の名誉が傷ついたとしても、意にそぐわない結婚には応じない。

そうだとすれば、コンスタンティンに自分との結婚を決意させるにはどうすればいいの？

残された選択肢はやはりひとつしかない。自分がそのような計略を実行するのはもちろん、考えついたことすらいまだに信じられない。でもルークと生きるためなら、どんな犠牲を払おうと、たとえ評判が傷ついてもかまわない。

ジェインは晩餐の席で、コンスタンティンが欲望をたぎらせた目で自分の唇を見つめているのに気づいた。どれほど男性の心を読みとるのが不得手でも、それが何を意味しているかは感じとれた。コンスタンティンは本心からキスを求めている。

とたんに得体の知れない、ぞくぞくする力が湧きあがってきた。コンスタンティンに理屈を説いたり道徳心に働きかけたりして結婚を承諾させることはできない。

だからといって誘惑すればうまくいくのだろうか？　ベッドをともにしたいという衝動を掻き立たせれば、結婚に同意してもらえるの？

自分にはとうてい向いているとは思えない大胆な計略だ。卑怯でみじめにすら感じられる。でも、ほかにどのような手立てがあるというの？

ジェインはためらいながらも、ドアの取っ手を握った。ふるえがちな息を吸いこんだ。迷いが決意を揺るがせる前に、ぐいとドアを開いて部屋を出て、コンスタンティンを探しに向かった。

書庫でようやく見つけた男爵は、力強い手つきで手紙らしきものを書いていた。傍らには同じ筆跡の書簡が重ねられている。

晩餐後まっすぐここに来て、仕事を続けていたのだろう。きっと図書室でブランデーのデカンタを空け、葉巻の煙をくゆらせているのだろうと思い込んでいた。

集中した作業の邪魔をするのは気が引けて、戸口で立ちつくした。このまま待つべきか、やはり逃げてしまおうという、なんとも臆病な心の声に従うべきか迷っているうちに、コンスタンティンがなめらかな筆さばきで手紙に署名を書き入れ、目を上げた。

「ジェイン」ゆっくりと立ちあがった。「入ってくれ」

ジェインはその短い言葉を発した唇をじっと見つめていた。かすれがかった声には罪つくりな行為に誘っているかのような響きが聞きとれた。それとも、ふしだらなことをしようと考えているせいで、そんなふうに聞こえてしまったのだろうか？　恐ろしさと期待で体じゅうが脈打っていた。

勇気を出すのよ、ジェイン。ルークのためだということを忘れてはいけない。

どうにか計画を進めなければと顎を上げた。

そしてふと、そもそもどのように誘いかけるのかをまるで考えていなかったことに気がついた。思わせぶりに体のどこかに触れるべきなの？　それではあまりに厚かましいような気もする。相手の出方を待ったほうがいいのかもしれない。だけど、こちらの気が変わったことをどうやって伝えればいいのだろう？　庭ではコンスタンティンの思わせぶりな誘いかけをむげに撥ねつけてしまったのだから。

コンスタンティンがほんのわずかに眉を上げた。「何か用があって来たのだろう？」

願ってもないきっかけに、ジェインは飛びついた。「ええ、わたし……」息を呑んだ。「キスしてほしいの」いきなり口走った。

体温が上がり、頬が染まって、耳が熱くなった。鼓動が激しく響いている。人は恥ずかしさのあまり死んでしまうことはないのだろうか？

しばらく待っても、コンスタンティンは答えなかった。指先で机をこつこつと打ちながら、ジェインの顔を眺めていた。

ジェインは自分の試みがあからさますぎたことを思い知らされ、みじめな気持ちで口早に詫びの言葉を絞りだし、部屋を出ようと背を返した。

「待ってくれ」

足をとめてうつむいた。コンスタンティンの顔はとても見られない。速い呼吸に合わせて胸を上下させながら待った。みっともない言い方になってしまったけれど、それでも応じてくれるだろうか？

ジェインは目を閉じた。こういうことはほんとうに苦手だ。

コンスタンティンは真後ろに来て、言葉を継いだ。「逃げるな」ジェインはその声を聞いに自分で乳を撫でられたように感じた。

まるで体の奥から勇気をつかみあげようとして、手からするりと滑り落としてしまったかのような心地で、唾を飲みくだした。こういったことも、このような男性も、自分の手に負えないことはわかっていたはずなのに。

コンスタンティンの温かな息でうなじの巻き毛がふわりとただよいだ。「こちらを向くんだ」ジェインは応じた。瞼が重い。コンスタンティンの口に目を向けるだけでやっとだった。その唇はきつく毅然と引き結ばれていた。

恐るおそる視線を上げる。目にももう愉快げなきらめきは見えなかった。エメラルドのごとく冷たい光を放っている。「これも策略のひとつか?」コンスタンティンが訊いた。「純潔を差しだすようなつもりでキスをしに来たのか。そうなんだろう、ジェイン?」

頭のなかで警報が鳴り響いた。「違うわ! けっして――」

「ぼくからきみの指に指輪をはめさせるためなら、どこまでしてくれるんだろうな?」コンスタンティンがまっすぐ目を見据えた。体を眺めまわし、乳房に視線をとどめた。

ジェインはふるえを覚えたが、嫌悪からではなかった。

「言っておくが」コンスタンティンが言う。「その手には乗らない」

コンスタンティン・ブラックは体裁など気にしない。第一級のろくでなしだ。無垢な女性を欲望の捌《は》け口にしたうえ、結婚を拒んだのだから。自分も同じような目に遭わされるかもしれない。

自分がそれを許せばだけれど。

ジェインは身を固くした。どうしてそんな男性に非難されなくてはいけないの？　少なくとも自分がこのような行動に出たのには純粋な理由がある。

それに、もういまさら引きさがれない。

晩餐の席で、自分が唇を舐めたときのコンスタンティンの表情を思い起こし、ジェインは舌をちらりと唇にめぐらせた。愚かなしぐさに見えていませんようにと祈った。

コンスタンティンが低い声で悪態をつき、ジェインはびくつくどころか嬉しさで力が湧いた。コンスタンティンのような男性は熱情に動かされてしまうものなのでしょう？　誘いかけさえすれば、あとはきっと男性の欲望にまかせて動いてくれるはずだ。

いまにも飛びだしそうな心臓の鼓動を聞きながら、慎重に一歩ずつふたりの距離を縮めた。するといきなり顎をつかまれ、上向かされて、ふたりの視線が絡みあった。

「やめておけ」親指で下唇をなぞられ、下腹部に熱い疼きを感じた。「この愛らしい唇を奪われるだけではすまなくなるぞ」

互いの思惑がせめぎ合った。

ジェインは必死に冷静になって頭を働かせようとした。この男性は無理強いはしない。つまり脅しは口先だけのものでしょう？　そうだとすればキス以上のことは求められない。もしそっと抱きしめるだけですまされそうにない気配を感じたら、抵抗の声をあげればいい。

そうだとすれば何を恐れてるの？　コンスタンティンの強引さ？　それとも自分の弱さ？

動かずにただじっと見上げると、コンスタンティンの表情はいわくありげに翳っていた。

形の整った唇が開いた。ジェインが好奇心と期待、それになにより恐怖で心が揺さ乱されているうちに、コンスタンティンが身をかがめて顔を近づけてきた。その動きはあまりにゆっくりで、速まった鼓動が十数回は打ち鳴らされてようやく、唇に彼の吐息がかかった。

ジェインはぬくもりに包まれ、快い魔法にとらわれた。肌に触れているのは息だけで、そのうち二本の指で顎を上げられた。それだけで身がすくみ、動けなくなった。

唇が触れあい、ジェインはうろたえて息が詰まった。恐ろしさで体がふるえた。やっぱりできない！　絞りだすように小さな悲鳴をあげて顔をそむけ、身を翻《ひるがえ》して逃げだした。

そのあと、コンスタンティンは図書室からテラスに出て、この屋敷の女主人を出会って以来とうとう初めて傷つけてしまったのだと思い返していた。

今夜は漆黒と言ってもいいほど暗い。霧雨が降りつづく景色はほとんど何も見わけられない。風は湿気を含んでいて、夜気は冷たい。コンスタンティンは細巻き煙草を吸った。ああ、春の味わいだ。

もうすぐあっという間にロンドンの社交シーズンが始まる。妙な気分だ。変化に富み、楽しみに満ちた都会を恋しいとは思わない。友人たちはいま頃、目ざとい淑女たちや高級娼婦たちの海で漂い、今シーズンの華や、一夜の相手を選び、運まかせの謎めいた出会いを求めてヘイマーケットやコヴェントガーデンに繰りだしていることだろう。

いやたしかに、まったく恋しくないというわけではない。だが、自分のような性分の男には独り身の暮らしがあまりに長すぎた。だからこそ今夜のジェインのようにいかにもぎこちない不器用な誘いはとても見ていられなかった。時と相手が違えば、なにげない誘いに応じて甘い言葉でそそのかし、欲しいものはすべて手に入れていただろう。こんなふうに警告して去らせるようなことはけっしてしなかったはずだ。

ジェインはあのように危険な賭けに出て、いったいどうするつもりだったのだろうかとコンスタンティンは考えて、しみじみと葉巻煙草を吸った。

「ここにいたのね」背後で女性の低い声がした。

振り返ると、レディ・アーデンがテラスに出てきた。明るく機敏な瞳が意気揚々と輝き、使命感がみなぎっている。

コンスタンティンはため息をついた。もはや逃げられない。

礼儀正しく、葉巻を指し示して尋ねた。「かまいませんか?」

「もちろんよ」レディ・アーデンは答えて、近づいてきた。ややためらってから続けた。「あなたとふたりきりで話せる時間がとれてよかったわ」

コンスタンティンは苦笑いを浮かべた。「レディ・エンディコットを追い払ったのはそのためではないのですか」

「追い払ったわけではないわ」

「ええ、あなたはあのご婦人の大事な息子に取り入ろうとしている計算高い女性がいると話しただけだ。そうすればほぼ間違いなく、慌ててロンドンへ戻ることを見込んで」手摺りの向こう側に腕を伸ばし、煙草の灰を落とした。「あなたのたくらみには、レディ・ロクスデールですら気づいているに違いない」

「よほどまのぬけた人でなければ気がつくでしょう」レディ・アーデンはすなおに認めた。ちらりと目をくれる。「いつまで意地を張るつもり？」

コンスタンティンは肩をすくめた。「意地を張る？　ぼくが？」

レディ・アーデンがもどかしげに唇を引き結んだ。「だって、結婚するしかないはずよ！　いくらあなたでもそれくらいのことはわかるでしょう。工場に莫大な負債があって、返済する資金はないそうじゃないの」

「そのとおりです」必要な資金を工面しようとできるかぎりのことはしている。しかしいまのところその成果はない。

むろん、株取引は続けているし、きょうも仲買人に指示を送った。だが、危険性が高く見返りも大きないくつかの投資の利益を勘定に入れるのは、賭博に頼るのと同じくらい無謀な賭けだ。いますぐ莫大な儲けが出ないかぎり。

「ジェインはあなたに好意を抱いているようだわ」レディ・アーデンが言う。「じつはわたしには意外なことだったのだけれど」

苦みばしった笑みを浮かべた。「たいていのご婦人は放蕩者が好きだそうですから」

「ジェインのような女性は違うわ」レディ・アーデンが真顔で言った。「とはいえ、つべこべ言わずにやるべきことをする分別を備えているのには感心したわ。礼儀をわきまえた善良な女性なのよ。自分の務めを果たそうとしているんだわ」

「それで、あの女性がその務めを果たせるようにするために、あなたはここに残られたわけですか」コンスタンティンはつぶやくように言った。

「少なくとも、わたしはグリゼルダのように、お邪魔にはならないわ。いったいどうして彼女にここにとどまるよう頼んだの？」

「ぼくは口出しできる立場ではありません」コンスタンティンは首を振った。「それに、グリゼルダが残ることにぼくが同意しなければ、公爵はレディ・ロクスデールもロンドンへ連れ去っていたかもしれない。それでは何も進まない」

「そうね」レディ・アーデンはしばし黙って見返した。そのうち夜闇に視線を移し、手摺りを指で打った。

レディ・アーデンの頭のなかで複雑な思考をめぐらす歯車が、コンスタンティンの目に浮かぶようだった。「自分の進む道は自分で決めさせてもらえませんか」

レディ・アーデンはいったんためらってから、向きなおった。「いいでしょう。いつでも……力になるわ。でも当面は、口出しはしない」その言葉には暗に、お手並みを拝見させていただくわという返し文句が含まれていた。

「ご安心ください。自分の務めはじゅうぶんに心得ていますから」

「それを聞けてよかったわ。ちょっと驚きもしたけれど。あなたには手を焼かされるだろうと思っていたのよ」レディ・アーデンはいぶかしげに見つめた。「ジェインに惹かれてはいないの？　それではどうにもならないわ」

コンスタンティンが口ごもると、レディ・アーデンの目がわずかに大きく開いた。「ありえませんね」

レディ・アーデンが眉をひそめた。おそらく、目の前の男が結婚を望んでいた良家の子女をもてあそんだことでも思い起こしたのだろう。「行動は慎重にね、コンスタンティン」

コンスタンティンは葉巻煙草を深々と吸い、夜闇に吐きだした。「ああ、はい。そうします」

9

「ジョーンズ！」コンスタンティンは馬を降りて、片手を差しだした。「また会えてよかった」

気むずかし屋の老人は握手をためらっているそぶりだったが、気持ちに折りあいをつけて、コンスタンティンの手を軽く握った。「二年前にお暇をいただきましたんです」

コンスタンティンはそのあからさまな訛《なま》り方から、あまり快く思われていないのを感じとった。自分がこの土地の領主として戻ってきたのをさほど歓迎されていないとしても、ジョーンズを咎められない。子どもの頃はいたずらをしてずいぶんと手を焼かせていた。

だがたとえそうでも、いまはこの老人の手助けが欠かせない。それに、元管理人のお節介好きな性格を考えれば、渋るのをやめて自分が子どもだった頃のように指図しはじめるまでそう時間はかからないはずだ。

「ジョーンズ、あなたの助けが必要なんだ」

老人は親指の腹でいかつい顎をさすった。「お話しできるようなことはありませんや」

コンスタンティンは笑った。「そう言わないでくれ。この土地については、ぼくが一生かかってもいまへないくらいよく知っているはずだろう」目をすがめがちに表情を窺った。「いろいろと相談したいことがあるんだが、目下なにより優先すべきは、あの工場のことだ」ふたりは谷間に鎮座した堂々たる構えの建物を眺めた。

かつては繁栄に沸く産業の中枢を成していた建物だ。ところがコンスタンティンは、その工場がいまや使われず、空き家になっているとラーキンから聞かされ、衝撃を受けた。実際にここまで来て、寂れた状況を目にするまで、にわかには信じられなかった。毛織工場の動力源となっていた川は滴《したた》る程度に干上がっていた。フレデリックがなぜこのようなところを軽率にも担保に入れたのかわからない。没収されてもかまわないと思っていたからなのだろうか。

「まったく」ジョーンズが親指の腹で頬を擦りつつ言う。「嘆かわしいことになってしまいました。織工たちはみな職を失い、ブロンソンのところで働かせてくれと頼みこまざるをえんかった。それも、しみったれた賃金で」

「アダム・トレントの領地にある工場のことだろうか？」

「そうですとも。といっても、あの方が自分で工場を経営しているわけじゃない。ブロンソンという男に貸してるんです。いっさい姿は見かけんから、工場長にまかせてるんだろうが。それにしても、ブロンソンというのは抜け目ない男ですよ。ここから移った織工たちを安く使って利益をあげている」ジョーンズは肩をすくめた。「だからといって、ほかにどこで働けるというんです？」

ブロンソンの工場が働くにはいかに耐えがたい環境でも、この土地ではほかに仕事を見つけられないという現状に、コンスタンティンは驚きを覚えた。いったいフレデリックは何をしていたんだ？

最近の大雨のささやかな名残りで、川床をちょろちょろと水が流れているが、工場を動かす量にはほど遠い。「ジョーンズ、この工場を再稼動させるにはどうすればいいかを知りたい。べつの支流から水を引いて、貯水池をつくればいいのか。わからない。どうすればいいんだ」

コンスタンティンは帽子を脱ぎ、つばに入った雨の滴《しずく》を振り落とした。「ここで雨が途絶えることはない。工場を動かす水がないとは考えられない」

「そのことなら、旦那……」ジョーンズはおそらくはまた再開した工場を見たい気持ちと、この若造を手助けする気にはなれない思いの狭間《はざま》で迷っているらしく、言いよどんだ。

「頼む、ジョーンズ、あなたが頼りなんだ」コンスタンティンは続けた。「若いラーキンは善良な男だが、あなたほどの判断力は持ちあわせていない。元の仕事に戻りたければ、戻ってほしい。そして、知っていることをぼくに伝えてほしい」

老人はその言葉を聞いてとたんに態度をやわらげた。引退を余儀《よぎ》なくされたことで、自尊心が傷つけられていたのだろう。

ジョーンズはうなずいた。「じつは旦那、これは競合相手の工場を確実につぶすやり口のひとつなんです。ブロンソンの工場はご覧になりましたか？」さらに谷を登った先に見える……流にある……」両手を広げた。

コンスタンティンは眉をひそめ、口もとを引き締めた。「つまり、腹黒い輩がわれわれの工場に水が流れないように、水流を堰《せ》きとめているというのか？」

「それくらいでかい工場だということです」老人は鼻の脇を指で打った。「いずれにしろ、こっちの工場が害を被るのは承知しとるでしょう」

「なんたることだ！」コンスタンティンは怒りに駆られた。どうして誰も指摘しなかったんだ？　フレデリックはそんなにもまぬけだったのか？

「その疑惑をぼくのいとこには伝えていたのか？」強い調子で訊いた。

ジョーンズが鼻で笑うように見返した。「当然、伝えました。聞き入れてもらえんかった。関心がなかったんですな」片方の肩をすくめた。「フレデリック様は工場が気に入らんかったようで」

コンスタンティンは毒づいた。フレデリックが紳士の精神にはそぐわない仕事だからと事業に関心を持とうとしなかったのであれば、破産して当然だ。領民から地代を集めて、その金をまわすだけで収益があがるはずもない。いとこの父親はそこまで気位が高い男ではなかったのだが。

「ブロンソンの指示なんだろうか？」コンスタンティンは訊いた。

「さあ。ですが、ミスター・トレントならご存じでしょう」

コンスタンティンはいかめしい表情で馬に乗った。「谷を上がって自分の目で確かめてくる。それから、隣人の言いぶんを伺うとしよう」

コンスタンティンは執事のすがるような制止の声にはかまわず、アダム・トレントの屋敷のなかへ入っていった。「朝食用の居間にいるのか？　ありがとう、あとは自分で探す」

アダム・トレントは南側の部屋でハムと卵の朝食を味わっていた。

コンスタンティンはテーブルにばんと手をついて、食器を跳ねあげさせた。「話したいことがある」

トレントは啞然となって目を上げ、しだいに怒りをあらわにした。「何をしてるんだ、ブラック！　このように押し入ってくるとはどういうことだ？　出ていってくれ！」

「ロクスデールだ」コンスタンティンは唸るように言った。「それと、用件を聞くまで追い払うのはやめておいたほうが賢明だぞ。ブロンソンの工場の件で来た」

トレントの目に表われた義憤はみじんも揺るがなかった。「それで？　だからなんだというんだ？」

「言いたいことは山ほどある！　おまえの借地人のブロンソンが、レーゼンビーの数えきれないほどの人々から仕事を奪った。われわれの工場に流れていた水を堰きとめて、稼動できないようにさせたんだ」

「ぼ、ぼくは何も知らない」トレントは声を詰まらせ、立ちあがった。「何かの間違いだ」

[illegible]コンスタンティンはいったん口をつぐみ、大きく

これをどうするつもりだ？」

トレントは目をしばたたいた。「そう言われても……どうしろというんだ？」

コンスタンティンは歯の隙間から言葉を吐きだした。「うちの織工たちが戻ってきて適正な生活費を稼げるよう、水を堰きとめるのをやめさせろ！　あの井堰《いせき》は造りがもろいし、最近の雨で水があふれんばかりになっている。うちの織工たちはどうなってもかまわないと言うのなら、そっちの工員たちのためにやってくれ。今度大雨が降れば、建物自体が崩れ落ちてしまってもちっともふしぎじゃない」

「あの工場はブロンソンにまかせている。ぼくは――」

「それでもきみの領民たちを守るのはきみだろう！」コンスタンティンは続けた。「ブロンソンを呼びつけても、きみが自分で指示を出しても、どちらでもかまわない。一週間以内に水の堰きとめをやめなければ、ぼくがみずから出向いてやるまでだ。では失礼する！」

トレントは口もとを引き攣らせ、ナプキンを投げつけて立ちあがった。「ブラック、もしまたぼくの土地に足を踏み入れたら、不法侵入の罪で逮捕してもらう。ぼくを見くびるんじゃない！　きみのようなやつは牢獄にいるべきなんだ」

コンスタンティンはもう少しでトレントの善人ぶった顔を殴りつけそうになった。だが感情にまかせた行動によって自分はいつも問題を引き起こしてきたのだと思い返した。トレントは新しいロクスデール卿の野蛮な振るまいを咎めて、自分の過失をうやむやにしようとしている。コンスタンティンはどうにか感情を抑えて、踏みとどまった。

「やはりぼくの見方は正しかったよ、トレント」そう言い捨てた。「きみは少しも変わっちゃいない」

コンスタンティンは憤りをつのらせつつ馬を駆って戻ってきた。いますぐにでも何人かを連れてブロンソンの工場へ行き、水を堰きとめている井堰を壊してきたい思いもあった。トレントはあきらかにそうさせるのをけしかけるために、あのような言葉を投げかけたのに違いない。

だが、自分はもう度胸を証明したいばかりにそのような浅知恵にそそのかされるほど短気で向こう見ずな青二才ではない。自尊心より、工場――そこで働く人々の暮らしがかかっている――のほうがはるかに重要だ。

いまの状態では、井堰が適切に取り壊されなければ、ブロンソンの工場とそこを取り巻く住居までもが洪水に流されかねない。そうだとすれば、慎重に事を進めなくてはいけない。トレントから満足のいく返答が得られなければ、ブリストルから技師を呼び寄せたほうがいいだろう。いや、いずれにしろ、工事が適切に行なわれるよう監視させることが必要だ。

コンスタンティンはグリーンスレイドを呼び、その手配を指示した。事務弁護士が頭をさげて部屋を出ていこうとしたとき、ふと思いついた。

「ちょっと待ってくれ、ミスター・グリーンスレイド。工場を抵当に入れた際の契約書の写こちらにお持ちいたしましょうか？」

「いや、その必要はない。抵当権者は、ブロンソン社になっていただろうか？」

弁護士は鼻に掛かった眼鏡を押し上げた。「はい、たしか、そのように承知しております」

「その会社の役員と株主の名、それに、その人々の素性をできるだけ詳しく調べてもらえないだろうか？　どのような人々を相手にしているのか正確に知っておきたい」

「承知しました。調べてみましょう」

コンスタンティンは礼を言って弁護士を送りだし、着替えるために階上《うえ》へ向かった。主寝室に入ると、使用人たちが慌しく出入りしていた。ロンドンからの荷馬車で身のまわりの物が到着し、部屋に運びこまれ、整頓されている最中だった。

すでにしぶしぶながら蒐集《しゅうしゅう》品のなかでもとりわけ価値の高そうな物は売りにだすよう指示していた。付けられた売値が満足のいくものではなくとも、せめて借金の返済金を工面するまでの当座しのぎにはなるだろう。残されたのは高値の付かないただの骨董品ばかりだが、それでもコンスタンティンにとってはどれも貴重な物だった。

大切にしている物や愛着のある品々がいくつも運びこまれたのを目にして、気分がいくらか明るくなった。どうにか人を殴らずにすんだだけでも救いではないか。

目下の望みはレーゼンビー館の領主としての務めを果たし、そのうえ魅力的なレディ・ロクスデールをベッドに誘いこめたなら言うことはない。そうだとすればもはや、この屋敷の主人に代々引き継がれてきた主寝室に移ることは避けられない。

ふたりの従僕が大きな古い旅行鞄《かばん》を両脇から挟むようにして、りきんだ声を漏らしつつ運んできた。

「ああ、よかった」コンスタンティンは声をかけた。「それはこちらの控えの間のほうに置いてくれ」

その鞄には長年にわたって集めてきた骨董品や愛蔵品が詰まっていた。そうした物はたいがい大事に戸棚にしまわれて埃《ほこり》をかぶることになるのだろうが、コンスタンティンはつねにそばに置いておくようにしていた。いつでもくつろいで手に取って眺めたいからだ。寝室に隣接している控えの間はなごめる趣きがあり、そうしたものを眺めて楽しむには最適な部屋に思える。

今度はオズワルドと名づけた鎧が運ばれてきた。コンスタンティンはオズワルドの兜《かぶと》をやさしくぽんと叩き、またべつの従僕たちが三人がかりでえっちらおっちら運んできたものを見つめた。古代ギリシア彫刻の一部だと伝えられている、大人の男の大きさほどもある大理石の鼻だ。

「ううむ」従僕たちがその鼻をどうにか部屋に運び入れたところで、コンスタンティンは言った。「それは画廊に運んで、置ける場所を探したほうがいいだろう。この館の雰囲気になじむかどうかわからないが」

「かしこまりました、旦那様」従僕たちはまた唸り声を漏らしてよろめきながら、大理石のコンスタンティンは寝室のほうへと移動した。きわめて居心地よく整えられていた。無地の掛け布やカーテンは取り払い、濃い黄緑と黒と銀の艶やかな絹やビロードや錦織の布地に替えるよう指示しておいた――ブラック家の色だ。全体的にほどよくあでやかで豪華でありながら、やわな感じはしない。

　コンスタンティンは凝った彫刻がマホガニーの支柱に施された、大きな時代物のベッドをつくづく眺め、唇をゆがめた。「これはどうにかしなければだな」つぶやいた。「だが、いまは仕方がない」

　まずは運びこまれた鞄をあけて、寝室で使う物を取りだしておかなければならない。控えの間へ戻ろうと歩きだしたとき、ドアのほうから呼びかける声がした。

「やあ、入ってくれ」

　ちらりと動くものが目に入った。振り返ると、ルークが戸口でもじもじと立っていた。

　少年はためらうそぶりで、壊れやすい貴重な品であるかのように何かを両手で大事そうに持っていた。

　コンスタンティンは笑いかけた。「ルーク、こっちに来てくれ。嚙みつきはしない。何を持ってきたんだ？」

「階下《した》で見つけたんだ」ルークは小さな翡翠《ひすい》の球を見せた。

　コンスタンティンの東洋のパズル球だった。どうして鞄から転がり出てしまったのだろう？「どこにあったんだ？」

「車寄せだよ。家具を運ぶ荷車の脇に」

「ありがとう」コンスタンティンは翡翠の球を受けとり、車道に転がり落ちてしまったせいで付いた藁や細かな貝殻の屑《くず》をそっと吹き払った。模様の施された表面を指でたどり、傷がないか確かめた。

何も見あたらず、あらためて言った。「ほんとうにありがとう。おかげでなくさずにすんだ」

翡翠の骨董品をとりあえず漆《うるし》塗りの側卓に置いた。

ルークは部屋の隅にあけたままにしてある鞄のほうを興味深そうに見やった。そのなかには様々な物が海賊の戦利品よろしく並んでいる。

コンスタンティンは微笑んだ。「そこにあるものを見たいのか？」

ルークが顔を輝かせた。「うん、見てもいい？」だがすぐに笑顔は翳った。「やっぱりだめだ、これから授業を受けなくちゃいけないから」肩を落とした。

「授業？」

ルークはうなずいた。「歴史はべつにいいんだ。問題はラテン語だよ」しょげたそぶりで言う。「それと算数も。毎日四時間もあるんだ。誰だっていやになっちゃうよ」

コンスタンティンは慮るように首を傾けた。「よし、きょうはぼくから休みをもらったと家庭教師に伝えればいい」忙しそうに通りがかった女中を呼びとめ、ルークの家庭教師にきょうの授業は必要ないと伝えるよう指示した。

「さてと」ルークに言った。「荷ほどきを手伝ってくれ」

少年は月でも差しだされたかのように、濃い色の大きな瞳で見上げた。それから去っていった女中のあとを追うように視線を投げた。「だけど……許してもらえないよ」

コンスタンティンは眉を上げた。「どうしてだろう？　誰が許してくれないんだ？」

「ジェインおば――」

「ジェインおば様のことはぼくにまかせてくれ」コンスタンティンは請けあった。窮屈すぎる勉強の予定をゆるめるようあとで話しておこうと胸に留めた。良家の子息の学校に進学しても困らない準備はしておかなければいけないが、無理やり詰めこめば勉強嫌いにさせてしまう。それに、ラテン語の語彙《ごい》を増やすより、生きていくために欠かせないことを学ぶほうが大切だ。いまから教えようとしていることのように。

旅行鞄の前に膝をつき、様々な物を取りだしながら、ルークにどんな物なのかを説明した。見た目だけで気に入って買った物ではない。どれも古い歴史を持ち、異国情緒や風変わりな習慣が感じとれる物ばかりだ。それが自分の物になったとき、その歴史のほんの一部もまた自分の物となる。

この年頃の少年とはあまり接したことがないが、ルークは好奇心旺盛な賢い子どものようだ。ルークが自分の蒐集品に同じように胸を高鳴らせてくれている様子を見て、嬉しくなった。独特な趣きはこれくらいの少年にはまだわからないだろうと思っていた。

そこに女中が入ってきた。「旦那様、失礼ながら、この孔雀石《くじゃくせき》のテーブルはどちらに置けばよろしいでしょうか？」

「ああ」コンスタンティンは立ちあがった。「ちょっと待っててくれ」旅行鞄を片手で指し示した。「なかを見ていていいぞ。ほかにも何か面白いものが見つかるかもしれない」

女中に指示を出して戻ってくると、ルークは望遠鏡のようなものを眺めていた。

「そうか、万華鏡《まんげきょう》を見つけたな？　どうやって見るものなのか知ってるかい？」

ルークは首を振った。

「こちらの端から覗いて、反対端を絞る。そうだ、そうやって見るんだ」ルークがレンズを覗きこんでいる。「そうしたら今度はこちらに少しまわして」コンスタンティンは手を伸ばし、万華鏡のいっぽうの端を捻《ひね》った。

少年は色鮮やかなガラスの破片が新たな模様を描きだすたび嬉しそうな声をあげた。ルークが万華鏡に夢中になっているあいだに、コンスタンティンは鞄のなかに乱雑にあふれた物を片づけていった。

ようやく、探していた物を見つけだした。子ども時代の幸せな思い出が詰まったおもちゃ。

「なあ、ルーク」呼びかけた。「〈キツネとガチョウ〉ゲームはやったことがあるか？」

ジェインはルークを探して屋敷じゅうをあちこちまわったのち、わんぱくぶりを発揮して村に遊びに出かけてしまったか、家庭教師と坐っているより楽しいことを見つけたに違いないという結論に達した。よもやフレデリックの部屋で見つけるとは思いもしなかった。

いいえ、その光景を目にするなり、いまはもうコンスタンティンの部屋なのだと胸のうちで言いなおした。

コンスタンティンはすっかりくつろいだオスマントルコの皇帝か高官といった風情で、絨《じゅう》毯《たん》に寝そべっている。その周りには略奪品か異国の皇子からの貢物《みつぎもの》さながらに風変わりな品々が散らばっている。そうした雑然とした部屋の真ん中で、コンスタンティンとルークがゲームらしきものに熱中していた。

「ここにいたのね、ルーク！」ジェインは腰に手をあてて声を張りあげた。

コンスタンティンが寝そべったまま、額にかかった髪の房の下からこちらを見上げた。そうしてゆっくりと誘いかけるような笑みを浮かべた。ジェインは熱いもので腹部をちくりと刺されたように感じた。

書庫でのどうしようもなく恥ずかしい出来事があってから、コンスタンティンとふたりきりになるのはどうにか避けてきた。あの直後は、この男性とキスをする計画をやり遂げられなかったことがくやしくてたまらなかった。あとから考えてみれば、コンスタンティンがそんな誘いに乗るはずもないのはわかりきっていたことだ。無駄な試みだった。

この男性は自分を脅して追い払おうとしているのだから。

コンスタンティンが片手で髪を撫でつけながら立ちあがった。これでまた正統なイングランド紳士に戻った――少なくとも見かけだけは。

わずかな間をおいて、ジェインは憤りを取り戻した。自分に養育をまかされている少年のほうを向いた。「ルーク、何時だと思ってるの?」

ルークは急いで立ちあがった。「ごめんなさい、ジェインおば様。ロクスデール卿が〈キツネとガチョウ〉ゲームを教えてくれたんだ」ちらりとやんちゃな笑みを見せた。「ぼくが勝ったんだよ」

「初心者のまぐれと言うんだ!」コンスタンティンが不満げに返し、少年の髪をくしゃりと撫でた。

いつの間にコンスタンティンはルークとこんなにも慣れ親しんだ関係を築いたのかと、ジェインはいぶかった。この男性は子どもの扱いには慣れていないと思っていたのに、その推測はどうやら間違っていたらしい。いいことなのだと自分に言い聞かせ、ふいに湧いた卑屈な不安は抑えこんだ。

「ルーク、一時間前に授業が始まるはずだったわよね」ジェインはやんわりと叱るつもりだったものの、いたずらっ子にはまるで反省するそぶりが見えなかった。目をきらきらさせてコンスタンティンを見ている。授業をさぼって叱られてもそれでよかったと思えるときを過ごせたということなのだろう。

ジェインは粘り強く続けた。「ミスター・ポッツは帰られたと乳母から聞いたけれど、すぐに引き返してくれるよう書付を届けさせたわ。勉強部屋に行って、先生を待ちなさい」

ルークはむくれた。「でも、ジェインおば――」

「ジェインおば様の言うとおりにしたほうがいい」コンスタンティンが言葉を差し挟んだ。

と説明しておくから」

少年は何か言いたげだったが、コンスタンティンは有無を言わせぬ口調で続けた。「行くんだ」

ルークのしょげた顔を見て、コンスタンティンは笑った。「もう一回、〈キツネとガチョウ〉ゲームで戦わせてくれるよな？」

ルークはその言葉に元気を取り戻し、嬉しそうに笑った。「もちろんだよ。またぼくが勝つに決まってるけどね」

少年が部屋を出ていき、ジェインはコンスタンティンとふたりきりになった。

コンスタンティンは楽しそうな目でルークの後ろ姿を見ていた。「いい子に育っている。きみは称賛されて然るべきだ」

ジェインは誇らしさで胸が熱くなった。「ええ。いい子でしょう。でも、わたしの手柄ではないわ。出会ったときから、わたしに喜びをもたらしてくれているんですもの」

コンスタンティンが興味深げな目をして尋ねた。「そうなのか？」

「そうなのよ」感情がこみあげて、ジェインは目頭《めがしら》が熱くなった。瞬きを何度かして、ドアのほうを見やった。「ミスター・ポッツはどうしてルークを探そうともせずに帰ってしまわれたのかしら」

「ぼくが授業はしなくていいと伝えたからだ」コンスタンティンは言った。

ジェインが唖然として唇を開いた。「そうだったの？　あなたが――」

コンスタンティンは片手を上げて遮った。「きみからそんな権利はないだろうと言われる前に言わせてもらうが、ジェイン、いまぼくはあの少年の後見人なのだから、すべての責任を負っている。あれほど窮屈な勉強の予定を強いるのは、まだ早い」穏やかに言葉を継いだ。「ルークには子どもらしく自由にさせてやることが必要だ」

ジェインはその指摘に虚を衝《つ》かれて、答える言葉が出てこなかった。自分はこの男性にそんなふうに見られていたの？　高慢でしつけに容赦なくきびしい女性だと？「ルークはあなたになんて言ってたの？」

「誤解しないでくれ。ルークが不満を言ったんじゃない。ただぼくから見て……同じ年頃のほかの少年たちと比べると息苦しそうに思えるんだ」コンスタンティンは眉をひそめた。「あまり過保護にしておくと、進学したときに相当に苦労することになる。いずれは学校にやるつもりなんだろう？」

「フレデリックが生きているときには考えられないことだったわ」ジェインは胸の痛みを抑えて低い声で答えた。たしかにルークを過保護にしていたのかもしれないけれど、すべてはよかれと信じてしてきたことだ。

息を大きく吸いこんだ。「フレデリックはとても気位が高い人だったでしょう。学校へ行かせるどころか、家庭教師を雇おうともしなかったわ。唯一、ルークに定期的に試験を受けさせることを条件に、ミスター・ポッツを雇うことを許してくれたの。そのせいで、わたし[illegible]ない。試験で失敗させたくなかったの。」

でも、いまなら窮屈な勉強の予定をゆるめられるはずでしょう？　コンスタンティンの言うとおりだ。

コンスタンティンが首を片側に傾けた。「気位が高かった？　フレデリックがか？　どういう意味だろう？」

ジェインは苦々しい思いは隠して答えた。「ええ、フレデリックは貧しい親類の暮らしを思いやれる人ではなかったのよ。彼の考え方からすれば、ルークにはここで暮らす資格はないと思っていたのね。ルークを目にするだけでもいらだたしそうにしていたわ」

「だが、きみはルークを貧しい親類として見ていたわけではないんだろう？」コンスタンティンは穏やかな声で尋ねた。「きみはあの子を愛している」

ジェインは唇を引き結び、目を潤ませた。「わたしにとってあの子は息子同然なのよ。だから――どうかあの子をわたしから引き離さないで」

コンスタンティンはすぐには答えようとしなかった。ジェインは胸からせりあがってきたやりきれなさで喉がつかえた。どのみち声は出そうにないけれど、いまさらどんな言葉が役に立つというのだろう？　自分が望んでいるものをコンスタンティンは知っている。どうして互いの問題を解決する方法を受け入れて、妻にしてくれないの？

「とても参考になった」コンスタンティンは長々と間をおいて、そう答えた。「よくわかっていなかったんだ……きつい言い方に聞こえてしまったのなら許してほしい。事情をよく知らずに判断してしまったようだ」

側卓から模様の刻まれた翡翠の球を取り、手のなかで転がしながらまじまじと眺めた。

ジェインは息を詰めた。結婚についても、もう一度考えてみてくれるということ？　期待しすぎかもしれないけれど……。

ただ一心に次の言葉を期待して待った。

けれども、コンスタンティンは翡翠の球に見入っているかのように、それきり口を開かなかった。ジェインはふるえがちなため息をつき、考えにふけっているコンスタンティンをその場に残して立ち去った。

翌朝、朝食のテーブルに置かれていたコンスタンティン宛ての書簡は、ほとんどが弔意を伝えるものだったが、なかには遠まわしに爵位の継承を祝う手紙もいくらか含まれていた。二週間前までは通りで会っても自分を避けるようにしていた人々が、いまや知人や友人のような態度を示しはじめたとはおかしなものだ。

よい知らせを伝える手紙はなかった。きのうは仲買人から、長く投資していた債券の売却で生じた損失を報告する手紙が届いた。

そこでコンスタンティンは、リスクも高く利益も大きい短期の投資先に投資しなおすよう指示した。安定した投資先から利益があがるまで待っていたら、工場を救うには遅すぎる。いまは大きな利益が見込める短期の取引で賭けに出ることが必要だ。

ゆうべは現在の資産とブロンソンへの借金を試算することに時間を費やした。結局、ジェインと結婚しなければならないという結論に達した。株取引で莫大な儲けが出ないかぎり、工場を救う道はほかにない。

だがいちばんの決め手となったのは、きのう控えの間でジェインがルークを愛していることを確信できたことだ。ふたりを引き裂くのは酷というものだろう。

じつのところ、きのうは驚きに満ちた一日だった。あの愛らしい少年を守る役割を担って導いてやりたいという感情が、自分にもあったことに気づかされた。これまでの自分の行ないを考えれば滑稽《こっけい》な話だが、それでも気持ちを強く動かされたのは事実だ。フレデリックはルークを取るに足りない存在と見なし、人生を導く役割をないがしろにしていた。あの少年は大人の男性とのかかわりに飢えているが、これからは違う。

そうとも。工場を救うことがひいてはルークのためにもなる。

ジェインと結婚しよう。

とはいえ、女性にはただ事務的に伝えればいいわけではないのはよく承知している。気持ちをそそる時間をじゅうぶんにとってから求婚すべきだ。ジェインには都合がいいからではなく、自分を求める気持ちになってもらいたいという思いが強くなっていた。

コンスタンティンは自分の傲慢さに、思わず呆れた笑みを浮かべた。そのようなまわりくどい手段を選ぶのは、単に自尊心のせいだろうか？　それとも、向こうから仕掛けられるのではなく、どうしても追い立てる側になりたい本能からなのか？

どちらでもかまわない。ブロンソンへの借金の返済期限は一カ月後だ。まだ時間はある。書簡をより分けているうちに、公文書らしきものに目が留まった。封をとき、毒づいた。それはブロンソンからの督促状《とくそく》だった。短い文面にざっと目を通すと、三十日以内に借金の返済を要求する旨《むね》が記されていた。まるで何も知らない相手に知らせるかのように。しかも、期日までに負債額と利子を一ペニー残らず返さなければ、確実に抵当権を行使することも明記されている。

さらに、差し押さえに備えて、代理人に工場の資産価値を見積もらせるという。口をつく罵り言葉は歌うような声に遮られた。「まあ、驚いたこと！　ここに来たら急に空気がどんよりとしているじゃないの」

コンスタンティンはいらだたしい親類をじろりと見やった。冗談めかした口ぶりとはいえ、軽く受け流せるような気分ではない。近づいてくる貴婦人を立ちあがって迎えた。「何かご用でも？」

レディ・アーデンがひらりと手を振った。「お坐りなさいな」

そう言うと、食器台に並べられた卓上鍋からみずから朝食を取り分けた。様々な料理を少しずつ皿に盛り、テーブルにやってきた。「コンスタンティン、どうしてそんなに不機嫌な顔をしているの？　何か悪い知らせでも？」

「被後見人を引き継ぐ？」レディ・アーデンが訊き返した。「そのようなことは聞いたおぼえがないわ」

「引き継いだとは言わないのかもしれませんが、つまりはそういうことです」コンスタンティンは言いなおした。「フレデリックは、ルーカス・ブラックの後見人にぼくを指名していたんです」

「この家でよく見かける、あの黒い髪の可愛らしい元気な男の子ね？」レディ・アーデンが尋ねた。

コンスタンティンはうなずいた。「その少年です。メアリーとアーネスト・ブラックの息子かと。グリーンスレイドからはそう聞かされています。ぼくは存じあげていなかったのですが、ご夫妻をご存じでしたか？　息子がまだ歩けないうちにふたりとも熱病で亡くなられたそうですが」

レディ・アーデンは目をしばたたいた。「でも、あの子はいくつなの？　七歳にもなっていないわよね」

「六歳です」コンスタンティンは答えた。「なぜです？」

「いいこと、コンスタンティン、もしあの子がそのご夫妻の子どもだとしたら、奇跡の子ということになるわ。なにしろメアリーがあの子を妊娠したときには、少なくとも五十五歳にはなっていた計算になるのだから」

コンスタンティンは眉をひそめた。「では、ぼくかグリーンスレイドの記憶違いでしょう。いずれにせよ、いまはぼくがあの少年の養育者なんです」

家と子ども、さらには妻まで持つことになろうとは。ロンドンの友人たちは腹をかかえて笑い転げるに違いない。コンスタンティンはふと、猛烈に逃げだしたい衝動に襲われた。ナプキンで口もとをぬぐった。せめて午前中のあいだだけでも、息抜きがしたい。朝食を半分残して席を立ち、呼び鈴を鳴らして、二頭立ての幌なし四輪馬車《フェートン》を玄関先にまわすよう指示した。

レディ・アーデンが鋭い目つきでこちらを見ていた。「すてきな思いつきね。わたしもいつも馬車に乗っていると気がまぎれるわ。ジェインを誘ってみたらどうかしら？　お気の毒にもう何日も家から出ていないはずだから」

「いや、それは――」レディ・アーデンから脅すように見返され、ため息をついて、言った。「ええ、誘ってみますよ。ですが、ジェイン様は非常に礼儀を重んじるご婦人だ。ぼくとふたりきりで馬車に乗ることに応じるとは思えませんが」

レディ・アーデンは肩をすくめた。「幌なしの馬車で馬丁も付き添うのなら、拒む理由はないでしょう」

コンスタンティンはもの憂げに微笑んだ。「レディ・アーデン、あなたはぼくの才覚を見くびっておられるようだ」

「コンスタンティン、行動を慎みなさい。ある程度は大目に見てあげるけれど、あなたの振るまいはわたしに跳ね返ってくることを忘れないで。ジェインの評判を穢すようなことは許しません」

コンスタンティンは眉を上げた。「つまりは、手を出すなと？」

レディ・アーデンは冷ややかな目つきで長々と見つめた。「つまりは、コンスタンティン、控えめにということよ」

10

コンスタンティンはわずかに顎をしゃくり、馬丁に付いてくる必要はないことを合図した。キーエヴァーが馬の鼻面から離れると、馬車は速やかになめらかな動きで走りだした。

ジェインはキーエヴァーを連れていかないことに異存があったとしても口には出さなかった。おそらく自分と同じように、この館からいっとき逃れられるのが嬉しいのに違いない。

考えてみれば、こうして陽射しを浴びてともに馬車に乗っているときほど、ご婦人を口説《くど》くのに最適な場面はないだろう。

「今朝は元気がいいな」コンスタンティンはそう言って、鼻息荒く馬具を引っぱる艶やかな栗毛の馬たちを顎で指し示した。「少し疲れさせたほうがいいだろう」腕を引くと、馬車は速度をあげてオークの木立の生い茂った葉の下をくぐり抜けていった。

ジェインが婦人帽《ボンネット》を慌てて手で押さえ、馬車の速さに少し笑った。その笑い声が川のせせらぎのごとく心地よく耳に響いた。

この女性のこれほどいきいきとした表情は初めて目にした。黒ずくめの地味な装いだが、目は輝き、頬はまるでりんごのようにほんのり染まり、みずみずしい唇は楽しげな笑みでほころんでいる。

その唇をもう一度味わいたい。館に戻るまでには一度くらいきっかけをつかめるだろう。気をそそられる甘いキスがその先へつながる道を切り開いてくれるはずだ。

「ルークが羨ましそうにしていたわ」ジェインが言った。「あんなにきれいなのはほかにいないよですって！」

「そう思わないか？　イングランドで最も聞きわけのいい馬たちだ。ぼくのなによりの贅沢《ぜいたく》さ」

「名馬を飼うのは贅沢ではないわ」ジェインが言う。「あなたは自分の馬丁以外には馬に触れさせないのでしょうね」

「よくわかるな」コンスタンティンは茶目っ気たっぷりな日で見返した。「どうしてそんなことを？　ジェイン、この栗毛の馬たちが欲しいのかい？」

「たしかに羨ましくてたまらないわ」そのすなおな返答に、コンスタンティンは思わず笑った。

ジェインがため息をついた。「フレデリックは馬を見る目はなかったわ。残念ながら、それを気づかせてもらえる機会もなかったのよ」

「きみは裕福な自立したご婦人だ。自由に家畜を飼える」

ジェインは表情を曇らせた。「でも、女性がひとりでタッターソールに行って馬を買いつけられはしないでしょう」

「ぼくが直接売ってくれる人物を探してみよう。あとはきみが自分で判断すればいい」その提案が魔法のように効いたらしい。「ほんとうに？　なんてすばらしいことなのかしら。もちろん、あなたの馬を見る目を信用していないわけではないのよ」

「わかっているとも」安心させるように答えた。「馬の好みはほんとうに人それぞれだからな」

ジェインはそれを聞いてほっとしたらしかった。「ええ、そうなのよ。そう思うでしょう？　フレデリックはつねに自分がいちばん正しいと思っていたけど」

「そうだったろうか？」コンスタンティンはつぶやいた。「たとえば彼はきみにどんな――」

口をつぐんだ。「いや、死んでしまった人間を悪く言うのはよくない」

「わたしに遠慮なさる必要はないわ」ジェインが言う。「あの遺言書にはわたしも怒ってるのよ。それに、死んだからといって、生きていた頃と別人のように言うのはおかしいと思うの」

コンスタンティンはまったく同じ考えであることに驚いて黙りこんだ。

やや間をおいて、ジェインが静かに言った。「冷たい人間だと思われてしまったかしら」

コンスタンティンは大きく息をついた。「とんでもない。それどころか、じつを言うと、いまの言葉を聞いてほっとした」いまもいとこに未練たっぷりの女性と結婚しようとは思えない。

話題を変えようとして言った。「ぼくが死んだら、友人や家族には乾杯でもしてもらって、ぼくを冗談の種にして笑いながら送りだしてほしい」

「憶えておくわ」ジェインがとりすまして答えた。

期待の持てる返答だ。コンスタンティンは眉を上げ、おどけたふうに見やった。「ぼくがきみより先だということにずいぶんと自信があるんだな」

ジェインはさらりと手を振った。「男女の会話ではふつうはそういうものでしょう。それに、そもそもあなたのほうがいくつも年上なんだし」

コンスタンティンは笑い声を立てて、このように愉快な会話を楽しめるのは間違いなくジェインの長所だと思った。知りあってからまだ間もないとはいえ、これまではジェインが冗談を口にしたことはほとんどなかった。むろん、こちらが忙しすぎて、笑い話ができる余裕もなかったわけだが。

ほっそりとしたジェインの体と隣りあって坐っていると、ほんのちょっとした動きにもそのたび気をそそられた。互いの太腿が時おり押しあい、馬車が道を曲がったときには腕につかまられ、さらにはたまたま道に飛びだしてきた迷い羊を避けようとして肩が擦れあった。

「なんて気持ちのいいお天気なのかしら」ジェインがわずかに息をはずませてつぶやいた。

ややかすれがかった声で答えた。「ああ、そうだな」

雲は強い風に吹き流され、太陽がまぶしいほどに輝いている。衝動的に栗毛の馬たちを思いきり走らせてロンドンへ帰ってしまおうかと考えたことなど忘れかけていた。

いずれにしろ、フレデリックから放り投げられた責任のすべてから逃れることはできないし、もうそれほど逃れたいとも思わなかった。妙なことだ。若気の至りでブロードミアの家を苦い思いで追われただけに、もうひとつの家とも言えるレーゼンビーをこんなにもすぐにまた愛せるようになるとは想像もしていなかった。

細長い田舎道は長引いた雨のせいでだいぶくぼんでいる。修復工事はジェインと気持ちが通じあえるようになるまでまだ待たなければならないだろう。フレデリックにも領主としてよい面はいろいろあったのだろうが、この規模の領地では補修や修繕がつねに欠かせない。教区牧師によれば、教会の屋根もそろそろ新しいものに葺《ふ》き替えなければならないという。

だが、なによりもまず優先させなければならないのは工場のことだ。莫大な借金を返済して所有権を取り戻し、動力源となる水流を堰きとめている井堰を壊し、織工たちを呼び戻して、ふたたび収益をあげられる仕組みを整える。これらのことすべてを解決することなしに、領主としてこの地をうまく治めていけるとは思えない。自尊心は脇においてジェインの助けを借りるべきだ。

遠まわりをして、石灰岩の高い崖に沿って延びる道へ馬車を走らせた。左手の谷側には、幅の広い川のへりにしゃがみこむように建つ織物工場が見える。コッツウォルズの石で造られた、工場の用途にはそぐわない壮大な建物で、もともとそこにあったもののように谷の景色になじんでいる。

コンスタンティンは眉をひそめた。「教えてほしい、トレントの土地にある工場を借りているブロンソンという男は、どんな人物なのだろう?」

ジェインは首を振った。「まったく知らないわ。訪ねて来られたことはないし。それでも、近隣の人々からは感謝されているのではないかしら。水が干上がってしまったときに、織工たちを働かせてもらえることになって、わたしもほっとしたんだもの」

いや、織工たちはそこへ行かなければならないよう仕向けられたのだ。それまでより少ない賃金でさらに忙しく働かされる工場へ。だが、レディ・ロクスデールはその事情を知らない。

コンスタンティンは苦々しげに目をすがめた。「その男はきみが思っているような英雄ではない。ブロンソンという男が、下流にあるわれわれのレーゼンビーの工場に水が流れないようにしたのはほぼ間違いない。だから、水流が干上がったんだ。それで工場が稼動できなくなり、織工たちは仕事を奪われた」

ジェインが息を呑んだ。「なんて恐ろしいことなの！　どうしてフレデリックは何も手を打たなかったの？」

「わからない。ジョーンズは進言したらしいんだが」

「そうだったのね」ジェインは言いよどんだ。「わたしたち、これからどうすればいいのかしら？」

ここで口で言ってしまうのは簡単だ。ほんのひと言で終わる。しかしそのひと言で、自分の人生は大きく変わる。

ジェインがみずから歩み寄る姿勢を見せたのは初めてのことだ。

　やや間をおいて、コンスタンティンは答えた。「水を堰きとめている井堰を取り壊させる。トレントが同意しようがしまいが」

「トレントはその事情を知っていたのかしら？　工場はブロンソンにまかせきりにしているものと思ってたわ」

「いまは知っている」コンスタンティンはいかめしく答えた。「だからトレントが一週間以内に何も手を打たなければ、ぼくがみずから邪魔物をぶち壊す」

　そのとき並木道の向こうに、村の入口を示す聖エドムンド教会の狭間付きの鐘塔が見えてきた。栗毛の馬たちがなめらかに角を曲がり、絶品の朝食を出すという〈キングズ・ヘッド〉の前に差しかかると、コンスタンティンは馬たちの歩調を落とさせた。

　その宿屋を見て、モントフォードの顔が頭に浮かんだ。

　ジェインと結婚したいのなら、あの公爵を説き伏せる策を考えなければならない。モントフォードを恐れる気持ちはまるでないが、どんなことでもなし遂げてしまうという評判はあなどれない。なにしろ、いま傍らにいる元被後見人にも相当な影響力を持っている。

　教会へ続く坂道を登ると、いきなりぱっと小さな人影が飛びだしてきた。コンスタンティンは手綱をぐいと引いた。「なんなんだ、いったい！」

　子どもが立ちどまり、コンスタンティンは涙の筋の残る薄汚れたその顔をちらりと見てから、顔を正面に戻し、馬車を教会へ走らせた。

「ルークだわ！」ジェイン[illegible]どうして——」

少年がおそらく、けんかをしたらしいことはひと目でわかった。しかもあの様子では、みじめな結果に終わったに違いない。少年が駆けだしてきたほうをちらりと振り返ると、けんかの相手と思われる田舎の子どもたちが六人ほど見えた。

子どもたちはコンスタンティンの視線に気づくと、慌てた表情で蜘蛛《くも》の子を散らしたように逃げ去った。かまいはしない。追いかけるつもりはない。

「ねえ、とめて！」ジェインが叫んだ。「降りたいのよ。あの子を助けないと」

「いや、ぼくにまかせてくれ」コンスタンティンは馬車を停め、手綱をジェインにあずけた。「ゆっくりと走らせておいてくれるかい？　すぐに戻る」横目でちらりと見やり、いたずらっぽく口の片端を上げた。「少し疲れているから、もうきみでも扱える」

ジェインがむっとして鼻から息を吐き、コンスタンティンは笑った。じつはルークから気をそらさせるためにわざとそう言ったことに気づかれる前に、馬車からひょいと降りて、ルークのあとを追った。

村人たちがざわついていたが、気にせず礼儀正しく帽子を軽く持ち上げ、数人に挨拶をしてやり過ごした。みな目抜き通りを駆け抜けていく巨漢の牛でも見るようにぽかんとしていた。たとえ妙齢の娘の母親たちに胸の前で十字を切られようが、自分はいまやレーゼンビー館のロクスデール卿だ。

ルークは草地の広場のほうへ消えたので、コンスタンティンは教会と市場のあいだに細長い絨毯を敷いたように続いている青々とした芝地を進んだ。

草原の中央に、いかにも登りやすそうな巨大な栃《とち》の木が立っていた。コンスタンティンはそこに歩み寄り、見上げた。「ルーク、おりてきていいぞ。もう安全だし、ぼくはあの悪がきたちを叱ってきみを困らせるようなことはしない。きみと話がしたいだけだ」

返事はなく、少年はかさこそと小さな音を立てて、枝を踏み段にしてさらに高みへ登った。「おりてこないか？　そうしてくれると助かるんだ」コンスタンティンは続けた。「このままでは首の筋を痛めそうだ。それに、レーゼンビーの大勢のよき住民たちに、ぼくがカササギとお喋りしてるんじゃないかとふしぎそうに見られている。きみが姿を見せてくれないと、ロクスデール卿は頭がいかれていると言われてしまう。それでは先が思いやられる」

鼻息と、押し殺したような笑い声が聞こえた。少し間をおいて、ルークが答えた。「仕方ないね、わかったよ」

少年は猿並みにするすると敏捷《びんしょう》に枝を伝っておりてきた。だが地面に着地したとき、何かが裂ける音が響いた。ルークは両腕を広げ、肩越しに自分の裂けた上着の背中を見やった。舌打ちするようにつぶやいた。「ジェインおば様にものすごく叱られるな」

ほかにも破れや草が付いていることに、コンスタンティンは気づいた。身なりはだいぶ汚れてしまっているが、けがはなさそうだ。「ずいぶんとズボンを汚されたもんだな。あいつらは誰なんだ？」

とたんに少年の口が重くなった。「誰でもないよ」

コンスタンティンはしばし待ったが、少年には人の助けを借りるつもりはないらしい。

「いいだろう」

あの悪がきどもにつらい目に遭わされたのは間違いないが、ルークは告げ口はしたくないのだろう。コンスタンティンは少年の心情を汲みとり、それ以上追及するのはやめることにした。

それからふっと、いまは自分がこの少年の親代わりで、鼻血を流さずにすむ賢明な方法を授けるべき立場にあることに思い至った。あるいはせめて、うまい立ちまわり方を教えるだけでもいいだろう。

「行こう」コンスタンティンは声をかけた。「レディ・ロクスデールも一緒に来ている。館まで送ろう」

ルークは自分が走ってきた道を視線で振り返った。「いえ、いいんです」

コンスタンティンは眉を上げた。「まだ血を流し足りないのか?」

「送ってもらいたくないんだ」ルークはつぶやくように続けた。「もっと大変になるだけだから」

「そうか」コンスタンティンには何が大変になるのかよくわからなかった。だがルークの言うとおりなのは間違いなさそうだ。子どものけんかに領主が首を突っこんで、本人のためになるとは思えない。つねに自分がそばにいて守ってやれるわけではない。口を出せば、ルークがほかの子どもたちによけいになじられかねない。

とはいえ、このまま放っておくわけにもいかない。少なくとも今回のけんかについては多勢に無勢で、コンスタンティンは生来の正義感を抑えきれなかった。

できるだけ陽気に笑いかけた。「きょうはもうずいぶんつらい思いをしただろう。きみがどれほど勇敢でも、あれでは勝てる見込みはない。ここに残るというのなら、ぼくはレディ・ロクスデールにきみの状態を報告しなくてはいけない。きみがまた襲われたらどうするんだとぼくが叱られるだろうし、それは当然のことでもある」

少年は頑なに黙りこんでいる。考えてみればたしかに、新しい領主がジェインの信頼を失おうと、この少年の知ったことではないだろう。

コンスタンティンはため息をついた。ジェインには相当責められるだろうが、やむをえまい。女性にはどうしても理解してもらえないこともある。木の幹に手のひらをおいた。「いいだろう、ならば目抜き通りを通らずに十字路に戻る方法は知ってるのか?」

「もちろん、知ってるよ」少年は哀しげだった顔にちらりと得意げな笑みを浮かべた。

「それなら、その道を戻れ。そして、いいか、まっすぐうちに帰るんだ」

ルークは一瞬考えてから、さっとうなずいた。

コンスタンティンはあきらめ顔で、少年の肩をぎゅっとつかんだ。「さあ、行け。ぐずぐずするな」

それから背を返し、目抜き通りへ続く芝地を見やった。その先ではジェインが馬をなだめつつ、こちらを見ていた。あそこへ戻って手綱を受けとり、事情を説明しなければならない。

[illegible]のを待っていた。手綱を持つことだけで文字どおり精いっぱいだった。馬たちの力を見くびっていた。コンスタンティンがルークを連れずに歩いてきたのを目にして、いらだたしげに息をついた。コンスタンティンをそこに残し、すぐにも馬車を走りださせたいくらいだったが、自分ひとりでこの二頭の馬たちを扱える自信はない。

もうへとへとだ。腕がもげてしまいそうなほどに。

「ルークはどこ？」馬車の上に戻ったコンスタンティンに強い調子で問いかけた。

コンスタンティンは手綱を受けとって言った。「ひとりで帰った」

ジェインは手袋をした手で男爵の幅広の肩をぶった。まるで岩を叩いているようだった。

「ひとりで行かせたの？　戻って、あの子を連れてきて！」

コンスタンティンは向きなおり、緑色の目に慮るような表情を湛えて言った。「それはできない。話しあって決めたことだ。ルークはひとりで館に帰る」

「ひとりで？」ジェインはおうむ返しに訊いた。「あの子はそもそも乳母と一緒でなければここに来てはいけなかったのよ。きっと乳母の目を盗んで抜けだして来たんだわ」

「心配はいらない」コンスタンティンは請けあった。

「なんて無神経な人なの！　あの子は傷ついて脅えていたわ。わ、わたしはあの子の顔を見たんだから」

「ひどいけがを負っていたら、あんなふうに猫みたいに木を登りおりできないさ」コンスタンティンは馬たちに合図し、馬車が目抜き通りを走りだした。「信じてくれ、これでよかったんだ」

ジェインは座席から跳ねあがらんばかりに言った。「信じろだなんて！　いったいどういうつもり？　ほんの五分、後見人の務めを果たしたからといって、あなたに何がわかるというの？」

「きみだったら、あの子どもたちのところへ行って叱りつけかねなかった」コンスタンティンは首を振った。

「せめてあの子を馬車に連れてきてほしかった。まだあんなに小さいのよ」

コンスタンティンは横目で見やった。「念のために言わせてもらうなら、ぼくは男としての経験を積んでいる――信じられないことかもしれないが、ぼくもかつては六歳の少年だったんだ。つまり、こうしたことには、きみよりは適切な判断ができるということだ。だから、いいかい、ジェイン、今回はきみが間違っている」にっこり笑いかけた。「そして、ぼくが正しい」

「癪《しゃく》にさわるわ！」ジェインはいらだちからついボンネットのリボンを引いた。すぐに結びなおそうとしたが、うまくいかなかった。笑いかけられたのがなおさら怒りを煽《あお》ったらしい。

コンスタンティンは笑いながら言った。「許してくれ」

言い返される前に、顎の下で絡まった黒の繻子《しゅす》のリボンから手を離させ、代わりに手綱を[illegible]握った。力が入って両腕がぴんと張ったが、栗毛の馬ジェインはコンスタンティンが乗馬用の手袋のボタンをはずし、手から取り去るのを見ていた。大きな手で、長く器用そうな指をしている。

コンスタンティンが顔を振り向けた。「さあ、ぼくが代わりにやろう」

指でジェインの顎の下をかすめるように、ボンネットの絡まったリボンをつまんだ。その指が触れたところから、池に石が投げ込まれたときのように、ぬくもりがじわじわと広がった。

ジェインはどうして自分がおとなしくこんなことをさせているのかわからなかった。思わず目を奪われてしまう顔がどぎまぎするほどそばにある。

コンスタンティンは黒い眉をややひそめがちに、固い結び目と奮闘している。あまりに距離が近くて、温かな呼気に唇を撫でられているように感じた。こうしてみると、瞳の虹彩は思っていたほど濃いエメラルド色ではなく、もう少し淡い色で、黒い点が散りばめられているのがわかった。

リボンがなかなかほどけず、コンスタンティンが何かつぶやきを漏らし、ジェインはその唇に目を移した。下唇はまっすぐ引き締まっているが、上唇にはやや丸みがある。ギリシア彫刻のように官能的でしかも男らしい唇だ。ジェインは突如、その唇が書庫で自分の唇と触れあった晩のことを呼び起こした。息がつかえ、ふっとあえぐように唇を開いた。

コンスタンティンがすばやく目をくれた。ジェインは唇に見とれてしまっていた恥ずかしさで頬を染めた。コンスタンティンは目に危険そうな光を灯したものの、ちらりと見ただけでふたたびリボンに注意を戻した。

「できた」静かに言い、リボンから手を離した。ジェインが自分の顎の下へ目をやると、優美な蝶結びに直されていた。

目が合い、ジェインは胸を締めつけられるような息苦しさを覚えた。お礼を言うために呼吸を落ち着かせようとした。鼓動がまだ激しく打っているうちに、コンスタンティンが手袋をはめて手綱を握った。

このようにたちまち心乱されてしまう前に、自分が何を言おうとしていたのかを思いだすまでしばしの間がかかった。ルークのことだ。ひょっとしてコンスタンティンはそのことから気をそらさせようとして帽子のリボンを結んだの？

まんまと気をそらされてしまったと気づいて、声が鋭さを帯びた。「あなたがご自分の経験からいったいどのような根拠で、いじめっ子たちに襲われて、また同じ目に遭わされかねない小さな子をひとりで帰らせて大丈夫だと思ったのか、説明していただきたいわ」

「尋ねられずにすむと思ったんだが」コンスタンティンが言った。口もとにかすかに浮かんでいる笑みから、あきらかに面白がっているのが見てとれた。

コンスタンティンが表情を引き締めた。「ルークがいじめられるのには理由がある。小柄で、いじめやすいということもあるだろう。あるいは、大きな屋敷に住んでいて、上等な身

…なことでも、理由はいくらでも考え

「でも――」

コンスタンティンが片手を上げてとどめた。「われわれのように地位も権力もある大人が助けに入れば、よけいに子どもたちの妬《ねた》みをかう。それにぼくはルークを家に閉じ込めておくつもりはないから、あの子はまた村に出かけていくだろう。そのときには、きょうよりさらに痛めつけられてしまう」

コンスタンティンは道幅がじゅうぶんにあるのを確かめて、馬車の向きを変えようと手綱を動かした。そのあいだに、ジェインはいま言われたことを反芻した。

不本意ながら理にかなっているのは認めざるをえない。それに、しばらく前から感じていたことをあらためて痛感させられた。ルークにはこのようなときに力になってくれる男性が必要だ。自分の愛情だけでは足りない。

ジェインはため息をついた。「あなたの言うとおりなのでしょうね。認めるのはくやしいけど」

その言葉に、コンスタンティンは得意げな表情はちらりとも見せなかった。「ルークはたいしたけがはしていない。そうでなければ、強引にでも連れ帰っていた。目抜き通りを通らなくても帰れる道を知っているそうだ。きょうはもういじめられる心配はないだろう」

手綱を片手に持ち替え、空いたほうの手でジェインの手を取った。力づけようとしたのだろうが、ジェインは火の付いた矢に貫かれたかのように体が燃え立った。息を呑んで、手を引き戻した。

なにしろここは目抜き通りなのだから！

11

レディ・ロクスデールの気をそそるのはこれ以上は無理だと、コンスタンティンは顔をゆがめた。愛する少年がいじめられて憤慨している女性と戯れられるわけがない。

この外出ではその愛らしい唇にキスをするのはあきらめるしかなかった。帽子のリボンを結んでやっている最中に澄んだグレーの瞳でもどかしげに見つめられたときには、後先を考えずにあやうく唇を奪いそうになった。どうにか自分を抑えられたのは幸いだった。そうでなければ穏便にはすまされなかっただろう。

目抜き通りでそんな衝動に駆られてしまったことに、コンスタンティンはとまどいを覚えていた。軽く女性の気をそそろうと試みたことはこれまでもよくあったのだが、この程度のたわいない触れあいでこんなにも欲望を掻き立てられたのは初めてだった。

どうにかして、ジェインに自分を求めさせたい。かかえる問題の解決策としてだけではなく、夫として、領主として、そして身を重ねる男として。

だが情けなくも、そんな欲望のせいで、いつの間にかジェインのなすがままになっていた。

館に帰り着いたときには、ただジェインを喜ばせたいばかりに、ルークのために何ができるだろうかとあれこれ考えをめぐらせていた。あの少年を好きだし、いじめられている問題についてはうまく対処できる自信もある。だがそのほかのことは……コンスタンティンはため息をついた。まるで思いつけなかった。

そのあとで実際に顔を合わせてみると、ルークは思いのほか頑なになっていた。コンスタンティンがいくら気さくに話そうとしても、村での出来事についてはいっさい口を開こうとしなかった。ジェインが試しても結果は同じだった。

当面は、けんかを避ける方策や、どうしても避けられなかった場合に身を守る手立てを伝える以外に、できることはなさそうだ。

それだけでもジェインからすれば容易には認められない野蛮な行為なのだろうと思っていたので、即座に承諾してもらえたのには驚いた。ジェインの賛同を得られて、コンスタンティンはどういうわけか胸の辺りが熱くなった。

ジェインを知るにつれ、ふたりの婚姻がますます意義の大きいものに思えてきた。しかしなるべく早く意思を確かめあわなければ、モントフォードの許しを取りつけて、工場の借金を返済する手続きを進めることもできない。

モントフォードの説得については、レディ・アーデンが力を貸してくれるはずだ。なにしろ、あのふたりにはとても強い絆がある。

翌日、その親類の貴婦人が客間で熱心に花を花瓶に飾りつけている姿を目にした。

「うわ、コンスタンティン」レディ・アーデンは飾りつけを終えて、花がより引き立つよう花瓶の位置を調整した。

「のんびりされていらっしゃるようですね」コンスタンティンはおどけたふうに片方の眉を上げた。「ところで、モントフォード公爵はあなたがこちらに滞在されているのをご存じなのですか？」

動じるそぶりはないものの、気品のある鼻がほんのわずかにぴくりとしたので、訊かれたくなかったことなのだろう。レディ・アーデンは恐ろしげな裁《た》ちばさみを裁縫箱にしまった。

「いいえ、どうして知らせなくてはいけないの？」

「しかし、いいのですか？　あなたがぼくたちの仲を取り持とうとしていることに、あの公爵が賛同するとは思えない」

レディ・アーデンはきらめく濃い色の瞳を向けた。「公爵の話はやめましょう。あなたは――どうしても――ジェインと結婚しなければいけないのよ」両手を振り上げた。「それにもう、あちらはあなたに恋をしているのでしょう？」

コンスタンティンは啞然とした。「妙なことをおっしゃいますね」

用心深くまじまじとレディ・アーデンを見つめた。いったん目的を定めたら手段を選ばず、ほぼなんでも達成させてきたご婦人だ。自分はたしかにジェインに求められ、信頼されることを望んでいる。だが、それを愛と呼べるのだろうか？　耐えがたい激しい情熱に苦しむような思いをさせたいわけではない。

コンスタンティンはふっと笑った。じつを言えば、〝氷の女王〟が貪欲な情熱に苦しむ姿は大金を払ってでも見たい思いもある。だが、女性がのぼせあがると分別がなく、鬱陶《うっとう》しいし、はっきり言って厄介だ。そのように肩の凝る結婚生活はごめんだ。

コンスタンティンは緑の枝葉を一本抜き取り、親指と人差し指で挟んでなにげなく転がした。「ぼくがレディ・ロクスデールに求婚するとすれば、単に資金繰りのための取引にすぎません。彼女もウェストラザー一族であれば、この婚姻で得られるものは承知しているはずです」

レディ・アーデンがうなずいた。「ええ、それは間違いないわ。フレデリックとも愛はなかったけれど、感心するほどうまくやっていたのだから」

それについては疑わしいが、指摘するのは控えた。「でしたら感情について問題にする必要はないでしょう。便宜上の結婚にすぎないのですから」

ちょうどそのとき、当の婦人が部屋に入ってきて、コンスタンティンに微笑みかけた。その表情にはもう皮肉っぽさも堅苦しさも感じられなかった。嬉しそうにこちらを見ている。目を輝かせ、頬は目に見えてピンク色に染まっていた。

コンスタンティンは息を吸いこんだ。みぞおちを突かれたような衝撃を受けた。緑の枝葉を取り落とした。

「どうなってるのかしらね?」レディ・アーデンがつぶやいた。

コンスタンティンは答えなかった。

歩いてくるジェインから目を離さずにいるうちに、あらためていろいろなことに気づかされた。たとえば眉はどちらもまったく同じ弧を描いているわけではない。片方のほうがわずかに眉山《まゆやま》が高く、そのせいでどきりとさせられるほどの鋭敏さを感じさせる。唇も思っていた以上にふっくりとしていて濃く色づき、髪は明るい色なのに睫毛は黒い。そして近づくにつれ、その瞳は澄んだグレーではなく、花崗岩や煙や燧石《すいせき》や銀のかけらから成るモザイク画、あるいはめずらしい金属や石でできた万華鏡のような色彩であるのがわかった。

コンスタンティンは惚けたように黙ってその瞳を見つめ、ジェインは魅惑的な化がほころぶように頬を染めた。

「あとは、あなたたちふたりで、つまりそうね、仕事を進めなさい」レディ・アーデンがしとやかに笑い、すうっと部屋を出ていった。

コンスタンティンは息をするのも忘れていた。レディ・ロックスデールの体の曲線をくまなく目でたどり、そのすべてを撫でて味わい、心ゆくまで謎を解き明かしたい思いに駆られていた。頭のなかでドアが閉じたのか開いたのか、かちりと音がして、もはや自分がせずにはいられないことを悟った。

どんなことがあろうとも、あらゆる意味あいで、この女性を自分のものにする。

誰かの咳払いが聞こえた。「奥様、お帽子をお持ちしました」一瞬の間をおいて、ふたりはようやく、礼儀正しく距離をとって立っている執事に気づいた。手にしているのはまたなんとも仰々しい飾りの付いた帽子だった。

レディ・ロックスデールは銃声を聞いたかのようにびくんと反応した。

「ありがとう、フェザー」どうにか気を取りなおして帽子を受けとり、頭にのせて、顎の下でリボンを結んだ。

コンスタンティンはいくぶん途切れがちに深々と息を吸いこんだ。

いったい自分に何が起こったのだろう？　いや、お互いにだ。

あまりの息苦しさに答えを探す気にもなれず、咳払いをした。「いい天気だ」

「ええ」ジェインが答えて吐息をついた。「だからわたしはぜひ……」

コンスタンティンは腕を差しだした。「行こうか？」


ふたりはまるで糸でたぐり寄せられて、いきなりふつりと断ち切られたかのようだった。

ジェインはうろたえ、心もとなさを覚えた。

目をしばたたいた。「なんておっしゃったの？」

「少し歩きませんか、レディ・ロクスデール？」コンスタンティンは微笑んではいるが、どことなくよそよそしい。

少しためらったものの、ジェインは差しだされた腕を取り、上質な仕立ての緑色の上着にまとわれた逞しい筋肉に小さく息を呑んだ。

並んで歩くと、スカートが男爵の長い脚に擦れた。それを避けるには不自然なほど身を離して歩かなければならない。ふだんならこの程度のことはさほど意識しないのに、コンスタンティンが相手となると何もかもが気になってしまう。手つきも、頭の傾きも、布地が擦れ

あ[illegible]たいても
「ジェイン、きみはレーゼンビーにいて幸せだろうか？」コンスタンティンが問いかけた。

ジェインはどきりとして、目を合わせた。けれどすぐに視線をそらした。「あなたには考えなければいけないことがたくさんあるでしょう。わたしのことまで気にならないで」

「いや、でも、きみのことが気になるんだ。じつはきみのことでほとんど頭がいっぱいなくらいだ」

「ほんとうに？」淡々と疑わしげに訊き返したつもりだったが、声が甲高く上擦《うわず》ってしまった。

「ああ。それで考えたんだが……」コンスタンティンはため息をついた。「やはりきみに求婚させてもらうしかないようだ」

ジェインはたちまち血の気が引き、方向感覚を失ったようにまたもめまいがしてきた。腕をほどいて立ちどまった。「領地のためね」

コンスタンティンが自分を見おろす目は、読みとれない何かの感情で熱を帯びていた。目をそらし、ざらついた声で言う。「ああ。そうとも。領地のために」

ジェインは喉につかえた固いものを飲みくだせそうになかった。コンスタンティン・ブラックとの結婚。あれほど望んでいたことでしょう？　ルークを手放さずにすむ方法はそれしかない。

それがいざ現実になると急に怖くなった。

「ぼくはフレデリックのようにはなれない」コンスタンティンが目をすがめ、遠く西に傾いた太陽のほうを見やった。

ジェインの胸にいたずら心がちらりとよぎった。「ええ。たしかにそうね」つぶやくように答えた。

誰の目にもあきらかなことなのだから。

コンスタンティンは皮肉の込められた相槌は聞こえなかったかのように続けた。「フレデリックのようにきみに接することもできない。努力するつもりもない」

ジェインはいぶかるふうに見返した。ひょっとしてこの人は、わたしが亡き夫と深い愛情や胸ときめく気持ちを通わせていたとでも思ってるの？

ふたりのあいだにあったのはなんだったのだろう？　ジェインはあらためて思い返した。家族としての責任と務め。十六歳の頃はそんなものに惹かれ、（一方的に）のぼせあがってしまった。時とともに互いの溝は広がった。それも埋められないほどに広がり、憤懣《ふんまん》もつのった。それでもつねにうわべはそつなくつくろってきた。

体裁を保つ術だけは上手になった。

けれど自分の務めを果たせたとは言えない。フレデリックになにより必要な跡継ぎを産んであげられなかったのだから。結婚当初に何度か屈辱的な苦痛を味わっただけで、それ以降は夫とベッドをともにしなかった。

そのせいで自分を責めることに、どれほどの時間を費やしただろう？　フレデリックはそ

[illegible]求めていただけなのだろうか？　自分がもっと努力すれば、あの人の気持ちを動かせたの？

ああ、いまさら考えたところでなんになるの？　解決する方法などあったのだろうか？　フレデリックは何を決めるのにも相談してはくれなかった。人の心は競馬の優勝杯のように奪いとれるものではない。

しばし沈黙が続き、やがてコンスタンティンが足をとめて向きなおった。「かつて父に、貴族社会での結婚は利益をふまえた取引であって、愛は無用だと教えられた。ジェイン、ぼくはきれいごとは言いたくない。ぼくたちはあきらかに、そのような感情を通わせるまでにはいたっていない。見せかけをつくろえば、きみを侮辱することになる」

コンスタンティンは笑いかけた。もしその笑顔が相手にどのような気持ちを引き起こさせるものなのかを知っていたなら、そんなふうに高潔そうな顔はできなかっただろう。どれだけ自分が優位に立っているかがわかっていたなら。

「どうだろう、ジェイン？　フレデリックが粉々にしてしまったものを、ぼくたちで建てなおさないか？」

わたしはこれを望んでいたのでしょう？　頭ではそれがわかっていても、響きわたる鐘の音のように胸のなかでは警告の鼓動が打ち鳴らされていた。

この男性は危険だ。破廉恥な過去があるからではなく、不埒なうわべの内側に見える――ように思えるだけかもしれないけれど――もののせいで、そう感じられるのだろう。

コンスタンティン・ブラックのよくない噂はさんざん聞かされていても、なぜか惹かれずにはいられない。誰にでもにこやかに振るまっていながら寂しさを漂わせているからなのかもしれない。大勢のなかで孤独になる気持ちは自分にも痛いほどよくわかる。

それとも、飛びぬけて男らしい美しさに惑わされて、うわべだけではわからないものを秘めているのだと、勝手に幻想を抱いてしまっているだけ？

いいえ、やはり、ただ見た目に惹かれているだけではない。コンスタンティン・ブラックはおとぎ話の王子様ではない。でも、絵に描いたような悪人でもない。ジェインは本能のようなものでそれを悟っていた。

ふと、この男性は苦しんでいるのかもしれないという考えが頭をよぎった。ずいぶんと若いうちから世間に眉をひそめられる存在になってしまったのだから、どれほどつらかったことだろう？　たとえ除け者にされて当然のことをしたのだとしても、耐えがたい仕打ちであることには変わらない。

何があったとしても、過去を責める気にはなれない。ジェインはいまのこの男性を好きになりはじめていることを痛切に自覚していた。

でもだからといって、信用し、安心して愛情を抱けるわけでもない。そうよ、もう二度と罠には掛からない。自分を求めてはくれない相手に心を捧げはしない。

ジェインはそう胸に決めて、鮮やかな緑色の瞳を見据えた。「わたしに……いかにも愛情

かったら」両手をきつく組み合わせた。

自分で言っておきながら、なんて温かみのない受け答えなのだろうと思った。ほんとうはこんなにも心掻き乱されているのに。

「それで、お返事は？」コンスタンティンが尋ねた。ほんの数日前に礼拝堂で反対に結婚を提案されたことなどなかったかのように、本心から返答を知りたがっているそぶりだ。

ジェインは唇を嚙んだ。「ええ。承諾させていただきます」

気持ちのこもらない返事にコンスタンティンが気分を害した様子はなかった。気がついていないのか、演技がとても上手なのかのどちらかなのだろう。もしくは、そんなことは彼にとってはどうでもいいことなのかもしれない。

「よかった。非常にありがたい」コンスタンティンはジェインの手を取り、身をかがめて口づけた。ジェインは熱い唇に指関節をさっとかすめられて、背筋がぞくりとした。ああ、どうしてなの！　これくらいのことで。

コンスタンティンが身をかがめた状態でしばし動きをとめ、ようやく顔を上げた。ジェインは頰が熱くなり、うろたえた目で見返した。愚かにも鼓動が高鳴っているのを見透かされてしまったのか、コンスタンティンに微笑みかけられた。

キスをされるかもしれないと感じて怯み、とっさに口を開いた。「ただし、ひとつだけお願いがあるの。わたしが公爵様に話をするまで、この婚約については秘密にしてもらえないかしら？」

「いまはもう、きみの後見人ではないだろう」コンスタンティンは指摘した。「公爵に結婚の許しを請う必要はないはずだ」

「そのとおりよ。でも、公爵様の了承を得ておいたほうが事を進めやすいわ。そうしないと、礼儀を欠くことになるし」

コンスタンティンが口もとを引き締めた。「いいだろう」ひと呼吸おく。「モントフォードはきみに、この結婚はやめたほうがいいと言うだろうが」

「すでに言われたわ」

「そうなのか？　理由は聞いたかい？」

ジェインはさっと目を合わせて、そらした。「お察しのとおりよ。あなたの評判のせいだわ」

コンスタンティンが歯の隙間から息を吐きだした。ふたりは砂利道を引き返して歩きつづけた。長い間があき、もう何も言う気はないのだろうとジェインが思ったとき、コンスタンティンがふたたび口を開いた。

「モントフォードは警告が逆効果になることを知らないようだな。ぼくの経験からすれば、破廉恥な過去ほど、ご婦人がたの関心をそそるものはない」

「たしかに、あなたの破廉恥な過去は……興味深いわ」

コンスタンティンは首を振った。「興味深いだって？　いいかい、ジェイン、そんなもの

たでしょう？」さらりと返
した。

「そんなに、その手の話を聞きたいのか」コンスタンティンが面白がるように口もとをゆがめた。「きみはお堅いご婦人かと思っていたんだが」

「ええ、あなたがふだんおつきあいなさっている女性たちに比べれば、お堅いのでしょうけど」ジェインはにべもなく答えた。コンスタンティンの皮肉っぽい口もとを見て、言い添えずにはいられなかった。「いずれにしても、あなたの過去の行ないに嫌悪を抱いていたとしても、この土地への責任感を揺るがすほどのものではないわ」

「なるほど。いうなれば、きみはこの結婚にわが身を捧げるというわけか？」

ジェインは鋭い視線を投げかけた。コンスタンティンはなお笑みを浮かべてはいるものの、目には怒りが燻《くすぶ》っていた。「そういう言い方はしたくないわ」いったん間をおいて、付け加えた。「あなたの側からしても……満足のいく結婚になるはずよ」

ジェインは決然と食いしばった顎が引き攣るほどまじまじと見つめ返した。

コンスタンティンが頭をさげた。「きみの自信には敬服する」

首を傾け、挑発しているのがありありとわかる高慢な目つきで、じっくりとジェインを眺めおろした。

「だが、きみもだろう、ジェイン？」コンスタンティンはふたりが踏みしめている砂利と同じようにざらついた低い声で続けた。「きみにとっても満足のいく結婚になるんじゃないか？」

ジェインは下腹部に広がる熱さには少しも気づいていないふりで、さりげなく片方の肩をすくめてみせた。「いうなれば、コンスタンティン、あなたとちょうど吊り合いのとれた妻になるということね」

コンスタンティンが挑むような表情を消して笑い声をあげた。「主よ、わが魂にお慈悲を」

12

「ルークを釣りに連れていくの?」ジェインはコンスタンティンを見て、それから窓の向こうに目をやった。「だけど、また雨が降りそうだわ」

コンスタンティンはつばのめくれたビーバー毛皮の帽子をやや斜めにさっと頭にのせ、口の片端を上げた。「雨で体が溶けるわけでなし」

厨房女中が中身のぎっしり詰まった籐かごをそそくさと運んできた。膝を曲げて頭をさげた。「旦那様、料理人から、ご指示どおり、豚肉のパイとエール、それにデザートにジャム入りタルトをお詰めしておきましたとのことでございます」

「すばらしい! ありがとう」コンスタンティンが笑顔で籐かごを受けとると、女中はどぎまぎしたそぶりで立ち去った。

ジェインは呆れ顔で瞳をまわした。ほんとうは、美男な主人にはしゃいでくすくす笑いあっている女中たちをもっときつく諫《いさ》めるべきなのだろう。コンスタンティンは女中たちの反応に気づいているそぶりはない。それどころか、女性の使用人たちについては屋敷内での仕事ぶり以外には関心がないらしい。とはいうものの、陸軍の指揮官さながら指示を言いつけていたフレデリックとは違って、使用人たちに親切だし、物言いも丁寧だ。この男性の笑顔は浮かれがちな女性たちの意欲をなにより掻き立てていた。

たしかにコンスタンティンの笑顔には、どれほど不幸な女性でも夢心地にさせてくれる威力がある。それだけに女中たちのことを頭ごなしには叱れない。

コンスタンティンは籐かごの中身を確かめてから、言葉を継いだ。「少しくらいの雨ならどうということはないだろう。きみはぼくにあの子のことをもっとよく知ってほしいと望んでいたはずだ」

「わたしが望んでいたのは、わたしたちの結婚や、あなたが後見人になったことについてきちんと話してもらうことであって、雨のなかを釣りに連れだすことではないわ」

「だが言わせてもらえば、ジェイン、きみは男性のことをよくわかってないんじゃないか？　男はじっと坐って、お喋りするわけじゃない。行動しなければ。そうするなかで自然に話をする。ぼくがどうしてわざわざ釣りに出かけることにしたかわかるかい？　男の子は何かに一緒に取り組むことで、気を許して信頼も深まるものなんだ。ルークは釣りが大好きだと言っていた」

「絵を描くことの次に」

「ああ、そうだが、ぼくの肖像画でも描いてもらわないかぎり、絵を描くだけではともに取り組むことにはならない」コンスタンティンはふっと思いついたように続けた。「ぼくの肖像画を描いてもらうように手配したほうがいいだろうか？　あの長い画廊も少しは華やぐんじゃないか?」

コンスタンティンは自分の言葉に笑った。ジェインはひそかに、コンスタンティンの肖像画は代々の先祖の絵のなかでもきわだつに違いないと思った。「頼んでおいたほうがいいわね」なにげない口ぶりで答えた。「ああいったものは特徴を引き立たせて描くものなのでしょう? せっかくコッツウォルズに佇んでいるんだもの、羊と一緒に描いてもらえばいいわ」

「〝厄介者の黒羊〟だな」コンスタンティンは愉快そうに瞳を動かして低い声で言った。

ジェインは笑った。「そうよ」

「準備ができたよ!」ルークが片方の腕の下に釣竿を、もう片方の腕でスケッチブックを挟み、さらに釣りの道具箱と木炭の入った缶を両手に持って現われた。

「来たか。ぼくがどれか持とう」コンスタンティンはおどけたふうに片方の眉を上げて釣竿を取った。「スケッチブックも持っていくのか?」

ジェインは笑いながらルークの髪をくしゃりと撫でた。「どこに行くのにも必ずそれは忘れないのよね、ルーク?」

ルークは肩をすくめた。「いつ描きたくなるかわからないからね」いたずらっぽくちらりとコンスタンティンを見やった。「もしロクスデール卿がおっきいのを釣り上げたら、描いておかないといけないでしょ……子孫のために」

「そうとなれば、やる気が出てきたぞ」コンスタンティンが応じた。

ジェインはくすりと笑って外を見やった。空はどんよりした雲に覆われてはいるものの、まだしばらく雨は落ちてこないだろう。今朝は料理人と話すことになっているけれど……。

思いつきで言った。「わたしも行っていいかしら？」

「うん！」ルークが元気よく答えた。「男爵様、楽しくなりそうだよね？」

ジェインも問いかけるまなざしを男爵に投げかけた。コンスタンティンは首を傾け、楽しげな目をして言った。「そうとも。ジャム入りタルトもたっぷりあるからな」

コンスタンティンの予想どおり、一緒に釣りに出かけたのは正解だった。ルークはコンスタンティンが後見人になったことを知らされ、納得した表情であっさりうなずき、ジェインの心配は杞憂《きゆう》に終わった。たしかにルークにしてみれば、日々の暮らしが変わらないのなら、法的に誰が自分の養育者であろうと大きな差はない。

コンスタンティンと結婚することで合意に達したおかげで、ジェインもこれまでどおり暮らせることをルークに約束できた。男の子らしいことを一緒に楽しめる大人の男性が家族に加わったのは、ルークにとってはむしろ有益なことに違いなかった。ジェインがいくら取り持とうとしても、フレデリックとはそのような関係は築けなかったのだから。

けれども、村のいじめっ子たちについては何もルークから何も聞きだせずじまいだった。もうあのようなことが繰り返されている様子はないとはいえ、やはり心配な気持ちは晴れなかった。

ジェインが客間でクッションカバーの刺繍《ししゅう》をしつつ、そんな不安をめぐらせていると、アダム・トレントがいきなり部屋に入ってきた。

「ジェイン！」

ジェインは驚いて針を指に刺してしまった。小さく不満の声を漏らして刺繍道具を脇に置き、指に滲んだ血を吸いながら立ちあがった。

トレントはかまわず声を荒らげた。「きみがあの男と村で馬車を走らせていたと聞いた。ふたりきりで！　馬丁も付き添わせずにだ！」

ジェインは冷ややかに訊き返した。「どうしたというの？」この人はお説教をしにわざわざ駆けつけたの？

トレントは両手を振り上げた。「村じゅうの噂になっていた。いま頃はもうコッツウォルズ全体に広まっているだろう」

「ミスター・トレント！　わたしが誰と馬車に乗ろうと、あなたには関係のないことでしょう。さらに言うなら、あの方はこの家の主人になったのよ。それを忘れないでいただきたいわ」

しかも、もうすぐ自分と結婚する相手でもあるけれど、そのことはここでトレントに言うつもりはなかった。まだ実感がない。モントフォードの承諾が得られるまでは、安心できないような気がしていた。

束の間、トレントが啞然としたような顔を見せた。それからすぐに世慣れたふうな笑みを浮かべた。「やれやれ、ジェイン。きみはわかっていないんだ。しかし、無理もないだろう。これまでずっと守られた暮らしをしてきて、コンスタンティン・ブラックのような男たちがどんなことをするのか、想像もできないだろうからな」

そのなだめすかすような年上ぶった言いぐさが、ジェインの癇にさわった。コンスタンティンもわざといらだたせるようなことを言うときがあるけれど、自分で靴紐も結べない幼子のようなあしらい方はしない。

ジェインは眉を上げた。「いいこと、ミスター・トレント。わたしには親類も頼れる人々もいるのだから、ロクスデール卿についてはもちろんすでに忠告を受けているわ。あなたのご心配は不要だし、お節介ではないかしら」

「誰もぼくほど、あの男のことを知りはしない」トレントがぼそりと言った。

ジェインはさしさわりのない話題に移そうとして続けた。「ええ、そうよね。あなたたちは子どもの頃から知っていたんですものね？」

トレントが記憶をさかのぼるかのように遠い目をした。「ブラックは昔からとんでもなく腕白だった。いつも面倒を引き起こす。しかもいつだって愛想のよさで切り抜けてしまう」

上唇をゆがめた。「誰もがあの男をちやほやしているのを見ると、むかむかしてくる。先代のロクスデール卿もそうだった。フレデリックもあの男の本性に気づくまで、太陽のように崇《あが》めていた。気づいたのにはそれなりの事情があったんだ」トレントは独りごちるように続けた。「いまでは、コンスタンティン・ブラックがろくでなしであることは誰もが知っている」

ジェインを見据える。「きみ以外はな、ジェイン。きみはどうして見えないふりを続けようとするんだ？」

それはまさにジェインがみずからに投げかけるのを避けてきた問いかけだった。痛いところを突かれて、ついかっとなった。「いいかげんにして！　ミスター・トレント。村で馬車を走らせただけで、夜中にセント・ジェイムズに出かけたわけではないでしょう！」

トレントは感情を激した言葉に相当に驚いたらしく、荒々しく鼻から息を吸いこんだ。田舎暮らしの淑女たちが、ロンドンの紳士のクラブが集まる辺りで晩に行なわれていることなど知るはずもないと思っていたのだろう。

トレントは頭の霞《かすみ》を晴らそうとするかのように首を振った。「フレデリックが死んで、きみはまだ動揺しているようだ」この男性はどれほど思いあがった言葉を口にしているのかわかっているのかしらとジェインは考えて、やはりみじんもわかっていないのだと見きわめた。

「あの男のことを話したくて、きみに会いに来たわけじゃない」トレントが言葉を継いだ。

「しかし……やはり、用心するよう警告しておかなければならない」

「何に用心すればいいのかしら？」

隣人は妙に重苦しい表情で言いよどんだ。まるであふれだしかけている言葉を口のなかで食いとめてでもいるかのように。

ジェインはその理由を憶測した。隣人は自分を驚かせ、コンスタンティンに愛想を尽かさせようと、嘆かわしい放蕩ぶりを話そうとしたのかもしれないが、気どり屋な性分のせいで淑女にそのように下世話なことを口にするのはためらっているのだろう。

ささやかな幸運に胸をなでおろした。ちらりと芽生えた好奇心は難なく撥ねのけられた。みだらな好奇心を抱いてもなんの価値もない。ミスター・トレントからそのような薄っぺらい温情など受けたくない。

トレントがさっと目を向けた。「ジェイン、ぼくは――」

ジェインは小首をかしげた。「わたしもあなたの言うとおりだと思うわ。もちろん、あなたがこんなふうに突然不作法に訪問なさったことも含めて、このところの出来事にわたしは動揺しているのよ。だからこそ、さしつかえなければ、またお裁縫に戻りたいわ」

「だが――」

ジェインは立ちあがり、会話を打ち切る意思をはっきりと示した。「いらしてくださってありがとうございます、ミスター・トレント。よい一日を」

ミスター・トレントはいたく不機嫌そうに顎をこわばらせ、頭をさげて、立ち去った。

親愛なるレディ・アーデン
デヴィア卿より、婚姻省でレディ・ロクスデールの今後を話しあうため急遽召集を呼びかける手紙が届いているはずだ。会議は引き延ばしているが、きみも知ってのとおり、デヴィアをいつまでも押しとどめておくことはできない。

きみが、いうなれば先走った試みに挑んでいることは徐々に露見しつつある。そちらの提案は進められない。デヴィアがある候補者を推している——善良な人物だ。至急ロンドンに来て会議に出席されたし。さもなければ、今後の提案の権利を失うことになる。来られなければ、そのあとのことは保証できない。

取り急ぎ
モントフォード

コンスタンティンは午前零時を過ぎても書庫で作業を続けていた。帳簿や書類を何時間も読みふけっていたせいで、目が疲れ、老人のように全身のふしぶしに痛みを覚えていた。気分転換に体を動かしたいところだが、自分が欲しているような夜の活動はこのレーゼンビー館では叶えられない。

いまはまだ。

結婚について同意に達してから、ジェインは用心深くなっている。自分も柄にもなく、行動を慎もうと心に決めていた。婚約者という新たな立場を大いに利用したい気持ちは山々だが、少しばかりの気がかりによって押しとめられていた。

ふたりの結婚はおそらくすぐにとはいかないだろう。

慶《よろこ》びごとを引き延ばされ、体を熱くさせる想像に悩まされている。いつの間にか、白い柔肌と赤ワイン色の唇の幻想が頭に浮かび……。

はっと気がつけば、ほとんど暗闇のなかで一本の溶けかかった蠟燭の炎がちらちらと机を照らしていた。両手で顔を擦り、両脚を伸ばすと、ふしぎと目が冴えてきた。

これまでの暮らしではこの時間にはたいがいかなり酔いがまわっていたのだが、最近は驚くほどしらふの状態でベッドに横たわるなり寝入ってしまうようになった。それにいまはブランデーよりも、マーテの美味な料理のほうにそそられる。

コンスタンティンは期待に少し胸躍らせて、静まり返った屋敷のなかを厨房へおりていった。食料庫に忍びこむのは子どものとき以来だ。子羊の炙り肉、ミントゼリー、バターの塗られたジャガイモ、香草や香辛料といったものが豊富に揃えられていた。それらを皿にたっぷり盛り、ブランデー漬けのアプリコットとクリームの瓶も手に取った。

何かなめらかでしなやかなものが脚のあいだをすり抜けて、ぎょっとした。ミャオ、と高慢そうな鳴き声がして、厨房に住む猫だとわかった。見おろすと、暗がりのなかで明るい緑色のふたつの瞳が瞬きもせずにこちらを見上げていた。

「仲間に加わりたいんだな」コンスタンティンは話しかけた。「では、一緒に行こう」

猫はえり好みの激しい生き物だ。二本脚の相手とはそう簡単には友人にならない。それでもコンスタンティンはたいがいの猫には好かれた。ふだんは放っておくが、寄り添ってきたときには上手な喜ばし方も知っている。

パンを小さくちぎり、子羊肉も薄く切り分けて、歩きながら大きなぶち猫に食べさせてやった。「鼠《ねずみ》を取らなくなるから、こういうことはしないほうがいいのはわかっているが、これくらいはかまわないよな」

猫は汁気をじゅうぶんに含んだ子羊肉をしとやかに食べ終えた。「厨房の猫にしては礼儀が身についている」コンスタンティンは感心して言った。「どこで学んだことやら」

階段のほうから笑いを噛み殺したような気配がした。蠟燭をかざしたが、そこまで光は届かなかった。

「そこにいるのは誰だ？」

「わたしだけ」低い声がして、白く長い寝間着をまとった人物がひそやかに階段をおりてきた。

「ジェイン」立ちあがると、椅子がタイル張りの床に擦れて耳ざわりな音を立てた。

「しっ。みんなを起こすつもり？」

コンスタンティンはジェインが逃げてしまうのではないかと思ったのだが、そうではなかった。頭を傾けて耳を澄ましている。何秒か動きをとめたあと、肩掛けをきつく引き寄せて、ゆっくりと近づいてきた。

「寒いのか？　これを」コンスタンティンはガウンを脱いで歩み寄り、ジェインに羽織らせてやった。束ねられていない長い髪がガウンの内側に巻き込まれてしまったので、深く考えもせず、指で巻き毛の房をつまみだして、外に垂れさせた。

柔らかい……この豊かな髪を梳《す》いて、厨房の猫のような甘えた声を聞いてみたい。百合の香りに頭がくらりとした。このままではだめだと、あとずさった。

「ここで何をしていたの？」ジェインが尋ねた。

「何を？　それはもちろん」料理を盛りつけた皿を身ぶりで示した。「真夜中のご馳走だ」

ジェインに身なりをまじまじと見られ、上着こそ脱いでいるが、夕食のときと同じ服装のままだったことに気づいた。クラヴァットはよれているだろうし、シャツは皺だらけになっているはずだ。「ずっと起きてたの？」

コンスタンティンはうなずいた。「帳簿とにらめっこを」

「まあ」ジェインが顔をしかめた。「退屈な仕事よね」

「それがどういうわけかまったく退屈しないんだ」コンスタンティンはテーブルに寄りかかった。楽しげに目をきらめかせ、付け加えた。「でも、このことは誰にも言わないでくれないか？　名声に傷がつく」

口が勝手にうまく動いてくれてほっとした。どうもまだ頭がすっきりしない。ジェインの巻き毛の柔らかさが指先に残っているし、うなじのなめらかさも忘れられない。百合の香りもぼんやりとした頭のなかで漂っている。

ジェインは悪い夢でもみて目覚めてしまったかのように、髪が乱れ、眠そうな目をしている。男物のガウンが女らしさをいっそう引き立てていた。

「きみに似合うな」

「ありがとう」ジェインはなにげなく絹地に触れ、金糸の刺繍を指先でたどった。

コンスタンティンは唾を飲みくだした。ジェインの手つきを見てどういうわけか、自分が肩を抱かれているような気がした。

「ぜひそれはきみが持っていてくれ」

蠟燭の明かりだけでは薄暗くてはっきりとは見えないが、ジェインが頰を染めているのが感じとれた。「あら、だめよ！」ジェインは笑い、絹地のガウンの前を搔き寄せた。「これを着て、どうしろというの？」

ぼくのベッドに来ればいい、とコンスタンティンは胸のうちで答えた。ほかに使い道はないだろう。

考えが顔に表われてしまったのか、ジェインはやや口ごもった。「わたしは温かいミルクを飲もうと、そう思って来たのよ」もてなすようなそぶりで手を振った。「どうぞ、おかけになって食事を続けて」

コンスタンティンはかすれがかった声で答えた。「いや……もうあまり食べる気がしなくなった」

「まあ」ジェインはそう返事をして、目を見開いた。唇もわずかに開いている。コンスタンティンは欲望が猛烈に突きあがってきた。手を両脇に垂らして固く握りしめ、触れるまいとこらえた。

こつんとテーブルを打つ音がして、見おろすと、猫が代わりに食べようとばかりに皿の前にしゃがみこんでいた。コンスタンティンは笑い声を立てて、抜け目ない猫を抱き上げて床におろした。「やはり、それほど礼儀正しいとは言えないな」

ふと自分も礼儀を欠いていたことに気づき、皿を示して問いかけた。「きみもどうだろう？　それともミルクを用意しようか？」

ジェインはゆっくりと首を振った。「わたしもお腹《なか》はすいてないわ。ミルクもいらない」

ふたりの視線が絡みあった。コンスタンティンの鼓動は体じゅうに響きわたって頭にまで届き、股間は脈打っていた。ジェインが唇を湿らせた——緊張からなのだろう——のを見て、下腹部がしっかりと反応した。

ジェインが小さく踏みだしたが、コンスタンティンはもう一度だけ理性で踏みとどまろうと片手を上げた。「ジェイン、ぼくはけっして自制が得意ではない。寝室に戻ってくれ。いますぐに」

ジェインが柔らかな吐息を漏らし、喉が動いて唾を飲みこんだのが見てとれた。ガウンを返そうとしているらしく、ゆっくりと脱ぎはじめた。けれども袖から腕を抜く前に、コンスタンティンが温かくなめらかな絹地をつかんで引き取り、ジェインを抱き寄せた。

ジェインは抗わなかった。押しやりはせずに肩に手をかけてきて、互いのぬくもりが溶けあった。

コンスタンティンは飢えたように唇を探りあて、まるで温かな繻子のリボンかクリームのような、想像していたどんなものよりすばらしい感触を味わった。ジェインの歯は粉雪のごとく、まぶたに、蝶の羽ばたきにも似た軽くふわふわしたキスが返ってきた。まるでい体じゅうに熱い血が駆けめぐり、欲情を必死に抑えつつ、ジェインの口のなかを舌で探った。

コンスタンティンはいまだガウンをつかんでいたので、ふたりの体は密着してはいなかった。自分のあまりの欲望の強さにジェインを脅えさせてしまうのではないかと不安だった。相手は未亡人なのだから妙なことではあるが、どうしてもそう思えてならなかった。事を急いですべてを台無しにしたくない。結婚すれば、いつでも一緒にいられるのだから。

そこで、それ以上のキスはやめて、唇を頬に移し、耳もとに美しさを褒める言葉を熱く囁きかけると、ジェインは身をふるわせて頭を後ろにそらせた。コンスタンティンは喉に口を滑らせて鼓動を唇に感じ、言葉にならない声を聞いた。歯形を付けたい衝動をこらえ、感じやすい首筋に何度も唇を擦らせた。

ジェインは落ち着きなくコンスタンティンの肩を手でたどり、首の後ろに触れて自分のほうに引き寄せようとした。心地よさそうな低いあえぎ声が、さらに進めてほしいと訴えていた。

コンスタンティンは絹地のガウンをそっと床に落とした。片手でジェインの腰を支え、もう片方の手で髪を梳くようにして華奢な頭をやさしくつかんだ。唇と舌で誘うように口を開かせ、舌を差し入れた。

ジェインは一瞬身をこわばらせたが、かまわず続けていると、吐息を漏らし、だんだんと力が抜けて、みずからたどたどしく舌を触れあわせてきた。

その控えめでためらいがちな舌の動きが、コンスタンティンを燃え立たせた。力強く抱きしめて互いの体を密着させ、硬く立ちあがってきたものをジェインの柔らかな肌に押しつけた。頭の片隅ではぼんやりと、このままでは理性が体に取って代わられ、すぐにもジェインを厨房のテーブルに押し倒してしまいかねないと気づいていたが、やめなければいけない理由は呼び起こせそうになかった。

だがそのとき、ジェインが押し殺したような慌てた声を漏らした。身を固くしてよじるようにしながら、小さな両手でコンスタンティンの胸を押しやった。

コンスタンティンは押されるまま離れた。荒々しく息を吐き、当惑し、体は疼き、にわかに怒りが湧きあがった。自制するつもりでいたにもかかわらず、われを忘れていた。ジェインがその奥底に残している、まだ信頼できない気持ちがとっさに自分を撥ねのけたのかもしれない。もともとはじっくりと時間をかけて欲望を掻き立てて、その気にさせようと考えていた。それなのに、もう少しで獣《けだもの》のように襲いかかってしまうところだった。

ジェインが啜り泣いて、タイル張りの床を走り去る音が聞こえた。

13

ジェインは走りつづけて、寝室のベッドに倒れこんだ。泣きたいし、叫びたかった。何かを叩きたい。シーツをわしづかみにして枕に突っ伏し、狼狽《ろうばい》と苦悶の唸り声を吐きだした。

どうしてあんなことをしてしまったのだろう？

気がつけばみずから身を差しだして、誘いかけていた。コンスタンティンのように不埒な男性がキスだけでやめるはずがないでしょう！　暗黙の了解を得たように事を進められてしまうのは予測できたことなのに。それでも、抱きしめられた腕の強さや、甘美で巧みなキスや――あの男性にされたあらゆることのせいで、想像もしていなかったところまで導かれていた。

けれど下腹部を押しつけられたとき、心地よさにとらわれていた霞のなかで目が覚めた。かつて男性の下腹部が昂《たかぶ》ったときに味わわされた苦痛と屈辱が、身の毛がよだつほど鮮明にありありと呼び起こされた。

結婚したら、またあの苦しみに耐えなければならないの？　跡継ぎが必要であれ、コンスタンティン・ブラックは身を固くした妻を相手に身勝手に事を終えて満足できる男性とは思えない。いまもまだ、彼の熱く逞しい体に触れたときの心地よさを思い返すと、ふるえが走った。どうしてあの程度のやさしいキスで、厭わしいつらさを呼び起こしてしまったのだろう？

暗闇のなかでぞんざいに探られた晩の記憶がよみがえってきて、胸の奥が締めつけられた。フレデリックはせっかちで強引で、やさしさはまるで感じられなかった。初めてのときは耐えがたい痛みに途中で涙を流しながら、やめてほしいと頼んだ。フレデリックは聞き入れず、黙って腰を動かしつづけて事を終えると、打ちひしがれている妻には見向きもせず、さっさと部屋を出ていった。

妻が初めての交わりのあとでなおも痛みに苦しんでいる理由が、フレデリックには理解できなかったのだろう。はっきり言いはしなくても、不満はもう聞きたくないと思っていることは感じとれた。〝仰向けになって、何かほかのことでも考えていればいい〟。夫はそう言った。

フレデリックにこの不愉快な問題を解決しようという意思は見られなかった。当初はジェインも女性は誰でも初めは心地よく感じられないものなのかもしれないと考えた。だからフレデリックが言うようになるべく気楽にかまえようとしたけれど、夫が事に及ぼうとするたび、またあの痛みを味わうのではないかと怖くなって身がこわばった。

とうとう寝室に夫が入るのを拒むと、診察のために医師が呼ばれた。屈辱的なことであれ、治療が必要なら、進んで従うつもりだった。けれども、そううまくはいかなかった。医目[illegible]この体はフレデリックを受け入れられるようにはできていない〟だけだと診断した。以来、フレデリックは二度と妻の寝室を訪れなかった。

でも、ほかの女性たちの寝室は何度も訪れていたのよね?

ジェインは枕に顔を埋めた。コンスタンティンにほんの一瞬下腹部を押しつけられただけで、フレデリックよりも大きいことがわかった。結婚初夜にまたあのような目に遭うのかと思うと、身がふるえた。

それでも今度は、不満を言わずに黙って耐えなければいけない。コンスタンティンにはそれくらいの恩義があるのだから。


翌朝、ジェインはゆうべの恥ずかしさをできるだけ考えないですむよう、ひとりで馬に乗って出かけた。太陽が輝いていて、絶え間なく吹きつける寒風を縫ってぬくもりが伝わってくる。

それでもやはり、つらい考えが頭をめぐるのはとめられなかった。

ひと晩じゅうコンスタンティンのことを考えていた。ようやく夜が明けるまでに三夜は過ぎたように思えた。小さく舌を鳴らして牝馬をせきたて、頭に浮かんでくる絵を振り払おうと速度をあげた。

草地を囲う高い生垣の向こうに小川が見えてきたときには息があがり、喉もだいぶ渇いていた。

「あなたも水が飲みたいでしょう？」サラリーの首を軽く叩き、馬を降りて生垣を抜けられるところを探すつもりだった。

そのとき背後から羊の脅えた鳴き声が聞こえた。蹄の音のせいだと気づき、ジェインが顔を振り向けると、大きな白馬に黒っぽい人影がまたがっているのが見えた。言い知れぬ動揺に襲われ、サラリーを先へ進ませようとした。

肩越しにちらりと見やると、考えられない速さでコンスタンティンが迫ってきていた。危険は承知で馬を駆り立て、生垣に近づくにつれだんだんと速度を落とした。息を詰め、どうか愛馬が勇気を奮い起こして木の柵を乗り越え、反対側にぶじ着地できますようにと祈った。まるで奇跡のように、ジェインは馬から落ちずに生垣を跳び越えた。

安堵《あんど》の笑いを漏らし、鞍の上で騎手のように身をかがめて、サラリーを疾駆《しっく》させた。無駄な抵抗であるのはなんとなくわかっていたものの、具合が悪くなりそうなほどの恥ずかしさに、逃げずにはいられなかった。

小川にたどり着く前に、白馬に追いつかれた。

「手綱を引け！」コンスタンティンからこのように命令口調でものを言われたのは初めてだった。さっと目をくれると、日焼けした顔は蒼ざめ、憤った険しい表情をしていた。

それでもまだ馬を駆りながら、ふとサラリーなら小川も飛び越えられるかもしれないと思ったものの、やはり無謀すぎると考えなおした。コンスタンティンから離れようと向きを変え、小川に向かって馬を走らせた。けれどあっという間に、大きな白い牡馬に水とのあいだに

[illegible]ジェ[illegible]ンに滑りやすい川岸から離れざるをえなくなった。逃れるのも振りきるのももう無理だ。そんなことを試みるだけでもみっともない。ジェインは息を切らしつつコンスタンティンに非難がましい目を向け、手綱を引いて馬の速度を落とした。

鞍の上にじっと坐っていると、情けなくて自分に腹が立ってきた。

気を取りなおすより早く、コンスタンティンが傍らに来て腕を伸ばした。大きな手で腰をつかまれ、ぬいぐるみ同然に軽々と馬から降ろされた。その逞しさと体の大きさを思い知らされ、よけいに逃げたい気持ちに駆られた。

「いったい何を考えてたんだ？」コンスタンティンはジェインの肩をつかんで睨みつけられるよう向きなおらせると、強い調子で訊いた。緑色の目にはいつもの少しからかうような明るさはない。射貫《いぬ》くように見ている。

「どうなんだ？」コンスタンティンは、生垣を跳び越えたジェインを束の間見失って心臓がとまりそうになった瞬間のことを忘れられそうになかった。あの柵は牝馬に越えさせるには高すぎる。ジェインは首の骨を折っていてもおかしくなかった。

ジェインがそのような危険をおかしてまで自分から逃げようとしていることに、まず慄然《りつぜん》とした。それから、ジェインがけがひとつせずにすんだのを知って、怒りも湧いた。たしかにゆうべは越えてはいけない領域に踏みこんでしまったが、襲いはしなかった。ジェインにもそれはわかっているのではないのか？

ジェインが逃げだしたときに追いかけるべきではなかったのかもしれない。自分が追いつめてしまったのだろう。高い生垣の向こう側にぶじ着地したのを見届けたら、そのまま行かせてやればよかったのだ。

そう考えるとよけいに腹が立ってきた——自分自身に。

ジェインの肩をわずかに揺すった。「なあ、答えてくれ！」

ジェインが身をふるわせてグレーの目を見開いているのはわかっていても、声をやわらげる辛抱強さは働かなかった。なんと細く華奢な体をしているのだろう。強くつかめば、ぽきりと折れてしまいそうだ。いっぽうでは女戦士並みの度胸を備え、狩猟の女神さながらの技量で馬を駆る。怒りで頭に血がのぼっていても、この女性に秘められた逞しさには胸が熱くなった。

ジェインが息を呑みこんで手を振りほどき、あとずさった。「何をしていたかはあきらかではないかしら？　ひとりになりたくてここに来たのよ！」

「ところが、あやうく命を失いかけた。あんなことは二度とするな！」

ジェインがなめらかな眉をきゅっとひそめた。「ロクスデール卿、あなたはまだわたしの夫ではないのよ。お説教はたくさんだわ」

「夫ではないからまだこらえているのを感謝してもらいたいものだ！　きみは自分のことはむろん、馬のことも考えてないんじゃないのか？」

ジェインは反論しようと口を開きかけたが、すぐにつぐんだ。唇を引き結び、小鼻をふく

「あなたの言うとおりよ」そう認めた。「もういや！　すぐに気づいたんだけど――」ふるえがちな手で目を覆った。

すなおに間違いを認めたジェインに、コンスタンティンの憤りはやわらいだ。

「どうしてなんだ？」かすれがかった声で訊いた。「どうして、あんなことをするんだ？」

見ているのが痛々しいくらいジェインは言葉に詰まっていたが、コンスタンティンは重苦しい沈黙をあえて破ろうとはしなかった。どんなことかはわからないが、ジェインになにかしらの問題が重くのしかかっているのを察した。いまなら警戒心はゆるんでいる。これほど聞きだしやすい機会はなかなかない。すぐに泣く女性ではないのが救いだ。ご婦人の涙は見ていられないので、泣かれれば何も言えなくなって、うやむやに終わらせることになっていただろう。

「行こう」静かに声をかけ、ジェインの手を軽く握った。「馬たちは先に気分転換しているようだ。きみも喉が乾いただろう」

ジェインがみずから進んで歩きだし、ひんやりとして澄んだ小川の岸にしゃがみ込んだ。コンスタンティンが両手で水をすくって差しだすと、ジェインがその手首をつかんで水を飲んだ。手のひらにジェインの唇がなにげなく触れても、コンスタンティンは気にしないよう努めた。

ジェインは礼の言葉をつぶやいて、濡れた口もとを指先でぬぐい、コンスタンティンが喉を潤《うるお》すのを待った。それからそばの木へ導かれ、手を借りて木陰に腰をおろした。

コンスタンティンもその隣りに腰をおろすや、ジェインはすばやく立ちあがり、歩きだした。コンスタンティンは内心でため息をつき、立ちあがりかけたが、手ぶりでそこにいてくれととめられた。

ジェインは片手を握りしめ、親指の先を手袋の上から噛んでいる。そのうちくるりと向きなおり、乗馬服の黒いスカートがふわりとブーツをかすめた。

「いまでも……ゆうべのことがあったあとでも、わたしと結婚しようと思ってる？」

男ならそのような問いかけにけっして返答をためらってはならない。

「もちろんだ」コンスタンティンは即答した。

「そう」その声には少なからず驚きが含まれていた。こちらの心を読みとろうとしているかのように、ジェインは集中した鋭いまなざしを向けている。

コンスタンティンは笑いかけた。「それどころか、いまはもう、ほかのことは考えられないくらいだ」

ジェインがグレーの瞳でさっと見やった。「ほんとうに？」

「ほんとうだとも」

「でも――でも、わたしはあなたから逃げたのに？」

「あんなふうに、つまり……熱情を見せつけられては、きみが驚くのも無理はない」諭すよ
[illegible]ならないが、きみにのぼせてしまっ

わ」

遠まわしの褒め言葉にジェインが愛らしく頬を染めたので、コンスタンティンはまたも同じことを繰り返してしまいそうだった。ジェインの赤褐色の巻き毛にはビーバー毛皮の帽子がよく似合い、瞳は押しこめられた感情で熱くはじけるようなきらめきを放っている。風に吹かれたせいなのか唇は鮮やかな赤みを帯び、キスを待っているかに見える。男の自制心を残酷な神に試されている気分だ。

だが、どんなにそそられても、自分を律すると決めた誓いは守る。この女性とは芝地でいっとき転がればいいわけではない。結婚はきわめて重要なことであり、だからこそこれまでは頑なに拒みつづけていた。それに、ジェインを誘惑するには、どうやら想像していた以上に根気と気遣い、それに自制心が必要なこともわかってきた。

「ゆうべは……気が動転していた」とっさに正直な言葉が口をついた。

じつのところなかなか勇気のいる告白だったのだが、ジェインはすげなく首を振った。

「あなたにはわからないわ」一度は両手を組み合わせようとして、結局ジェインはその手で顔を擦った。「あなたにはわからないし、とても話せないことなのよ」

「ならば、ぼくはきみの目にそんなに恐ろしく見えるんだろうか？」たいして気にしていないふうに軽い調子で尋ねた。

返事はないが、ジェインの動揺は見るからに激しくなっている。

少し間をおいて、言葉を継いだ。「告解は聖人より罪びとにすべきものだというのが、ぼくの持論なんだ。罪びとのほうがはるかに慈悲の心を持っている」それについてあらためて考えてみた。「しかし、めったに判断をくだせる立場にはならないわけだが」

　理屈はどうあれ正論ではないはずの言葉に、ジェインは心動かされたらしい。しばし唇を噛みしめてから、顔を振り向けた。コンスタンティンはつらい秘密を打ち明けてほしくて、真摯《しんし》に見つめ返した。

　ジェインがわずかに唇を開き、目つきもやわらいだ。艶やかな髪の房がふわりと顔にかかって……。

　すると風に気力を奪われたかのように、ジェインは頼りなげにふうと息を吐いて、顔をそむけた。

　コンスタンティンは彼女の心を開けなかったことに胸が痛んだ。そんなにも信頼されていないのか？　なんの役にも立たないと思われているのだろうか？

　〝事を十倍も悪化させる〟。父にそう言われていたものだ。

「戻らなければ」落胆からざらついた声になった。愚かで身勝手な考えかもしれないが、ジェインに信頼してもらいたかった。

　立ちあがり、帽子をかぶる。

　ジェインはうなずいたが、なおもこちらを見ようとはしなかった。一瞬、帽子から垂れている薄手の黒いスカーフが背中でたなびいた。コンスタンティンはなんの手立ても策も手がいまは思いつかず、いっそ、こうして自分を引きとめている、もやもやとした言いようのない感情をすべて払いのけてしまいたかった。

沈黙が長々と続いた。

ようやく咳払いをした。「ジェイン。頼みを聞いてもらえないだろうか?」手袋をはめた。

ジェインが身を固くした。「なにかしら?」

コンスタンティンは生垣を振り返り、それから牝馬に目を移した。「頼む。遠まわりをして帰ってくれ」

14

婚姻省　臨時会議

議事録（筆記者　デヴィア卿オリヴァー）

出席者・欠席理由――あのいまいましいアーデンはどこにいる？　レーゼンビーだと？

前回会議の引き継ぎ事項――ミスター・ウィックスの相変わらずの長話。勝手に喋ってろ、小うるさいやつめ！

候補者

レディ・アメリア・ブラック――母親が小やかましい。結婚持参金が多額。虫歯あり。

メラニー・ピット嬢――美貌まあまあ。好みしだい。Mに最適。

レディ・エマ・ハウリング――年増。不細工。花嫁持参金をあと一万ポンドは上乗せしなければ、嫁げる見込みなし。それでもたぶん……。

レディ・ジャクリーン・デヴィア――！！！
マックルズ卿――財産は控えめながら政治的野心あり。罰なし。
サー・スタンリー・ウェストラザー――少々いやみな大金持ち。Kと検討。
ミスター・トーマス・ブラック――成りあがり。私をなめている。

その他の検討事項
レディ・ロクスデール・ジェイン――アーデンめ、美しい顔でぬけぬけと。このままではすませぬぞ！
お茶に合うのはロールパンかスコーンか？――こんな議題を持ちだした愚か者はどこのどいつだ？　くそったれウィックスだ。

延会――ありがたい！　上流階級は親類だらけだ！

モントフォード公爵はロンドンのセント・ジェイムズ・ストリートにある紳士のクラブ〈ホワイツ〉で、革張りの奥行きの深い肘掛け椅子に坐り、高級ブランデーを飲みながら、デヴィア卿ことオリヴァーと友好的に議論していた。
両家の張りあいにはもうかつてほどの熱気はなかった。年月を経るにつれ、モントフォードは競いあってきた一族の当主にだんだんと共感を抱くようになっていた。むろんどちらも互いに面と向かってはけっしてそれを認めはしないが。

「きみはもっと賢い男だっただろう?」デヴィアが喉を鳴らすような貴族らしい低い声で言った。「きみたちが結託しているとは思いたくないが」

デヴィアは伏し目がちに椅子に腰を沈みこませて、グラスのなかのブランデーをゆっくりまわしている。四十代でいまだ大酒飲みだが、筋肉質の屈強な体軀《たいく》を保っている。いったいどのように鍛えているのかと、モントフォードはいつもふしぎに思っていた。

デヴィアが投げかけた疑念に答えるつもりはなかった。否定したところで、この男が言葉どおり受けとるはずもない。

モントフォードの読みどおり、婚姻省は急遽、召集をかけて会議を開いた。それぞれの候補者についての説明と組み合わせの提案がなされた。賛成意見と反対意見を検討し、誇りと富と地位のある人々特有の激しやすさのせいで必ず勃発する議論もどうにか折りあいがつけられた。

モントフォードとしてはレディ・ロクスデールの件はいったん保留して、もう少しじっくりと検討するつもりでいた。フレデリックの遺言書の内容を考えれば、そう簡単に候補者が見つかるとは思えない。

「レディ・アーデンがきょう欠席した理由はあきらかだ」デヴィアが辛らつな口ぶりで言った。

「ああ」モントフォードはブランデーを口に含んだ。「コンスタンティン・ブラックとの仲を取り持とうとしていると見て、間違いないだろう」

デヴィアは不機嫌そうにじろりと目を向け、ブランデーの残りを飲み干し、テーブルに叩きつけるようにグラスを置いた。「まったく、あのご婦人はわれわれをばかにしている！いったいなぜ好き勝手にやらせておくんだ？　われわれを出し抜こうとして、よけいな世話を焼いて結婚を取り持とうとしているんだろう」

モントフォードが答えずにいると、デヴィアが鼻で笑った。「よくも平然としていられるものだな。こうしているあいだも、あのご婦人はレーゼンビー館にいるんだぞ」

モントフォードは穏やかに答えた。「レディ・アーデンがコンスタンティン・ブラックを訪問することを禁じる理由はない。規則を破れば、罰せられるだけのことだ」

「あのご婦人になら、ぜひみずから罰を受けさせたいものだ」デヴィアが熱を帯びた目で言う。「飛びぬけて美しいご婦人だからな。あれほど口やかましいのが残念だ」片方の眉を吊り上げた。「きみはそういった方面には関心はないのか？」

モントフォードはつい嘘をつきたくなったが呑みこんだ。「ああ」

いまのところは。この任務さえ終えたら、そうしたらたぶん……。

しかし終わる日はくるのだろうか？　結局は単なる言いわけにすぎないのかもしれない。

「ふん。モントフォード、きみはまったく策士だな。信用してはいないが、少なくとも、私がきみの側についているのは確かだ。事としだいでは、わからんが」デヴィアはややおどけたふうな目をして、グラスを持ち上げて乾杯のしぐさをしてみせた。「それ以上は、相手が誰であれ言いようがない」

あやうく取り違えかねないまわりくどい言いまわしだが、褒め言葉のつもりなのだろうとモントフォードは理解して、すなおに受けとった。デヴィアからのめずらしい贈り物だ。

大きな男が立ちあがった。「グロスターシャーの甥を訪ねて、数日滞在する予定だ。ついでに少しせっついておこう。たまにはみずからお節介を焼くのもいいだろう」

片眼鏡を取りだし、いったん目から遠ざけてからまた近づけた。「きみのところのあのお嬢さんの件だが。あの美人の。ローズ……ローズマリー……そうだ、ロザムンドだ。まだ日取りは決まらんのか？　こちらの花婿のほうはうずうずしているんだからな」

モントフォードはややいぶかしげな笑みを浮かべ、続いて席を立った。トレガース伯爵がロザムンドの花婿におさまる日を待ち望んでいるとは思えない。正式に婚約が定められてから、ロザムンドと親交を深めようとする努力は見られないからだ。むしろデヴィア卿が、自分の親類の男とウェストラザー家の女性相続人との婚姻が正式に成立して子孫を授かる日を心待ちにしているのに違いない。

モントフォードはデヴィア卿の肩を軽く叩いた。「焦るな、オリヴァー。まだ少々……気がかりな点がある。きみだってご婦人の繊細な感情を傷つけたくはないだろう。この件は年が明けてからでもあらためて話しあおう」

階段をおりたところでふたりは別れ、モントフォードはレディ・ロザムンド・ウェストラザーのことを考えた。もし若者たちがみずからのささいな恋心や浮気心を年長者のように冷静な目で見ることができたなら、すべてがどれほどすんなり進むだろう。人生経験を積んできたモントフォードは、永遠の愛などというものが幻想にすぎないことを承知していた。

恋心、欲望、情熱――もちろん、どれも存在する。だが、男女のあいだで深く愛しあいつづけることができるかという点については、信じていない。愛着、親愛、敬意は育《はぐく》まれるかもしれない。けれども、自分がこれまで見てきた経験からすれば、婚姻からそうした感情が生じるふたりには、がいしてそもそも愛しあっているという意識はない。

モントフォードはいわゆる恋愛結婚と呼ばれる男女もこれまで見てきた。恋の炎が燃えつきたとたん、冷淡になり、互いに飽きて、ほかの相手に愛情を向けるようになる姿を何度となく目にしている。

富と権力のために一族の若者たちの幸せを犠牲にする冷徹な男だと自分を揶揄《やゆ》する者もいるだろう。現実を知っているから、そんな風評は気にならない。満ち足りた結婚はたいがい愛ではなく、便宜上の契約で成り立っている。ロザムンドと見栄えのする騎兵隊の将校との駆け落ちを許すわけにはいかない。ジェインについても富があるからとはいえ、ハーコートに引きこもり、貴婦人のお話し相手や、付添人や、名ばかりのおばとして老いさせてはならない。自分の家族と住まいを持たせなくては。

たとえジェインに冷酷な邪魔立てだと言われようと、いつかは感謝してもらえる日がくるはずだ。

柄にもなく、いつしかモントフォードはそんな期待を抱いていた。

ジェインは湖の向こう側に広がる野原をあてもなく歩いていた。めずらしい晴天を楽しむために来たのだと自分に言い聞かせつつ、心の底ではほんとうの理由はわかっていた。コンスタンティン・ブラックを避けるためだと。

どうすればいいのかわからない。コンスタンティンとの結婚を取りやめれば、レーゼンビーの土地を離れ、ルークまで失うことになる。けれどこのまま話を進めるのなら、ほんとうのことを話さざるをえない。いずれにしても事実を知られれば、男爵の怒りをかう恐れがある。

そばの小道から重い足音が聞こえてきて、ジェインは身を固くした。「ジェイン?」

コンスタンティンの声だった。追いかけてきたの?

低木の茂みの陰に腰をかがめた。自分が何をしているのかわからないうちに、背を返して野原を突っ切って歩きだしていた。

レーゼンビーの景観はどこもそうだが、この庭園も素朴な鬱蒼《うっそう》とした風情が上手に残されている。造られた滝も地元で切りだした石と、もともとあった泉が使われ、自然の趣きを醸《かも》しだしていた。

このように綿密に育てられた草原のなかほどに、丘の斜面をくりぬいたようにも見える風光明媚《めいび》な岩屋があった。

ジェインはその岩屋のなかに身を隠した。冷たく硬い岩壁に手のひらをついて寄りかかり、息を凝らした。もう片方の手で麦藁帽子のリボンをゆるめて頭から取り、ひんやりとした岩壁に額をあてた。

「どうしたんだ？」背後からコンスタンティンの声がして、ジェインは背筋がぞくりとした。

「ジェイン、どうしてぼくを避けるんだ？」

ああ、なんてこと。きっとずいぶんとまのぬけた姿に見えているのだろう。ややあって、首を振った。「避けてはいないわ」

「いや、避けている」コンスタンティンに手を取られ、そっと向きなおらされた。緑色の瞳の奥に真剣なやさしさが見てとれた。こんなふうに見つめられて、どうして撥ねのけられるだろう？

「ジェイン。きみはぼくの妻になるんだ」

ジェインは落ち着きなく視線を落とした。鼓動が激しく打っている。あきらかに……体の触れあいを求められている。しごく当然のことだ。求婚を受け入れたのだから。

コンスタンティンにどのような過去があっても、愛せるのだろうか？　そうなることをむしろ恐れていた。コンスタンティン・ブラックという男性がだんだんと好きになり、敬意すら抱きはじめている。人は若く未熟な頃に過ちをおかせば、一生非難されつづけなくてはいけないの？　浅はかなのかもしれないけれど、本人の言いぶんを聞けたなら、大きな懸念はだいぶやわらぐような気がしてならない。

でもまずは真実を打ち明けるべきかどうかを決めなくてはいけない。状況が違えば、正直に話そうとすぐに判断できていたかもしれない。相手がコンスタンティンの場合にはどうすればいいのか見きわめがつかない。でも、話したからといって、どうなるというのだろう？この男性にお金が必要であることは変わらない。

　それに、ルークは手放せない。

　コンスタンティンに指先で顎を上げられ、見つめ返さざるをえなかった。

「すまない」穏やかな声で言う。「あの晩の厨房でのキスが、これほどきみを苦しめることになるとは思わなかった」

「キスのせいではないわ」ジェインは答えた。「あのキスはすてきだった。でも……」コンスタンティンに見つめられ、言葉を考えられなくなり、声が途切れた。距離が近づくにつれ、わずかに残っていた理性も見失った。

「その言葉を聞けてほっとした」コンスタンティンが言う。「それなら、きみの機嫌を損ねてしまった理由を話してくれないか？　さあ、こっちへ」

　その気遣わしげなまなざしに、ジェインの心はやわらいで温かくなった。引き寄せられ、体に腕をまわされても抗わなかった。

　まだ信じきれてはいないはずなのに、そうして腕のぬくもりに包まれていると安心できた。男性から腕をまわされて、このように感じたことはいままでなかった。コンスタンティンの抱擁《ほうよう》はくつろげて、頼りがいがあり……体じゅうが熱くなる。

こんなふうに考えてしまったことにとまどった。彼の上着の襟をつかみ、胸に顔を近づけた。シャツや肌着の内側から安定した鼓動の音が聞こえてくる。洗濯糊と、かすかにつんとするレモンのようなもの、それに男性らしい匂いが入りまじった芳しい香りが漂っている。

コンスタンティンはジェインの肩から腕に手を滑らせた。片手を取って握る。「何をそれほど悩んでいるんだ？」囁くように訊く。

ジェインはぞくりとして首を振った。「説明がむずかしいことなのよ」

「きょうはまだ聞く時間がたっぷりある。きみさえよければ、夜明けまでかかってもかまわない」コンスタンティンにそう言われても、ジェインは話せる自信がなかった。

コンスタンティンがため息をついた。「いやなら話さなくていい。こちらを見てくれ、ジェイン」

大きく息を吸いこみ、ジェインはキスをされるのを覚悟して顔を上げた。体じゅうがそのキスを求め、ああ、それでも恐れていた。

ふと、厨房でどきどきしながら息もつけない抱擁を交わしたときの記憶がよみがえった。もしかしたら……もしかしたら、この男性となら、つらさを味わわずにすむのではないだろうか。あの苦しみを説明する必要はないかもしれない。

「ジェイン」囁くようなかすれがかった声だった。互いの指を組み合わせ、よりしっかりと手を握った。

ほの暗いなかで、コンスタンティンの目がきらめいた。ジェインは片手で頬を包まれ、これほど逞しく堂々とした男性に、かけがえのないもののように見つめられていることに呆然とした。ごくふつうで、平凡なジェイン。それなのに、こんなに美しい男性がわたしを同じくらい美しい女性であるかのように見ている。

もう仕方がない。いましかない。真実を打ち明けなければ。

ところがコンスタンティンの顔がぼやけて見えてきて、互いの唇が軽く、けれども燃えるように熱く触れあった。ジェインは柔らかな声を漏らし、口づけを返した。打ち明けようとしていたことは手から滑り落ちるように忘れ去られ、理性的な考えはすべて吹き飛んでしまった。

指を組み合わされた手はぎゅっと握られた。口を開くと、コンスタンティンがすばやく暗黙の招きに応じて舌を絡ませた。

キスが打ち切られ、ジェインは唇で耳から喉へたどられ、体じゅうに熱い疼きがめぐった。吐息をついた。コンスタンティンも荒い息を吐き、ふたりとも呼吸を乱していた。

「きみが欲しい」コンスタンティンが肌に唇を寄せて囁いた。「これほど女性を欲したことはない」

その言葉は信じられないものの、いまのジェインにはそんなことは重要ではなかった。自分のほうはほんとうに、これほどまで男性を求めたことはなかったのだから。

コンスタンティンがドレスの襟ぐりにたくしこまれている薄地の白いスカーフの内側に指を差し入れた。柔らかな亜麻布がゆっくりと静かな音を立てて首周りから抜きとられ、胸もとにひんやりとした風を感じた。

に身をふるわせた――ねえ――いったい何をするつもり？」これが放蕩者の手並みなのだろう。フレデリックからはこのようなことはいっさいされた憶えがない。

指先で素肌をなぞられ、ジェインはまたも身をふるわせた。いつになく真剣な面持ちで、コンスタンティンが言った。「キスをしようとしている」

「ここと……」頭をかがめ、ジェインの鎖骨に唇を擦らせた。「ここと……」片側の乳首に口づける。「ここにもだ」もう片方の乳房に口を押しつけた。

「とても美しい」囁きかけた。「きみを味わわさせてくれ」

ジェインはほとんど息もつけず、コンスタンティンがふたたび黒い髪の頭をかがめるのを見ていた。乳房はコルセットで両脇から締めつけられている。その谷間にコンスタンティンが舌を這わせた。

熱くねっとりと湿ったものが触れた。罪深い行為だ。膝がくずおれそうだったけれど、力強い腕で腰を支えられていた。もう片方の手が腹部をのぼり、乳房を下から包みこんだ。

彼の熱さと、許しがたいほどみだらな手つきに打ちのめされそうだった。それでもさらなることを求めずにはいられなかった。ドレスとシュミーズとコルセットの下で硬くなった乳首が疼いている。もっと……ああ、もっと……。

コンスタンティンの手がさらにのぼり、指先で乳首に触れられたとたん、体は心地よさに燃え立った。乳房を揉まれ、撫でられて、ふるえをとめられなかった。

「そうだ、それでいい、それでいいんだ」コンスタンティンが肩に唇を寄せて囁き、そっと口づけた。「解き放たれるんだ、ジェイン、さあ」

それでもまだ足りなかった。布の重なりの上からでは……これほどの渇望を覚えたのは初めてだし、こんなにも男性に触れてほしいと思ったこともなかった。

取り乱しそうなほどの快さに朦朧《もうろう》としながらも、コンスタンティンの手がドレスの裾を捲り、靴下留めを上へたどって剝きだしの太腿に触れているのを感じた。

とっさにうろたえて離れようとしたが、コンスタンティンの声が聞こえた。「ジェイン、触れさせてくれ。頼む」

返事はできなかったものの、太腿の内側をくすぐられてもじっと動かずにいた。息を呑んだ。脚のあいだがどくどくと脈打ちだし、湿り気を帯びてきたことにまごついた。

両脚をぴたりと閉じた。「だめ、わたし——できないわ」

コンスタンティンは手を体の脇にずらし、それから尻の片側を気だるげに撫ではじめた。

「さあ、どうか脚を開いてくれ」うなじに息を吹きかけるように囁いた。「その柔らかで温かなすばらしいところを感じたい」

こんなにも恥ずかしさがこみあげていなければ、その言葉に身をとろけさせていたかもしれない。ジェインはやみくもにコンスタンティンの胸をぶって押しやった。「いやよ！　やめて！」

コンスタンティンが動きをとめた。そしていきなり腕を放したので、ジェインはよろめい
…脇をすり抜け、出口を飛びだした。ともかく逃れたい一心で、行き先は

そうしたかった

「ジェイン！　戻ってきてくれ。ジェイン！」

小道にたどり着く前に、コンスタンティンに追いつかれ、肘をつかまれた。「いったいどうしたというんだ？」強い口調で訊いた。

ジェインは立ちどまった。説明しなければいけない義務がある。それはわかっていた。こんなふうに急に態度を変えるのは不自然だし、すでに求婚を受け入れてもいる。コンスタンティンには真実を知る権利がある。

「どうしてなんだ、ジェイン？」かすれがかった声で言う。「きみはぼくがそんなにも不快なのか？」

そう訊かれて勇気が少しぐらついた。「そんなことはないわ。あなたが不快だなんて……まったくその正反対だもの」

「正反対か。それでも何か理由があるはずだ」コンスタンティンは感情を欠いた声で言った。

ジェインは彼の頭越しにじっと木を見つめたまま言葉を継いだ。「あなたに打ち明けるのが正しいことなのかどうかわからない……あなたを騙していたのだと思われてしまうかもしれないから。できると思ったのよ。でも、できなくて」

下唇を嚙みしめ、下を向いて、あふれだしそうな涙を瞬きでこらえた。「コンスタンティン、わたしはあなたが望むような妻にはなれない。わたし――わたしが不快なのはあなたではなくて、夫婦の営みのほうなの」

15

完全に虚を衝かれた。コンスタンティンは束の間押し黙り、いま耳にした言葉を反芻した。

「そうなのか？　具体的に、どのようなところが不快なのだろう？」さりげない口ぶりで尋ねた。

かわいそうに、この女性はあの愚かなフレデリックに、いったい何をされたというのだろう？

それからすぐにその想像は打ち消した。フレデリックのベッドにいるジェインの姿を思いめぐらせていては頭がまともに働かない。

おそらくは冷静な反応に安心したのか、ジェインが穏やかな口ぶりで続けた。「わたしにとっては苦痛なことなのよ。お医者様には、わたしの体が適応するようにできていないのだと言われたわ。わたしの……形状では、痛みを感じずに夫婦の親密な行為をすることはできないと」

コンスタンティンは眉をひそめた。「医者がそう言ったのか？」もともと医者というものにはあまり好ましい感情は持っていない。よく言えば、みずからの能力の限界を知っている人々だ。だが逆に言うなら、患者を治すより死なせてしまうほうが多いということでもある。

ジェインが激しく瞬きをして、うなずいた。気の毒に、泣きださないよう必死にこらえているのだろう。

コンスタンティンはまだどうすればいいのかわからないまま、思わず答えていた。「たしかに深刻な問題だ」

ジェインが眉間に皺を寄せた。「そうなの。わたしはあなたに跡継ぎを産んであげられないわ。だから――」

「だが、ならば」コンスタンティンは遮って続けた。「きみはまさに最適な選択をした」

ジェインは呆気にとられてぽっかり口をあけ、黙って見返した。

コンスタンティンはさらりと手を振った。「そうとも。ご存じのとおり、ぼくはその手のことについては専門家のようなものだから……」

ジェインがいぶかしげに目をすがめた。

けげんな表情は気にとめず、笑った。「……そのまぬけな医者が言ったことは信じられないんだ」

「事実ではないというの？　でも、わたしたちはどうしても……」ジェインは頬を真っ赤に染めて言いよどんだ。「もう、ばかげてるわ！　冗談にするような話ではないでしょう。どうしてあなたなんかに話してしまったのかしら」

それを聞いて、コンスタンティンはつかつかと歩み寄り、ジェインの手を取った。「ふざけてなどいない。冗談で言っているのではないと誓う」手のひらで顎を包んだ。「いいかい、ジェイン、きみさえ許してくれれば、夢にも想像できないほどの悦びを味わわせてあげよう」

ジェインの息遣いが変わった。視線が落ちた。「だけど、もしそうならなかったら？」哀しげに言う。「結婚してからでは、あと戻りできないのよ」

結婚したあとか……。「どうしてその前ではいけないんだ？」

考えるほどに、自分の思いつきが理にかなっているように思えてきた。「そうとも、どうして結婚する前ではいけないんだ？　ぼくたちはモントフォードの承諾が得られるまで結婚できない。それまでに、いわば予行演習として、ふたりで最善を尽くしてみようじゃないか。それでもどうしても受け入れられなかったなら、婚約を取り消せばいい」

皮肉っぽい笑みを浮かべた。「みな、ぼくがふられたと思うだろうから、きみの評判に傷がつく心配もない」

ジェインは唖然として目を見張った。「あなたはそれでいいの？」

「かわいいジェイン」コンスタンティンは少し笑って言った。「言っておくが、ぼくは損をする取引はしない」

むろん、このように深刻な問題をかかえている女性を奇跡のように治せるほどの魅力が自分にあると思いあがっているわけではない。だが、ベッドでの交わりに体が向いていない女性がいるなどという話は聞いたことがない。

ジェインが役立たずのフレデリックにみじめな思いをさせられていたのは間違いない。それも自分のことは省《かえり》みず、ジェインだけに責任を押しつけていたのだとすれば、なおさら事態は深刻だ。

フレデリックとの結婚生活は何年ぐらいだったのだろう？

「かわいそうに」静かに言った。「さぞつらい思いをしたんだろう」

ジェインを抱き寄せ、やさしく口づけた。不安げな緊張を感じとり、言葉をかけた。「大丈夫、いますぐ始めはしない。だがもし引け目を感じているせいならば、どうかもう焦《じ》らすのはやめてほしい。ジェイン、あらためて、ぼくの妻になってくれるだろうか？」

ジェインがきつく目をつむり、深く息を吸い、吐いた。「ええ、コンスタンティン。そのつもりよ」目をあけて、しごく真剣な面持ちで見つめた。「まだしばらくは、婚約者だけれど」

その言葉にふたたび胸を突かれ、コンスタンティンは抱擁をとき、ジェインの片手を取って自分の腕にかけさせ、屋敷に向かって歩きだした。

慎重に言葉を継ぐ。「慣習を重んじれば、フレデリックの喪があけてからでなければ婚約はできない。しかし、ぼくたちの婚約の発表は急いだほうがいいと思うんだ。そうすれば、相続の問題が片づいて、工場の借金も返済できる」

「そうなればいいんだけど」ジェインはあまり期待してはいないかのように、小さなため息を漏らした。

コンスタンティンは立ちどまった。「きみに煩わしい思いはさせたくない。むろん、いろいろと取りざたされるだろうが、遺言書の内容が知れわたれば、務めを果たしたきみを誰もが称賛するはずだ」ジェインを見つめた。それでも不愉快な思いはさせてしまうかもしれないが。

ジェインがきょとんとした表情で目をしばたたいた。「あら、わたしは人にどう思われようとまるで気にならないわ」

ああ、そうだった。相手はウェストラザー家の女性であることをうっかり忘れていた。

「それならば、何を気にしているんだ？」

ジェインが視線を落とした。「じつを言うと、モントフォード公爵に話すのが怖いの。初めから、わたしたちの婚姻には反対していたから」

コンスタンティンは眉をひそめた。「公爵を恐れているのか？」

「違うわ！　そうではないんだけど、うまく説明できないわ」ジェインが両手を広げた。「ほんとうに計り知れない人なのよ。心に決めたことは必ずなし遂げるわ。どれほど小さなことですら、しくじったのは見たことがない」親指を唇にあてがい、不安げに指の腹を噛んだ。「あの人がわたしたちの結婚をやめさせようと思っているのだとしたら、ほんとうにそうなってしまいそうで怖いの」

きっとジェインの取り越し苦労だ。「モントフォードに何ができるというんだ？　きみを言うなりにできはしない――

「ああ、自分でもよくわからない！　わたしはもう大人の女性なのに、モントフォードの前に出ると、迷子の少女のような気分になってしまうの」さっと目を上げた。「レディ・アーデンから、わたしの生い立ちについて聞かされてないの？」

　コンスタンティンは首を振った。

　ジェインは深々と息を吸いこんだ。「八歳のときに、モントフォード公爵に救われたのよ」ふたりは湖の上に絵のように美しい弧を描いている石橋に差しかかった。ジェインがスカートを持ち上げ、いちばん高いところへのぼっていく。「母は生まれたばかりのわたしを連れて家を飛びだしたの。母のことはまったく憶えてないわ。ロンドンに着いてまもなく、亡くなったと聞かされただけで」

「聞かされた？」コンスタンティンはおうむ返しに訊いた。

「下宿屋でわたしを養ってくれた夫婦にそう教えられたの」ジェインは唇をふるわせ、恐ろしい記憶をよみがえらせたかのように目を翳らせた。「その夫婦は……親切な人たちではなかったわ。それでも、ロンドンのあの辺りに大勢いた子どもたちに比べれば恵まれていたのよ。夫婦は身元のわからないわたしが上流階級の血を引いているのではないかと考えていたみたい。母が遺したお金をもらって、捨て子の養育院に入れてしまうこともできたのに、食べ物と住まいと身につけるものを与えてくれた。たぶん、いつかわたしの家族がわたしを探しにやってきて、養っていたお礼に大金を払ってくれると見込んでいたのね」

　コンスタンティンはこの話を聞いて愕然とした。このように傷つきやすいジェインが、そんな悪人たちのもとで暮らしていたのか？　どれほどの苦難を味わったのか想像もつかない。人を簡単には信じることができなくなってしまったとしても無理はない。

「つまりはそこから」自分の耳にも錆《さ》びついたような声に聞こえた。「モントフォードがきみを救いだした」

「ええ。あの公爵が。夫婦が母の持ち物を質屋に入れて、どういうわけかモントフォードがそれを知って夫婦の家にやってきたの。復讐の神のように、強欲な夫婦を怒鳴りつけたわ」ジェインは片方の肩をすくめた。「その夫婦がどうなったのか、わたしはいまだにはっきりとは知らないの。公爵様は、自分が話をつけておいたから、きみはもういっさい気にする必要はないとしか言わなかったから。生まれて初めて、自分は安全なんだと思えたわ」

　ふたりはなだらかな弧を描いた石橋の高みに行き着いた。コンスタンティンはジェインの手を取って握った。ジェインがそのように心細く恐ろしい思いをしていたと想像するのさえつらい。「モントフォードが容赦なく片をつけてくれたことを願うよ。そうでなければ、とうてい納得できない」公爵がその腐りきった夫婦の首を絞めてテムズ川に放りこんでくれたのならありがたい。

　ためらいつつ尋ねた。「きみのお父上は？」

「ええ……」ジェインは顔をそむけて湖を見おろした。「男の子——跡継ぎ——ではないわたしは、父に望まれていなかったのね。わたしを探そうとはしてくれなかった。会ったことはないけれど、いい人とは言えなかったと聞いてるわ。父が死んで、わたしは公爵様の被後見人になったの。裕福な伯爵家の一人っ子で、多額の財産の女性相続人。だから、公爵様もわたしを懸命に探してくれたのでしょうね」

ジェインはしばし黙って青くきらめく湖面を眺めていた。それからふたたびコンスタンティンの腕に手をかけ、ふたりは石橋の反対側へくだりはじめた。

「そういうわけで」石橋をわたりきったところで、ジェインが言葉を継いだ。「モントフォードはわたしにとって、つねにとても大きな存在なのよ。あの人がイングランドじゅうを探して小さな女の子を見つけだしてくれなかったら……つまり、わたしたちの結婚を阻止するくらい、あの人には子どもの遊びも同然なのよ」かぶりを振る。「たぶん、あなたにはばかげた話に聞こえるでしょうけど」

「いや、そんなことはないさ。きみがそのように感じるのは当然だ。モントフォードの承諾を得るためには、レディ・アーデンの力を借りるのが得策だろう」コンスタンティンはジェインの手を握った。「ただし、モントフォードの言いなりになるつもりは毛頭ないことは、わかっていてほしい。あの男がきみにどのような圧力をかけてこようとも、きみと結婚するというぼくの意志は変わらない」

ジェインは考えているふうだった。「ひとつ、質問してもいいかしら、コンスタンティン？」

「もちろんだ」

「あなたはどうしてわたしと結婚したいの？」

　コンスタンティンはくつろいだ足どりで歩きつづけた。だが内心では動揺していた。返答を迷っているうちに、表情をとりつくろえなくなってきた。

　気を取りなおさなければと、ちらりと笑ってみせた。「きみの財産が必要だからじゃないか。きみも承知しているはずだ」

　ジェインのなめらかな眉のあいだにわずかに皺が寄った。

　真意を悟られる前に、木陰にジェインを引きこんで抱き寄せた。「とはいえ」言葉を継ぐ。「役得があるのも間違いない」

　抗う声をあげる隙も与えず、互いの唇を触れあわせた。すばやく抱きすくめ、自分の唇と舌の熱さでジェインの抵抗しようとする気持ちをほぐし、熱情に溺れさせたかった。

　ようやく頭を起こしたときには、初めて女性の唇を奪った少年のようにぼんやりしていた。

「午前零時に」唇を触れあわせるようにして囁いた。「今夜、きみの部屋に行く」

「ええ」不安のせいなのか期待からか、ジェインが腕のなかで身をふるわせた。

　コンスタンティンが身を引こうとしたとき、ジェインがキスを返してきて、そのままもどかしげに身を寄せて肩を撫でるようにしながら、互いの舌をまとわりつかせた。ジェインは唇と両手で攻め立てることで問いを投げかけていた。そして自分も――神よ、救いたまえ――せかされるままに応えようとしていた。

　コンスタンティンは立場を逆転させられてしまったことにいまさらながら気づいてとまどいつつも、どうすればいいのかわからなかった。だが互いにようやく気を落ち着けて、またのんびりと屋敷へ向かって歩きだしたとき、ふと、そしらぬふりを装っていたにもかかわらず、もはやこちらの真意はジェインに完全に読みとられているのだと悟った。自分としたことが、おそらくは本人には自覚できていない気持ちまで知られてしまっているのだと。

「まあ、あなたたち！　なんてすばらしい知らせなのかしら。わくわくしてしまうわ！　今朝、あなたたちに会ったときには、そんな様子はまるで見えなかったのに」レディ・アーデンが表情豊かな顔を嬉しそうに輝かせた。

「よくおっしゃいますね」コンスタンティンはレディ・アーデンの腰にすっと腕をまわし、頰にキスを落とした。「初めから、こうなるよう仕向けたがっていらしたじゃありませんか」

「わたしは、あなたたちふたりにとって最良の選択だと信じていただけのことよ」レディ・アーデンは力を込めて言った。

モスリンのドレスを身にまとった貴婦人はソファに腰をおろした。「座って、詳しく話を聞かせて」

コンスタンティンも坐ろうとすると、レディ・アーデンが追い払うかのようにさっと手を振った。「だめよ、あなたではないわ、コンスタンティン！　求婚や婚礼のことは殿方ではまともな話ができないでしょう。ジェイン、あなたよ。こちらに来て、お茶を飲みましょう」

コンスタンティンはおどけてがっかりした表情でジェインに向きなおり、熱っぽく手を握った。

今回はただ頭をかがめただけでなく、手を口もとに持ち上げて口づけた。それはまさに想いを伝える挨拶だった。この頃ではもう、少なくともおおやけの場では、ご婦人がたの手に口づける紳士はいない。

ジェインは指関節に唇が触れると、ぴりぴりとした熱い刺激に身を貫かれた。吐息をついて、頬を赤らめた。顔を起こしたコンスタンティンの目には、みだらなひと時をほのめかすきらめきが見てとれた。一瞬のこととはいえ、効果はてきめんだった。ジェインがわれに返る前に、コンスタンティンは歩き去った。

ジェインが振り返ると、レディ・アーデンは忙しく茶器を揃え、銀の茶沸かし壺の栓を開き、優美な磁器のカップに湯を注いでいた。いまのやりとりを見られずにすんでほっとした。

頬は熱くほてり、体は小刻みにふるえている。深く息を吸って呼吸を整えてから、レディ・アーデンの向かいに、茶沸かし壺を挟んで腰をおろした。

レディ・アーデンは用意を整え、ジェインにカップを手渡した。

そしていかにも満足そうに見やった。「あなたはコンスタンティンにぴったりの女性だと思っていたのよ！　あなたたちはきっととてもうまくいくわ」

ジェインはこの婦人からフレデリックと結婚するときにも同じように言われていたので、たいして励まされはしなかった。当然ながら、ほんとうはどのような結婚生活だったのかはレディ・アーデンが知るはずもない。結婚前から自分とフレデリックは友人になっていた。レディ・アーデンが予想したとしても仕方のないことだっ

「教えて、ジェイン」レディ・アーデンは自分のカップを手にして、そのふち越しにこちらを見やった。「これは恋愛結婚なのかしら？」

ジェインは自分の問いかけにコンスタンティンが返した言葉を思い起こした。努めて平静な声で答えた。「まさか、違います！　領地のためですわ」

レディ・アーデンなら誰よりそうした事情は理解できるはずだ。むしろほかの理由は想像しにくいのではないだろうか。

ルーク。コンスタンティンにはまだ自覚がないとしても、きっとすばらしい父親になってくれるだろう。

レディ・アーデンはうなずいた。「とても賢明な判断ね。ともかく、あなたたちがどちらも冷静に決断してくれて心からほっとしたわ。ほんとうはふたりがこれほど惹かれあっていなければ、もっと安心できたのでしょうけど」

ジェインはぎくりとして、受け皿にお茶を少しこぼしてしまった。「まあ、いけない！」

「あら、心配無用よ。あなたたちが否定するのなら、わたしも口をつぐんでおくから」レディ・アーデンはビスケットを一枚選びとった。「もちろん、結婚する男性に惹かれることには何も問題はないけれど、油断は禁物よ。コンスタンティンのような男性は最初は熱をあげているように見えても、欲しいものを手に入れたとたん、冷めやすいものなのだから」

レディ・アーデンの目の輝きがいくぶん翳った。ビスケットを食べずに自分の皿に置く。

「たしかに、あなたはお金の面では安泰《あんたい》だわ。モントフォードが今度もまたあなたに有利なように婚姻の契約を取り決めてくれるでしょう。コンスタンティンにはどうすることもできないわ」

「その件についてなのですが」ジェインは続けた。「公爵様はこの結婚に反対されるのではないかと思うんです。コンスタンティンとの結婚は考えてはいけないと忠告されていたので」

「あら、公爵のことは心配いらないわ。わたしにまかせておいて」レディ・アーデンはためらってから言葉を継いだ。「このことは言うつもりはなかったのだけれど、あなたたちふたりのあいだで合意ができたのなら、やはり話しておいたほうがいいと思うの」

ジェインは身を固くした。コンスタンティンが昔起こした恥ずべき行為について、ようやく気持ちの折りあいをつけられたというのに、レディ・アーデンに蒸し返されることになるのだろうか。「コンスタンティンの過去には興味がありません。ですから、ほんとうに、お話しいただく必要は――」

「いいえ、あるわ」レディ・アーデンはなにげなくスカートの皺を伸ばしてから、膝の上で両手を組み合わせた。気の進まない務めを担っているといったしぐさで、言葉を継ぐ。「妻となれば、いろいろな形で社交界でのコンスタンティンの噂が耳に入ってくるわ」

「社交界には関心がありませんから、ご心配は無用ですわ」ジェインは言った。

「二十一歳でフレデリックとの結婚をためらいなく承諾したのも、ロンドンの社交界に登場せ

[illegible]それにもちろん、その当時はフレデリックにのぼせてしまっていたからだけれど。

「社交界に関心がないですって？」レディ・アーデンはハンカチを取りだして、少しばかり顔を扇《あお》いだ。「いいこと、あなたはコンスタンティンのために、苦手な気持ちを克服して、社交界でのおつきあいをしなくてはいけないわ」

「コンスタンティンのために？」

「ええ、もちろんよ。本人は認めはしないでしょうけど、コンスタンティンのように社交性のある男性は、あんなふうに……はじきだされてしまったのは、だいぶつらいことだったはずよ」

「無垢な女性を誘惑して捨てる前に、ちゃんと考えて行動すべきだったんですわ」ジェインはそっけなく答えた。

レディ・アーデンが眉を上げた。「もしほんとうにそんなふうに考えているのなら、あなたが求婚に承諾したのは驚きね」

ほんとうはいまだ葛藤があるのだから、ジェインは痛いところを突かれ、唇をすぼめた。

「それなら、あなたがコンスタンティンの名誉の回復に動いてくださらなかったことも、わたしにとっては驚きですわ」

コンスタンティンがロクスデール男爵にならなければ、レディ・アーデンはいまも名誉の回復など気遣いはしなかったのではないだろうか。ああ、わたしはなんて意地悪な見方をしているの！　でも、互いの一族の繁栄ばかりを考えている点についてはレディ・アーデンとモントフォード公爵が同類であるのを思えば、このような気持ちになるのも当然だ。このふたりの真意は疑ってかからざるをえない。

「あなたの言うとおりね。わたしは無力だったわ」レディ・アーデンはそう答えて、ジェインを驚かせた。「いつもは負けを認めはしないんだけれど、このことについては……」残念そうに肩をすくめた。「コンスタンティンが手を借りるのをいやがったから、わたしには助けられなかった。ほとんど何もしてあげられないうちに、たちまち悪人に仕立てあげられてしまったのよ」

「ご家族は？」

レディ・アーデンは首を振った。「お父様からは絶縁を言い渡されて、お母様と姉妹もその決断に従わざるをえなかった。弟のジョージだけは兄をかばったけれど、当時はまだただの田舎に住む次男坊の紳士でしょう。上流社会での発言力があるはずもなかった」

ジェインはそわそわと坐りなおした。「あの、失礼ながら、コンスタンティンのことをこんなふうに話題にするのは不作法だと思うんです」

「あら、本人のためになることを話すのは不作法とは言わないわ。わたしたちはふたりとも、心からコンスタンティンの役に立ちたいと思っているのよ。それに、あの人が自分であなたに話をするとはいまのところとても思えないし。わたしが取り計らって社交界の催しに出る[illegible]。でも、あれはコンスタンティンがみずから引き起こしてしまったことだから、そう簡単にはすまされないのよ」

息をつく。「あなたは社交界に関心はないと言ったわね。でも、通りで古い友人に避けられたり、自分の子どもが仲間はずれにされたりすれば、その考えは変わるわ。醜聞は家族も傷つけてしまうものなのよ。あなたもいとこたちからハーコートへの出入りを禁じられたらどうするの？」

「そんなことはありえませんわ」

レディ・アーデンは両腕を広げた。「そんなことにはならないかもしれない。けれども、往々にして起こることなのよ。だから、コンスタンティンも父親に家から追いだされてしまった。かわいそうに、それから父親が亡くなるまで一度も会えなかったのよ。自分が育った世界から遠ざけられて生きるのはたやすいことではないわ。ジェイン、あなたには追放されるつらさはわからないでしょう。わからずにいてほしいけれど」

ジェインは眉をひそめた。「では、結婚はやめたほうがいいとおっしゃるのですか？」

「あの人を助けてあげなければいけないと言ってるの。あなたはウェストラザー家の女性で、モントフォード公爵と深い結びつきがある。そのあなたと結婚すること自体が、長い目でみればコンスタンティンの名誉の回復に繋がるわけだけれど、それだけでは足りない。あの人があなたと一族の全面的な支援を得ていることを知らしめる必要があるのよ」

ジェインは不穏な予感を抱いた。ロンドンで舞踏会やパーティに出るくらいなら歯を抜かれるほうがましなくらいだ。それでも、レディ・アーデンの願いを撥ねつけることはできない。

ややためらいがちに問いかけた。「あなたはあの方を大切に思ってらっしゃるんですね？」

「あら、だって、当然でしょう！　たしかに気性の激しい、やんちゃな青年だったけれど、もともとは善良でやさしい心の持ち主なのよ」レディ・アーデンは哀しげに目を翳らせて首を振った。「フロックトン嬢にはどうしてきちんと対処できなかったのか、いまでも納得がいかないのよ。誰から見ても、あのお嬢さんに夢中になっていたのはわかったわ。結婚を決めるのは時間の問題だろうと、誰もが思ってた。それなのに結局、いまわしい醜聞を引き起こすことになってしまった」

レディ・アーデンはお茶をひと口飲んだ。「コンスタンティンは家でパーティが開かれている最中に、自分の寝室でフロックトン嬢とふたりきりでいるところを見られてしまったのよ。信じられる？　あのコンスタンティンがどうしてそれほど軽率なことをしたのかしら？　結婚式の晩まで待てばいいことでしょう？　まったく殿方は！　頭ではものを考えられなくなるときがあると言えば、あなたにもわかってもらえるかしら」

ジェインはその言葉の意味を正確に理解し、頬が熱くなった。フロックトン嬢という女性がコンスタンティンのベッドにいたことは考えないようにした。

「フロックトン嬢は法廷弁護士と結婚したと公爵様から伺いました」どうにかそう答えた。

「そうなのよ。なにしろ、愚かなご兄弟が悪趣味にもコンスタンティンに決闘を申し込むし、ご両親の娘が穢されたことを街じゅうに嘆いてまわっていたんですもの、あのお嬢さんがお気の君だったわ。そうやって一家総出でどうにかコンスタンティンに結婚を決意させようとしていたのでしょうね。裕福ではない紳士階級ながら、野心は強い一家だったのよ。財産なしのお嬢さんだったけれど、もちろん飛びぬけた美貌を備えていたわ」

　もちろん、当然でしょう、とジェインは胸のうちで皮肉っぽく相槌を打った。あのコンスタンティンが手を出してしまった女性なら美しいに決まっている。

「コンスタンティンは決闘でかすり傷ひとつ負わなかったけれど、あのお嬢さんのご兄弟はそうではなかったの」レディ・アーデンが続ける。「コンスタンティンのほうがせめて穏便にすませる手段をとればよかったのに——つまり空中に撃つということね——そうしなかった！　それで結局あちらの肩に弾がめり込んでしまって、恐ろしいことに高熱で死にかけたのよ。一時はコンスタンティンが国を追われることになるだろうと言われていたけれど、さいわいにも、その男性は快復したわ。ところがそれでも、コンスタンティンはあのお嬢さんと結婚しようとはしなかった！　あのお嬢さんはもう結婚相手を選べる状況ではなかったわけだけれど、せめてあの弁護士に嫁げたのは幸いだったわ」

　ジェインは思わず首を振った。自分が知っている、というよりそう思い込んでしまっているだけかもしれないけれど、いまのコンスタンティンからはとても想像できない話だった。とはいえ、コンスタンティンの好意を示す言動を鵜呑《うの》みにしないほうがいいということは胸に留めた。助けの必要な女性を見捨てる気まぐれな男性だ。それも、相手は自分が一度は夢中になった女性だったというのに。

慎重に切りだした。「コンスタンティンとフレデリックが仲たがいをしたのは、フロックトン嬢とはかかわりがなかったのですね」いったん口をつぐんだ。「コンスタンティンはカードゲームで財産を失ってしまったと聞いています」

「とんでもない！　ブロードミアの領地は繁栄しているし、きわめて裕福な一族よ。誰からそんなことを聞いたの？」

ジェインは眉をひそめた。「もうはっきりとは憶えていませんわ。フレデリックからだったのではないかと」

事実ではなかったのだとすれば、フレデリックはなぜそんなことを言ったのだろう？　きっと事実だと信じていたのだろう。もしくは様々な誤解が重なって、いとこに偏見を抱いていたのかもしれない。

レディ・アーデンがティーカップを置いて、肩をすくめた。「もちろん、コンスタンティンもカードゲームはするけれど――みなそうよね――大金を賭けて失ったことはないわ。少なくともわたしが知っているかぎりでは」

ジェインは眉間に皺を寄せた。「わたしの聞き違いか、もしかしたらフレデリックが誤解していたのかもしれません。事実ではないとわかってよかったですわ。賭け事のせいでこの領地が廃れてしまうのはいやですから」

「その点については安心なさい」レディ・アーデンが言う。身を乗りだして、きらめく黒い瞳でジェインを見据えた。「あの子を助けてくれるわね？」

コンスタンティンが取引と呼んだいまのふたりの関係を思えば、そのような約束ができる立場ではない。婚約を破棄することになったら、コンスタンティンの評判をさらに傷つけてしまう。

「努力します」ジェインはそう答えた。

午後からずっと風が息を凝らしているかのように蒸し暑く、空気は不穏に張りつめていた。日暮れには土砂降りとなり、強風で吹きあげられた雨がいまも窓ガラスに打ちつけている。ジェインがふるえを感じているのは寒さのせいだけではなかった。雲が雨をどれほど撒き散らすのを眺めていても、神経はぴりぴりと高ぶったままだった。コンスタンティンは夕食の席に現われず、書庫に食事を運ぶよう指示して、こもりきりで仕事をしている。

ジェインは神経を鎮めようとあらゆる方法を試した。けれど温かいミルクにはまだ手をつけていないし、小説にはのめり込めず、裁縫道具はむぞうさに膝の上に置いたままで、まだ布に刺していない針をぼんやり手にしていた。

屋敷の人々がみな寝静まった頃、立ちあがり、コンスタンティンの寝室に通じるドアへ歩いていった。耳を押しあててみたものの何も聞こえない。

午前零時に、とコンスタンティンは言った。

装飾の施された錠にゆっくりと手を添える。用心深くまわすと、鍵がかちりとはずれた小さな音がした。

鼓動が高鳴っている。自分の寝室を見まわした。少し明るすぎる。炉棚からすばやく蠟燭消しを手に取り、一本だけ残してほかの蠟燭はすべて消した。鏡台の前に坐り、火の灯った一本の蠟燭を置く。

あらためて鏡を見ると、顔は青白く、目は不安げにくぼみ、豊かな濃い髪も乱れている。ふるえる両手で顔を覆った。ああ、なんて姿をしているのだろう？　こんな状態であの人を受け入れられるの？

でも拒むことなどできないでしょう？

コンスタンティン・ブラックにどうしようもなく惹かれている。危険は承知しているけれど、約束どおり真夜中のひと時をふたりで過ごしたい。昼間に太腿に触れられ、乳房を唇でたどられた記憶が呼び起こされた。あんなにも活気づいて、体も心も自制できなくなったのは初めてのことだった。思いだすだけで体が熱く疼いてきた。

そしてまもなく、もうすぐにもここにあの人がやってくる。

いまなら、かつてフロックトン嬢が寝室のドアを開いて身を滅ぼす行為に及んでしまった理由がよくわかった。

ほんとうに、なんて滑稽なの？　自分はもうそれほど無垢で愚かな小娘ではない。男性にも幻想など抱いてはいないし、分別もあり、もともと冷静な性格だ。

それでも、コンスタンティン・ブラックには、その見知らぬ女性と同じように愚かにも相手のなすがままに熱情を掻き立てられている。

いいえ　たぶんその女性よりも愚かだ。心まで奪われかねないきわめて危険な領域に、みずから踏みこもうとしているのだから。

雷鳴が轟《とどろ》き、部屋を照らした。一瞬、鏡に恐怖に脅えた自分の顔がくっきりと浮かび上がった。鏡台の端をつかみ、繻子の襞飾りを握りしめた。

だめよ。拒もうとする考えが働き、鼓動が大きく打ちはじめた。自分は男性の美しい容姿に恋に落ちてしまうほど愚かな女性ではないはずなのに。

でも、あの人にこんなにも惹かれているのは、ほんとうに美しい顔や逞しい体のせいだけ？　コンスタンティンには惹かれずにはいられない魅力がある。けれどあの人は人々を引きつけておきながら、相手には悟られないようしっかりと距離をおいている。だから、こちらはその距離を詰めて、隙間をなくしてしまいたい気持ち――欲求――に駆られる。でも、そんな思いにとらわれるたび、言いわけめいた軽口や、いらだたされる物言いで必ずコンスタンティンにはぐらかされてしまう。

互いの人生が密接に絡みあっていくほどに、コンスタンティンは防御を強めていくような気がする。

それでも、コンスタンティンがもし夫婦のベッドで悦びを味わわせてくれたなら、まさに天からの贈り物だ。欲ばらないほうがいい。追いすがるのは性分に合わない。近づかせてもらえないのなら、追いかけはしない。いずれにしても、追いかければよけいに遠ざけられてしまうだろう。

コンスタンティンの寝室のドアが開いて閉じる音に、思い煩いは遮られた。男性の低い話し声がする——近侍と話しているらしい。

鏡を眺めるうち、気遣わしげな目をして口角がわずかにさがった自分の顔が、哀しげに見えてきた。とうてい魅力的には思えない。

ジェインは頬をつねり、唇を噛んで色づかせた。笑みをこしらえようとしたが、残念ながら顔の筋肉が思うように動いてくれなかった。

不安で胸の奥がきゅっと締めつけられた。コンスタンティンに会いたい気持ちと、つのる不安がせめぎあっている。コンスタンティンのことも、自分がこれからしようとしていることも恐ろしい。でもそれ以上に、身を投げだせば弱さをさらけだしてしまいそうで怖い。これほど心細さを感じたのは幼いとき以来だ。

コンスタンティンの寝室のドアがまた閉まる音が聞こえた。近侍が出ていったのだろう。ジェインは心臓が喉から飛びだしそうに感じられた。もうすぐ、彼がここに来る。

ゆっくりと銀の背のブラシを取り、わずかにふるえる手で束ねていない髪にあてがった。乳母にいつも言われていたように、朝晩、百回ずつ髪にブラシをかけている。

二十回めに至ったとき、ドアを軽く打つ音がした。ジェインはびくりとして、肩からショールが滑り落ちた。返事を待たずに、ふたつの寝室を仕切るドアが開き、コンスタンティンが現われた。

16

ジェインがブラシを置いて立ちあがろうとすると、コンスタンティンが言った。「いや、そのままで」目はそらさずに、ふたたび腰をおろした。

これまで二度見ている派手やかな柄のガウンをまとっているものと思っていたのに、コンスタンティンは上着を脱いでクラヴァットをはずした以外は昼間と同じ身なりだった。

その姿にジェインは安堵していいのかどうかわからなかった。

片手に赤ワインのボトルを、もう片方の手にグラスを持っている。「悪いが、ふたりでひとつのグラスを使わなくてはいけない」コンスタンティンはそう言うと、歩み寄ってきた。「どうしてもふたつ必要な理由も思いつかないが」

人目を盗んで不埒な行為をしようとしているのをさりげなくはのめかしたのだろう。

暖炉脇の予備の小さな机の前で立ちどまり、ワインのボトルとグラスを置いた。火床の前にかがみ、肩越しに顔を振り向けた。「火を焚《た》きつけておいたほうがいいだろうか?」

ジェインは唇を開いたものの、返す言葉が見つからなかった。素肌をさらしても寒くならないように温かくしておこうということなのだろうかと考えて、背筋がぞくりとした。

消えかけていた火が焚きつけられ、金色のゆらめく炎が部屋を照らした。コンスタンティンは炉棚の磁器の壺から細長く丸められた付け紙を取って炎に差し入れ、ジェインはその後ろから広い肩と引き締まった背中を見ていた。

すると今度は、ジェインがわざわざ消しておいた蠟燭に、コンスタンティンが手ぎわよくひとつひとつ火を灯していく。

ジェインはふたたび口を開こうとしたが、何を言えばいいのかわからなかった。あなたに見られたくないから消したのに。

けれど今夜のコンスタンティンの目は熱を帯びていた。誘惑する準備を整え、有無を言わせず進めようとしている意思が身ごなしから見てとれる。

最後にまた付け紙を暖炉に放りこんだ。ワインのボトルの栓を抜き、グラスに注ぐ。火を焚きつける際に袖は捲り上げられていたので、ボトルをしっかりと持って一滴もこぼさずに注ぐ逞しくしなやかな二の腕に、ジェインは魅入られた。

ボトルを置く。それから向きなおり、手を差しだして微笑んだ。

ジェインはその場に足が貼りついてしまったように動けなかった。

コンスタンティンが黒い眉の片方を上げた。「気が変わったのか?」

ゆっくりと首を振った。

コンスタンティンがあらためて手を差しだした。「それなら、さあ。こっちに来て一緒に坐ろう」

ジェインはどうにか立ちあがり、近づいていった。脚に力が入らず、息はつかえがちだった。いつものように思いどおり体を動かしたくても、魔術にかかってしまったかのようだ。

暖炉の両側に背もたれの高い袖付き椅子があり、そのあいだには毛羽の長いラグが敷かれている。ジェインはコンスタンティンとは反対側にある椅子に向かおうとしたが、手をつかまれた。「いや、向こうではない。こちらに」

コンスタンティンはジェインを引き寄せて椅子に腰をおろした。その椅子にはひとりしか坐れないので、彼の膝の上に坐るより仕方がなかった。ジェインが身をこわばらせ、気詰まりそうに腰を落とすと、コンスタンティンが含み笑いを漏らした。お尻の下に筋肉質な太腿を感じ、ぬくもりに包まれた。鼓動が激しく胸を打っている。

どぎまぎしつつ、暖炉の炎にじっと視線を据えていた。コンスタンティンの顔を見る勇気はない。

「ジェイン」その声はいつも以上にかすれがかっていた。コンスタンティンは指先でジェインの顎を支え、顔を上向かせて唇を奪った。

ゆっくりと深く、うっとりさせられるキスだった。ジェインは緊張しながらも、巧みな愛撫にどうしようもなく切望を掻き立てられ、身を伸びあがらせた。頰にそっと触れられ、熱い気持ちがこみあげた。自分も彼を同じくらい熱くさせるキスを返したいけれど、むなしい願いなのだろうと泣きだしたくなった。

思わずむせび声を漏らすと、コンスタンティンがぴたりと動きをとめ、顔を起こして、互いの額を触れあわせた。「すまない、今夜はゆっくり進めるつもりだったんだ。ぼくが先走りすぎたら、とめてくれ」

　コンスタンティンの息遣いは荒く、ジェインの肩に触れている逞しい胸が上がってはさがるのを繰り返している。少なくとも肉体的には、自分と同じくらい求めてくれているのがわかって、ジェインは嬉しくなった。

　キスで体の緊張はほぐされ、いつしかコンスタンティンに心地よくもたれかかっていた。太腿に硬い昂りの証《あか》しを感じても、これまでのような動揺はなかった。

　この人は無理強いはしない。それだけは確かだ。それでも、たとえ体に痛みは与えられなくとも、心は傷つくかもしれない。

　コンスタンティンが腰をずらしてワイングラスに手を伸ばした。「さあ」グラスのふちをジェインの下唇に触れさせて、熱っぽく顔を見つめた。ジェインは勧められるままに飲み、口のなかがなめらかで濃厚な赤いワインで満たされた。

　コンスタンティンもたっぷりと飲んでから、グラスを置いた。硬く引き締まった唇がルビー色の湿り気に濡れてきらめき、ジェインはそのワインを舌で舐めとりたいという不可思議な切望に駆られた。それをこらえて、自分の唇を舐めた。

　コンスタンティンが身をこわばらせ、ジェインのお尻の下で彼の太腿の筋肉が硬く張りつめた。「ジェイン」かすれた声で言う。「ハーコートについて話してくれないか」

「ハーコート？」囁くように訊き返した。「なんのために？」

コンスタンティンはジェインの唇の片端を指先で押さえた。「お互いをもっとよく知っておいたほうがいいと思ったんだ」

身を引いて、ジェインの髪をなにげなくもてあそびながら返答を待っている。

「わたし……」ジェインは感じやすい首筋を指関節で撫でられて吐息をついた。思いだせない。何を訊かれていたのかしら？

「ハーコート」とコンスタンティンが返答を促《うなが》した。「そこで暮らしていたときの楽しい思い出があるだろう」

そして手を脇に滑らせ、腰に落ち着けた。ジェインは彼の肩に頭をもたせかけ、ふたたび暖炉の炎を見つめた。体の昂りは鎮められないものの、ぬくもりに気が安らいだ。愛する夫と暮らすとは、こんなふうに熱くなる気持ちと安心と、互いが結びついているという満ち足りた思いを感じることなのかもしれない。なんてすてきなことなのだろう。

そんな考えはどうにか打ち消した。

「ハーコート……？」ぼんやりと訊き返した。こうして触れられていると、話すどころか考えることすらできない。

コンスタンティンが穏やかな笑い声を漏らして、ジェインの腹部に手のひらを添わせた。今夜の手つきにためらいは感じられない。手がわずかにのぼってくると、乳首が期待で硬くなり、愛撫を求めてすぼまった。身につけているものをすべて取り去って触れあえたなら、どのような感じがするのだろう？

こんなにももどかしい切望を覚えたのは初めてで、どうすればいいのかわからない。

親指と人差し指で乳房の下側をなぞられた。今回もまたもっと触れてほしくてたまらなくなったところで、その手がとまった。ジェインは焦れたように身を動かし、喉の奥から不満げな声を漏らした。

「どうしてほしいのか教えてくれ」コンスタンティンが囁き、熱い息で耳をくすぐった。

「なんでもする。きみがしてほしいことを教えてくれさえすれば」

「わかってるんでしょう。わたしに……言わせないで」ジェインは進めてほしくてたまらずに身をよじりながらも、言葉にはできなかった。

深い襟ぐりの胸もとに肌を焦がしそうなくらい熱い手が触れている。

もっと深くもぐって、岩屋でしてくれたように、このうえなく快い刺激を味わわせてほしい。その願いを伝えようと身悶えた。

それに応えるかのように、指先が化粧着の内側に進み、薄い布地が肩から引きおろされて、片方の乳房があらわになった。

コンスタンティンが動きをとめた。ジェインは目をあけ、欲望に満ちた目で自分を眺めおろしている顔を見つめた。化粧着を引き上げようとすると、手首をつかまれた。

「だめだ。隠さなくていい。ああ、ジェイン、きみはなんてきれいなんだ」

そう言うと目をそらさずに椅子からおりて、ジェインの足もとにひざまずいた。

ゆっくりと、もう片方の肩からも化粧着を引きおろし、両方の乳房をあらわにした。ジェに触れられているかのように裡絹を肌に感じた。太腿のあいだが温かい湿り気を帯びてきた。

するとコンスタンティンが両手を上げ、なんの作業のせいなのかわずかにざらついた指先でゆっくりと乳首の輪郭をなぞりはじめた。ジェインは目を閉じたくても、その動きに魅せられて目をそらせなかった。

コンスタンティンが頭をかがめ、自分の片方の乳首を口に含む様子にジェインはじっと見入った。甘美な刺激に襲われ、椅子の肘掛けをつかんで頭をそらせ、切なげな声を漏らした。

ああ、そうよ。きょうの昼間もこうされるのを求めていた。きっとこんな心地なのだろうとなぜか予感していた。

ジェインはコンスタンティンの頭を片手で支えながら、乳首を舌で舐められ、絶妙な強さで吸われた。コンスタンティンは片方の乳首を口に含みつつ、もう片方の乳房を手のひらと指先で愛撫していた。これほど熱く快い刺激を胸に感じたのは初めてで、下腹部が急激に張りつめてきた。いまなら、このまま続けてもらうために、コンスタンティンのどんな頼みでも聞いてしまうかもしれない。

ジェインがあえぐように名を呼ぶと、コンスタンティンはますます気持ちを奮い立たされたらしかった。体を撫でまわすようにして化粧着をはだけさせ、立ちあがってジェインの髪を梳いて頭を支え、唇を奪った。

ジェインは熱情を掻き立てられて切迫し、必死にキスを返そうとした。ベストのなめらかな絹地が乳首に擦れている。もっと身を近づけようとして椅子から滑り落ちかけた。

　コンスタンティンがジェインの腰をしっかりと支え、化粧着の裾をひとつにまとめてつかむと、頭から脱がそうと引き上げた。

　突如、ジェインの胸に恐怖が湧きあがった。コンスタンティンは自分が罪つくりなほど魅力的な美女であるかのように感じさせてくれるけれど、すべてを脱いだら、こんなにも醜《みにく》かったのかと思われてしまうかもしれない。それはとても耐えられない。

　ジェインはコンスタンティンの手を払いのけた。「だめ、やめて！　やめて……」懇願するように言った。「台無しにしないで。見られたくないの」

　コンスタンティンは大きな手でジェインの太腿をつかんだまま凍りついた。荒々しく熱っぽい目の焦点が定まるまでにしばしの間がかかった。それから身を引いて、片手をジェインの顎に添えた。

「きみは美しい」気持ちのこもった囁き声に、ジェインはまごつきながらも胸が躍った。「美しく、驚くほど感じやすい。でもぼくはきみのここや――」額にキスをした。「――ここにあるものも求めている」頭をかがめ、ちょうど心臓の辺りに軽く唇を擦らせた。「その気持ちは変わらない」

　いいえ、違う、本気でそう思っているはずがない。男性は必ず誰よりきみが美しいと褒めるものなのだから。コンスタンティンのような放蕩者は、こんなふうにしてどんな女性でも[illegible]してしまうのだろう。

ジェインは黙って首を振った。

「ジェイン」コンスタンティンは囁きかけた。「ぼくたちの肉体は……いわば、みなうわべのものだ。眺めるのは楽しいが、芸術作品も同然で、男は彫像にそそられはしない。気持ちを燃え立たせ、熱情を掻き立てるのは、その内側から表われているものなんだ」

上手な説明だけれど、きっとどの女性にも同じようなことを言っているのよね。女性の衣類を剝ぎとる達人なのかもしれない。

「わたし……わたしにはむずかしいわ」そう答えた。「無理なの。ごめんなさい」手探りで化粧着の裾をつかんで元のように体を隠そうとした。

コンスタンティンに手首を軽くつかまれた。「だめだ。こっちに来て、自分を見てみるといい」

ジェインの手を引いて立たせ、部屋の隅にある姿見のほうへ導いた。

暖炉から離れ、ジェインは身をふるわせたが、鏡の前に来ると、すぐ後ろに立ったコンスタンティンのぬくもりにふたたびくるまれた。まだ化粧着をペティコートのように腰に巻いているものの、乳房はふしだらにあらわになったままだ。

自分の体を鏡で見ることはめったにないし、当然ながら裸体を眺めたことは一度もなかった。コンスタンティンの熱っぽいまなざしは、この体が欲望を掻き立てるものであることをあきらかに物語っていた。

鏡に映った自分の体をなす術もなく見ているうちに、後ろでコンスタンティンが黒い髪の頭をかがめた。うなじに垂れた髪が持ち上げられ、首の付け根にキスをされて、心地よいふるえが下腹部に伝わった。繊細な肌を唇でたどられ、鼓動が速まった。鏡をじっと見ていると、コンスタンティンが自分の耳たぶに舌を触れさせ、それから軽く嚙みついた。

そうした光景が急激に体を燃え立たせた。

コンスタンティンにふらつく体をしっかりと支えられ、両手で乳房を包まれた。「見てごらん、ジェイン」耳もとに囁き声がした。「きみはこんなに美しい」

白い乳房を撫でる彼の手の甲がいつにもまして浅黒く見え、自分の顔が赤らみ、目がぼんやりとうつろになっているのがわかった。

「今度はぼくを見るんだ、ジェイン」かすれがかった声で言う。「こんなにきみに見とれている」

この男性はきっと魔術師なのだろう。なぜなら目が合ったとたん顔をそむけられなくなり、ほとんど気づかぬうちに化粧着を取りあげられ、床に落とされていたのだから。

「自分を見てごらん、お姫様」囁くように言う。「きみがぼくの目にどれほど魅力的に見えているか、どんなにいまきみとひとつになりたいと思っているか、わかるだろう」

コンスタンティンが乳首をやさしくつまんで撫でながら、唇で顔の輪郭をたどる。「ジェイン、濡れてないか？」

思いがけない言葉にジェインはどきりとして、体じゅうに熱さが広がった。吐息をついたものの、ここでいま口を開かなければ命を失うとしても、何も答えられそうになかった。考混乱し、頭がどうにかなってしまいそうだ。この男性を求めているし、たしかに濡れて——恥ずかしいほどに——いるけれど、それでも、警戒心はゆるめられない。美しいと言ってくれたけれど、そのあとで落胆されて顔をそむけられるのは耐えられない。

「ジェイン、脚のあいだが熱くなめらかになっているだろう」コンスタンティンが低い声で言う。「そうなっていてほしい。なぜならぼくを受け入れる準備ができた証しだからだ」

手が体の下へおりていったが、ジェインはその手首をつかんでとめた。そうせずにはいられなかった。

「だめなのか？」コンスタンティンが鎖骨に口づけた。「それなら、きみが自分で確かめてみてくれ。ぼくの言ったことが正しいかどうか」

ジェインはいつの間にか反対に手首をつかまれ、自分の体をたどっていた。腹部をおりて、脚のあいだの縮れ毛に分け入ると、そこは熱くなめらかに濡れていた——コンスタンティンの言ったとおりに。

耳もとでかすれがかった声がした。「フレデリックにもこんなふうに濡れていたのか？」

ジェインは息を呑んだ。

「そうなのか？」

首を振った。「いいえ。一度も」フレデリックとはキスも触れあいも、なんの準備もなく始まった。乾いたままで押し入られ、とにかく痛いだけだった。

「ジェイン、いままで自分で触れたことはないのか？」

唾を飲みくだし、首を振った。コンスタンティンの前でそのようなことをするのは恐ろしかったけれど、熱さと切望と好奇心にためらいは撥ねのけられてしまった。きっとこんなふうに密やかな未知の悦びに誘われて、分別のあるほかの女性たちも愛する男性に身をゆだねてしまうのだろう。コンスタンティンはその悦びを教えようとしてくれていて、救いを求めたいほどに自分もそれを学びたくてたまらない。できることなら。

コンスタンティンはジェインの寝室に入ったときから、みずからの欲望を抑えつけていた。ジェインのほっそりした長い指が秘めやかなところに分け入ったのを見たときには、正気を失ってしまいそうだった。ほんとうは自分の口で彼女の脚のあいだをまさぐり、悦びの叫びをあげさせたかった。

ジェインにはなんの問題も見あたらず、まったくもって正常だ。作法知らずのフレデリックめ！　適切な準備もふまずに行為に及んでいたのだとすれば、ジェインが男性を受け入れるのをこれほどまでに怖がるようになってしまったのも無理はない。

コンスタンティンはなだめながらやり方を囁いて、ジェインがピンク色の濡れた皮膚をみずから触れて指で撫でまわすのを、じれったい思いで見つめつづけた。こちらの欲望は尋常ではないほどに昂っている。

ジェインの肌は思い描いていたとおり柔らかくなめらかで、しなやかな体はほどよいふくらみを帯びている。彼女を求める熱情は凄まじく燃え立っていて、必死に抑えつけていなければならなかった。今夜はベッドで交わりはしないと心に決めていた。

代わりに、鏡に姿を映してじっくりと眺めて、反応を観察し、ジェインが好むことと好まないことを経験豊かな男の目で見きわめた。

そうとも、自分は経験豊かな男で、そうした積み重ねが今夜は大いに役立っている。とはいえ、今夜はこれまでのどの夜とも違っていた。数多くの女性たちを見てきたが、このような女性は初めてだ。こんなにも無垢で、しかも感じやすい女性には出会ったことがない。たとえ出会っていたとしても、相手がジェインでなければ、やはりこのような気持ちにはならなかったのだろう。

自分のジェイン。

ジェインの息遣いがますますせわしくなり、極みに達しようとしているのをコンスタンティンは察した。これでもうすぐ、いつかふたりで得られるものを彼女は少しだけ知ることになるが、今回はまだなんとなくわかったという程度にすぎないだろう。

耳もとに囁きかけた。「解き放つんだ、ジェイン。もう解き放っていいんだ」

「できないわ……」弱々しい悶え声がコンスタンティンをさらに燃え立たせた。ジェインにふたりで得られるものを味わわせてやれるまで、あとどれくらい待たなくてはいけないのだろう？　この女性がほんとうに自分のものになるまで、どれくらいかかるんだ？

自分のものか。

すると野獣のごとき激しい欲望に駆られた。ジェインの乳房をやさしくつかみ、しっかりと抱き寄せて、首筋に歯を這わせた。

そのうちとうとうジェインが極みに達した。苦しげにあえぎ、頭をのけぞらせ、腕のなかで身をふるわせた。そして、くずおれるように滑り落ちた。

コンスタンティンはジェインを向きなおらせて抱き上げた。胸にきつく抱き寄せ、抑えつけていた欲望を吐きだすように荒々しく熱烈にキスを浴びせた。ジェインも首に腕を巻きつけてきて、これまででいちばん気持ちのこもったキスを返した——湿った舌をみだらにひたすらめぐらせて。

「これほど美しいものは見たことがない」口もとに囁いた。喉の柔らかい皮膚を唇でたどり、言い添えた。「だが次は、ぼくがこんなふうにきみをふるえさせる。はるかに心地よくなれると約束する」

これほどの我慢を強いられるのは一度でたくさんだ。二度めも同じようにこらえなければならないとしたら、とても身がもたない。

分別を保っていられるあいだにジェインをベッドに運んだ。そっとマットレスにおろす。ジェインの目が不安げに揺らいだ。

コンスタンティンはどうにか笑みをこしらえた。「心配は無用だ、お姫様。今夜はきみと交わりはしない」

化粧着を見つけて手渡すと、ジェインは豊かな乳房をわずかに揺らして袖に腕を通し、裾を撫でつけるようにおろした。

[illegible]ンをそっと押しやって枕に頭をおかせ、その両脇に手をついて身を乗りだした。気だるく乱れた姿はあまりになまめかしく、心をそそられ、しばし見入った。

目を見つめて笑いかけた。「あす」

気品のある鼻のてっぺんにキスをして、立ち去った。

その晩の眠りは途切れがちで、コンスタンティンは夜明け前に起きだした。夜道を照らす月が出ていれば馬を走らせたいところだが、天からの光は雲に遮られていた。遠くから聞こえる拍手のように、雨がせわしげな音を立てて降りつづいている。

ベッドから脚をおろし、飲み物を取りに側卓へ歩いていった。はっと思いついて指を鳴らした。あやうく忘れるところだった！　ワインを。

ズボンを穿き、ジェインの寝室とのあいだのドアをそっと開いた。戸口で立ちどまり、寝息に耳をそばだてた。起こしたくない。ジェインには眠りが必要だ。

次の晩のためにも休息をとっておいたほうがいいだろう。

ひそやかに部屋に入っていき、ボトルとグラスを置いた暖炉に向かった。女中が掃除に来る前に速やかに片づけておかなければ。

ベッドのほうから物音がして、コンスタンティンは足をとめた。

ジェインが眠りながら柔らかな吐息を漏らしただけだったのだが、見ずにはいられなかった。ベッドに近づき、見おろした。

自分が横たわらせたときのまま、ジェインはシーツの上のほうに頭をおいて休んでいた。夜気は冷たいのに上掛けを引き上げもせず、天蓋付きのベッドを囲うカーテンも閉めていない。自分がおやすみのキスをしてからすぐに眠りに落ちてしまったのだろうか。

眠り姫だ。

ジェインは片手に頬をのせ、呼吸するたび薔薇色の唇をひくつかせながら軽くすぼませて、なんとも無邪気に安らいだ姿で眠っている。

ジェインの体や胸をただ見ているだけでコンスタンティンは気をそそられてきた。飾り気のない化粧着の裾から、すらりとした長い脚が出ている。肌は白く柔らかで染みひとつなく、足首も女らしい優美な形をしている。くるぶしの脇に小さなほくろがある。できることならそこにキスをして、さらに上へたどって……。

たちまち切望が湧いて股間が疼き、体が張りつめた。我慢しろと自分に言い聞かせた。いまはだめだ。

自分の耳にすら苦しげに聞こえるため息をつき、ジェインに上掛けをかけてやってから、今夜ふたりで過ごした痕跡を取りにいった。

この部屋は寒い。ゆうべ部屋を去る前に暖炉の火を焚きつけておいてやるべきだった。

[illegible]金属が擦れあう音が響き、ジェインは目を覚ました。目をあけたとたん男

怪しい人物が火かき棒を立てかけているのが見えたときには、うろたえて身がまえた。けれど男性が炉辺の側卓からボトルとグラスを取りあげると、すぐに状況が呑みこめた。

コンスタンティン。

その姿を目にしただけで活気づいて感覚が研ぎ澄まされ、眠気が吹き飛んだ。

コンスタンティンはシャツを着ていない。かがめた剝きだしの背中の筋肉や肋骨の動きに、ジェインは唇をわずかにあけて見入った。暖炉の炎に照らされた肌はなめらかな金色で、なんてきれいなのだろう。あとに起こりうることをこんなにも恐れていなかったなら、すぐに駆け寄って、肩から引き締まった腰まで背中を手でたどっていただろう。

ふいに気が沈んだ。こちらは何もまとわぬ姿を見せてしまったのに、コンスタンティンの体はまだ見ていない。

コンスタンティンが向きを変え、今度は胸と腹部が目に入った。どこを見てもやわなところはない、筋骨逞しい体をしている。反対に柔らかくしなやかな女性らしい体の自分ですら、なぜか思わず憧れてしまうほどに。

眺めているうち、コンスタンティンがズボンは穿いているものの、ボタンをきらんと留めていないことに気がついた。

「起きてたのか」コンスタンティンが笑いを含んだ低い声で言った。

ジェインははっとして、魅惑的な体を探索していた目を慌ててベッドの支柱に移した。言葉にならない声が漏れた。

「なるほど」コンスタンティンがなにげなくズボンの腰まわりに触れ、ふたたびジェインの視線を引きつけた。「見たいものでもあるのか？」

そのからかうような口ぶりに、ジェインは唇を嚙んだ。なんて厚かましくて横柄な人なの！　体をひそかに眺められていたとわかっても、恥ずかしさはみじんも感じていないらしい。でも、恥ずかしいと感じる理由もないのかもしれない。ありきたりのギリシア彫刻にならけっして見劣りしないほどの体をしているのだから。

思いきって目を合わせたものの、笑いかけられ、鼓動が高鳴り、口のなかが乾いてきた。とはいえ笑い返せる性分ではないので、毅然と顎を上げた。「ええ、たくさんあるわ」

コンスタンティンは深みのある笑い声を響かせた。

ジェインはさっとドアのほうを見やった。「静かにして！　誰かに聞かれてもいいの？」

コンスタンティンがなおも笑いながら言う。「いや、聞こえては困る。それと、ぼくは男らしい体を見せびらかしにここに来たわけでもない。痕跡を取りに来ただけのことだ」ワインとグラスを掲げて見せた。

ひと呼吸おいて言った。「そろそろ失礼する」

おはようのキスもせずに？　ジェインは胸の前で腕を組んだ。「ええ、そうなさって」不機嫌そうに答えた。

コンスタンティンが自分の体を身ぶりで示した。「こんな姿でここにいるのを見られたら、ジェインは黙って首を振った。それでも目は釘づけになっていた。男性がこのように肌をさらした姿を見るのは初めてだった。フレデリックが何度か寝室に来たときには寝間着を身につけていた。それに、なにより興味深いのは……コンスタンティンの引き締まった腰から下へ目でたどっていくと、ズボンの前がまるで何かに突き上げられているかのようになっていて……。

指で巻き毛を絡めとった。「行く前に、少しワインをいただけないかしら?」

コンスタンティンが片方の眉を上げた。

目を見開いて、ジェインは答えた。「喉が渇いてるの」

「わかった」コンスタンティンはワインをグラスにたっぷり注いで、ベッドのほうに歩いてきた。ジェインが差しだされたグラスを受けとったときに互いの指が触れあった。

「飲みきってくれ」コンスタンティンが言う。「それを持っていかないといけないから」

その声の主はベッドの傍らに立っていて、勇気を奮い起こしさえすれば手を伸ばして触れられる。つまり向こうからも触れられるということだけれど。

期待で乳首が硬くなった。またもあの温かくなめらかなものがじんわりと脚のあいだに湧きあがるのを感じた。

コンスタンティンの日を見つめたまま、グラスに口をつける。それからいっきにワインを喉に流しこみ、空のグラスを返した。

こらえきれずに手を伸ばし、コンスタンティンの腹部に触れた。なめらかで硬い。肌がひんやりとしている。

　コンスタンティンがその手をつかみ、体から離させた。「いいかい、お姫様、ぼくも願わくばそうしたいところだが、取りざたされたくなければ、いまはやめておいたほうがいい。もう夜が明ける」

　コンスタンティンの言うとおりだった。危険が大きすぎる。ジェインは名うての放蕩者に礼節を諭されたことに胸をちくりと突かれて唇を嚙んだ。この男性のおかげで、一夜にしてふしだらな女性に変えられてしまった。

　コンスタンティンの口もとに浮かんだ苦笑いが、同じように思っていることを示していた。「だが間違いなく、期待が高まるほど今度はさらにすばらしいときを過ごせる」ジェインの手を取り、軽く頭をさげてから、気だるげに緑色の瞳をいたずらっぽくきらめかせて視線を合わせた。「請けあうよ」

　ジェインは息を吞みこんで、ぎこちなく枕に背をもたれた。「もう眠れそうにないわ」

　コンスタンティンがにっこり笑った。「それなら、乗馬に出かけよう。ブロンソンの工場の井堰を壊す作業が進んでいるか確かめに行きたいんだ」

　ジェインにもその誘いは名案に思えた。ちょうど体を動かしたいところだったのだから。

「何か言われないかしら？」

　コンスタンティンが肩をすくめた。「問題ないさ。早朝に出かければ、誰にも見つからなそれからほどなく、ジェインはコンスタンティンと屋敷を出て厩《うまや》へ向かって歩きだし、ひんやりとしてすがすがしい早朝の空気を深く吸いこんだ。ブーツで歩く地面はぬかるんでいて、乗馬服のスカートを持ち上げて進まなければならなかった。

露に濡れた草地に、靄《もや》が透明な毛布のように垂れこめている。静かだけれど、どこか遠くから一日の始まりを告げる雄鶏の鳴き声が聞こえる。

ジェインにとっては新たな人生の始まりに思えた。今朝はわくわくする期待と深く満ち足りた思いで胸がふくらんでいた。着替えを手伝ってもらったウィルソンにはこの変化に気づかれていたかもしれない。誰に気づかれてもふしぎはない。コンスタンティンの罪つくりなほど心地よい手のぬくもりが、肌に焼きついてしまっているような気がするのだから。

気恥ずかしくてまともに目を見られない。それでも、隣りで自信に満ちた足どりで歩くコンスタンティンの体が以前にもまして大きく感じられた。渇望が湧きあがってきた。親密な触れあいをこんなにも欲してしまうのは結婚したての頃以来だ。

心に希望が芽生えた。まだ小さい大切な蕾。

厩は満足のいくほどには上等な馬を揃えられていないものの、大きくて設備も整った石造りのりっぱな建物だ。入口に近づくにつれ、男性らしき笑い声が聞こえてきた。ジェインはその笑いに嘲りを感じとり、つと足をとめた。

ちらりと横を見ると、コンスタンティンが顔をしかめていた。

「ここにいてくれ」

ジェインはその指示にそむいてコンスタンティンのあとから厩の中庭に入っていった。思わず悲鳴をあげかけて慌てて口をつぐんだ。

三人の厩番の少年たちに囲まれているのはルークだった。

すぐそばで湯気を立てている厩肥《きゅうひ》に転がり込んだかのように泥まみれになっている。意地悪そうに目を輝かせてにやにや笑う少年たちの真ん中で、押しては押し返されている。少年たちもルークとさほど歳は変わらないはずだが、三人がかりでは勝てる見込みはない。

「おっことしちまえ！」ひとりの少年が飼い葉桶をちらりと見やり、ルークに手を伸ばした。

「手を放せ」コンスタンティンのものとは思えない、凄《すご》みのあるいかめしい声だった。少年たちがぽっかり口をあけて従ったのも当然だ。三人はいっせいにルークから手を放した。

ルークは足もとがおぼつかずふらついていて、汚れた顔には涙の筋が付いている。

ジェインは胸を締めつけられ、ルークを支えようと駆けだしかけて、コンスタンティンの腕にとめられた。「外にいてくれと言っただろう」

ジェインは忠告を無視してコンスタンティンの脇を抜けて、歩み寄った。「ルーク！」

玉石敷きの地面に膝をつき、ルークが悪臭と泥にまみれていようとかまわずに手を伸ばして抱き寄せた。「ああ、どうしたの、あの子たちに何をされたの？　すぐにうちに帰りましょう」

[illegible]睨みつけた。いちばん大柄な少年がふてくされた顔で睨み返

[illegible]いて目を合わせなかった。

「恥を知りなさい！」ジェインは立ちあがった。「罪は償《つぐな》ってもらうわ」

「ぼくのスケッチブック」ルークが喉をひくつかせて言った。

ジェインは首をめぐらせた。ルークが大切にしているお絵かき帳は厩肥の溜まりに投げこまれていた。

コンスタンティンが汚れていない片端をつまんで、スケッチブックを厩肥から引き抜き、気をつけてルークに手渡した。

「汚れずにすんだページもあるはずよ」ジェインはルークを抱きかかえて、厩番の少年たちにきついまなざしを向けた。「あなたたち三人は――」

淡々とした声でコンスタンティンが遮った。「レディ・ロクスデール、ルークを家に連れ帰ってくれ。ここはぼくにまかせてほしい」

「でも――」

「では、よろしく頼む」コンスタンティンはこのうえなく魅力的に微笑んで頭をさげ、ジェインを追い払った。ジェインは帰る以外に仕方がなかった。

入浴の用意が整うまでに、ジェインはルークの汚れを少しでも落としておこうと、自分の居間に湯を運ぶよう指示した。

汚れがある程度落とせるといくらか気がやわらぎ、呼び鈴を鳴らして、お茶と、ルークのためにレモネードと干しぶどう入りのロールパンを頼んだ。パンは手つかずのままだった。

　ルークの心の痛手と屈辱の度合いを知る手がかりを探すとすれば、食欲のなさに表われていた。これほど食べ物に無関心なルークは見たことがない。

「ねえ、こっちに来て坐って」ジェインはルークを隣りに坐らせ、抱き寄せた。

「ほんとうにごめんなさいね」首を振る。「あんなことがうちの厩で起こっていたなんて！　自分の目で見ていなければ、きっと信じられなかったわ」

「おば様とロクスデール卿に教えてもらったとおりにしたんだよ。大きな声ではっきりと、放せと言ったんだ。だけどそうしたら、三人につかまれて……」ルークは泣くまいと懸命に口もとを引き結んだ。

「ええ、そうね、わかってるわ。あなたはできるかぎりのことをした。それでもときには、どうしようもないこともあるのよ。でも、ロクスデール卿がちゃんとあの子たちを懲らしめてくれるわ」自分がこんなにも気性の激しい女性だとは思ってもみなかったけれど、ジェインはあの少年たちの顔をひっぱたいてやりたくてたまらなかった。コンスタンティンがきびしく叱ってくれるよう願うしかない。

　しばしためらってから、問いかけた。「あの子たちはどうしてあんなことをするのかしら？」

　ルークは顔を紅潮させて唇を噛んだ。かぶりを振る。「知らない」

[illegible]気持ちをどう伝えればいいのかわからず、

言葉に詰まった。「たとえば、あの子たちに何かしたような憶えはない？」

「ないよ！　ぼくはなんにもしてないんだ」ルークは唇をわななかせ、泣かないよう必死にこらえている。

ジェインは胸が痛んだ。「ごめんなさい。あなたを責めるつもりはまったくなかったのよ。でも、それなら、どうしてなのかしら？　あの子たちはどうしてあなたをからかったの？」

穏やかに問いかけたつもりが、よけいにルークを不機嫌にさせただけのようだった。けっして傷つけたくない存在だけれど、こういうことが起こっている理由を突きとめなければ、やめさせる手立ても講じようがない。

「ルーク、話してくれないかしら？　何か思いあたることがあるはずよ。わたしは驚きもしないし、がっかりもしないわ。とにかく知りたいだけなの」

ルークが踵《かかと》で椅子の脚を蹴った。「ジェインおば様、なんにもしてないんだ。はんとうなんだ。ぼく──あの子たちの絵をちょっと描いてみただけなんだ、それだけだよ」

勝手に絵を描かれただけで、子どもたちがあれほどの敵意をぶつけるとはどうしても思えない。「そうなの？　それなら、村の子どもたちも絵を描かれて怒ったの？」

ルークは片方の肩をすぼめただけで答えなかった。

「ルーク？」ジェインは無力さを痛感した。涙がこみあげたが、泣いてもどうにもならない。

「ねえ、聞いて。あなたがこんな目に遭うのは耐えられないのよ。だから、何かできることがあったら、わたしやロクスデール卿に話してほしいの」

「どうにもならないんだよ！」ルークが立ちあがって叫ぶように答えた。「おば様たちにはなんにもできないんだ、もういいでしょ？」

ルークの頬を涙が伝った。ジェインは床に膝をついて、ルークに腕をまわし、しっかりと抱きしめた。愛する気持ちを伝え、元気づける言葉をかけて、髪を撫でた。小さな体がふるえている。するとルークが肩に顔を埋めてきて、とうとう泣きだした――胸から絞りだすような苦しげで痛々しいむせび声だった。

「ぼくは庶子《しょし》だって言うんだ。ぼくの、ぼくの母さんは……」

「いいのよ、お母様のことをなんて言われたのかは想像がつくわ」ジェインはいやな言葉を使わせずにすむよう遮って言った。

どうすればいいの？「でも聞いて、それは事実ではないわ。あなたのご両親はきちんと結婚されていたし、あなたもわたしと同じように良家の子どもなのよ」

ジェインはルークが哀れで胸を引き絞られるようだった。代わりに痛みを負えるのなら、喜んでそうするのに。

ルークが顔を起こした。「ほんとうのことじゃないんなら、どうしてそんなことを言われるの？」

ジェインはルークの額にかかった髪を後ろに撫でつけてやりながら、首を振った。「わたしにもわからないわ。子どもは時どき事実とはまるで違うことを意地悪で言うものなのね」

身を引いて、ルークの打ち沈んだ小さな顔を眺めた。「何があっても、わたしはあなたをやめさせる手立てを考えるわ。待ってて」

部屋の外から靴音が近づいてきて、振り返ると、コンスタンティンが戸口に立っていた。

「どうだった？」

コンスタンティンは部屋に入り、気遣わしげな目をしてルークに近づいた。少年の顎を上げさせ、顔を光にあてた。「どこもけがをしてないか？」ジェインに向かって片方の眉を上げた。「痣《あざ》は？　骨は折れてないか？」

ジェインは首を振った。「でも、ふるえがひどいの。それに、動揺しているわ。厩番の少年たちは？　どんな罰を？」

コンスタンティンはいかめしく唇を引き結んだ。ルークの頭に手をのせた。「解雇した。ああいった輩をここにおいておくわけにはいかない」

ルークは驚いてさっと顔を上げた。崇めるかのように真剣なまなざしでコンスタンティンの顔を見ている。

ジェインは喜んでいいものかわからず、眉をひそめた。「鞭《むち》打ちの罰ですませてもよかったのではないかしら」

「そうかもしれない」コンスタンティンが言う。「だがぼくは体罰はしたくないんだ。彼らには、最もいやがられる骨折り仕事か、厩番をやめるかの選択肢を与えた。三人は後者を選んだんだ」ため息をつく。「生活の糧《かて》を奪うのはぼくの本意ではないが、あの子たちはまだ若く健康だ。ほかでも仕事が見つかるだろう。それに、この解雇は、ルークにはぼくが付いていることをほかの子どもたちへ警告するためでもある」ひと息ついて言葉を継いだ。「かわいそうに、この子を自分の家で脅えさせておくことなどできるか？」

ルークの体のふるえがようやくとまった。目には希望らしき輝きが灯った。

「これで終わりになることを祈りましょう」ジェインは言った。「もしまた同じようなことが起こったら、すぐにわたしたちに言わなければだめよ」ルークを抱きしめ、頭のてっぺんにキスを落としてから、離れた。「さあ、子ども部屋に行きましょう。そろそろ入浴の用意ができているはずよ。きれいにして、きちんと身なりを整えないと」

「そのあとで」コンスタンティンが言う。「また〈キツネとガチョウ〉ゲームをしないか？」

その晩、ジェインはルークに『サー・ニニアンの冒険物語』の三部作をすべて読むと約束していたので、子ども部屋に上がった。第一部すら読み終えないうちに、ルークはすやすやと寝入ってしまった。

それからしばらく、静かにルークを見ていた。

今朝、この子に起こったことを思いだすたび恐ろしさで全身にふるえが走った。ルークがかわいそうで、どうにかしてその哀しみを取り去ってあげたかった。何もできなかったのは、つらい教訓になった。ルークは耐えなければいけないし、自分はそれを支えてあげることしコンスタンティンは今朝の恐ろしい出来事を忘れさせようと、冗談を言い、ゲームをして、何時間もルークとともに過ごした。夕食のときには、ルークはいつもの快活さを取り戻していた。コンスタンティンの行動にはほんとうに感心させられた。実の父親でも、はたしてあれ以上に上手に対処できただろうか。

これから何週間かは、ルークがあのいまわしい出来事を思いだすこともたびたびあるかもしれない。でも、その心の痛みがだんだんとやわらいでくることをジェインは祈った。

手の甲で目をぬぐい、立ちあがって窓の外を見やった。外はぼんやりと薄闇に包まれている。昼間と夜のあいだにこのように幻想的な光景が見られるのは、日が長くなってきたしるしだ。

ジェインは息を深く吸いこんで、ふるえがちに吐きだした。それから寝室にショールを取りに行き、屋敷を出た。


コンスタンティンは岩屋の奥にある部屋で、もう二時間以上も準備を整えていた。ある程度は満足のいく成果が得られた。

床に絹地のクッションや枕をいくつも並べ、壁には刺繡が施された布を掛けて洞窟のような空間に温かみを加えた。銀の小さなバケツにシャンパンのボトルがちょうどよく収まっている。その脇にはクリスタルのグラスがふたつと、どんなに疲れていても食欲をそそる風味豊かな料理が取り揃えられていた。東洋の小さな香炉から噴きあがる煙が魅惑的な香りを漂わせている。

ちょうど最後の蠟燭を灯したところで気配を感じ、振り返った。

部屋の入口に、ジェインがショールの両端を胸もとできつく掻き寄せて立っている。昼間用のドレスを着たままだが、艶やかな赤褐色の髪はほどかれ、巻き毛が肩で揺れている。そのなめらかで柔らかい豊かな髪を梳きたくて指が疼いた。

ほっそりとして優美なジェインの姿は、岩屋の神秘的な薄闇に浮き上がっているように見えた。この穢れた手で触れるにはあまりに清らかで華奢だ。

鼓動が早鐘のごとく打ちだした。この瞬間をずっと前から、おそらくは窓辺で自分を見おろすジェインを初めてちらりと目にしたときから待ち望んでいた。しかしこの期に及んで、これほどまで……女性とベッドをともにすることに不安を抱いたことはかつてなかった。

すべてがこの晩にかかっている。ふたりの将来は、これからの数時間でジェインに最上の悦びを与えてやれるかどうかで決まる。なにより、ジェインはフレデリックに植えつけられた恐怖をこれで乗り越えられるのだと自分を信じてくれている。どんなに名うての放蕩者であれ、腰が引けるのは当然だろう。

しかしそんな不安も、ジェインを目にしたとたんズボンの下で張りつめたものを萎《な》えさせるほどの力はなかった。男の本能が野獣のごとく勝利の雄たけびをあげている。これでよう[illegible]、自分のものにできるのだ。

[illegible]た部屋のなかに衣装を移した。コンスタンティンはこの大切なときにふさわしい空間を苦心して整えた。

ジェインはそのことに気づいたそぶりはなかったが、まっすぐ腕のなかに飛びこんできた。それから柔らかな声で一度だけ名を呼びかけると、両手でコンスタンティンの顔を包み、あの温かくなめらかな唇で口づけた。コンスタンティンははじかれたような驚きを覚えた。放蕩者として名高い男が慣れた手順をいっさい忘れ、ジェインのなすがままになっていた。

すぐにジェインの髪に両手を差し入れ、唇をむさぼるように深く長いキスを何度も繰り返した。

手を体に滑らせ、腰のくびれをたどり、肩からショールを取り去り、もどかしげに触れて、撫でた。行く手を阻《はば》む布地がいらだたしくなってきた。低く毒づいて、いったんジェインに背を返させて、やや手こずりつつ、ドレスのボタンをはずした。

あらかじめ考えていた誘惑の手立てはほとんど忘れ、省《はぶ》かざるをえなかった。時間をかけてゆっくりと脱がしていく計画は、コルセットの腹立たしいほど複雑な結び目を解くより早く断念した。

ようやくコルセットもはずれ、ペティコートを取り払うと、髪を片側によけて、うなじに口づけ、首の付け根の敏感な肌に唇を押しつけた。やさしく歯を立てる。

ジェインが切なげに名を呼び、腕のなかにわずかにもたれかかってきた。

「そうか、気に入ってくれたんだな」満足してつぶやいた。唇をゆっくりと擦らせ、舌で血管の青白い筋をたどり、塩気を含んだ肌を味わった。

ジェインがぶるっと身をふるわせたので、さらに強く歯を立ててから、肌に吸いついてなだめようとした。膝に力の入らないジェインの腰を片腕で支え、もう片方の手をシュミーズの襟ぐりの内側に滑らせ、柔らかで張りのある乳房を包んだ。

ふいに股間を腰で押され、思わずジェインの背中に息を吐いた。向きなおらせてシュミーズの袖を肩からずらすと、薄い布地がさらさらと床に落ちて、甘美な乳房があらわになった。

するとジェインが手を伸ばし、ズボンからシャツを引きだそうとしたので、コンスタンティンは不意を突かれた。ジェインにシャツの裾をつかまれ、引き上げられて、すなおに両腕を持ち上げて、頭から脱がしてもらった。

きらめく瞳でまじまじと剝きだしの自分の胸を眺められ、下腹部が痛いほどに張りつめた。ただ見つめられただけだというのに。このうえ手や唇を使われたら、いったいどうなってしまうのだろう？

気を取りなおして手を伸ばし、ジェインの乳房を下から支えて重みを楽しんだ。頃合を計って、硬くすぼんだ乳首の片方を親指ではじく。ジェインが瞼を閉じて、心地よさそうな低い声を漏らした。

それに気をよくして、同じところを焦らすように軽く撫でつづけていると、とうとうジェインがこらえきれずに声をあげた。「コンスタンティン。ああ、お願い」

ジェインを抱き上げ、クッションを積み重ねたところに運んで横たわらせ、自分もその脇経……彼女の真剣に澄んだ瞳に魅入られた。今夜のジェインは体を隠そうとはせず、怯んでいる様子もない。

銀色にきらめく瞳に自分への信頼を見てとり、気を引き締めた。完璧になし遂げてやらなければ、すべてが台無しになってしまう。

ジェインが手を伸ばしてきて胸を撫で、指先で胸毛をそっとたどった。手のひらを広げて肋骨の隆起をのぼってくだり、腹部に至ると、腹筋がぴくりと動いた。触れられた肌が熱くなり、これ以上耐えられそうにない。

ジェインの手首をつかみ、脇のクッションの上に軽く押さえつけて、両方の乳房に交互に口づけた。ひときわ美しい乳輪を舌でやさしくなぞり、硬い乳首にそっとキスをして身悶えさせた。

ジェインの体がさらなることを求めて焦れているのが感じとれた。やさしいキスと舌の愛撫でなだめつつ、押さえていた手首を放して、太腿の付け根に手を滑らせる。

ジェインが腹部を引き締め、動きをとめた。

コンスタンティンは乳首を口に含んで吸いつき、舌で転がした。

ジェインが快い責め苦に背中をそらせて声をあげた。その隙に、乳房の愛撫を続けつつ脚のあいだに手を伸ばし、熱く湿らせていった。

今回ジェインは抗うどころかすばらしい反応を見せた。焼けつくように熱くなり、すっかり湿っている。口で愛撫したくてたまらなかったが、いまはまだ驚かせてしまうだろう。

小さい敏感な核を探りあて、親指でやさしく撫でた。ジェインが懇願するような声を漏らし、腰を上げた。コンスタンティンはそれに応えてさらにしっかりと撫でた。

　ジェインの息遣いがむせび声に変わった。極みに近づいているのだろう。嵐を待つような気分だ。親指を一定の速さでめぐらせながら、人差し指を彼女のなかに入れた。ジェインは驚いたらしく弱々しい声を漏らしたものの、撥ねのけようとはしなかった。入口が指の侵入を阻止するかのように収縮したが、コンスタンティンはさらに中指を使って押し開き、濡れたきつい鞘《さや》のなかに最も感じやすい部分を探しあてた。

　いまではこちらの体も彼女と同じくらい砕け散る寸前まで切迫していた。ズボンのなかは痛烈に脈打っている。達してはなるまいと歯を食いしばってこらえた。

　ジェインのか細いあえぎ声が大きくなり、ついにそのときがきた。コンスタンティンが親指で撫でつつ、ほかの二本の指を差し入れ、乳房を吸ううち、ジェインは大波にさらわれて体を小刻みにふるわせ、叫ぶように名を呼んだ。

　最後にもう一度だけ、ふくらんだ乳首をねっとりと舐めてからコンスタンティンが顔を起こすと、悦びの極みに昇りつめたジェインはぼんやりとした目で頬を深紅に染め、荒い息をついていた。かつて自分がひそかに〝氷の女王〟などと呼んでいたのが信じられない思いで、なまめかしい姿をさらしているジェインをつくづく眺めた。今夜のジェインはまさに炎だ。

　ジェインがまだぐったりしているうちに、コンスタンティンはズボンの下に閉じこめられ[illegible]彼女の脚のあいだにあてがった。自分の先端を彼女のなかからあふれでているもので湿らせ、敏感な核にゆっくりと擦りつけて、ジェインを何度もふるわせた。

熱い快感が急激に押し寄せた。解き放たれまいと息を詰め、きわめて狭い入口を突いた。

即座にジェインが身を固くした。息をとめているように見える。思っていたほど熱情に身をゆだねられてはいなかったのかもしれない。

食いしばっていた顎が痛い。全身が欲望で張りつめている。強引にさっさと押し入ってしまいたい衝動に駆られたが、それでは努力が水の泡と消える。

「大丈夫か？」奥歯を噛みしめて訊いた。ああ、頼むから、そうだと言ってくれ。

「ええ」まさに望んでいた返答とはいえ、不安げな上擦った声だった。

ジェインは撥ねのけようとはしていないし、昨夜のように両脚を閉じてもいないが、自分を請い求めているわけでもない。必死に耐えようとしている。

コンスタンティンはジェインの上で体を浮かせ、全身を張りつめ、解き放たれたがっている股間を疼かせながら、ためらった。いまは自分を抑えられるとは言いきれない。でも今回しくじれば、二度めの機会はないだろう。ジェインは信じてくれているというのに、ああ、まったく、穏やかに辛抱強くやれる自信がない。

コンスタンティンは相手がほかの女性だと思い込もうとした。これまでベッドをともにした女性たちとはひと晩じゅう一緒にいても、自分を抑えられなくなったことなどなかったではないか。何も知らない青二才でもあるまいし。

それでもだめだった。あきらめて、自分の昂ったものを手で握り、ジェインの傍らにおりた。何度かすばやくきつくしごいて、熱い精液をクッションの上にほとばしらせた。

満足するにはほど遠く、なおも体は疼いていて、自分自身にどうしようもなく腹が立っていた。こんなにも情けなくてやりきれないしくじり方はない。

しばし自分を責めつづけたのち、ジェインに向きなおった。今夜の失敗はどうにかして取り返さなくてはいけない。

ジェインを抱き寄せて頬にキスをすると、涙の味がした。きつく目をつむり、なんと野蛮な愚か者なのかと自分を罵った。

「ジェイン、ジェイン、すまない――」ところがジェインに指で唇を押さえられてしまった。

「いいの、やめて」ジェインが言う。「あなたにお礼が言いたいの」肘をついて体を起こし、微笑みかけた。

「どういうことだろう？」なんのお礼をしようというんだ？　何もしてやれなかった男に。

コンスタンティンはジェインの表情を探ったが、皮肉めいたものはいっさい見えなかった。

「あなたにはわからないかもしれないけど、今夜あなたはわたしにすばらしい贈り物をくれたのよ」

目から当惑を読みとったらしく、ジェインはふたたび微笑んだ。身を乗りだして、互いの唇を擦らせ、そっと柔らかなキスをした。「コンスタンティン、わからない？　あなたはわたしに希望を与えてくれたのよ」

モントフォードはついにデヴィア卿とともにコッツウォルズへ向かうことを決断した。悩みはしたが、ジェインから来訪を望む手紙が届いたことが決め手となった。あとから遺言書をめぐる熾烈《しれつ》な争いの仲裁に乗りだすよりは、じかに介入――むろん、さりげなくではあるが――しておいたほうがいい。

レディ・アーデンはデヴィアが短気を起こそうと怯むような婦人ではない。ブラック家とデヴィア家はまるでそりが合わない。男爵はけんかがしたくてうずうずしているし、レディ・アーデンのほうも喜んで応戦するのは間違いないだろう。

モントフォードはけっしてレディ・アーデンの加勢に駆けつけるためにその旅を計画したわけではなかった。

デヴィアが下心から妙なまねをしないよう見張るためでもない。レディ・アーデンなら自分の身は守れる。それがこの婦人についていたく敬服させられる点のひとつでもある。

馬での旅を選んだのは、デヴィアと何時間も馬車のなかに閉じ込められるのはとうてい耐えがたいからだ。そのうえ、なにぶんこの男爵には子どものようなところがあるので、うまく話を合わせて、なだめすかせていなければならない。

直接レーゼンビー館に乗り込みはせず、デヴィアの甥の家に滞在することにした。そこからならじゅうぶん、いろいろなことに目を配れる。

デヴィアの甥、アダム・トレントとは面識もある。トレントはなかなか見栄えのする若者で、あらゆる点から見て、レディ・ロクスデールの再婚相手としてもしごく好ましい男だ。

すでにジェインもこの男を知っていて、好感を抱いているのも都合がいい。それにもしジェインがトレント邸に住むことになれば、ルーカス・ブラックにも好きなだけ会いに行けるだろう。

この婚姻は、デヴィア家とウェストラザー家の結びつきをさらに強める、すばらしい手段でもある。とりわけ、ロザムンドがトレガース伯爵、グリフィン・デヴィアとの結婚を土壇場で拒むようなことにでもなればなおさらに。

モントフォードとデヴィア卿はトレントに勧められて旅の服を着替えてから、一階に居心地よく整えられたビリヤード部屋へ移動した。

モントフォードはビリヤード台に玉を並べるトレントを観察した。この男のさらに好ましい点は——不品行な噂はいっさい流れていないことだ。コンスタンティン・ブラックとは違って、その評判には染みひとつ付いていない。これまでのレーゼンビーでの滞在で、この若者が剣術の達人であることもわかっている。

このような紳士を逃すのはなんとも惜しい。

「公爵閣下、こちらを訪れていただけるとは、大変な名誉でございます。ぼくにお手伝いできることがありましたら、なんなりとおっしゃってください」

しかも、ごますりもうまいときている。

「いや、おかまいなく」モントフォードは答えた。「突然の訪問で、ご迷惑でなければいいのだが——

トレントがとんでもない、とても嬉しく、名誉なことで、このうえない幸せだと言いだしたのを遮った。「それはよかった」にっこり笑う。「レディ・ロクスデールの遺産問題が片づきしだい、失礼する」

デヴィアが不満げな声を漏らして、フェルトが敷きつめられた台に転がっている玉を突いた。「ふん！」のんびりと台をまわりこみ、さらに玉をふたつ沈めてから、ひとつ入れそこなって、台を離れた。

モントフォードは突き棒を手にして身をかがめ、玉を突いた。息をつく。「トレント、きみはお隣りのご婦人に関心があるとデヴィアから聞いたが」

トレントがデヴィアからモントフォードに視線を移し、ふたたびおじに目を戻した。「いえ、ぼくは……」

「そうとも、関心がある」デヴィアが唸るような声で言う。「今度こそ、あの女に出し抜かれるものか」

モントフォードはなめらかな手ぎわで玉を台の側面にあてて、ポケットに落とし、目を上げた。「その件について、ミスター・トレントのご意見は？」

トレントは顔を赤らめた。「それにつきましては、公爵閣下、おじに勧められる前から、関心を抱いておりました」

「ほう、つまりは、もう長く好意を抱いていると？」

トレントは罠に掛かったと気づいて、蒼ざめた。「違います！」唇を舐める。「なんといっても、フレデリックはぼくのいちばんの親友だったのですから。そんなことは夢にも……ですからつまり、レディ・ロクスデールのことは以前から敬愛していたということです。当然ではないでしょうか！」

「ああ、そうだろうとも」モントフォードは眉を上げた。「釈明の必要はない。きみのことはよくわかっている」

デヴィアがいらだたしげに続けた。「ではいったいどういうわけで、こんな話をしているんだ？　トレントは私の選んだ女性と結婚する。おじの私がそう言うのだから、それで話は決まりだ！」

トレントが貴族らしく整った眉をひそめた。

モントフォードは穏やかに言った。「それほど簡単にいくと思っているのか、デヴィア？」

デヴィアは公爵に指を突きつけた。「きみが簡単にいくようにすればいいのだ！　それと、おまえ！」哀れな甥に向きなおった。「以前から関心を抱いていたとはどういうことだ、んっ？　こういったことは下手に戯れていてもうまくいかんぞ」

身も凍りつく冷ややかな口ぶりで、モントフォードが言った。「念のために訊くが、どちらのご婦人の話をしているのかな？」

「ぼくはあのご婦人のことを見ていたわけではないし、ましてや触れてなどいません」トレントが不服そうに答えた。感情をほとばしらせた。「なにしろ、ろくでなしのロクスデールにのぼせあがっているんですよ！　ぼくが忠告しても聞く耳を持とうとしない。ぼくのことなど目に入らないんだ」

モントフォードは啞然として訊き返した。「のぼせあがっている？」あのジェインが？

デヴィアが突き棒の端を台にどしんと突いて、甥を厭わしげに見やった。「今度は告げ口屋になったのか、この軟弱者めが！　あの女性に見向きもされないのも当然だ」唸るように続けた。「女というものは、たわごとなどいっさい許さぬ態度を示す男に惹かれるものなのだ。そういう男には思っていた以上のものを差しだしてしまう」

トレントは当惑した面持ちで公爵に口を向けたが、モントフォードはただ肩をすくめただけだった。いわばデヴィアは墓穴を掘った甥にシャベルを渡したようなものだ。下手な小細工がレディ・ロクスデールに通用するとは思えないが、あきらめるのはまだ早い。ジェインには冷静沈着な心を揺さぶってくれる存在が必要なのかもしれない。

どうもトレントはそのようなことができる器には見えないが。

それでも、やってみなければわかるまい。

17

レディ・アーデンはジェインの居間のカーテンをつまんでめくった。「モントフォードが、トレント邸に到着したそうよ」のんびりとしたなにげない口ぶりだったが、ほっそりとした肩には緊張が表われていた。

ジェインはとまどいがちに目を向けた。公爵が？　なぜ事前に手紙で知らせてくれなかったのだろう？　コンスタンティンと結婚の合意に達したときに、直接会って婚約を伝えようと訪問を求める手紙は送っていたものの、向きあって報告する心の準備はいまだまるでできていなかった。

レディ・アーデンが振り返った。「あら、どうしたの？　モントフォードが結婚に反対するのではないかと心配しているのなら、安心なさい。たしかに、コンスタンティンがあなたの花婿にふさわしいとは考えていないでしょうけど、それは間違いだとすぐに納得してもらえるはずよ。わたしが見るかぎり、コンスタンティンは新たな務めにとても熱心に取り組んでいるわ。ここでの仕事が落ち着いたら、議会にも出席するつもりだと言っていたし」

「議会」ジェインはつぶやくように言った。つまり、ロンドンに行くということだ。不安の

「あら、お出ましだわ」レディ・アーデンがのんびりと窓から離れた。「客間がいいかしらね。さあ、行きましょう」

ジェインは内心では、嵐が過ぎるのを待つ子どものように寝室のベッドにもぐり込んでしまいたかった。

コンスタンティンもいてくれたならよかったのに。ああ、でもやはり、いないほうがいいのだろう。モントフォードと衝突するのは目に見えている。

客間に入ると、ジェインとレディ・アーデンは刺繍にいそしんでいるふりで、紳士たちの来訪が知らされるのを待った。

「ねえ、できれば、あなたたちの婚約についてはわたしから話させてもらえないかしら」レディ・アーデンが刺繍道具を傍らに置いて言う。「どうしても、ひと悶着《もんちゃく》起こすことになってしまうと思うの。デヴィア卿が口出ししてくるのは間違いないから、少し激しいやりとりになるはずよ」目が燃え立った。「でも、あなたは心配しなくていいわ。勝つのは、このわたしだから」

「あの、でも」ジェインは臆病な気持ちが働いて口走った。「婚約のことはまだ話さないほうがいいのではないかと」

「言わないの？　いいえ、だめよ、それはいけないわ。いいから、わたしにまかせておいて」

待っているうちに、ジェインはだんだんと息苦しくなってきた。ようやくフェザーがやってきて、客人たちの来訪を伝えた。モントフォードのみならず、デヴィア卿とミスター・トレントも一緒だった。

紳士たちは頭を垂れて挨拶し、淑女たちはしとやかに膝を曲げて挨拶を返した。公爵が進みでてきてジェインの両手を取った。「親愛なるレディ・ロクスデール、ご機嫌いかがかな？　申しわけない、ロンドンでの仕事が思っていた以上に長引いてしまったんだ」

ジェインが低い声であたりさわりのない言葉を返すと、公爵はレディ・アーデンのほうを向き、わずかに微笑んだ。「ここにいらっしゃるだろうと思っていた」

レディ・アーデンは眉を上げた。「ええ、そうでしょうとも」ひらりと片手を返した。「おかけになって」

そしてデヴィア卿にはまったく見向きもせずに、モントフォードとトレントとたわいないお喋りを始めた。かたや男爵のほうも大柄な体には華奢すぎるように見える椅子にふんぞり返り、レディ・アーデンの顔を睨みつけている。自分への冷淡な態度を気に病むふうもなく、会話に入ろうとするそぶりも見えない。

とうとうデヴィアがブーツで甥の脚を蹴って、ミスター・トレントを座面から跳ねあがらせた。トレントが咳払いをしてジェインに向きなおった。「ジェイン、少しその辺りを散策にでもお誘いしたいところですが、天候が荒れてきたようだ。代わりに画廊でもひとめぐりジェインはレディ・アーデンに目をやった。「すてきなお誘いね」貴婦人が言う。「若い人同士で楽しんでらっしゃい。わたしはこちらの紳士たちと退屈な話しあいをしなくてはいけないから」

ジェインは一刻も早く逃れようと立ちあがり、膝を曲げて挨拶をしてから、ミスター・トレントの腕に軽く手をかけた。

ブラック家の先祖たちが金縁の額のなかから見おろしている細長い部屋に着くと、トレントがようやく口を開いた。

「レディ・アーデンはレーゼンビーですっかりくつろいでらっしゃるようだ」非難がましい口ぶりで言う。

「ええ、しばらくご滞在なさる予定ですわ」ジェインは答えた。「いてくださって感謝しています。思っていたよりもレーゼンビー館に長くいさせてもらえそうなので」

コンスタンティンとの婚約についても喉もとまで出かかったけれど、レディ・アーデンから話してもらうと約束したのだと思いとどまった。それに、じつを言えば、トレントが知れば激昂するのは目に見えているので先延ばしにできてほっとしていた。

トレントが眉をひそめた。「きょうモントフォード公爵から、この家の遺産相続の問題について伺いました。言わせてもらえば、きみはまったく気の毒な立場に追い込まれてしまったな」

トレントがつと足をとめ、ジェインは返答を免れた。部屋の片隅に百八十センチはある大きな鼻が置かれていれば、驚くのも無理はない。

「なんてことだ、これはいったい……」声は途切れ、トレントは新たにこの家に加わったものをまじまじと眺めた。

「ええ、慣れるには少し時間がかかりますわね」ジェインは慮るように言った。「ロクスデール卿が持ってきたものなの。由来はわからないけれど、古代ギリシアの彫刻の一部かもしれないそうよ。たしか、ライの密輸業者から買い入れたものだと言ってたわ」

ああ、ぺらぺらと喋りすぎてしまった。なんであれ、ここに自分を誘った目的から、トレントの気をそらしたい一心だった。

「なんてことだ」トレントは同じ言葉を繰り返して、首を振った。「見るに堪《た》えない。いったいどうやってこんなものを……いや、そんなことはどうでもいい。行きませんか?」

壁ぎわにある縞模様の繻子張りの長椅子を身ぶりで示した。どう見ても、第四代ロクスデール男爵の肖像画が眺めやすいよう配された椅子だ。この祖先はチャールズ二世によく似ていて、癖毛の黒い髪に重たげな瞼をしている。でも、鼻がこれほど大きくなくて、口もとの皮肉っぽさをもう少しやわらげれば、むしろコンスタンティンに似ているかもしれない。

「親愛なるジェイン」トレントが真剣な表情で見つめた。「突然の話で驚かせてしまったら申しわけない。喪があけるまでは待つつもりだったんだが――」

ジェインは目を見張った。愛の告白でもするつもり?「いえ、だめよ! どうか――」

「いっ、言っておかなければならないんだ!」トレントは突如声を荒らげ、前のめりになってジェこの両手をつかんだ。ジェインは言葉にならない抵抗の声を漏らして手を引き戻そうとしたが、放してもらえなかった。

「聞いてくれ！」トレントはさらにぎゅっと手をつかんだ。「頼むから、聞いてほしい！」差し迫った低い声で続ける。「ロクスデールは最低な男だが、見た目ばかりがいいせいで、みなそれに気づかない！　レディ・ロクスデール――ジェイン――ぼくはきみをフレデリックと同じくらい大切に思っている。だから話さずにはいられないんだ！」

「何をだ？」

その声が鞭のごとく鋭く冷ややかに空気を切り裂いた。ジェインはすばやく首をめぐらせた。ほんの数メートル向こうで、コンスタンティンが初代男爵の肖像画と同じくらい険しい顔つきで睨みつけていた。

ジェインはこんなふうに口がふさがってしまったのは初めてだった。ああ、きっと自分は靴下留めを見られてしまったかのように恥じらった赤い顔をしているに違いない。トレントとふたりきりで手を握られている姿は、コンスタンティンにはどのように見えているのだろう。ジェインはさりげなくもう一度手を引き戻そうとしたが、トレントにしっかりと押さえつけられていた。

コンスタンティンが頭を傾け、しばし黙ってまじまじとジェインを見つめた。それから、隣人のほうへ視線を移す。「友人よ、ご婦人は手を離してもらいたがってるぞ」

「ぼくはきみの友人ではない！」トレントは吐き捨てるように言い返したが、手の力をゆるめて、コンスタンティンのほうに向きなおった。

ジェインは憤慨した顔つきの婚約者を用心深い目で見やり、ふたりの男性のあいだに踏みだして、仲裁するかのように両手を両者それぞれにわずかに伸ばした。

コンスタンティン・ブラックの目にいつもの愉快げな表情はみじんもなく、身ごなしにも特徴的な気だるさはまったく感じられない。顔はカララ大理石のごとく硬くこわばり、攻撃的に身がまえて、殴れと挑発しているかのように顎を突きだしている。

ああ、この男性は殴りあいをしたくてうずうずしている。トレントでは一度でも殴り返せるとは思えない。

隣人に目を移すと、こちらも同じように頭に血がのぼっているのが見てとれた。もう、なんてことなの！　経験からすれば、男性たちがいったん殴りあいを始めてしまったら、けっしてとめられない。即刻、阻止する手を打たなければ。

「ミスター・トレントはちょうど帰られるところだったのよ、そうですわね？」ジェインはできるかぎり高慢な命令口調で問いかけた。なにしろウェストラザー家の血を引いているのだから、相当にきつい声になっているはずだ。

コンスタンティンが隣人から目をそらさずに両腕を広げ、戸口へ道をあけた。

ところがトレントはジェインが思っていた以上にボクシングの腕に自信があるのか、自分が追い払われる理不尽さを受け入れられないのかのどちらからしい。

「レディ・コンスデール！　きみはこのような恥知らずな放蕩者の言うなりになるのです

あなたは自分のことをばらされるのを恐れている」

「なんだと？」コンスタンティンが眉を吊り上げた。「この女性がおまえの汚らわしい手につかまれて、喜んでいるようにはまるで見えなかったから、助けに入ったまでのことだ」

ちらりとジェインを見やった。「間違っているだろうか？」軽く威嚇《いかく》するような口ぶりで言う。「ぼくはお邪魔だったのかな」

ジェインは思わずむきになった。「おかしなこと言わないで！」

トレントがコンスタンティンに指を突きつけた。「ブラック、彼女は手玉に取れても、ぼくは騙されないぞ、聞こえてるのか？」

「帰り道はわかるよな」コンスタンティンはそう返した。「だが、手助けが必要なら言ってくれ」歯を見せてにっこり笑った。

遠まわしの脅しにはそしらぬふりで、トレントは動かなかった。念力で意思を伝えようとするかのように、はしばみ色の瞳でジェインをじっと見据えた。

ジェインはゆっくりと首を振った。トレントはフレデリックのいちばん親しい友人だったのだから、ほんとうに自分のためを思ってくれているのだと信じたい。とはいえ、今回の行動は見当違いだ。コンスタンティンについての噂話など聞きたくはない。

顎を上げた。「ミスター・トレント、どうかお引き取りください。あなたが何を話そうとしてくれたにせよ、伺いたい気分ではないわ」

トレントはコンスタンティンのほうを手ぶりで示した。「では、この男に訊けばいい！

なぜこの家への出入りを禁じられたのかを！　自分にふさわしい相手かどうかはそれから決めるんだな！」

最後にもう一度、コンスタンティンをきっと睨みつけ、トレントは大きな歩幅で部屋を出ていった。

コンスタンティンはその後ろ姿を見ていた。「あのように生まれついてしまったのは気の毒なことだ」辛らつに言う。「独りよがりの臆病な気どり屋だ。デヴィア家の女性から生まれた男とは信じがたい」

「善意の行動なのよ」

コンスタンティンは鼻孔を広げた。「世間知らずもたいがいにしてくれ」

「まあ！　言葉に気をつけていただきたいわ」

コンスタンティンが煮えたぎった緑色の瞳でじろりと見やった。「あの男がなんのためにきみの手を握ったと思ってるんだ？　きみが欲しいからさ」

「あの方がわたしの手を握ったのは、話をしようとしてもわたしが拒んだからだわ！」ジェインは呆れた笑いをこらえられなかった。「あれを見て、あの方がわたしを欲していると考えるなんて——ほんとうに、どうかしてるわ！　あの方はフレデリックのかけがえのない親友だったのよ」

コンスタンティンは、おめでたい世間知らずだというようなことをつぶやいた。人差し指[illegible]。「あの男と二度とふたりきりになるんじゃないぞ」

「でも――」

「話したのか？」コンスタンティンが唐突に訊いた。

「なんのこと？」急に話題を変えられてとまどい、ジェインはわずかに口をあけた。

「もちろん、われわれが婚約したことだ！　話したのか？」

ジェインは頬がかっと熱くなった。「わたし――切りだすきっかけがなかったから……」

ふたたび冷ややかな声で言う。「わかった」

張りつめた長い間があいた。コンスタンティンは顔色が悪くなり、荒い息をついている。もしやトレントに話さなかった理由についてよくないことばかり憶測しているのかもしれないけれど、それはまるで違う。婚約したことにまだ実感が湧かないし……モントノォードの承諾を得てから発表しようと決めたのだし……レディ・アーデンにも約束した……ジェインの頭に様々な言いわけがめぐった。

でも、どれもほんとうの理由とは言えない。

コンスタンティンが顎を張った。「ぼくはまだきみの夫ではないかもしれないが、きみと婚約し、同じ屋根の下に住んできみを守る立場にある。あいつがまたこそこそときみの美しい髪に指一本でも触れたら、あの汚らわしい手を引き裂いてやる。わかったな？」

その憤りように、ジェインは呆気にとられて見つめ返した。まさか嫉妬しているの？　紳士として婚約者を守ろうとしているだけとは思えない独占欲が感じられる。「ミスター・トレントの思いどおりにはさせないわ」

コンスタンティンは口もとをゆがめた。「ぼくには、されるがままになっているように見えたがな」

ジェインはぽっかり口をあけ、すぐに閉じた。上唇を丸め、いらだたしげに息を吐く。

「あなたの理屈がわからないわ。あなたの家なのだから、誰を締めだそうと自由だけど、わたしの行動を非難したり、お会いする方を指図したりする権利はないはずよ」

「あの男とはかかわるな。さもないと、いやな思いをさせられる」

ジェインは何も答えず、ただ黙ってコンスタンティンの憤った顔を見つめ、あまたの疑問をめぐらせた。なかでもなによりふしぎなのは、なぜ自分はこんなにも、ブラック家でも最も黒く穢れているこの男性がほんとうは善人だと信じたがっているのかということだった。

モントフォードはコンスタンティンの恥ずべき行為をはっきりと明かした。誰も――レディ・アーデンですら――その事実を疑っている者はいない。それなのに、厭わしい過去を持つコンスタンティンを不愉快に感じないのはどうしてなの？

たとえトレントから何を聞かされても、きっとそれは変わらなかったような気がする。ああ、こんなふうではもう救いようがない。

コンスタンティンは黙ってじっとこちらを見ている。険しかった表情がしだいにやわらいできた。目から穏やかならぬ光は消え、口もとに茶目っ気のある皮肉っぽさが戻った。

壁に肩をもたせかけた。「いいだろう、訊いてくれ。きみが知りたいことにはなんでも答えよう――

…態度が気に入らなかった　ミスター・トレントが暴露すると口火を切ったのに便乗して尋問者にはなりたくない。

とはいえ、コンスタンティンがみずからの悪評のせいで妻に迷惑がかかるのを承知で結婚するつもりでいるのなら、あらかじめきちんと説明しておかなければいけない義務があるはずだ。こんなふうに本人から言いだされなければ、自分はきっとまだ夢の国をさまよっていただろうけれど。

「わかったわ。それなら、あなたはどうしてわたしの亡き夫のお父様から、この家への出入りを禁じられたの？」

コンスタンティンはまっすぐ前を見つめ、目を合わそうとしなかった。「良家の子女を誘惑したんだ。それが発覚しても、ぼくは結婚を拒んだ。さらに、そのことで相手の女性の兄弟に決闘を挑まれ、あやうく殺しかけた」

すでに聞いていた話と同じとはいえ、冷ややかな声での返答に、ジェインは顔を平手打ちされたかのような痛みを覚えた。

それで説明は終わり？　せめて、やむをえずそうなってしまった事情を明かしてくれるのではないかと期待していた。言いわけをするのは恥ずべきことだと思っているのかもしれない。それとも、ほんとうに卑劣な人なのだろうか。きっと自分はコンスタンティンに良心があると信じたいばかりに、またも藁にもすがろうとしているだけなのだろう。

ジェインは息を吸いこんだ。「ええ、その話はすでに聞いたわ。だから、あなたの言いぶんを伺いたいの」

コンスタンティンが顎をこわばらせた。「そんなものはない。ぼくがそのような行ないをしたのは事実だ。その代償を払わされても当然なんだ」

ジェインはひとしきり見つめ、信じたくない思いからいつしか何度も首を横に振っていた。

コンスタンティンが自嘲ぎみの笑い声を漏らした。「ぼくが家族や社交界の人々に陥れられたとでも思っていたのか？　あいにくそうじゃないんだ、お人好しのお嬢様。ぼくは言いわけのしようがない罪をおかした。ぼくと結婚したら、きみは甘い幻想は振り払って、ほんとうのぼくを受け入れなければならない」

その口ぶりに、ジェインはたじろいだ。自分が心惹かれはじめていたコンスタンティン・ブラックは、こんなふうに陰険にあざ笑うような話し方をする人ではなかった。ろくでなしと呼ばれているのは知っていたけれど、そう感じたのは出会ったばかりの頃だけだった。それがいまは、すぐにもそのろくでなしぶりを証明しようとしているように見える。

焼けつくような涙がこみあげた。コンスタンティンの言葉と嘲るふうな口調を聞いているうちに、浅はかにも非道な罪を見逃そうとしていた自分が恥ずかしくなった。ほんとうに卑劣な人だったのに。

コンスタンティンは若い淑女を穢した。それでも、たとえ嘘でも言いわけを聞けたなら、喜んでそれを信じていただろう。頭のなかではすでに様々な都合のいい筋書きを思い描いていた。コンスタンティンはいかにも波乱に満ちた物語の悪役などではなく、濡れ衣を着せら

分のしていたのだという夢想になにを
なんてみじめなのだろう。

もともと自分は人がそれほど変われるものと信じるようなお人好しではなかったはずだ。それなのに、そんな奇跡が起こる幸運を信じようとしていたのだろう。〝悪人男爵〟との結婚に同意したばかりでなく、心惹かれるようにまでなっていたなんて。

「あなたの言うとおりね」ジェインはか細い声で言った。「ほんとうにそう。コンスタンティン、わたしはあなたのことを何も知らないのよね？」広大な海に浮かぶ小さなコルク栓のごとく心もとなくなり、こめかみを揉んだ。「申しわけないけれどもう……」ジェインは夢遊病者さながらにぼんやりと背を返し、部屋を出た。

できることならひとりになって思う存分泣いてしまいたかったけれど、一生に一度の名演技を見せなければと決意して、客間に戻った。なにしろほとんど絶望的な気持ちに陥りながら、あのモントフォードにこの婚姻に満足しているのだと信じさせなければいけない。

これでもう自分にとってコンスタンティンは、ルークとともに暮らすための手段以外の何物でもなくなってしまったというのに。

客間に入っていくと、紳士たちがいったん立ちあがった。「私の甥はどこへ行った？」デヴィア卿が強い調子で訊いた。

「あら、こちらに戻られていないのですか？」ジェインは訊き返して言葉を濁した。「ミスター・トレントは画廊でロクスデール卿と少し口論になってしまったんです。先に帰られたのではないかしら」

モントフォードが口もとをゆがめ、レディ・アーデンは笑いをこらえようとしたのか、息を呑みこんだらしき低い音を漏らした。

「先に帰った？」デヴィア卿が椅子から腰を上げて言葉をほとばしらせた。「まったくあの男ときたら！」

挨拶もせずにデヴィア卿が大股で客間を出ていき、レディ・アーデンが身をふるわせてくすくす笑った。「あら、笑ってはいけないけれど、可笑《おか》しくてたまらないんですもの」ひらりと手を振って、ジェインに坐るよう勧めた。「これでようやく本題に入れるわ。モントフォード、嬉しいお知らせがあるの。ジェインとコンスタンティンが結婚を決めたのよ」

間をおいて、モントフォードが静かな声で言った。「ならば、お祝いを申しあげなければいけないのかな、レディ・ロクスデール」

ジェインは慌てて話しだした。「公爵様、あなたのご意向にそむくことであるのは承知しています。ですが、この婚姻はすべての人にとって最善の選択ですし、この領地にとっても不可欠なことなんです」

まだ子どもだったジェインを脅えさせ、隠し事をすべて話させたときのように、公爵は深く考えこむ表情でじっと見返した。その穏やかに問いつめる視線にはいまも当時と変わらぬずにらしく賢明な判断だわ！」レディ・アーデンが言葉を差し挟んで、助け船を出した。「お願いだから、モントフォードを気にして延期などしないでね。なるべく早く結婚するということで話はついているのでしょう？　公爵様、あなたの懸念も数カ月も経てば薄らぐでしょう。それどころか」にこっと笑って言い添えた。「コンスタンティンについての見方を撤回することになるはずよ」

　レディ・アーデンが自信たっぷりに話すのを聞いて、ジェインはよけいに気分が沈んだ。できるかぎり速やかに言いわけを口にして、その場を退いた。

　客間を出るや、レディ・アーデンが公爵を晩餐に誘う声が聞こえた。

　なんてこと！　とてつもなく長い試練が待ち受けている。


　寝室に戻ってひとりになりたいという切実な願いは叶わなかった。ルークが居間に寝転んで待っていて、表情を曇らせて咎めるような目を向けた。

　いまは許して、とジェインは胸のうちで唱えた。お願いだから、いまだけは。

「ピクニックに行くって言ったよね」ルークは前置きもなしに声をあげた。「もう嵐になっちゃったじゃないか！」

「ピクニック？」ジェインは鼻筋をつまんだ。「そんな約束をしてたかしら」

　ルークは格別な約束を破られた子どもが見せる冷ややかなまなざしを向けた。「今度晴れたらって言ったよね。ロクスデール卿も一緒に来ることになってた。マーテにご馳走を藤かごに詰めてもらって、遺跡を見に行くって言ってたんだ。それなのに、こんなに遅い時間になっちゃって、空も真っ暗だ。ジェインおば様、ぼくは遺跡でいろんなものが見たかったんだよ。でも、これからまた何週間も雨が続いたら、ずっと見られないじゃないか！」

いつもならルークをなだめようとしていただろうが、子どもっぽい文句を浴びせられ、ジェインはとたんに涙があふれだしかけた。

すぐさま背を向けて、唇を嚙んで涙をこらえた。泣く姿は見せられない。

喉をひくつかせつつ懸命に息を吸いこみ、気を鎮めた。振り返る。

「ルーク」低く穏やかな声でどうにか続けた。「きょうの楽しみがなくなってしまったのは申しわけないけれど、わたしにもロクスデール卿にもちゃんと話してくれなかったわよね。もっと早く言ってくれたら、たぶん出かけられていたわ」

できれば自分にちゃんと話してほしかった。そうすれば、三人で楽しく出かけて、愉快なことだけを考えていられただろう。これほど心が傷つかずにすんでいたかもしれない。

いいえ、やはりそんなことはない。いつか目を覚まされる日がくるのは同じでしょう？きょう出かけていたとしても、避けられないときが先に延びただけのことだ。

ルークが機嫌をなおした様子はない。我慢は限界に達しかけていたものの、ジェインは最善を尽くした。

元気づけるように言った。「ほらもう、駄々をこねないで」ルークに腕をまわして抱き寄せた。「そんなにすねなくてもいいでしょう。またべつの日に行けばいいんだから」

腕を組み、いたずら者の小妖精のごとく眉根を寄せて睨みつけた。

いらだちが笑いだしたい気持ちとせめぎあっていた。笑ってしまったらルークがよけいにむきになるだけなのはわかっているので、あらためて唇を噛んで吹きださないようこらえた。どうして自分だけが機嫌を壊したルークから責められなければいけないのだろう？　コンスタンティンもここに来て、同じ思いを味わうべきだ。

「ロクスデール卿はどこにいるの？」ジェインは尋ねた。

「ぼくをおいて、馬でどっかに出かけた」ルークが不満げに答えた。

つまりはそのせいですねていたのね。コンスタンティンはこのところルークを馬に乗せて領地をめぐっている。ルークは憧れの男爵と出かけるのを楽しみにするようになっていた。

ジェインは潔《いさぎよ》くみずからが悪者になって事を収めることにした。「ロクスデール卿はきっとほんとうはあなたと出かけたくて仕方なかったのでしょうけど、あなたを雨ざらしにしたら、わたしにものすごく叱られるのがわかってるから、やめたのよ」

ルークは少しだけ表情をやわらげた。それから瞳をぐるりとまわした。「ジェインおば様、ぼくは雨で溶けやしないよ」

ルークが後見人の口ぶりを真似て言うので、ジェインはくすりと笑った。ルークの髪をくしゃりと撫でて、夕食の前に手を洗いに行かせた。

窓の外に目をやった。西の空が奈落の底のごとく暗くなっている。コンスタンティンが風雨をしのげる場所にいることを願った。

その晩、コンスタンティンはずぶ濡れになって帰ってきた。ブロンソンの工場で堰きとめられている川の水位をふたたび確かめに出かけたのだが、それはあくまで口実と言ったほうが正しい。じつのところ、けんかがしたくてたまらず、トレントか手下の誰かと出くわすのを期待していた。

ところが、トレントが雇っている守衛たちは悪天候で持ち場を離れたらしい。土砂降りのなかで、誰ひとり見あたらなかった。

水位は危険なところまで高くなっていた。トレントが周囲の土地に水をあふれださせないようにする対策を怠っているのはあきらかだった。

放っておけばいいという卑劣な考えも働いた。ブロンソンの工場が水浸しになろうと、トレントの領民が洪水に苦しもうと、自分にはかかわりのないことではないのか？　自分の工場でもなければ、自分の領民でもない。井堰が決壊すれば、こちらの工場はまた稼動できるようになる。寝ている犬をわざわざ起こす必要はないだろう？

だがやはり、あすには技師を呼び寄せ、できるかぎりの手を尽くさずにはいられないだろう。それまで井堰が持ちこたえられることをコンスタンティンは祈った。

そして馬を走らせた。何マイル走ったのかは定かでないが、気がつけば引き返さざるをえ

[illegible]いと暗くなってきた。そこからは情けなくも馬を降り、手綱を引いてとぼとぼと歩いて帰るはめとなった。

罪滅ぼしか？　なぜこんな苦行を味わわなければならないんだ？　せめてずぶ濡れで長い道のりを歩くことで、汚れきった魂が少しでも洗い流されるのを願うしかない。

ジェインがどのような返答を聞きたくて昔の醜聞について尋ねたのかは承知していた。信じてもいいのだと思える根拠が欲しかったのだろう。だが、いまさら何を言っても遅すぎる。アマンダを辱《はずかし》めてしまった当時も、言いわけや弁明はいっさい口にしなかったし、いまになって言うつもりもない。

いまのところジェインとは順調によい関係を築けていると思っていた。何年も前の愚行を否定することがそんなにも重要だろうか？　現在が楽しく、未来はふたりで築いていくものなのだから、なぜ汚れた過去を蒸し返さなければならないんだ？

とはいえ人が運命に腹を立てるのは往々にしてあることで、昔ながらの退屈な議論を繰り返しても仕方がない。いずれにしろ不条理さを嘆くのはやめて、生きていかなければならない。ジェインが信頼しようとしてくれるのか、してくれないにしろ、自分にはどうすることもできない。何年も沈黙を貫いてきたことを、いまさらジェインの温情にすがって語るつもりはない。

ようやくレーゼンビー館に戻ったときには、夕食の時間はとうに過ぎていた。水を滴らせたまま厨房に入り、入浴の湯を溜めるよう頼んで、たっぷりの夕食を急いですませた。

服を脱ぎながら階段を一段飛ばしで上がった。用意されていた湯に身を沈めると、かじかんだ手脚にぴりぴりする刺激が走ったが、ほっとする快い痛みだった。浴槽の高い背もたれに頭をもたせかけ、目を閉じた。

ジェイン。嵐のなか愚かにも馬をひた走らせていたあいだ、ジェインのことが片時も頭から離れなかった。いまはふたつの部屋を仕切るドアの向こうできっとドレスを脱ぎ、寝る支度をしているのだろう。体の奥のほうから突き上げる渇望にぞくりとした。ああ、こんなにも彼女を求めているとは。

ほんのいっとき前に浴槽に身を沈めたときにはすっかり疲れきっていた。それがいまでは全身の神経が活気づき、下腹部がぴんと頭をもたげている。

落ち着けと、しかめ面でなだめた。あのようなやりとりがあったあとで、ジェインがベッドに迎え入れてくれるはずもない。

コンスタンティンは石鹸を取って胸に擦りつけた。

ジェインはこの心地よい石鹸の小さな泡のなかで生きてきたような女性で、未来の夫についてもつらい現実とは違う幻想をつくりあげていた。自分はそれを正し、虹色の泡を壊した。そしていまその報いを受けている。

おそらくはそつなく、ジェインの好意を取り戻せるような都合のよい説明をしておけばよかったのだろう。そうすればきっと、ジェインはそれを信じようとしたはずだ。なんであれだが、あの夜に容赦なく希望を打ち砕いたにもかかわらず、ジェインは婚約を破棄しようとはしなかった。聡明で責任感のある女性だ。だからこそ、けっして愛しているふりもしないのだろう。この婚姻は彼女がルークと暮らすためのものだ。

コンスタンティンは顔を手で擦り、無精髭《ひげ》でざらつく顎を手のひらでさすった。ふと鬚を剃らなければと思い、鼻で笑った。わざわざ今夜剃る必要はないだろう。まったく無駄な行為だ。

とはいうものの……ジェインをあまり長い時間放っておくのは、ふたりで決めた試みに大きな支障をきたす。いま寝室を訪ねなければ、次の機会に警戒心をとくのはさらにむずかしくなるのではないだろうか。彼女が求めている場所へ頑なな自制心を解き放って導こうとしても、活発すぎる思考がまた働きだしてしまうかもしれない。先に延ばせば、この長たらしい誘惑の手順を何度も繰り返さなければならなくなる。先日のような晩をまた耐えきれる自信はない。

コンスタンティンは海綿の水気を絞り、脇に置いた。それから立ちあがり、浴槽を出て、タオルに手を伸ばした。

近侍のプリドルはすでにさがらせたが、ベッドの上には抜かりなくガウンがたたんで用意されていた。タオルで手早く体を拭き、絹地のガウンを羽織った。

踏みだすごとに期待を高めながら、ふたつの部屋を仕切るドアへ近づいていった。

軽くノックしてから、取っ手をまわした。

18

ジェインの部屋のドアには鍵が掛かっていた。

コンスタンティンは気をくじかれてうなだれ、ドアにもたれかかった。またしても、愚かにもとんだ思いあがりを抱いてしまった！　期待してはいけなかった。あのようなやりとりのあとでドアをあけておく女性がいるだろうか？

どうしてジェインは例外だと思ってしまったのだろう？

廊下を近づいてくる足音が聞こえた。いくらか落ち着きを取り戻し、ドアから離れた。

「旦那様！」フェザーが控えの間を足早に通り抜けて寝室の戸口に現われた。「いらしてください。すぐに！　ブロンソンの井堰が決壊しました！」

コンスタンティンは毒づいた。「馬を用意しろ！　シーザーではない馬を。キーエヴァーに伝えればわかる。ほかの厩番たちにはできるかぎり人手を集めさせるんだ。ヒギンズ夫人にはシーツや毛布、手当ての道具、それに必要だと思うものはなんでも揃えるよう伝えてくれ。料理人と女中たちには食料を、ジョゼフには荷馬車を用意させるんだ」

命じて、寝室にむかいつつ着替えをつかんだ。井堰が決壊したのなら、ぐずぐずしてはいさらに矢継ぎ早に指示を出した。ラーキンが叩き起こされたといったいでたちで駆けつけると、状況をトレントに知らせるよう命じた。「つべこべ言わせずに、できるだけ急いで人を掻き集めさせろ！」

ラーキンが啞然となって目を丸くし、コンスタンティンはこのように頼りない男を差し向けることに一抹の不安を覚えた。トレントにはみずから話しに行くべきなのだろうが、なにせ時間がない。

必要な準備をすべて指示し終えると、階段を駆けおりて雨降りしきる外に出て、厩番に連れだされていた栗毛の牡馬の背に飛び乗った。

「レディ・ロクスデールが起きていたら、外に出ないよう伝えるんだ。ぼくから連絡があるまでじっとしていてくれと。いいな？」

「かしこまりました、旦那様！」

馬の脇腹を軽く蹴って、夜闇のなかを走りだした。

ジェインはドアを開いて、廊下を駆けてくる女中を目にした。屋敷じゅうが物音と使用人たちの飛び交う声で騒々しくなっている。女中の腕をつかんで引きとめた。「ベッツィ！　いったい何があったの？」

「まあ、奥様。ブロンソンの井堰が決壊して、旦那様はそちらへ向かわれました」

「どうして誰も知らせてくれなかったの？」ベッツィを寝室に引き入れた。「着替えを手伝って。すぐに！　そのシーツ類は置いて、手を貸して！」

ジェインはたちまち乗馬服に着替え、髪はきつく結んで小さくまとめた。

「男爵様はすでに出発されたのね？」

コンスタンティンの寝室から慌しい物音は聞こえていた。どうしてすぐに自分に伝えてくれなかったのだろう？

「はい、奥様」ベッツィは両手を揉みあわせ、片脚からもう片方の脚に重心を移した。「あの工場のそばに住んでいる姉が心配なんです、奥様。子どもが三人いますし」

ジェインは息をついて、ベッツィの肩をつかんだ。「旦那様が助けてくださると信じるしかないわ。そして祈りましょう」

そうしているあいだにも、やらなければいけないことがたくさんある。「ヒギンズ夫人を呼んでちょうだい。それと、料理人も」

そうした有能な女性たちはみなすでにコンスタンティンに指示された仕事で手いっぱいだったため、ジェインも食料や毛布や必要な品々を褐色の紙で包むのを手伝った。それだけでは雨に濡れればやぶけてしまうので、積み込む際には帆布を掛けた。

ほどなくレディ・アーデンも階下《した》に急いでおりてきて、袖を捲り上げて手伝いに加わった。

「トレントはどうしてこんなことになるまで放っておいたのかしら？」

目を上げると、ラーキンが部屋

に飛びこんできた。

「奥様、だめです！　ミスター・トレントはこの天候では誰も助けに出せないと言ってます。どうするかは夜が明けてから決めると」

「夜が明けてからでは遅いわ！　ミスター・トレントに、わたしがこう言っていたと伝えて。誰か行かせなければ、この世に生まれてきたのを後悔することになると」

　ラーキンはぎょっとした目を向けた。

「どうしたの？　何をぐずぐずしてるの？　行きなさい！」ジェインはラーキンが走り去ると、つぶやいた。「これくらいでは効き目はないでしょうけど」

「奥様、荷馬車に積めるのはこれで最後です」従僕が言い、包みを持ち上げた。

「わかったわ」ジェインは前掛けをはずし、農婦のようにスカーフで頭をくるんだ。

「どうしようというの？」レディ・アーデンが訊く。

「わたしも荷馬車に乗ります」

「でも、ロクスデールからここにとどまっているようにと言われたのでしょう。ヒギンズ夫人に頼めないの？」

「行きたいんです」ジェインは続けた。「ここではもうできることはありませんから」有無を言わせぬまなざしでレディ・アーデンをしばし見つめた。「さっとあなたもわたしの立場なら同じことをなさるはずですわ」

　レディ・アーデンはいったん口をつぐんだ。それから言葉を継ぐ。「ええ、そうかもしれないわね」

ジェインは感謝の笑みを返した。「わたしがいないあいだ、この家の指揮をお願いできますか？」

「もちろん引き受けるわ。それと、コンスタンティンに……」レディ・アーデンがゆがんだ笑みを浮かべた。「やっぱりいいわ。すぐにまた会えるのだから」


被害はジェインが懸念していた以上に大きかった。工場は三メートルも水に浸かっていたが、建物のなかにいて巻き込まれた者はいない。けれどもコンスタンティンが心配していたとおり、周囲の領民の家々にまで水はあふれだしていた。

人々があちらこちらで水のなかから家財道具を持ちだそうと駆けずりまわっている。ジェインは御者に荷馬車を停めるよう指示して、ひとりの男性に声をかけた。「ロクスデール卿を見なかった？」

「奥様、あちらにおられましたよ」男性は川の向こう岸を指さした。「ですが、橋は壊れて流されちまった。荷馬車では渡れませんや」

ジェインは打つ手がないことをすぐに悟った。馬でならどうにか渡れるかもしれないが、荷馬車では無理だ。

「それならこちらに荷物をおろしましょう。納屋か、何か大きな建物に案内してもらえないかしら？　どこか濡れていないところはない？」

案内されたのは倉庫らしき小屋だった。さいわいにも高台にあるので水は流れこんでいない。手伝ってもらえそうな女性たちに仕事を割りふり、まもなくけが人や病人たちが続々と運びこまれてきた。

コンスタンティンにはそれから何時間も会えなかったものの、人々がその行動に畏敬の念を込めて語りあう声は聞こえてきた。そうした話を耳にするうち、ジェインは喉が締めつけられるように感じた。今夜、コンスタンティンはこの地の人々の英雄となった。

いまどこにいるのだろう、ぶじなのだろうかとジェインは思いやった。悪い知らせは入っていないので、心配しつつも平静を保とうとした。ほんとうは馬に乗って探しに行きたいけれど、足手まといになってしまうだけだ。ここでなら自分でも役に立てる。

そう心を決めて仕事に励んだ。

ミスター・ラーキンがさらに毛布を積みこんで到着し、ジェインは数人の女性たちに荷降ろしの手伝いを頼んだ。

「ミスター・ラーキン、ミスター・トレントから何か知らせはあった?」

「いいえ、奥様。ですが、デヴィア卿と公爵閣下が工場に駆けつけられてますし、ロクスデール卿は奥様にお帰りになるようにとおっしゃっています。あなたがおられる場所ではないと」

ジェインは腰に手をあてた。「それならロクスデール卿に、あなたが迎えに来るまでわたしは帰らないと伝えてちょうだい」ここでの仕事を放って帰るつもりはないけれど、せめてたかった。

ラーキンは目に見えてわかるほど唾をごくりと飲みくだし、頭をさげて立ち去った。

だがジェインの策略は通用しなかった。コンスタンティンがやってきたのはそれから一時間以上も経ってからで、それも婚約者を迎えに来たわけではなかった。

そこにいた人々が突如として静まり返った。ジェインが目を上げると、コンスタンティンがひとりの女性を腕にかかえて戸口に立っていた。

髪から水が滴り落ちて、頬を伝っている。顔は青白く、疲労でこわばり、ジェインの目には絶望が見てとれた。外套は着ておらず、帽子もかぶっていない。白い綿のシャツは体に張りつき、ところどころ破れている。

「コンスタンティン！」ジェインは駆け寄った。「早く！ ここに、床に毛布を敷いて寝床をつくらせましょう。その女性を温めてあげないと」

「手遅れだ。もう死んでいる」コンスタンティンの声はひび割れていた。かかえてきた女性を急ごしらえのベッドにそっとおろした。「残念だ」

女性たちのひとりがわっと泣きだした。亡くなった女性の家族や友人たちがジェインを押しのけるようにして集まってきた。

「何があったの？」ジェインは尋ねた。

コンスタンティンは片手で顔を擦った。「推測だが、川岸から滑り落ちて頭を打ったんだろう」

哀しみに暮れる人々を侘《わ》びしげに見つめている。

ジェインはその手を——手袋ははめず、冷えきっている——取って、少し離れた場所へ連れだした。

「休んだほうがいいわ」力を込めて言った。「ほかに頼める人たちがいるんだし」

コンスタンティンの顔がたちまち怒りに沸き立った。「そんなことができると思うか？　まだ向こうに取り残されている人々がいるというのに、休めるわけがないだろう？」かぶりを振った。「ジェイン」かすれがかった声で言う。「きみはぼくのことをまるでわかっていない」

ジェインはうろたえて息が詰まりかけた。何かを見落としていた。とても大事な何かを。けっして取り戻せはしない大切なものを失ってしまったように思えた。

恐れを飲みくだし、ふるえがちな声で言った。「わたしを帰らせたかったのよね。あなたはラーキンにわたしを家に帰らせろと言ったんだもの」

コンスタンティンは長々と黙って見返した。「あれではだめだったんだ」

その目にはっきりと表われた深い苦悩を見ていられず、ジェインは視線を落とした。「何がだめだったの？　わたしが女性だから？」

「いや」コンスタンティンは手を伸ばし、ジェインの顎を手の甲で撫でた。「きみがぼくの言うとおり帰るわけがないのだから」

コンスタンティンは翌日の昼間を過ぎても休まず働きつづけていた。正午にはその一帯の住民すべてがたとえ一時的であれ、近隣の家や教会や〈キングズ・ヘッド〉などの安全な場所に落ち着けたことが確かめられた。

レーゼンビーの領民たちも食事を運んだり、寝床を確保できない人々を家に受け入れたりと、この難局を乗りきるために協力した。全員をレーゼンビー館に泊めてしまったほうが手っ取り早かったのかもしれないが、誇りある人々は地元の男爵の家で寝るのでは気が休まらない。だから住民たちにまかせたほうがいいとジョーンズから助言されたのだった。

ジョーンズは真剣なまなざしでまじまじと見つめて言った。「戻らせてもらうことにしますんで」

コンスタンティンは疲れきっていて、一瞬その言葉の意味が呑みこめなかった。それからはっと、管理人として戻ってくれると言っているのだと気がついた。思わず顔がほころんだ。

「よかった！」握手をしようと手を差しだした。ジョーンズはわずかにためらってから、領主の手を握った。ラーキンは降格させなければならないが、あの青年にはもう少し経験が必要だし、何年かジョーンズの指導を受けることが本人のためにもなるのは間違いない。

前夜の惨事のあとでひとつでもよい兆《きざ》しが見えたことにほっとして、コンスタンティンは〈キングズ・ヘッド〉でサンドイッチをジョッキ一杯のエールで流しこんでから、ブリストレから呼び寄せた技師と話しあうため、ふたたび井堰へ向かった。デヴィア卿とモントフォード公爵もすでにトレント邸で食事と着替えをすませて戻ってきていた。当のトレントの姿はなかったが。

「すぐにも作業に取りかかれますが、地主様の許可が必要です」ミスター・グレンジャーは言った。

「許可は出ておる」デヴィア卿が唸るように答えた。射すくめるような目つきでコンスタンティンを見据えた。「私が責任を負う」

コンスタンティンはうなずいた。「仕事にかかってくれ」

グレンジャーが作業人たちに大声で指示を出し、コンスタンティンはモントフォードとデヴィアに顔を振り向けた。「おふたりに感謝します」

デヴィア卿は返事の代わりに肩をぽんと叩いて立ち去った。

「帰りたまえ、ロクスデール」モントフォードが言った。「ここにいても仕方がない。もうくたくただろう」

そこを離れるのは気が進まなかったが、コンスタンティンは軽く頭をさげた。モントフォードの言うとおりなのはわかっている。帰ったほうがいい。さっさと足を前に踏みだせるのなら、そうしていただろう。

モントフォードがなぜまだそこにとどまっているのかはわからない。あまりに疲れていて、公爵の意図を考える気にもなれなかった。

馬車の車輪の音がだんだんと大きくなってきた。コンスタンティンは顔を振り向けた。

「おお」モントフォードが言う。「ちょうどよかった」

コンスタンティンはその馬車を初めて見るものであるかのように見つめた。「でも、ぼくの馬が」ぼんやりとつぶやいた。

「私の御者にまかせればいい。帰るんだ、ロクスデール。何かあれば、連絡する」


コンスタンティンは馬車に乗り込んだところまでは憶えていたが、次に目覚めたときには自分のベッドの上にいた。窓から射しこむ陽光で、部屋はバター色の輝きに包まれている。あれからずっと寝ていたのか？　すでにひと晩経ってしまったのだろうか？

すると一昨夜のつらい記憶がいっきに呼び起こされ、目を腕で覆った。陽光が恨めしかった。もっと早く射してくれればよかったものを。自分が自尊心を呑みこんで、トレントを罵るのではなく、協力してくれるよう説得していればよかったのかもしれない。あるいはトレントがどうあれ、強引にでも自分で数日前に井堰を取り壊しておけばよかったのだ。

すべては手遅れだ。どれかひとつでも実現していれば、あの気の毒な女性は死なずにすんだ。

ヘスター。それがあの女性の名だ。コンスタンティンはふたたび嵐のなかへ出ていく際に、その名を泣き叫ぶ女性の声を耳にしていた。

身ぶるいして起きあがり、両手に顔を埋めた。啜り泣く人々の哀しみが寝室に押し寄せてくるように思えた。泣き声が聞こえ、哀しみが体に沁み入った。

[illegible]していたのだとコンスタンティンは気づいた。哀しみが胸深くに棲みついてしまったかのように、いつしか乾ききった苦しげなむせび声をあげていた。

いまさら遅すぎる。おのれの自尊心とトレントの頑固さ。そのせいで、罪のない女性が命を落とした。

ふと首筋に風を感じた。ほっそりとした二本の腕に抱きすくめられ、肩にやさしく口づけられた。耳もとに柔らかな声が聞こえた。「あれ以上のことはできなかったわ」

コンスタンティンはゆっくりと息を吐きだした。「やめてくれ」

ジェインの手に顔を包まれた。その澄んだグレーの瞳は強い光を放ち、コンスタンティンはとらわれてしまったかのように目をそらせなかった。「コンスタンティン、自分を責めないで。あなたのせいではないわ」

答えなかった。答えられない。

ジェインが肩に両手をかけた。「責任を負わなければいけない人がいるとすれば、トレントだわ。あの人は臆病な愚か者なのよ、コンスタンティン。領民たちもそれを知っている」身を乗りだして、顎をやさしく撫でた。「ゆうべ、みんながあなたについて話していたことを聞かせてあげたかった」囁きかけるように言う。「あなたはあの人たちの英雄よ。わたしは……とても誇らしい」

ジェインに触れられているのはなんとも心地よく、胸のつかえが少しだけだがやわらいだ。目を閉じて、ジェインの手のひらに口づけた。

目をあけると、すぐ目の前にジェインの顔があった。ジェインが口のほうへ視線をさげて、それからいったん目に戻し、ふたたび口を見た。そしてベッドの脇に手をつき、身をすり寄せて、互いの唇を触れあわせた。

ジェインは、そんな軽いキスだけでは我慢できないほど気をそそられていた。コンスタンティンが目覚めるのを、いらだちで頭がどうにかなってしまいそうになりながらじっと待っていたのだ。どちらも仕事から離れた後ろめたさに気をそがれずにすむよう、あらかじめいろいろと指示をすませた。それからふたつの部屋を仕切るドアの錠をはずし、忍びやかにコンスタンティンの寝室に入って、寝顔を眺めていた。

前日の午後に帰ってきたときには立っているのもやっとの状態だったので、シャツこそ着ていないものの、ズボンは穿いたままベッドに入っていた。

ジェインはすでに身をゆだねる心積もりで待っていたが、コンスタンティンはやつれた険しい表情で、奇妙なほど動こうとしなかった。いまはなにより抱きしめて、もう何も心配はいらないのだと伝えたい。体に腕を巻きつけたけれど、彫像を抱いているかのようだった。身を寄せようともしないし、抱き返してもくれない。

ジェインは傷ついて、けげんそうに眉根を寄せて身を引いた。

突如、コンスタンティンがぼそりと悪態をついて、両手でジェインの顔を包み、髪に手を[illegible]の胸に引き寄せると、首の付け根に顔を埋めた。

苦しげな息遣いがジェインの耳に響いた。「ああ、どうしたらいいんだ、ジェイン。きみが欲しい。きみが欲しくて、これ以上――」

「大丈夫、それ以上言わなくていいわ」この人に身をゆだねたい。どんなことより、呼吸をすることより、ジェインはそれを望んでいた。もうこの体が心地よく彼を受け入れられるかどうかなど、気にしてはいられない。彼が解き放たれるために必要なことならば、痛みを味わってもかまわない。コンスタンティンは無用な罪の意識に苦しんでいて、そんな姿を見ているのはこれ以上耐えられない。

コンスタンティンの指はすでにドレスの身ごろのリボンを探っていた。「だが、いまは……ゆっくりと、完璧にしてやれそうにないんだ。今回ばかりは」

「完璧になるわ」ジェインはかすかに微笑んだ。「あなたなら完璧になるに決まってる」

コンスタンティンに両手で乳房を寄せられると、たちまち口が利けなくなった。片方の乳房がたっぷりと慈《いつく》しまれたあと、もう片方の乳房を愛《め》でられ、指で濡れた襞を探られ、先日の晩と同じように徐々に昂らされて、快さに息を詰めた。

もうこのようにいじられても、気まずさも強いられているような感覚もなく、痛みへの恐れも湧かなかった。一本の指が滑りこみ、さらにもう一本の指が入って、ジェインは身悶えた。この身のすべてを捧げ、彼を受け入れようと脚を開いた。

今回は恥ずかしさもない。コンスタンティンにのしかかられても、しごく当然な正しいことをしているように感じられた。太腿に彼の重みのある下腹部が押しつけられた。恐れではなく、切望の波が押し寄せてきた。お互いに同じくらい欲している。ジェインは彼を奥深くに招き入れようと背をそらせた。

目をあけると、コンスタンティンが互いの体のあいだに手を伸ばしていた。いとおしさで胸がいっぱいになり、こうなることに恐れを感じていたのが信じられない思いだった。

わたしはこの男性を愛している！　想像もできなかった喜びと驚きに襲われた。

コンスタンティンの腕をたどり、美しい筋肉にかたどられた肩に両手を滑らせた。

求めているのを伝えなければと気づいた。たとえ肝心なときに痛みを感じたとしても、心から欲していることはわかっていてほしい。

「わたしのなかに入ってほしいの。コンスタンティン、お願い」

肩がこわばったのが感じとれた。コンスタンティンは張りつめた先端でジェインを突き、それからぐいと押して、なかに収まった。

少し……妙な感じだけれど……だいたいのところは……すてきな心地がする。

コンスタンティンが唸り声を漏らして、首をもたげた。「痛かったか？」あえぐように訊く。

「いいえ」ジェインは頭を後ろにそらせ、彼の腰に脚を巻きつけて笑った。

「ああ、ほんとうによかった」コンスタンティンが苦しげに続けた。「ここでやめなければならなかったなら、身がもたなかった」

この言葉がジェインにはたいそう愉快に響き、思わず漏らした楽しげな笑い声をコンスタ

…のキスで封じられた
互いの体がぴたりと触れあっているのがジェインには嬉しかった。コンスタンティンが動きはじめると、笑うのはやめて、あまりに長いあいだ夢にみようとさえ思わなかったものを求めて同じように動きだした。

とても温かで逞しく、それでいてなめらかな体に触れているのが心地よい。陽光に照らされて筋肉のきわだつ肩や、艶やかに輝いている濃く黒い髪を眺められるのも嬉しい。土臭く男っぽい香りも好ましいし、名を囁いてくれるときの、かすれがかった声もいい。

あなたを愛してるわ。そう言いたいけれど、その言葉を口にする資格が自分にあるのかどうかわからなかった。コンスタンティンのことを誤解していたのだから、その償いはしなくてはいけない。

コンスタンティンが突く角度を変えると、ジェインは思考を断ち切られ、快感にただ身をゆだねて吐息をつき、熱く昇りつめていった。

「ああ、ジェイン。これ以上はこらえきれない」

コンスタンティンが手を下へ滑らせ、ふたりが繫がっているところのすぐ上の皮膚を押した。体じゅうの熱が一箇所に集まって砕け散ると同時に、目の前に光の破片がぱっと広がり、快い波にさらわれた。

コンスタンティンの動きがだんだんと激しさと速さを増し、ジェインはしがみついて押し寄せる波に身をまかせた。息遣いがしだいに苦しそうになってきて、とうとうコンスタンテインが全身を張りつめ、しわがれた叫びをあげてジェインのなかから引き抜いた。ぶるっと身をふるわせ、横にずれてマットレスに倒れこみ、ジェインの乳房にぐったりと片腕をかけた。

　ジェインはその傍らに横たわり、なおも体のなかで音楽が奏でられているかのような快い余韻《よいん》に浸った。これまでその存在すら知らなかったところがひりついているものの、ほかの誰かとこんなにも深く結びついて、悦びに満たされ、生きていることを実感できたのは初めての経験だった。どうしてこんなにも長くこの悦びを知らずに生きてこられたの？

　コンスタンティンが横向きになってジェインの背中を自分の体の前にぴたりと抱き寄せた。片手でしっかりと乳房を包みこみ、唇で耳の裏側をかすめた。「ついわれを忘れてしまった」いったんためらい、ふっと笑ってから、言葉を継いだ。「こんな質問をすることになるとは思わなかったが、どうだったか教えてくれないか」

　ジェインは吐息をついて、背中を彼の胸にすり寄せた。

「完璧よ。完璧だったわ。そうなるのはわかってたけど」

　コンスタンティンはジェインの手をつかんで、そのまま乳房の谷間に押しつけた。あまりに親密なやさしいしぐさに、ジェインはこみあげた涙を瞬きでこらえた。

　どちらもそれからしばらく何も話さずに横たわっていたが、いつの間にかコンスタンティンの呼吸が深くなり、ジェインは彼が寝入ってしまったことに気づいた。自分のベッドに戻らなければいけないけれど、脚が彼の長く筋肉質な脚と絡みあっていて、しっかりと抱かれふたたび目を覚ましたときには暗くなっていたが、部屋は蠟燭の明かりに照らされ、暖炉のなかでは炎がばちばちと音を立てていた。首をめぐらせると、コンスタンティンがまたもあの熱っぽいまなざしで自分を見ていた。

微笑んで言う。「人がこんなにもぐっすり寝込んでしまった姿を見たのは初めてだ」

「わたしが寝ているところを見てたの？」ジェインは喜んでいいものかどうかわからなかった。

コンスタンティンが身をかがめてキスをした。「眠り姫だな」ぼくはきみに魔法をかけられてしまった」

ジェインは眉をひそめた。「眠り姫が魔法を使うところなんて憶えがないわ。物語の最後までずっと眠っていたわよね？」

コンスタンティンはにやりと笑った。「まったく、きみは現実的な女性だな」体を起こした。「空腹じゃないか？　そうに決まってるよな。ぼくが食料庫から何か見つくろってこよう」

「とっても嬉しい提案だわ」ジェインは両腕を振り上げた。「ああ、こうしてずっとベッドにいたいけど、しなくてはいけないことがたくさんあるのよね」

コンスタンティンは微笑んでシャツに手を伸ばした。「ああ、だが仕事はどうせ夜が明けてからでなければできないのだから、今夜はまだ時間がある」

コンスタンティンが食べ物を取りにいっているあいだに、ジェインは化粧着を身につけて、ふたたび上掛けの内側にもぐった。体は活気づいていて、感覚は鋭敏になっている。亡き夫との結婚式の晩から自信を失い、苦しみつづけてきたというのに、コンスタンティンにはこんなにもたやすく、自分もしごく健全に欲望をそそられる情熱的な生身の女性だと感じさせてもらえたのが、いまだ信じられなかった。

わかってみれば事実は啞然とするほど明快だった。自分はごくふつうの女性だったのだと。秘めやかな部分は敏感でひりついているけれど、快い満ち足りた痛みだ。体じゅうにまだ甘美な疼きが残っている。朝まで続くに違いない。

コンスタンティンがふたりぶんのご馳走を載せた盆を手に戻ってきて、さっそく食欲旺盛に味わった。

「ほんとうに」ジェインは満足そうに目を閉じた。「このタルトは舌がとろけそう。すぐに料理人のお給金を上げてあげないと」甘くねっとりとしたものでべとついた指を振って言う。

「ナプキンを忘れてきてしまったな」コンスタンティンはいたずらっぽく目をきらめかせ、ジェインの手を取った。「許してくれ」

ジェインは指先を舐めとられて息を呑んだ。その温かに湿った口の感触に、気だるい心地よさが体のなかに広がった。コンスタンティンが欲望に満ちた熱っぽい目で見つめている。指を念入りに舐めとったあと、ジェインの手を返し、手のひらに口づけてから手首に唇を[illegible]れるとさらに跳ねあがった。

「もう……ほんとうにいけない人ね」ジェインは囁くように言った。

「もっとずっといけない男になれるんだが」コンスタンティンはジェインを引き寄せ、今度は口だけで愛しあおうとするかのように、思わせぶりにみだらなキスをした。ジェインの体はとろけ、頭がぼんやりとしてきた。

コンスタンティンが身を引いた。「ジェイン、話があるんだ」

19

キスのあとで、ジェインは言葉を解するのにしばしの間がかかった。

「話？」ぼんやりと訊き返した。話？　ようやく何年も遅れて寝室での営みを学べたときに？

「ああ。昔起こったことをきみに話しておかなければいけない」

コンスタンティンは盆を持ち上げ、窓辺のテーブルに移した。それからズボンを脱ぎ捨て、ベッドのジェインの隣りに戻って身を横たえた。

ジェインは気をそそられる彼の一部分からどうにか目をそらそうとした。凝視するのは不作法だ。すると上掛けが引き寄せられ、それ以上は眺められなくなってしまった。ため息が出た。学ぶべきことはまだまだある。

コンスタンティンがため息の意味を察したらしく口もとをゆがめたので、ジェインは頬を染めた。

「話したいことがあるって……」いまや見る影もない品位をとりつくろって、さりげなく先を促した。

コンスタンティンが表情をやや引き締めた。「ああ、話さなくてはいけない」息をつく。「きみはぼくの恥ずべき過去について説明を望んでいた。なんというか、まあ、狼少年に少し似た物語だ」

ジェインは困惑して、枕に体を乗り上げさせた。「どういうこと？」

コンスタンティンも積み重ねた枕にもたれかかり、片腕で頭の後ろを支え、もう片方の腕をジェインにまわした。

鼻からゆっくり息を吐きだす。「たしかに、ぼくが昔、向こう見ずな男だったのは間違いない。退屈していて、裕福で、無鉄砲で、女性と戯れることにも早くに目覚めた。いろいろと悪さをしてイートン校を退学させられかけたし、オックスフォードへの進学を父に許してもらえなかった。そんなようでは大学へ行っても時間の無駄だと言われたよ。

悪ふざけが過ぎてすっかり信用を失っていたのは事実だが、限度はわきまえていた。ぼくなりに成長していたんだが、厳格で堅物の父には理解してもらえなかった。父はぼくの人格は十七歳で決まってしまったと思っていたんだ」

「それはきびしすぎるわね」ジェインは言った。「わたしのいとこたちも大学までいろいろな悪ふざけをしていたわ。それが本人たちに悪い影響を及ぼしたとは思えない」

「ああ。だが、そこにアマンダが現われた」コンスタンティンは皮肉っぽい乾いた笑いを漏らした。「これがもう、その社交シーズンでは一番人気の、男たちが求めずにはいられない美貌の持ち主だった。ご両親は裕福ではなく、爵位もなかったが、格別美しい娘に最上の結婚をさせるために財産を投げうっていた。大きな見返りが得られることを期待して」

いつものジェインならコンスタンティンが褒めた若い女性に嫉妬心を抱いていたかもしれないが、その辛らつな口ぶりから未練は少しもないのがあきらかに感じとれた。

「何があったの？」

「もちろん、ぼくは彼女にたちまちのぼせあがってしまった」コンスタンティンが続けた。「ぼくはもともと彼女の両親が期待していた輝かしい花婿候補ではなかったんだろうが、ロンドンに来て何カ月か経つうちに、さほどの花嫁持参金もなく、強力な後ろ盾もいないアマンダが宝冠を戴《いただ》くのはむずかしいことに気づいたらしい。ブラック家は由緒ある一族で、ブロードミアに所領を有している。レーゼンビーほどではないにしろ、その広大な富んだ土地の相続人はぼくだった。娘にとって最良の花婿だと考えたのだろう」

ジェインにはその先の話がなんとなく想像できた。

コンスタンティンが冷ややかな笑みを浮かべた。「まったくもってばかばかしい無意味な打算だ。ぼくは父の承諾が得られしだい、本気で求婚するつもりだった。だが父は渋った。息子というのはみなそうなんだろうが、ぼくもそのとき、父はぼくのすることにはなんでも承諾するつもりはないのだろうと思ってしまったんだ。あとから考えれば、父はアマンダの両親が強欲な財産目当ての人々だと勘づいていたんだろう。アマンダは悩みを打ち明けてくれていたから、ぼくもご両親のことはわかっていたが、かまいはしなかった。乙女を助ける白馬の騎士気どりだったんだ」口もとをゆがめた。「ところが、その女性が結局はお姫様ないなかったんだ」

　コンスタンティンはベッド脇のテーブルに置いたワイングラスを取り、差しだしたが、ジェインは首を振った。コンスタンティンが考えこむようにワインをたっぷりと口に含んだ。

「きみはぼくが家でパーティが開かれたときにアマンダを穢したと聞いているだろう。実際は――これはきみにだけ言うが――穢されたのはぼくのほうなんだ」

　自嘲ぎみに鼻で笑い、グラスを置いた。「あのときは――そうだ、二十歳のときだ――情けない未熟者の若造だった。良家の子女を誘惑しようなどとは、月へ行くことより考えられないことだった。そうとも、ぼくはやんちゃであっても、愚かではなかった。淑女を穢すなどもってのほかなのは承知していた。だからあの日、真夜中にアマンダがぼくの寝室に現われたときには目を疑った」

「ふたりでいるところを人に見られたのね」ジェインはコンスタンティンの手を取った。

「ああ、そうだ」コンスタンティンが親指で手のひらを撫でながら言う。「むろん、嵌《は》められたんだ。ふたりのあいだにはそのとき何もなかったんだが、彼女がそこにいたというだけで……しかも、滑稽なことに――ほんとうに笑ってしまうが――アマンダがあのときみずから得意げに策略を明かさなければ、ぼくは嵌められたことにも気づかなかった。はっきりと言われたよ。アマンダはぼくに愛情など抱いていなかった。両親と同じくらい野心家で、しかも親とは違っていっさい隙を見せなかったのだから、倍も賢い女性だったというわけさ」

　コンスタンティンは厭わしげに口角をさげた。「まったく、ぼくはのぼせあがって、熱に浮かされて夢をみていた。アマンダを愛していると思い込んでしまった。彼女を妻にするためなら家族に絶縁されてもかまわないとすら決意していた。そんなぼくを……彼女は笑った」

ジェインは向こう見ずに情熱を燃やしていた青年に胸が痛んだ。そして財産目当てでその青年の名を穢した女性への怒りに駆られた。コンスタンティンの手をきつく握った。

コンスタンティンはジェインの顔を見やり、それから繋いだ手に視線を落とした。「つらくてたまらなかったし、自尊心はずたずただった。アマンダの評判が傷ついたのはわかっていたが、事実を知ったあとではどうしても結婚することはできなかった」

「誰もがあなたを説得しようとしたのでしょうね」ジェインは言った。

「ああ、そうとも、多くの人から叱責され、咎められ、きびしく言い聞かされた。みなに――親しい友人たちにすら――避けられるようになった。ぼくは気にしないふりをしていた。ぼくの道徳心などどうでもかまわない連中とつきあうようになったが、どうしてもなじめなかった」

「あなたのお父様は？」

コンスタンティンは顎をこわばらせた。「いまから考えれば、最初は理解してくれようとしていたんだと思う。怒鳴り散らしながらも、説明を求めていた。ぼくは何も話さなかった。アマンダの策略を口外すれば、完全に奈落の底に突き落とすことになる。でも理由はほかにもあった。ぼくの結婚の意志を知っていた父から、アマンダを寝室に連れこんで辱めたと疑われていると思っていたんだ。ぼくのことをもう少しわかってくれていると思っていた。

たたやには、父にとってぼくはそのようなことをしてもふしぎではない、昔の悪がきのままだったんだ」

「狼少年ね」

「ああ。人は先入観念で最悪の事態を連想する。だからぼくは見捨てられ、なんであれよくないことが起きたときにしか名を囁かれない厄介者にされてしまった。紳士のクラブにも出入りできなくなった。入れてもらえるのはふだんなら行く気もしない安っぽいところばかりだった。味方についてくれたのは弟のジョージだけだ」

「ほかのご家族は？」

　コンスタンティンはため息をついた。「姉妹たちはその一件のせいで自分たちの結婚の望みが絶たれたと思って、ぼくを遠ざけた。母は……」その苦悩に満ちた表情にジェインは胸を突かれた。「仕方ないんだ、母が父に逆らうのは見たことがなかった。あれ以来、一度も会っていない。つまり、ぼくは父から勘当《かんどう》され、家から追いだされた。しかも父は、遺言書からもぼくをはずす手続きをしている最中に死んでしまった」

「コンスタンティン、心からあなたの心情をお察しするわ」ジェインは囁きかけるように言った。「それであなたは家に帰れなかったのね」

　コンスタンティンは肩をすくめた。「父はジョージにブロードミアを継がせようとしていた。だからぼくは、あの土地は弟のものだと考えている。この十二年、ぼくは本来は嫡男以外の男子に支払われる手当てだけを受けとってきた。父の遺志を考えれば、一八二一たりとも手にするべきではないんだろうが、そうしなければジョージが所領を引き継いでくれなかったんだ。いまはぼくがレーゼンビー館を継ぐことになって、今度こそ正式にブロードミアと家督を引き継いでくれるようジョージを説得している」

そうであれば、コンスタンティンは名ばかりの領主だとフレデリックが思い込んでいたとしても仕方がない。ジェインはようやく納得がいった。「つまり、あなたはいままで弟さんのぶんのお手当てだけで暮らしてきたのね」

「ああ、それを元手に王立取引所で利益を得て増やしてきた」

ジェインは目を見張った。「賭け事ではなく」

コンスタンティンが笑った。「ぼくはろくでなしかもしれないが、愚かじゃない。カードゲームはしても、相応の金額しか賭けない。そうでなければ、ひと月で破産している」

ジェインはうなずき、深く考えこんだ。「結婚しなかったことは後悔してない?」

コンスタンティンは首を振った。「あの当時は、すべてを失ってしまってくやしかったさ。でも……ああ、アマンダとの結婚を拒んだことを悔やみはしなかった。彼女にとってもよかったんだ。結婚していれば、ぼくは彼女を憎み、悪魔のような夫になっていただろう。ときには……ほんとうにたまにだが、結婚して、多くの男たちと同じように妻と離れて暮らす手もあったのかもしれないとは思ったが」コンスタンティンは顔を振り向け、ジェインの手を自分の唇に近づけた。「だがいまは、そうしなくてよかったと心から思う。きみがいるから」

ジェインの胸に喜びが湧きあがり、晴れやかな笑みとなってあふれでた。

コンスタンティンをこんな燃えるように熱い目で見つめた。「ああ、まったく、ジェイン、そんなふうに微笑みかけられると、きみが欲しくて息もできなくなってしまう」

ジェインは両手で彼の顔を包みこんだ。「コンスタンティン、あなたを愛してるわ。わたしを愛して」

この想いを撥ねつけられたり聞きたくない言葉を返されたりするのが怖くて、返事を待たずにみずから口づけた。ほんとうに聞きたいのはひと言だけだ。

それを認めるのがこんなにも恐ろしいことだとは思わなかった。

先ほど身を重ねたときには愛されているように感じられたけれど、そう簡単に信じてはいけないこともわかっている。愛されていると女性に思わせるのも、放蕩者の特技のひとつに違いないのだから。

コンスタンティンに化粧着を後ろに押しやられ、唇で体を下へたどられ、乳房に長々と口づけられてから、お臍《へそ》を舌でなぞられた。うっとりと頭が霞がかってきて、不安はたちまち消え去った。

「あ、ああ」あえぎ声を漏らした。「みだらだわ」

コンスタンティンが笑い、ジェインは温かい息に腹部をくすぐられた。「ぼくのかわいい人」そう言うと、唇で腰のくびれをたどり、太腿に強く口づけた。

脚のあいだが疼きだし、ジェインは落ち着きなく身を動かした。太腿の内側を舌がかすめ、熱さが体をめぐった。顎の無精鬚がちくちくするものの、ちょうど快い程度に肌に擦れ、神経が呼び覚まされていく。

彼が欲しいし、準備はできているのに、あまりに焦らされている。ジェインはふたりでいちばんすてきなところへ達するために上に戻ってきてもらわなければと、彼の頭に懸命に手を届かせようとしたが、コンスタンティンは含み笑いを漏らして、戻ってこようとはしなかった。

「あなたが欲しいの……」声を絞りだし、切なげに身をくねらせると、太腿の内側をつかまれ、やさしく脚を開かされた。

脚のあいだに熱い息を感じ、襞がめくられ――ジェインはぱっと目をあけた――ああ、なんてこと！

「何してるの？」なかに舌をめぐらされ、慌てて逃れようとベッドの上のほうへ腰をずらした。

コンスタンティンが片手で頬杖をついて、いたずらっぽく瞳をきらめかせ、ジェインの脅えた目を見つめた。「きっと気に入る。約束する」

「だ、だめよ。こ……こんなことはできな……」

コンスタンティンが眉を上げた。

「不作法だわ！」

「寝室は慎みなど気にする場所じゃない。いずれにせよ、ぼくたちの寝室では」コンスタンティンが足首をつかんで、ふたたび引き寄せようとしたが、ジェインはそのようなみだらで破廉恥なことはさせまいとベッドの頭板にしがみついた。

コンスタンティンの日は愉快げに狭まっていたものの、その頑固そうな顎の張りぐあいから、逃すつもりはないことが見てとれた。緑色の瞳で獲物を狙うかのようにすばやく這いあがってきた。ジェインは胸にぞくりとする甘美な刺激を覚えて、目を見開いた。コンスタンティンには紳士ぶって女性への欲望をあきらめるつもりなどさらさらないらしい。

身をかがめて頰に口づけると、からかうように耳たぶを舐めた。耳に唇を寄せて囁いた。

「ジェイン、心地よくさせてもらいたいだろう。きみに教えてあげられることはいっぱいあるんだ」

首筋に口づけて、やさしく歯を立てた。

ジェインは息を吞んだ。

「気に入ったかい？」

うなずく。

コンスタンティンがゆっくりとおりていく。「これは？」乳首を口に含まれ、吸われて、敏感な皮膚から快い刺激が熱い潮流のごとく下腹部へ伝わった。

「ああ！」のしかかられて悶えた。

コンスタンティンが脚のあいだを手で探り、指の腹でやさしく円を描くようにして、ジェインを張りつめさせていった。

乳房のなだらかなふくらみに唇を滑らせて言う。「これはどうだろうか？」

ジェインは頭をのけぞらせた。「ええ、いいわ」

「このままぼくが下までキスしていったら、どうなるのかな」

ジェインは息がつけなかった。話すことはできない。

「ぼくが舌と唇でここに触れたら、どんな感じがするんだろう？　ジェイン、きみを味わいたいんだ。口できみに触れたくてたまらない」

ジェインは哀れっぽく切なげにか細い声を漏らした。どう答えればいいのかわからないけれど、こんなふうに触れられて、みだらな言葉を囁きかけられていると……逃れようという気にはなれない。

コンスタンティンは腹部にやさしく口づけながら、指で彼女を愛撫していた。

「ジェイン、ぼくを信じてくれるかい？」

もうとても答えられそうにない。できればこのまま黙っていたい。

ところが今度はふたたび、せかす調子のかすれがかった声が聞こえた。「ジェイン、ぼくを信じてくれるんだろう？」

「ええ。ええ」

「それなら、まかせてくれ」

「ええ」

コンスタンティンはジェインの脚のあいだに頭をかがめ、指に替えて舌をひらひらとめぐらせてなかを味わい、探りはじめた。ジェインは彼の舌と唇に燃え立たされ、残されていた恥じらいは立ちのぼる炎に焼きつくされた。

あえぐように彼の名を呼びながら、このまま容赦なく攻めつづけられたら、あまりの快さにどんどん燃えあがり、焼け焦げて灰になってしまいそうな気がした。

コンスタンティンの髪に触れた刹那《せつな》、悦びが炸裂して意識が吹き飛び、手を脇におろして身をよじった。

ほどなくコンスタンティンがなかに入ってきて、深くゆっくりと突いて炎を焚きつけ、ジェインは極みへせきたてられて、とうとうこの日二度めの叫びをあげた。目の前が真っ暗になり、わけがわからないまま嵐にさらわれて解き放たれた。

自分の上に倒れこんできたコンスタンティンに、ジェインは微笑んだ。この男性に自分の一部を奪われてしまったけれど、取り戻したいとは思わなかった。


それから数日のうちに、ジェインのコンスタンティンへの愛はますます深まっていった。ブロンソンの工場での惨事を取り仕切った手腕には、モントフォードですら称賛せざるをえなかった。当然ながら、コンスタンティンの領主としての資質を咎める言葉はもはや口にできずに、公爵はレーゼンビー館をあとにした。

ミスター・トレントもロンドンに急用ができて、しばらく領地を留守にするというので、コンスタンティンは日中は領民たちの家の修繕や建て直しを監督するなど、骨は折れるもののやりがいのある仕事に追われた。

さらに、ジェインとの婚約によって得た信用で資金を調達し、自分たちの工場を稼動させる準備も着々と進めた。やむをえずブロンソンの工場に移っていたレーゼンビーの織工たちはみな元の工場の再開を熱望していた。大勢の働き手を奪われることを恐れたブロンソンは、織工の賃金をコンスタンティンが提示していた額まで引き上げざるをえなくなった。

そんな忙しさのなかにあっても、コンスタンティンは洪水の惨事で救うことのできなかった女性のことをけっして忘れはしなかった。村の教会で追悼《ついとう》の儀を執り行ない、ヘスター・マーティンの墓前に花を供えた。

そして晩にはジェインのみだらで謎めいた恋人となった。ジェインには想像もできなかったことを教え導き、悦びを味わわせた。コンスタンティンの教えを受け入れることを決めたときにジェインが期待していた以上に、はるかに悦びの世界は広がった。

それでも、愛すればこそ欲深くなり、ジェインはさらなるものを求めていた。

コンスタンティンは一度も肝心な言葉を口にしていない。ジェインが衝動的に発した愛の告白にも相槌すら返してくれなかった。この男性はあたかも自分のことだけを想い、自分の幸せをなにより願ってくれているように見えるけれど、肝心の言葉を聞くまでは……。

「何を考えてるんだ？」

ジェインが目を上げると、晩餐のテーブルの向こう側でコンスタンティンが微笑んでいた。

「まあ、ほんとうにごめんなさい。考え事をしてしまったわ。許して」スプーンを取り、スープに浸した。いま考えていたことは明かせない。

コンスタンティンはレディ・アーデンをちらりと見やり、それ以上尋ねるのは控えた。ワインを飲む。「ジェイン、来週、きみをロンドンに連れていきたい。どうだろうか？」

「ロンドン？」ジェインは用心深く目を見開いた。「なんのために？」

「向こうで仕事があるんだ。それと、できればトレントに会って、自分の責任をどう考えているのか問いただしたい。領民たちは領主を必要としている」

「それなら……」ジェインは言いよどんだ。「舞踏会や……パーティはないのよね」

「モントフォードの舞踏会があっただろう？」コンスタンティンが言う。「ぼくたちは主賓《しゅひん》として招かれていたはずだ」

ジェインはそれをすっかり忘れていた。

レディ・アーデンが言葉を挟んだ。「あなたはまだ喪に服している身だから、ダンスは控えるにしても、楽しみをすべて我慢する必要はないのよ。フレデリックが亡くなってすぐに舞踏会に出るのは少し気が引けるでしょうけど、あなたたちの婚約を発表すれば、みなさんにご理解いただけるわ。コンスタンティンの婚約者としてそばにいなくては」

ジェインは含みのある視線を向けられ、社交界でコンスタンティンの信用を取り戻さなければと、この婦人と話しあったことを思い起こした。気持ちが沈んだ。やはり、コンスタンティンのために行かなければいけない。

ああ、でも以前から社交界の催しに出るのは気が進まなかった。自分の物言いは貴族の紳士淑女には率直すぎてなじめず、たわいない会話ですら口が重くなってしまう。セシリーの場合は個性的だと言われながらも、そんなところがかえって人々から愛されている。かたや自分にはそこまでの愛らしさはない。つまりただの……変わり者だ。

けれども、ジェインがロンドンに行きたくないのにはまたべつの理由もあった。美形でしかも男らしさにあふれたコンスタンティンを見やり、居心地のよい小さな世界で過ごしたこの数週間の日々を思い返した。世間とは離れてこの男性にくるまれ、見つめられていると、自信が持てた。安心していられた。

ロンドンにはコンスタンティンの興味を引く様々な楽しみがあふれていて、自分にたとえどのような魅力があろうとたちまち色褪せて見えてしまうだろう。

もちろん、ほかの女性たちもいる。もっと洗練されていて、美しく、経験豊かな女性たちが。そんな人々とどうしたら張りあえるというの？

この数週間で築いたふたりの関係に、容赦なくきびしい道のりが待ち受けているように思えた。コンスタンティンは思いやりのある温かい言葉をたくさんかけてくれたけれど、自分が心から望んでいる言葉はまだ一度も耳にしていない。

突如、その現実がジェインの胸にずしりと沈んだ。しばしのあいだ、息ができなかった。いつの間に、勝手に思い込んでしまっていたのだろう？　どうして、分別があればすぐに答えは見いだせたはずの冷たくきびしい現実を突きつけられていながら、わたしは空想の世界に浸っていられたの？

コンスタンティンは〝愛している〟とは一度も言っていない。誠実な夫になるとも誓っていない。もともと懲りない女好きで、レーゼンビーにいるあいだはたしかにほかの女性とつきあってはいなかったけれど、それは揺るぎない決意からというより、単に機会が得られなかったからにすぎない。

最初から、コンスタンティンは互いの便宜上の婚姻を提案していた。けっしておだてて気を惹こうとしていたわけではない。たしかに、おそらく好意は抱いてくれているのだろう。思いやりは感じられる。でも、フレデリックも結婚当初は思いやってくれていたように見えたのに、次々に情婦とつきあうのをやめようとはしなかった。これが世の倣いなのかもしれない。妻たちはひとりかふたり息子をもうけたあとは、夫がほかの女性たちと戯れ、情婦を囲うことには目をつむる。

自分とコンスタンティンとの関係はいわば契約のはずだったでしょう？　そう考えると、胸の奥に差しこむような痛みを感じた。

たちまち、十七歳の不幸せな妻だった頃よりも不安で心細い気分に陥った。ほんとうはコンスタンティンの愛と誠実さを信じたい。でも、はっきりとした言葉がないかぎり、恐ろしいだけのロンドンへの旅には踏みだせない。

20

その晩遅く、コンスタンティンが寝室のドアを開くなり、ジェインが抱きつかんばかりに熱っぽくキスを浴びせてきて、ガウンの留め具をせわしなくはずした。

コンスタンティンは素肌を指先で触れられてぞくりとしつつも、今夜のジェインにはどこか差し迫ったものを感じ、不穏な予感を抱いた。

ジェインの肩にしっかりと両手をかけて押さえた。「ちょっと待ってくれ」穏やかに言う。「どうしてそんなに急ぐんだ、お姫様？」

ジェインは何も答えず、肩にかけられた手をするりと振りほどき、コンスタンティンの体を下へおりていった。両手で尻をなぞり、唇を胸にやさしく押しつけるようにして、乳首を舌ではじいている。コンスタンティンの下腹部はたちまち硬くなったが、知りたいことから気をそらされるわけにはいかなかった。

「ジェイン……」

ジェインはさらにくだり、炎のように熱い舌で腹部をくすぐっている。いや、だめだ。完全にこれを忘れてしまう前に、このように焦っている理由を聞きださなければ。

ジェインの頭の後ろに触れ　注意を引き戻そうとした。詰よりがちな声で言った。「嬉しくないわけではないんだが……」彼女の口に含まれると考えていたことは吹き飛び、呻《うめ》くように声を漏らした。

何かがおかしいのはわかっていても、手慣れた高級娼婦のごとく舌で巧みに愛撫されていては謎解きなどできようがない。これをジェインにされているのだと思うと、凄まじい勢いで体じゅうが熱く脈打った。

口にすっぽりくわえられると尻がぴんと張りつめて身ぶるいし、ジェインの髪に手を差し入れた。基本を教えたのは自分だが、この数週間で、ジェインは見事に腕を磨いたようだ。できるかぎりこらえていたが、気づけば限界に達していた。あっという間に頭が真っ白になり、しわがれた叫びをあげて激しく首を揺らしていた。

まだベッドにたどり着いてさえいない。

コンスタンティンは落ち着きを取り戻すと、ジェインを抱き寄せて長々と酔わせるキスをしてから、ほどよいふくらみの尻をしっかりとつかんでベッドへ導いた。ジェインは何ひとつ身につけておらず――これもめずらしいことだ――こうして眺められるのは喜ばしいとはいえ、その姿にもまた不穏な引っかかりを覚えた。

枕に背をあずけてジェインを引き寄せたときにも、まだ息があがっていた。「お返しさせてもらう前に、もう少しだけ休ませてくれ」

ジェインは腕に抱かれて身をゆだね、また親指を噛んでいる。それが何か気になっているときの癖であることにコンスタンティンは気づいていた。

やはりか。今夜の情熱的な出迎えに抱いた予感は当たっていた。

「ジェイン、どうかしたのか？」

「なんのこと？」ジェインが乱れた髪の下から目を向けた。「どうしてそんなことを訊くの？　わたし……楽しんでもらえたのよね？」

なんと、楽しんだかだと？　「もちろんだ。だが、したくないことはしなくていいんだ。義務ではないのだから」

「したいんだもの。わたしは……」ジェインは口もとをゆがめ、いわくありげな笑みを浮かべた。「あなたを自分のなすがままにできるのが楽しいの」

コンスタンティンは笑い声を立てて、こめかみにキスをした。かすれがかった声で言う。

「ぼくはきみの奴隷《どれい》だ、お姫様。わかっているだろう」

ジェインは押し黙った。

そしてふたたび緊張が戻った。身をすり寄せていても、コンスタンティンにははっきりと感じとれた。

これこそ女性たちとつきあっていて逃げだしたくなる瞬間だった。これまでは逃げるか、許しがたい裏切りをして、そのせいでベッドから追いだされれば安堵のため息をつき、次の女性に乗り換えてきた。

今回はそう簡単にはいかない。ジェインはいままでの女性たちとは違う。愛情を抱いてい絶好の機会だ。たとえ逃げたくなっても逃げられない。それに、逃げたくもない。

ジェインは愛していると言ったが、その後は同じ言葉を聞いていないし、女性が解き放たれた余韻でそう信じこんでしまうものだということも、じゅうぶん承知している。たとえそのときは相手の男を愛していると信じていたとしても、思い違いかもしれない。なにしろ、ジェインにとって自分は初めてほんとうに身を重ねた男だ。女性はがいして、快楽を求める後ろめたさから、より尊い理由で男とベッドをともにしたと思いたがるものだ。

だがいま自分が下手な出方をすれば、ふたりが築いた関係を壊してしまいかねないという不吉な直感が働いた。それに、ジェインとの関係は自分にとっても初めてのかけがえのないものだ。アマンダとの一件があって以来、女性に愛情を抱いたことはなかった。戯れる女性は自分と同じように世慣れていて心を閉ざしている相手をあえて選んだ。もしそうした女性たちが深い感情を抱きそうになれば、すぐさま去った。大事に至らずにすむうちに。

コンスタンティンはジェインの頭のてっぺんにそっとキスをして、剝きだしのたおやかな腕を指先で撫でた。

ジェインはやすやすと言ってのけたが、自分にとって〝愛している〟という言葉を口に出すのはそう簡単なことではない。そのたったひと言で、彼女が自分にとってどれだけ大切でかけがえのない存在なのかをどうして伝えられるだろうと思うと、喉が締めつけられるようだった。といって、それ以外にジェインの気持ちをなだめられる言葉も見つかりそうにない。

コンスタンティンは何も言えなかった。仕方なく、いっさい話さずにすむようジェインを自分の体の上に抱き寄せた。

トレントがロンドンから戻ったと聞くやすぐさま、コンスタンティンは家を訪ねた。今回は朝食用の居間にいきなり踏みこみはせず、きわめて礼儀正しく名刺を差しだした。長々と待たされたのち、図書室に案内された。

幸先がいい。トレントは少なくとも追い返しはしなかった。そうしようと思えば、できたはずだ。

トレントが部屋に入ってくると、コンスタンティンは歩み寄って片手を差しだした。隣人はその手を取らなかった。

「ぼくに何か用だろうか？」落ち着いた口ぶりだが、煮えくり返った憤りを抑えているのが窺えた。

「ああ、そうなんだ。それと念のために言っておくが、けんかを売りにきたわけじゃない」

コンスタンティンは部屋のなかを見まわした。「坐らないか？」

「そんなに長くはかからないだろう」トレントが言う。「さっさと用件をすませて帰ってくれ」

コンスタンティンはいくぶん憐れみを覚えてトレントを見つめた。この男に怒りをぶちまけさせてやったほうがいいかもしれない。「デヴィアに叱りつけられたのか？　気の毒に」

「お[illegible]言っていた。このぼくにだ！」トレントが角張った顎をこわばらせた。

「もう、座礁してきたのかもしれないな」コンスタンティンは軽くかわした。

「ああ、そうとしか考えられない！　デヴィアと公爵はあきらかに頭がいかれている」それからトレントははっとわれに返ったようだった。おそらくは自分がデヴィア家の母から生まれた身で、しかもいま話している相手はデヴィア家の宿敵、ブラック家の子息であるのを思いだしたのだろう。

トレントは咳払いをした。「そんなことはどうでもいい。ここに何をしに来たんだ？」

「きみの工場の現状について知らせに来たんだ」

「そんなことは承知している！」トレントが嚙みつくように言い返した。「ここに目があるのが見えないのか？　今朝、あそこまで馬を走らせてきた」短い笑いを漏らした。「きみがぼくの土地の改善のために費用を出してくれるほどおめでたい男だとすれば、じゃんじゃん頼む。ぼくはとめやしない」

「いや、そこまでおめでたい男じゃないさ」コンスタンティンは続けた。「費用を持つのはデヴィア卿だ」

いったん口をつぐみ、驚いて呆然となった隣人の顔を眺めた。トレントは自分になら金を使わせてもそしらぬふりを決め込めただろうが、恐るべきおじが費用を出したとなれば、踏み倒す度胸はないだろう。

トレントが気を取りなおして声を荒らげた。「いずれにしろ、ブロンソンに貸している工場だ。どうしようと、ぼくの知ったことではない」

怒りが湧いて、コンスタンティンはふたたび口を開いた。「だが、トレント、きみの土地に暮らす人々については知らないではすまされない。ブロンソンのような男に責任を放棄させないようにするのが、きみの務めだ。その男はあの辺りでまるで姿を見かけないそうじゃないか」

そしていぶかしげに目をすがめた。「織工たちの賃金がとうてい暮らしていけぬほど低いことは知っていたのか？　男も女も子どもたちも、何時間働かされているかわかってるのか？　関心すらないのか？」

トレントが蔑むような目を向けた。「偉そうなことを言うんじゃない。おまえのようなろくでなしから、自分の務めを学ぶつもりはない！」

コンスタンティンは胸のうちでは怒りが爆発し、いまにも噴き上がりそうになっていたが、きょうは冷静さを失うまいと心に決めていた。息を乱しつつ必死に感情を鎮め、首を振った。

「ああ」どうにか言葉を継ぐ。「それだけは確かだな。トレント、きみは学びはしないだろう」目を細く狭めた。「昔から金髪のいい子ぶったやつだった。だが詐欺《さぎ》師にまで身を落とすとは夢にも思わなかったぞ」

トレントは一瞬怒りをあらわにしたが、すぐに元の表情に戻った。「なんだと？」冷ややかに言う。

「ミスター・グリーンスレイドに少々調べてもらったんだ」コンスタンティンは続けた。

「それで何がわかったと思う？　トレント、きみはブロンソン社の取締役であり、主要株主……存在しない　きみがでっちあげた架空の人物なんだ」

　トレントが両脇に垂らした手を握りしめた。指関節が白くなっているが、顔はまったく無表情のままだった。「なぜぼくがそんなことをしなければならないんだ？」

「さあな」コンスタンティンは椅子を引き寄せて腰かけた。「推測させてもらうならば、きみはフレデリックに自分と同じように工場を持つことを勧めた――いかにも利益のあがる商売であるかのように。そしてブロンソン社名義で、最新の高価な機械を買い入れる資金をフレデリックに貸し付けた。それから、工場が立ち行かなくなるよう、動力源の水流を堰きとめたんだ。それでどうするつもりだったんだ、トレント？　貸付金の利息で負債はふくらむいっぽうだ。フレデリックの骨の髄までむさぼりつくすつもりだったのか？」

　トレントが唇をゆがめた。「コンスタンティン、なかなかよくできたおとぎ話じゃないか。どうしてぼくがそんなことを――」

「水流を堰きとめたせいで、きみはこの土地からあがる収益の三年ぶんもの損害を出したんだぞ。こちらは自分たちの工場で作るはずだったものをきみのところで織らせざるをえなくなった。それだけでなく、うちの工場の織工たちは、これまでとは比べものにならないきびしい労働条件と低賃金でも、きみの工場で働くことを強いられた」

「まったくの言いがかりだ！」トレントは声を張りあげたが、上唇には汗が噴きだしていた。

　コンスタンティンは前のめりになって机に両手をついた。穏やかな声で言う。「トレント、今回の一件で、最も卑劣な点がどこかわかるか？　きみは自分の名でこのような悪事を働く度胸すらなかったということさ」

ベストのポケットから一枚の紙を取りだして放った。「きみのせいで被った損害額と損失利益を算出したものだ。きみの事務弁護士に、うちの弁護士に連絡をとるよう言っておいてくれ」

トレントはその文書をほとんど見ようとしなかった。「そんなものはいっさい認めない！ でたらめもいいところだ。だが、ぼくが何をしたにせよ、コンスタンティン、きみはブロンソン社にこれよりはるかに多額の負債があるんだ！ 一週間以内にそれを返済できなければ、工場に別れを告げてもらうしかない」鼻で笑った。「そうなれば、いいか、ロクスデール卿、きみはもはや領民たちから英雄とは言われないだろうな？」

コンスタンティンは陰気に笑って答えた。「そのことなら、心配無用だ。別れを告げるつもりはさらさらないんでね」

トレントの顔が蒼ざめた。「なぜだ？ どうやって金を用立てるというんだ？ フレデリックはおまえに土地しか遺さなかったはずだ」

「そうとも。そうなんだが」コンスタンティンは野性じみた笑いを漏らした。「光栄にも、レディ・ロクスデールがぼくの求婚を受け入れてくれたんだ。知らなかったのか？」

「ジェインおば様、ジェインおば様！」

[illegible]っと小さく息を吐いた。ルークは細い腕を

をまわして、しっかりと抱きついた。それから離れ、部屋のなかを跳びまわりだした。「ぼくたち、どこに行くことになったと思う？」

ジェインは考えるふりをした。「ううん……お月様かしら？」

ルークがくっくっと笑った。「そんなはずないじゃないか！　もう一度考えてみてよ」

「そうねえ……わかったわ！　砂漠のティンブクトゥね」

「ティンブクトゥ？」ルークは生意気そうに笑った。「どうしてそんなとこに行かなきゃならないのさ。違うよ、もっといい場所なんだ」

ジェインは指で顎を打った。「だめだわ、残念ながら思いつかない。教えてもらえないかしら？」

「ロンドンだよ！」ルークはジェインの両手を取って、上下に揺らした。「信じられる？　ロクスデール卿がアストリーに馬の芸を観に連れていってくれるって言ったんだ。タッターソールにも。印刷所に行けば、いちばん流行《はや》ってる風刺画も見られるんだって。それにサマセット・ハウスとか、もう、いろんなところに行けるんだよ」

「そうおっしゃったの!?　よかったわね」ジェインはいくぶん明るすぎる声で応じた。

ジェインの不安をよそに、ルークはロンドンで訪ねる場所について、何度も〝ロクスデール卿が言ったんだ〟という言葉を挟みつつ喋りつづけた。

「どこもとても楽しみね」ようやくルークが息をついたところでジェインは相槌を打った。

「だけど、いちばん嬉しいのはね」ルークが続ける。「ミスター・ポッツの授業は休みにしてもらうって、ロクスデール卿が言ったんだ！」

「お気の毒なミスター・ポッツ」ジェインは笑った。でも異を唱えはしなかった。ルークの授業についてはコンスタンティンと話しあいがついていた。いうなれば、子どもを一致協力して育てるということで、互いの信条を歩み寄らせるよう努力している。コンスタンティンはほかの人の意見も尊重することを学ぼうとしているし、ジェインもまたルークに過保護になりがちなところを抑えるよう最善を尽くしている。

コンスタンティンが後見人となったことに心から感謝する日がこようとは思ってもみなかった。でも実際に、コンスタンティンの存在はルークにたくさんの恵みをもたらしている。ジェインはふと、モントフォードが後見人として自分のためにしてくれたことを思い返した。ひとりの子どもを健《すこ》やかに育てるためにあらゆる面で責任を持つのは、たやすいことではない。ルークの人生における互いの役割をコンスタンティンと話しあったことで、公爵と自分の関係をまた新たな視点で見られるようになった。

あらためて、ジェインは問いかけた。「ねえ、ロクスデール卿があなたの後見人になってよかった？」

ルークはうなずいた。「もう最高さ！」うつむきかげんで続ける。「ジェインおば様は？ロクスデール卿はぼくがもう息子になったと言ってるよ。だから……おば様が結婚すれば、ぼくのお母様になるんだよね？」

その期待に満ちた柔らかな褐色の瞳を見て、ジェインの心は飛び跳ねた。幸福感が陽射しよ！　これからあなたはわたしのかわいい息子になるの。こんなに嬉しいことはないわ」

強すぎるほどに抱きしめた。ルークが首に腕を届かせて抱きつき返してくると、ジェインの目から涙が流れ落ちた。

「この身も捧げられるくらい、あなたを愛してる」ルークのくるんとした黒い髪に囁きかけて、両方の頬にキスをした。あとどれくらいのあいだ、こうして抱きしめさせてくれるのだろう？　この子はどんどん成長していく。

そのとき、炉棚の上にある金めっきの時計の鐘が時刻を告げた。

「行かなきゃ」ルークがジェインの腕のなかからするりと逃れた。「湖でジミーと待ちあわせしてるんだ。釣りをするんだよ」

「ふたりだけで？」ジェインは子どもの立ち直りの早さにくすりと笑って、涙をぬぐった。

「大きいお魚を釣ってきてね。料理人に夕食のフライにしてもらいましょう」

「やったあ！」ルークはジェインの胸をきゅっとさせるやんちゃな笑みを見せて、駆けだしていった。

21

レーゼンビーでひとりになりたいと思ったなら、庭に出るのがどこより望ましい。ジェインは顔を上向かせて太陽を仰ぎ、そよ吹く春風と穏やかに注ぐ陽光を肌に感じた。

ほどよく温まってから、丁寧に手入れがなされて豊かに生い茂った野原へ入っていった。ゆうべの長時間にわたる交わりで、いまも少し体に痛みが残っていた。想いの深さを示して安心させてほしいという無言の願いが、あたかもコンスタンティンの耳に届いているかのように思えた。何度も何度も何度も、行為は繰り返された。

ぼくはきみの奴隷だと、コンスタンティンは言った。あんなにもやさしく情熱的に愛撫し、みだらに焦らしてなだめ、寝顔を静かに見守ってくれるコンスタンティンが、自分を求めているわけではなく、こちらだけが一方的に想っているだけとはどうしても考えられない。きっと愛してくれている。たぶん、あの人は自分でそのことに気づいていないだけなのだろう。

勇気をだすのよ、ジェイン。問いつめてはいけない。コンスタンティンに自分の気持ちを認める用意ができていないのなら、無理強いをするのはやめよう。熱情にまかせて認めさせ[illegible]を見るよりあきらかだ。

何を言われようと悩んではいけない。自分はウェストラザー家の血を引いていて、しかもコンスタンティンの未来の花嫁だ。毅然としていればいい。いざとなれば、コンスタンティンのために戦わなくては。

「ジェイン。ここだろうと思ったんだ」

ジェインはびくりとした。「まあ、ミスター・トレント！　驚いたわ」

気遣わしげに辺りを見まわした。屋敷から見通せない灌木《かんぼく》の茂みにふたりでいるのをコンスタンティンに知られれば、きっとトレントはただではすまされない。いまも自分のつきあう相手をコンスタンティンにとやかく言われることについては納得していないけれど、ふたりの男性たちにこれ以上揉め事は起こしてほしくない。しかも、このところのトレントはあまり気持ちよく話せる相手ではなくなってしまった。

「ここにいてはいけないわ」ジェインは即座に言い、せめて灌木の陰から出なければとトレントの脇をすり抜けようとした。

トレントが乱暴とまでは言えないものの、しっかりと腕をつかんで引きとめた。「わかっているが、聞いたんだ……ジェイン、きみがあろうことか、あいつと婚約したのだと！　いったいどうして――」言葉は途切れ、トレントは信じられないとでもいうようにかぶりを振った。

今度は低く、ふるえがちな声でふたたび話しだした。「きみの耳を汚したくなくて、ずっと、ほんとうに長いあいだ我慢していた。きみには話すなとデヴィアから言われていたし、できればほんとうに、ぼくも絶対に言いたくなかった。でも、きみはぼくの忠告を無視して、こんなにものぼせあがって――」

「やめて！　もうけっこうよ」ジェインは怒りに駆られ、きつくつかまれている腕を振りほどこうとした。「放して！　ミスター・トレント、すぐにここから出てって！」

離れようとしても上腕をしっかりとつかまれていて、ぐいと引き戻されてしまった。互いの顔がすぐそばで向きあい、トレントの上唇に汗が滲み、赤らんだ色白の顔の毛穴が開いているのが見えた。

ざらついた声で言う。「せめてこれだけは聞いてくれ」

「もう、手を放して！」ジェインは自分の大きな鼓動の音を聞きつつ、奥歯を嚙みしめて言った。たとえここで辱められても、誰にも助けに来てもらえない。

トレントは手を放すどころか、体を揺さぶった。「ぼくは礼儀をわきまえて、きみに求婚するのを辛抱していたのに、あのろくでなしはそうじゃなかったんだろ？　きみはあいつの容姿と女たらしの手並みに騙されてるんだ！　レディ・ロクスデール、きみともあろう人が！　ぼくの知るなかで誰より思慮深く冷静なご婦人なのに。きみですら、あの男の正体が見えないのか」

「いいかげんにして！　放して。こんなことをしてもどうにも――」

トレントは耳を貸さなかった。突如、意を決したように唇を引き結んだ。「ならば、ぼく

[illegible]ジェインを強引に抱き寄せた。ジェインがどんなに激しく抵抗しても力では勝てなかった。「やめて！　いやよ！　わたしはこんな――」乱暴にむりやり唇を擦りあわされ、なす術もなく心傷つけられ――しかもまったく気をそそられるキスではなかった。トレントの息は荒々しく、ブランデーと、胸の悪くなる何か酸っぱい臭いがした。口に舌を差し入れられ、嫌悪で体にふるえが走った。コンスタンティン・ブラックのキスとは正反対の恐ろしい暴行だ。

ジェインはトレントの不意を突いて自分から遠ざけようと両手で肩を強く押した。するとは奇跡のようなことが起こった。トレントが襲いかかるかのように迫ってきたかと思いきや、はじかれたように自分から遠のいた。

コンスタンティンがトレントの襟をいったん手放し、すぐにまた同じところをつかんで引き寄せた。ジェインは悲鳴をあげたが、コンスタンティンはすでに大きな握りこぶしでトレントの顎を殴りつけていた。

その一撃でトレントは吹っ飛ばされて草むらに転がった。

コンスタンティンは両手をゆるく握った構えでしばし待ったが、相手は起きあがらなかった。そして今度は怒りに満ちた目をジェインに振り向けた。

「ありがとう」ジェインは声を絞りだした。動かないトレントを見やる。「あの、でも、そんなに強く殴る必要があったのかしら？」

「当然だ」そっけない不機嫌な声だった。コンスタンティンは非難がましく指を突きつけた。

「だが、きみがぼくの言いつけを守ってこの男に近づきさえしなければ、殴らずにすんだんだ。ぼくの言ったとおりだっただろう？　こいつがきみを狙っていたのはわかっていた」

「求婚してくださったのよ」ジェインは思わず口走った。

「驚きはしない。なにしろ、きみの金が目当てなんだからな」

ジェインは顎を上げて、目を見据えた。「あら、でも、それを言うなら、あなたも同じでしょう？」

束の間、コンスタンティンは驚いた顔を見せた。それから、怒りに燃えた目を向けた。小鼻がふくらんでいる。陽気さを欠いた笑みを浮かべ、否定したいのか呆れているのか見きわめのつかないしぐさで首を振った。

「いうなれば」ジェインは念を押すように言った。「あなたたちふたりは何も違わない」

コンスタンティンが唇を引き結び、顎をこわばらせて憤っていても、ジェインはなぜか恐ろしさは感じなかった。いったい自分が何をしようとしているのかわからない。これでは挑発しているのも同然だ。自分は何を求めているのだろう？　愛していると認めてほしいの？　それでは月をつかもうとしているのと変わらない。

「いや、あきらかに違いがある」コンスタンティンが唸るように言った。「ぼくの場合にはなんの因果か、言うことをきかないご婦人の行動に気を配らなければならないんだ！　きみはいったいどういうつもりで、こいつに会いにこんなところにのこのこやってきたんだ？」

ジェインはやっきになって言い返した。「この人がわたしを追ってきたんだもの！　あんなに熱心に迫られることになるなんて、どうしてわたしにわかるの？　この人はりっぱな紳士だと思っていたし、よもや未亡人にあのようなことを――」

「まったく、あのようなことをしないわけがないだろう、世間知らずにもほどがある！　それに、トレントが紳士だと言うのなら、きみは勉強部屋を出てから何も学んでいないようだな。いいか、男はひと皮向けば、みな同じなんだ」

ジェインはいぶかしげにまじまじと見返した。「みな？」

「ああ、そうとも。男はみな美しい女性に同じことを期待している。それを隠すのがうまいか下手かの違いしかない」

コンスタンティンがわたしを美しい女性と言った！

たしかに毎晩、寝室では美しいと褒めてくれるけれど、このようになにげなく出た言葉のほうが真実味が感じられた。いいえ、浮かれてはいけない。自分は美しくはないはずだ。少女時代をロザムンドの陰で過ごしたのだから、そんなことは承知している。

「現に」コンスタンティンは表情をやわらげてジェインを抱き寄せ、言葉を継いだ。「はっきり言わせてもらえば、いまだってぼくはきみを求めている。いまこの瞬間もだ。一日じゅう、きみを求めている」ジェインの髪の生えぎわを唇でなぞり、こめかみに口づけた。

指先でそっと顎を上向かせる。前かがみに額を近づけて言う。「離れているときはいつもきみが恋しくてたまらない。またこの腕にきみを抱くのが待ちきれないんだ」

やさしく、深く、長々と口づけた。ゆっくりと口のなかを探られ、ジェインはもう何もわからなくなってしまった。意思はすべて奪われた。わたしはこの人のもの。いまこの灌木の茂みの陰で求められたとしても、抗いはしない。

「ぼくが金目当てだと？」コンスタンティンが囁き、唇を頬にずらした。静かに笑い、温かな息がジェインの耳にかかった。「ああ、ジェイン」

ふたたび唇に口づけられ、ジェインは切なげな低い声を漏らして身をすり寄せた。ゆうべの悦びが呼び起こされたかのように、切望が高まっていく。

とうとうコンスタンティンがキスを打ち切り、互いの額を合わせた。ゆっくりと息を吐きだした。「ほかにもうひとりいたのを忘れるところだった」

草むらから大きな唸り声がした。コンスタンティンが振り向くと、トレントがよろよろと立ちあがった。

「憶えていろよ、ブラック！」

コンスタンティンは袖から糸くずを払った。「どうだろうな」

「結局、おまえは卑怯者なんだ」

ジェインはコンスタンティンの腕が岩のごとく硬くこわばったのを感じた。「よく聞くんだ、トレント。きみにはもう勝ち目はない。ぼくはこのご婦人の婚約者で、彼女はきみに強引に抱き寄せられて逃れたがっていた。いくらきみが鼻血を流してぼくの古傷を罵ろうと、決闘を挑む権利はない」

トレントはクラヴァットを首から引き剥がした。「モントフォードがおまえたちの結婚を許しはしないわ。あの公爵が承知するわけがない！」

コンスタンティンは呆れたように歯を見せて笑った。「トレント、せっかく見逃してやろうとしているのがわからないのか。でも、残りたければ、好きなだけいてくれ。きみの腹をぶちのめすのは大いに楽しめるだろうからな」

「コンスタンティン！」ジェインは声をあげた。

「なにが、コンスタンティンだ」トレントの怒りに満ちた声には屈辱がいやみたらしく滲んでいた。「こんなやつによくも平気でキスなどさせるものだ！　この男の正体を知らないからつきあっていられるんだろうが、ぼくは知っている。こいつはこの屋敷の女中に赤ん坊を産ませ、母子ともども見捨てたんだ。そうとも！　奥様、あなたの大切なルークは、このコンスタンティン・ブラックの息子なんだ」

その言葉は、おそらくはトレントが意図したとおりの効果をもたらした。ジェインは息を呑んだ。さっと目をやると、コンスタンティンの顔はクラヴァットと同じくらい白くなっていた。

「嘘よ！」ジェインは声を張りあげた。「そう言って、コンスタンティン！」

コンスタンティンが押し黙ったままなので、ジェインはやや不安げに続けた。「事実ではないわ。そうでしょう、コンスタンティン？」

その声にはもはや力がなかった。コンスタンティンの表情にはまぎれもない苦悩が見てとれる。

「どの女中だ？」コンスタンティンが凍りついたまま尋ねた。トレントに視線を向けた。「ヴァイオレットか？」

ジェインは冷たい波にさらわれたかのような寒気に襲われた。喉の奥のほうから押し殺した悲鳴がこぼれた。

「呆れたものだ！」トレントが憎々しげな口ぶりで言う。「いったい何人の女中たちがおまえの輝かしい経歴に名を連ねてるんだ？　ああ、そのヴァイオレットだ！　腹が目立ってくるとすぐに解雇され、事実は揉み消された。相当な口どめ料が払われたはずだ。だが、かわいそうにあの娘が死んだあと、家族が赤ん坊をここに連れてきたんだ」トレントは唇をゆがめて冷ややかに笑った。「おまえのおじは昔からお人好しだったよな？　遠縁の子どもだということにしてルークを引きとったというわけだ」

聞くほどに説得力が増してきた。ジェインは藁にもすがる思いで声をあげた。「嘘よ！　嘘なのよね、コンスタンティン？」

昔は向こう見ずな若者で、早くから女性との戯れに目覚めたことは聞いていた。でも、本人はたわいない悪ふざけだと説明していた。まさか、おじの家の女中を誘惑したことも、たわいない悪ふざけだと本気で思っていたの？

コンスタンティンは答えず、目を向けようともしなかった。いかめしい顔つきで記憶をたどるかのようにじっと遠くを見つめている。逞しい喉がごくりと唾を飲みくだした。

ジェインは恐怖に[illegible]し、吐き気をもよおし、涙をこらえた。「コンスタンティン！

何を言って……ねえ、どうしてちゃんと説明してくれないの？」

コンスタンティンはトレントをひとしきり見つめてから、ようやく口を開いた。「説明する？」ゆっくりと言う。「そんなことをしていったいどんな意味があるんだ？」

こちらには見向きもせずに背を返し、大きな歩幅で歩きだした。

ジェインは崖から突き落とされたかのように思えた。周りの世界がくるくるまわりだした。めまいを覚えながらみぞおちを手で押さえ、その場に立ちつくした。少ししてやっと息がつけるようになった。

トレントに向きなおる。「事実ではないわ」低くふるえがちな声で言った。「わたしは信じない」

トレントは血の垂れた鼻を痛々しく押さえつつも、目に得意げな光を宿していた。「信じるんだな。フレデリックから聞いたんだ。ブラックもいま認めたのも同然だろう！　卑怯者の遠吠えが聞こえなかったのか？」

ちゃんと聞いていた。はっきりと認めたわけではない。でも、コンスタンティンの態度や口ぶりにはあきらかに動揺が表われていた。

たとえそうだとしても、きっと何かわけがあるはずだとジェインは愚かにも信じたかった。コンスタンティンが自分の行動を悔いているのがわかれば、許してしまうかもしれない。でも、悔いてはいなかったとしたら？　倫理観が自分とそれほどまでかけ離れた男性を愛することができる？

「いいえ」独りごちた。「事実であるはずがない」

コンスタンティンのあとを追って歩きだした。

「信じるんだ、ジェイン」トレントが呼びかけた。「騙されてはだめだ！」

涙がこみあげた。必死にかぶりを振った。泣きはしない。涙を流している場合ではない。

めそめそしていては冷静に話しあうことができなくなってしまう。

コンスタンティンに説明してもらわなくてはいけない。たとえ愛してくれなくても、少なくとも話すべき義務はあるはずなのだから。

22

家まで歩く道のりがはてしなく遠く感じられた。ジェインは悪夢のような恐ろしさに打ちのめされないよう、何度か立ちどまっては目を閉じて深く息を吸いこんだ。

コンスタンティンがルークの父親？　信じたくない。でも、あれでは認めたのも同然ではないだろうか？　そうとは思いたくない反面、やはりそうなのかもしれないという恐ろしい考えも頭をめぐった。

ルークがコンスタンティンの子だと亡き夫の父が知っていたのだとすれば、この家に引きとられたのも納得がいく。フレデリックの前のロクスデール卿は思いやりあふれる人物だったとはいえ、ルークが近しい縁のある子どもでなくとも喜んで家に招き入れるほど憐れみ深いわけではなかった。

そうだとすれば、やはりルークの素性を知っていたのに違いない。きっとフレデリックも知っていたのだろう！　ふたりがコンスタンティンにこの家への出入りを禁じ、遺産を相続させないよう取り決めたのは、フロックトン嬢との過ちのせいだけではなかったということになる。

けれども、コンスタンティンは息子がいることを知らされていなかった。それならば長いあいだルークの存在に気づかなかったことも説明がつく。だけど……ヴァイオレットとのあいだに子を授かった可能性を考えはしなかったのだろうか？

そもそも、その行為自体が罪だ。紳士ならば、拒めない立場の使用人の女性を誘惑するといったむごいことがどうしてできたのだろう？

ジェインの心はその事実を受け入れるのを拒んでいた。自分の知っているコンスタンティンが、そのように非情で卑劣な行動をとる人とは思えない。

頭のなかで憶測があれこれめぐり、吐き気を覚えた。コンスタンティンがまったくのでたらめだと言ってくれたなら。

そうすれば信じられる。信じるよう努力する。

図書室のドアの前で、足をとめた。何百歳もの古木から力を得ようとばかりにオーク材の戸板を手で押した。それから肩をいからせ、顎を上げて、足を踏み入れた。

ふたりが初めて対面した縦長の窓のそばに、コンスタンティンは立っていた。目を細めて空を眺めている。「雲の流れが早い。陽射しが長く続かない土地なんだな」

淡々とした声だったが、口角が引き攣っている。正面からの一撃に備えるかのように足を広めに開いてこちらに向きなおった。

暗い緑色の瞳でじっと目を見据え、押し黙っている。ジェインは先ほどの話について尋ねることなどなかった。ほんとうはコンスタンティンの腕のなかに飛びこんで、トレントの話は信じないと気持ちを込めて伝えたい。

頭を働かせるのよ、ジェイン。やはりほかに筋の通った理由は思いつけない。それにルークが時どき見せる表情はたしかにどことなく……。

〝フレデリックとは子どもの頃によく遊んでいた。だが、もう七年は会っていなかった〟。七年。ルークは六歳と九カ月で、それに九カ月を足せば……たしかにコンスタンティンが父親でもふしぎはない。

胸の痛みが急に強まり、力が抜けた。ふたりのあいだにある机の端につかまり、身を支えた。

唾を飲みこみ、勇気を奮い起こした。顎を上げ、まっすぐ目を見据える。

「ほんとうなの？」問いかけた。「あなたがルークの父親なの？」

コンスタンティンが燃えるような目で見つめ返した。のんびりとした調子で訊き返す。

「きみはどう思う？」

「やめて！」ジェインは机をまわりこんで近づいた。「あれだけでは納得できないわ、コンスタンティン！」

「悪いが、納得してもらうより仕方がない。ぼくには……いまはほかに答えようがないんだ」

ルークが息子なのかどうかわからないと言うの？　そうだとすれば、先ほど告発された罪はおかしたのだろう。この屋敷で女中とベッドをともにしたということだ。

た。

ああ、なんてことなの。ジェインは息が継げず、涙がこみあげた。真実に向きあおうと決意していたはずなのに、心の底ではすべては悪意に満ちた偽《いつわ》りだと言ってほしいと望んでいた。

唇を噛んだ。「否定するのなら、わたしはあなたを信じるわ。否定してくれたら、そんなことはなかったことにするわ！」

それでもコンスタンティンは頑固そうな顎を突きだして言った。「ぼくは否定しない」

「ほんとうに、否定しないの？」頑なな態度に怒りが噴きだした。「それなら事実だということでいいのね」

「きみにはそれ以外に選択しようがないよな」コンスタンティンは抑揚のない声で応じた。

「どうしてそんなふうに平然としていられるの？」ジェインは声を張りあげた。「ルークはいままであなたを知らずに育った。あなたのせいで意地悪な中傷を浴びせられてきた。コンスタンティン、あの子は庶子だと言われていたのよ。みんな知っていたんだわ」

レーゼンビーに住む誰もがこの驚くべき事実を知っていたの？　知らなかったのはわたしだけ？

ジェインは図書室のなかをゆっくりと歩きだした。苦悩や、とまどいや、怒りが湧きあがってきて、胸のなかでせめぎあっている。コンスタンティンはそれほど非情な悪人だったのだろうか。やっと見つけられたと思ったのに……。

何を？　何を見つけたというの？　コンスタンティンが何か約束でもしてくれた？　結婚

に同意したからといって、夫としての役割はおろか、誠実さも愛情も望めるわけではない。夫に多くを期待できないことはとうに学んでいる。

コンスタンティンは平然としているように見えたものの、話しだした声は苦しげに聞こえた。「できればこのことは、ルークにはまだ……ぼくがもう少し整理をつけるまで黙っていてほしい」

ジェインはいぶかしげに目を狭めた。「ええ。いつあの子に打ち明けるかを決める権利は、父親のあなたにあるのだから」

ルーク、あなたの父親はまったくなんて貴族らしい男性なのかしら！　そして自分はそんなことにも気づかず、疑おうともしなかった。ジェインはただひたすら部屋のなかを歩きつづけた。動いていなければ、粉々に砕けてしまいそうな気がする。

コンスタンティンの声に思考を遮られた。「そんなふうに部屋のなかを歩きまわって、ぼくをはらはらさせないでくれ」

ジェインはぴたりと足をとめた。「はらはらさせる？」

コンスタンティンが視線をさっと上のほうへそらした。唾を飲みこむと喉ぼとけが動いた。「婚約のことだ。きみは解消したいんじゃないのか」

ジェインはいくぶんけたたましく笑った。「どうしてそうしなければいけないの？　あなたがろくでなしなのは承知のうえで結婚に同意したのよ」

「それならいいんだ」コンスタンティンの目にあの野性味が戻ってきた。「ほんとうに……

きみがその優美な頭に甘い幻想をふくらませているわけではないとわかって、安心した。なにぶん、ぼくのベッドでもう幾晩もともに過ごしているからな」

その言葉にジェインは顔を赤らめた。束の間体が熱くなり、ベッドでコンスタンティンの腕に抱かれたときのふるえが呼び起こされた。むなしさが胸に広がった。この男性が与えてくれた悦びのみならず、ふたりで分かちあったかけがえのない親密な時間はもう戻らない。

怒りを掻き消そうとする哀しみを必死に振り払った。わたしの謎めいた王子様は消えてしまったけれど、おとぎ話はもともと幻想にすぎないものでしょう? 追い求めてはいけない。初めから、彼はそういう男性なのだとモントフォードから忠告されていたのだから。

ジェインはふたたび歩きだした。「あなたについてはみんなから忠告されたけど、ひとつの点については意見が一致していたわ――遺言書の内容を考えると、あなたと結婚するのが最も賢明な選択だと。いわば、義務なのよ」

「そして、むろん、きみは誰より義務に忠実な女性だ」

「ええ、いまいましいくらい、そのとおりよ!」

コンスタンティンは目をしばたたいた。「いま、罵り言葉を口にしたのか?」

「そうよ!」しかも、なんてすっきりしたのかしら。

またくるりと向きを変え、両手をきつく握りしめて、どうにか落ち着いた態度をとりつくろおうとした。

そう、義務を重んじる気質ではあるけれど、たとえそうでも、ルークがいなければ、いますぐこの家を逃げだしていたかもしれない。ルークが生い立ちについての衝撃的な事実を冷静に受けとめられる歳になるまで、そばについていてあげたい。たとえ父親は無関心な人物だろうと、楽しいときもつらいときも、自分がついていることを伝えなければいけない。

ようやく少し気持ちが鎮まったので、足をとめてコンスタンティンに向きなおった。ふるえがちな声で言う。「わたしたちの結婚はこのまま進めましょう」

コンスタンティンの子を宿し、仕事場を追われた気の毒な女性のことを思い、ジェインは身をふるわせた。今夜はベッドをともにしたくない。いいえ、もう二度と。

「だが、ぼくの罪が許されるわけじゃない」コンスタンティンが言った。

怒りと哀しみがジェインの胸に押し寄せた。いちばんの犠牲者が誰なのか、この人はほんとうに気づいていないの？　そんなこともわからない人だったの？

「あなたを許すかどうかを決めるのはわたしではないわ」静かに言った。「ルークよ」

ジェインが女王のごとく毅然と頭を起こして去っていく姿を、コンスタンティンは後悔で胸を引き裂かれるような心地で見ていた。追いかけていって、すべてを話してしまいたい衝動に駆られ、ドアのほうへ数歩進んだ。だがすぐに立ちどまり、向きを変えて、飲み物が揃えられた盆のほうへ歩きだした。

ブランデーを口に含むと喉を焦がされるように感じたが、心の痛みはやわらぎはしなかった。

コンスタンティンは悪態をついた。

ブランデーのデカンタの首をつかみ、肘掛け椅子に歩いていって腰をおろし、考えこんだ。またもグラスにブランデーを注ぎ、デカンタを脇のテーブルに置く。両手がふるえていた。

くそっ、何をうろたえてるんだ！　満ち足りていられるときが束の間で終わることはわかっていたはずだ。幸せのあとには必ず不幸が待っている。

グラスを叩きつけるように置き、両手で頭をかかえこんだ。これまで不可解だったいくつもの謎がようやく解けてきた。どうしてもわからずに胸に引っかかっていたことはすべて、昔の出来事に端を発していたのだ。

新たに知らされた事実によって、これまでのことが正しい場所におさまったかのように思えた。ルークに見せた万華鏡のように、眺める角度を少し変えるだけで、それまで見えていた断片が新たな模様を描きだした。

ついに見えた事実に、コンスタンティンはこぶしで殴られたような衝撃を受けた。

いきなり立ちあがった。おじにも、いとこにも、父にも、姉妹たちにも、そんな男だと思われていたのに、自分だけがそのような罪を着せられていることを知らなかったとは……。

そしていま、ジェインにまでそんな男だと思われている。

だがそれについては自分にも非がある。あの場ですぐに冷静にトレントの非難を否定すればよかったのだ。そうすれば、ジェインから咎める目で見られずにすんだはずだ。

怒りが勇きあがり、頭を苛《さいな》み、胸を掻き乱した。グラスを手に取り、暖炉に放りこんだ。

[illegible]甘い、密輸品のコニャックの香りが空気を満たした。

しかし高価なクリスタルグラスを壊したくらいでは満足できなかった。時をさかのぼってすべてを正すことはけっしてできない。

三人の男たちが自分を誤解したまま永遠の眠りについた。もう許しを請うことはできない。もはや遅すぎる。

とはいえ、ジェインに嫌われたまま生きていけるのだろうか？　自分をそのように卑劣な人間だと思っている女性と結婚できるのか？

ああ、情けなくも、なぜあの女性にこんなにも好かれたいと思ってしまうのだろう？　長いあいだ、人に嫌われることなどなんとも思わずに生きてきた。自分ではどうにもならないことで思い悩みはしなかった。ところが、ジェインが現われ、触れられただけで、みずから築いてきたはずの防壁を打ち破られてしまった。

ルークにどう説明すればいいのだろう？　ぐずぐずしていれば、ジェインが自分の務めと考えて代わりに話をしようとするのは間違いない。

時間が要《い》る。最善の策を考えて見つけだすためには時間が必要だ。けっしてルークを傷つけることだけはしたくない。

コンスタンティンは髪を掻きむしった。耐えがたいほどの痛みを感じた。だがこの困難を乗り越えるには頭を明晰《めいせき》にしなければいけない。ここにいてはそれは無理だ。ジェインから離れなければ。この屋敷を出なくてはいけない。

23

「なにしてるの？」ジェインはコンスタンティンの寝室の戸口に立ち、荷造りをしているのを目にした。

コンスタンティンはこちらをろくに見ようともしなかった。「見てのとおりだ。ロンドンへ行くための荷造りをしている」

「でも、出発はあすのはずよね」

返事がないので、荷造りを忙しく手伝っていた使用人たちに声をかけた、「はずしてもらえるかしら」

使用人たちは礼儀正しく頭をさげ、部屋を出ていった。ジェインはドアを閉めた。戸板に寄りかかり、しばらくそのままコンスタンティンを見ていた。手をとめることなく、様々な骨董品を大きな旅行鞄に詰めている。

「どういうこと？」静かに問いかけた。

コンスタンティンは背を起こし、今度は顔を振り向けた。「さっきも言ったように、ロン

「違いるの」

　目は鋭い光を放ったものの、コンスタンティンはあっさり肩をすくめた。「そう思いたければそれでいい。ルークのことですぐに確かめておかなければならないことがあるんだ」

　どことなく避けているようなまなざしに、ジェインは冷たい手で心臓をつかまれたようにぞくりとした。

　か細い声で訊いた。「わたしをおいていくの？」

　コンスタンティンがゆっくりと息を吐きだした。

「そうなのね」口を動かしても声にならなかった。「でも、わたしは――」

　コンスタンティンはおどけたふうにわずかに頭を傾けたが、その目にたぎった怒りをジェインは見逃さなかった。「ああ、きみは気高い判断をくだしたとも、お姫様。ぼくにあきらかに嫌悪を抱きながら、それでも結婚を進めると断言した。それなのに、ぼくはあえてそのご厚意にそむこうとしている」

　耳がどくどくと脈打って、ジェインは言われていることが呑みこめなかった。

　とっさに近づいていった。「でも、コンスタンティン――」

　コンスタンティンが片手を上げてとどめた。「ぼくの自尊心のせいだ。悪い癖なのはわかってる」ため息をついた。「克服しようと努力してきた。克服できたと思ってたんだが、ジェイン……見かけはどうあれ、きみにぼくを信じてほしいと願うのは高望みなんだろうか？　たった一度だけでも」

それでようやくジェインは悟った。「ああ、なんてこと！」かすれ声で言う。わたしはいったい何をしていたの？　「あなたはルークの父親ではないのね」

コンスタンティンがゆっくりと首を振った。「どの女中にも関係を迫って身ごもらせてはいない――一度もない――と断言できる」

その言葉に、ジェインはライオンが虫を蹴散らすかのように義憤を打ち砕かれた。口ごもった。「だけど、わたし……だけど、あなたは言ったでしょう。ヴァイオレット――」

「いちばん気に入っていた女中だった」コンスタンティンはいらだたしげに答えた。「それだけのことだ」

「でもなぜなの？」喉がつかえて声が上擦った。「コンスタンティン、あなたはなぜ卑劣なことをしたとわたしに誤解させたの？　事実を話してくれればすんだことなのに」

「ああ、そうするつもりだったんだが、きみのその美しい目のなかに咎める気持ちを見てしまった」コンスタンティンが深いため息を吐きだした。「ばかだよな？　愚かにもとっさに、きみがぼくのことをそんなふうに見ているんだと悟ってしまったんだ。あんな目は見たくなかった。だがいまはまだ図書室で見てしまったものを忘れ去ることはできない。きみに重苦しい疑念を抱かれたままでは、結婚しても互いに心から悔やむことになるのは間違いない」

ジェインは押し寄せる自責の念の波に吐き気をもよおした。どうして早合点して疑ってしまったのだろう？　コンスタンティンが善良な男性である証しは何度も目にしていた。領民や使用人たちへの立ち居振るまいは称賛に値する。このレーゼンビーで女中と戯れるようなそれだけではない。いじめっ子の贔屓の少年たちを鞭で打とうとすらしなかった。ああいった場面では、ほとんどの男性が鞭で罰を与える。

それなのに、自分はコンスタンティンがおじの家で働く女中を誘惑して捨てたという話を信じてしまった。

判断を誤った自分の愚かさに涙があふれて視界がかすんだ。たしかに意地を張って弁解してくれなかったのは賢明なことではなかったとしても、コンスタンティンの言うとおりだ。弁解する機会を与えるより先に、自分は彼を咎めていた。この男性を愛している女性ではなく、刑を宣告する判事のようにただ真偽を追及しようとした。

もう二度と同じ間違いはしない。

コンスタンティンの顔を見つめると、苦悩に満ちた表情が真実を物語っていた。たとえ言葉にしてくれなくても、この人はわたしを愛している。

コンスタンティンの家族と同じように、自分も彼の良心を信じられずに裏切った。だからいま、この男性を失おうとしている。

腕に触れようとして近づくと、コンスタンティンは攻撃に備えるかのようにあきらかに身がまえた。ジェインは胸を引き裂かれるような痛みを覚え、手を引き戻した。

「行かないで」囁くように言った。「お願い。わたしが間違っていたわ。大きな間違いをおかしてしまった。でも――」

コンスタンティンの表情は苦しみを封じこめるかのように閉ざされていた。「いや、ジェイン、遅すぎる。ふたりの関係は終わったんだ。きみは公爵に忠告されたとおりだったと報告すればいい。ぼくのような――きみたちはなんと言ってたっけな？〝ならず者さん〟か？――やつとは結婚できないと」歯を食いしばる。「あとは心配無用だ。ロンドンではぼくが堕落している証拠をたっぷりと見せつけてやる。男をもてあそんだなどときみを揶揄する者はいない」

いいえ、違う、絶対に間違っている。何もかもが。頭はすぐに引きとめなさいと叫んでいた。「婚約は解消しないわ！　コンスタンティン、どんなふうに取りざたされるかわからないでしょう？」

コンスタンティンはしばしじっとジェインを見おろした。「ウェストラザー家の人間が、いつから噂など気にするようになったんだ？」

「違うわ！　わたしのことはどうでもいいの。だけど……あなたがまた不当な中傷で名を穢されるのは耐えられない」

コンスタンティンが乾いた笑いを漏らした。「おっと、ぼくなら大丈夫だ。むしろ、すっかりもう慣れてしまっている。ぼくのことは心配しなくていい」

コンスタンティンがやはりろくでなしだったのだと人々に思われてしまうのは、どうしてもジェインには我慢できなかった。ふたたび血がめぐりだしたかのように勇気がみなぎってきた。「そんなことはさせないわ」

コンスタンティンが黒い眉を寄せた。「なんのことだ？」

―わたしはあなたを放さない」ジェインはほとんど無意識にコンスタンティンの頑固そうな表情を真似て、顎を突きだしていた。「コンスタンティン、あなたはわたしと結婚するのよ。あなたを行かせはしないわ」

「きみはまだ義務のために結婚して自分の幸せを犠牲にしようとしているのか？」コンスタンティンは冷ややかに微笑んで答えた。「それとも、ルークと離れたくないからか」肩をすくめる。「あの少年が定期的にきみのもとを訪ねられるよう取り決めればいいことだ。いっさい会えなくなるようなことはない」

「そういうことではないの！」ジェインは手を伸ばして触れたかった。コンスタンティンが辛らつな皮肉で隠した心の痛みが伝わってくる。「コンスタンティン、あなたを愛しているの。いますぐではなくてもいいから、どうかわたしを許してほしい」

コンスタンティンは目を閉じて首を振った。「いいか、ジェイン、それでも無理なんだ、いまは行かせてくれ。きみ自身のために、品位を保ちたいのなら、ぼくから離れろ」

ああ、もし自分にも多くの女性たちのように男性をひざまずかせる術が身についていたのなら、いまここで使えたのに。ジェインはすがるように腕をつかんだ。「コンスタンティン、あなたはわかってないのよ！」

コンスタンティンの腕が弓の弦《つる》のごとくぴんと張りつめた。「ジェイン、言わせてもらえば、ぼくはじゅうぶんわかっている。だがぼくは人を行動で判断するのであって、甘い言葉に騙されはしない。きみのぼくへの嫌悪ははっきりと見てとれた」じっと見つめる。「今度、またぼくが口汚く罵られたら、きみはどうする？　またそれを信じるんじゃないのか？　心のなかではずっと疑いつづけるんだろう？」

ジェインはふるえがちな低い声で言った。「わたしの心はあなたを信じろと言ってたの。でも、あなたがわたしをどれだけ想ってくれているのかわからなくて、怖かった。いろいろなことがありすぎて、何を信じたらいいかわからなくて……」

唇を湿らせた。「コンスタンティン、フレデリックがどんなふうに息を引きとったのか知ってる？　娼婦のひとりと戯れている最中に発作を起こしたのよ。最後の数週間は寝室から出られない状態だったけれど、それでも女性たちを部屋に入れることはやめなかった。いつも声が聞こえていて……」ジェインはきつく目をつむった。

喉をひくつかせて息をつき、目をあけた。「あの晩、女性が取り乱してわたしの部屋のドアを叩いて、フレデリックが死んだとうろたえてた。わたしは彼女をこっそり帰らせて、体裁を保つために、夫が自分とベッドをともにしていたときに息を引きとったふりをするしかなかった」

コンスタンティンはその告白に緑色の目をかっと見開いたものの、表情は花崗岩のごとく硬いままだった。「フレデリックがきみをそのような目に遭わせていたとは……驚いたし、言いようのないくらい気の毒に思う。しかし、ジェイン、男がみなそうだというわけじゃない」

ジェインが望んでいたような、理解を示して許しを与える言葉ではなかった。それだけコ

[illegible]を深く傷ついてしまったのだろう。「これがあなたを誤解してしまった言いわけにならないのは承知してるわ。でも、そんなことがあったあとで、男性を信じるのがどれほどむずかしくなったのかはわかってもらえるわよね？」

コンスタンティンは自分の腕を握っているジェインの手をつかみ、じっと眺めた。ジェインは手のぬくもりを感じた――コンスタンティンの手はいつも温かい。その姿に視線を走らせ、いとおしい男性のすべてを隅々まで胸に刻みこもうとした。心が壊れかけていた。ひび割れて砕けはじめた音が聞こえてきそうなほどに。

十七歳のときにもフレデリックに心を打ち砕かれたと思っていたけれど、このつらさに比べれば針で刺された程度のことだった。

それでもまだ手を放せなかった。とりあえずいま引きとめられれば、この恐ろしいときをどうにか乗り越えられるかもしれないでしょう？　どうにかして許しを得たい。

泣き声で言った。「コンスタンティン、あなたがいなくては生きていけないの」

コンスタンティンが静かに答えた。「いまはそう思えるかもしれない。だが、いつか、これが最善の選択だったとわかる日がくる」

つらさのあまりジェインは食ってかかった。「誰にとって最善の選択なの？　わたしは過ちをおかしたし、それを心から後悔しているけど、自分の弱さのせいでおかした過ちであって、あなたのせいではない。わたしは人をたやすく信じられなくなるような人生を送ってきたのよ」

声をやわらげて続けた。「あなたは裏切られる前に去らなければと考えてしまうような人生を送ってきたのね。気持ちはわかるわ。わたしも人生をやり直せたらと思うけど、できないもの」

「過去は変えられないかもしれないが、未来はどうなんだ？」コンスタンティンは首を振った。「ぼくはきみが理解してくれると思っていたから、アマンダのことを話したんだ。わかってくれるだろうと」

ジェインは両腕をつかまれ、コンスタンティンの熱のこもった表情に怯みかけた。「ここに来てから、ぼくはつねにきみにできるかぎりのことをしてきたつもりだ。きみに……」コンスタンティンが荒々しく息を吐きだし、ジェインにはふと、その姿が言い表わしようのないほどやつれて見えた。「世間で思われているような男ではないことを示したかったんだ。うまくいかなかったようだが」

ジェインはどうにかして引きとめようと、反撃できる言葉を探した。「それなら、これから真の姿を世間に証明すればいいでしょう？　だから、わたしはあなたを行かせない。コンスタンティン、あなたはわたしを愛してるんだもの。傷つくのが怖くて、楽な道へ逃げようとしているだけなんだわ。そんなことは許さない」

コンスタンティンの顔に怒りが燃え立った。「誇り高き評判を守りたいなら、ぼくを行かせるべきだ、レディ・ロクスデール。婚約を解消しろ。どうせまだたいして広まっていない。[illegible]も、きみは運よく逃れられたことを褒め称えられるだけのことう」

「わたしの評判？」ジェインはぱちんと指を鳴らした。「そんなものがなんだというの？　あなたがどこにいようと、何をしようと、わたしはあなたを愛する気持ちから逃れられない」

深く息を吸いこんだ。「コンスタンティン、婚約を破棄したいのなら、ほんとうにろくでなしになるしかないのよ。自分でこの婚姻をぶち壊すしか」

コンスタンティンの顔はすでに蒼ざめていたが、その言葉でいっさいの血の気を失った。ジェインは全力で言葉を投げつけた。時間を与えられさえすれば、この危機を乗り越えられるのはわかっている。コンスタンティンが自分にとってどれだけ大切な存在で、どれだけ愛しているのかを伝える時間があれば。あなたの生来の善良さをこんなにも深く信じているのだから。

苦しみに打ち勝ちたい焦りで身を引き絞られる思いだった。「コンスタンティン、あなたはわたしの知るなかで誰より勇敢で高潔な男性だわ。いま自分がしようとしていることをもっとよく考えてみて。わたしのためではなく、あなた自身のために。紳士にとってなにより耐えがたい試練を受けながら、いままでずっと道徳心を失わずに生きてきたのよ。レーゼンビーに来てからは、あなたが思っているよりたくさんの人たちから尊敬を受けているわ。ねえ、お願い。すべてを放りださないで」

ドアを軽く叩く音に会話は遮られた。フェザーだった。「馬車のご用意ができました、旦那様」

「コンスタンティン！」ジェインはなりふりかまわず、懇願するように声をあげた。

コンスタンティンはすでに気持ちが離れているかのように遠い目をしていた。「社交シーズンのあいだはあちらで過ごす。それだけあれば、きみも身のまわりの整理がつくだろう」目も合わせず、そっけなく頭をさげると、まだ部屋の真ん中に広げられたままの旅行鞄のことはあきらかに忘れて、ドアのほうへ歩きだした。

ジェインは心の痛みに打ちのめされかけていた。どうにか声をふりしぼった。「コンスタンティン、わたしはあなたを放さない！」

コンスタンティンが足をとめて振り返った。あきらめたようなそっけない顔だった。

「もうかまわないでくれ」

そう言うと立ち去った。


静寂はあまりに底深く、耳鳴りのように響きつづけた。ジェインは口に手をあてて、こみあげる嗚咽をこらえた。戦いに敗れた。コンスタンティンは関係を断つつもりなのだろう。通常ならば、女性の評判に取り返しのつかない傷をつけてしまう行為なので、紳士から婚約を破棄することは道義上許されない。

でも、今回の場合は事情が違う。コンスタンティンはすでに一度倫理に反する行為をおかしている。そのような男性から自分のように良家の出で身分もある婦人が関係を断たれたとしても、評判は損なわれない。かたやコンスタンティンのほうは常軌を逸した、どうしようい、悪名を着せられ、同じ貴族の人々から考えるのも恐ろしい冷遇を受けることになるだろう。

　相手が田舎の一名士の娘であれば、寝室にともにいたのを見られながら結婚を拒んでも醜聞ですまされたかもしれないが、ウェストラザー家の女性との婚約を破棄すれば、イングランドじゅうで蔑まれることになる。モントフォード公爵は報復の天使のごとく容赦なく追い込もうとするだろう。もちろん、ベカナム、アンドルー、ザヴィアも同じだ。いとことの婚約を破棄した男をずたずたに引き裂くべく追いつめる。

　コンスタンティンはみずから身を滅ぼそうとしている。

そんなことはさせない。たとえ自分の思慮のない過ちで婚約を破棄せざるをえなくなったとしても、彼をそこまで落ちぶれさせはしない。

　ぐずぐずしてはいられない。ジェインは胸から絞りだすようにむせび泣きを漏らしながらも、自分の寝室へ急いで戻った。呼び鈴の紐を引き、ロンドンへの旅に必要なものを頭のなかで考えはじめた。

　窓の外を見ると、ふたたび雲が垂れこめて、朝の晴れやかな陽射しを遮っていた。窓ガラスにぽつぽつと雨滴が付いている。

　今夜はどこにも出かけられない。出発する前に手配しておかなければいけないことも山ほどある。ルークにも予定の変更を伝えなければいけない。夜のあいだに突然旅に連れだして、脅えさせたくはない。

何かをして動きつづけていないと、喪失感と絶望に打ちのめされてしまいそうだった。あの人を取り戻すまでは休んでいられない。目を覚まさせるために全力を尽くそう。気づいてもらわなくては……。

お互いに必要な相手なのだと。コンスタンティン・ブラックがいなくては、生きている意味がない。

出かけぎわに使用人たちに指示を出しているうちに、コンスタンティンの胸の奥から吐き気がこみあげてきた。帽子をかぶったとき、骨董品を詰めた旅行鞄を忘れていたことを思いだし、低く毒づいた。あの部屋には戻りたくないし、ほかの者に触れさせるのも不安だ。おいていくしかないだろう。

「フェザー、ルークを探してきてくれないか。発つ前に会っておきたい」

ルークを一緒に連れていくことも考えたが、少年には面白みのかけらもない旅になる。それに、ジェインが何をしたにせよ、ルークを引き離すことはできない。

先のことを考えると見通しの暗さにげんなりした。ロンドンへの旅は当初予定していたような短いものにはなりようがない。きつく目をつむってみたが、胸の痛みが消え去るはずもなかった。あの町屋敷《タウンハウス》もジェインがいなければがらんとして侘びしく感じられるだろう。残していくあらゆる物が素描の絵となって次々に頭に思い浮かんだ。そのどれもがジェインを
……のばかりだ。

見おろすと、不安げな顔をした被後見人が立っていた。

コンスタンティンは安心させる笑みを浮かべようとしたが、顔の筋肉が引き攣ってうまくいかなかった。「予定が少し変わったんだ。ぼくはすぐにロンドンに発たなければならなくなった。急な用件が入って、それを片づけなければいけないからだ」

「あす、ぼくたちと一緒に行くのでは遅いの?」

「だめだ」コンスタンティンはためらった。ルークに事情が急変したことを知らせておいたほうがいいのだろう。ジェインはまもなくレーゼンビー館を去ることになるのだから。

「ルーク、じつは……」言葉が喉につかえて途切れた。

少年の肩に手をかけた。「もう発たなければならないんだが、なるべく早くきみを迎えに来る。何があろうと、戻ってくる」

落胆を見せまいと歯を食いしばったルークの顔を見て、コンスタンティンは胸が締めつけられた。やれやれ、どうしてこうも胸が痛むのだろう? レーゼンビー館に来るまでは、誰にどう思われようと気にせずにいられたのだが。

身をかがめて男らしく一度抱きしめてから、離れた。「ルーク、頼みごとをしてもいいか?」

少年が目を見開いた。「はい、なんでも」

「きみはもうこの家のりっぱな男子だ。ぼくがいないあいだ、レディ・ロクスデールを守ってくれるかい？」

　ルークが少し胸を張った。「もちろんです」そして頭を片側に傾けた。少年の切望のこもった濃い色の瞳に、コンスタンティンは呑みこまれてしまいそうな気がした。「いつ帰ってくるの？」

　それはこちらが誰かに訊きたいくらいだ。ほかの誰かに答えてほしい。どれくらい長く帰ってこられないのか。

「わからないんだ、ルーク。なるべく早く帰りたい。またすぐに会えるさ」

　自分のどこか大切な部分をもぎ取られたような心地で、奥歯を嚙みしめ、待機している馬車に乗り込んだ。

24

ルークは窓辺の椅子の上にあぐらをかいて坐り、ジェインが荷造りを指示するのを見ていた。働く人々を監督する小妖精のようなその姿に、ジェインはだいぶ心がなごんだ。どことなく頼もしさが加わったような気もする。ひょっとしてコンスタンティンが急に出発した理由を何か察しているのだろうか？

おそらく多くの子どもがそうであるように、ルークも何かよくないことが起きたのを敏感に察知しているだけなのかもしれない。

「レディ・アーデンも承知してくださったから、夜明けに出発するわよ」ジェインはきびきびと告げた。「できるだけ早くロンドンに着きたいけれど、どこか途中で一泊しなければならないわ。あなたの荷造りはヒギンズ夫人に頼んであるから、持っていきたい本やゲームがちゃんと入っているか確かめておいてくれないかしら？」

その場を離れるのを渋るかのようにためらっているルークに、ジェインは励ますように笑いかけた。「ほら、行きなさい。こちらの荷造りはもうほとんど終わりだから」

ジェインは窓辺に立ち、遠くまで長々と延びる車道を見やった。ふと、コンスタンティンがまたあのときのように塔に閉じこめられた美しい乙女を救う王子様のごとく馬を駆り立てている姿が思い浮かんだ。黒い髪の王子様。

それなのになぜ自分は妙な先入観を抱き、惑わされ、思い違いをしてしまったのだろう。コンスタンティンはこの領地を廃れさせるどころか、繁栄させた。人々から愛されている。工場の危機にも冷静に、思いやりにあふれた強い気持ちで立ち向かった。

領民たちの英雄だ。

わたしの英雄でもある。

わたしのもの。息苦しいほどに誇らしさと独占欲が胸のなかでふくらみ、熟した果実のように破裂しそうに思えた。

コンスタンティンは行ってしまった。自分が追いつめたせいで。あの人を信じられなかったのは事実だけれど、人を信じる能力がなければ人を愛せないのだろうか？

それは違うという思いが激しく沸き立ってきた。まだ遅くはない。追いかけていって、気づいてもらえさえすれば……。

どこに助けを求めればいいかは、はっきりとわかっていた。

「ああ、まったく、どうしてなんだ！」コンスタンティンは弟を睨みつけ、両手に顔を埋めた。

……。「……たんだが、どうしても兄さんに会わ

[illegible]いて聞きたくないんだ。レディ・アーデンは戦場に乗り込んできた守護の女神みたいだ」

「モントフォードもか？」

「なんて言えばいいんだ？」ジョージは両手を広げた。「あんな冷たい目をされて」

コンスタンティンは唸った。

「兄さんは具合が悪いと言ったんだ」ジョージは言い、向かいの椅子に腰を落とした。目尻に皺を寄せ、大げさに西部訛りを付けて続ける。「とはいえ、しょせんこっちはただの田舎者なんで、向こうはなんとも思っちゃいないのさ」

コンスタンティンは笑おうとしたが、口角を上げる気力すら出せそうになかった。ジョージには心から感謝していた。フレデリックの葬儀のあとで口論をしたにもかかわらず、力を貸してほしいと書付を送るとすぐに駆けつけてくれた。

コンスタンティンは椅子に頭をもたせかけ、手の付け根で目頭を押さえた。ゆうべもまたいつの間にか机の椅子で寝入ってしまった。首や背中が痛むし、酒は一滴も飲んでいないのに、口の上側は安物の靴革並みにざらついている。おととい ロンドンに着き、ジェインとの婚約の破棄で失う資金をどうやって埋め合わせるかを考えることだけに時間を費やした。

礼儀上すでにモントフォード公爵とレディ・アーデンには便りを出したので、婚約の解消があきらかになれば、自分はまた貴族社会の除け者に落ちぶれることになる。ロクスデール家の爵位の権威も助けにはならない。そんな男を花婿候補と見てくれて、そのうえ金もある女性と言えば、爵位ならばなんでもかまわず欲しがる富裕な商人の娘たちくらいのものだ。そのような女性たちにすらも、よほど追いつめられないかぎり選択肢に入れてもらえそうにない。

顎をさすると、ひと晩で生えだした無精鬚が手に擦れた。鬚を剃って顔を洗い、着替えたほうがいいだろう。だが行動を起こす気力が湧かない。

弱気になった心が、ジェインのもとへ帰ってひざまずけと叫んでいる。自分にはあの女性が必要だ。傍らにジェインがいなくては、いったいどうやって領主を務められるのか、どのような男になってしまうのかわからない。あの瞳で見つめられると、ろくでなしと罵られたことも忘れ、神になったかのごとく安らぎと自信がよみがえってくる。

ああ、それなのになぜ信じてはもらえなかったのだろう？　ジェインが惹かれていたのは自分の容姿と巧みな愛撫で、内面ではなかった。それは愛とは呼ばない。

だからこそいまはなにより、ジェインがいなくても生きられることを示さなくてはならない。最初の一歩は、彼女の金は不要だと証明することだ。

その方法はひとつしかない。だが、ああ、ジョージ……弟にそんな仕打ちができるのか？ジョージからブロードミアを取りあげて売ることなどできない。

「兄さんが必要としていることにはなんであれ」ジョージは静かに言い、兄の肩を軽く叩いた。「ぼくは従う」

コンスタンティンはうなだれた。弟の揺るぎない信頼にはいつもながら驚かされ、頭がさ」

「そもそも、ずっとグロスターシャーに引っ越そうと思ってたんだ」ジョージが言う。

「やめろ。ジョージ、ブロードミアを手放してはならない。まだ……策は山ほどある。すべてうまくいくさ」

「また投機取引で儲けるなんて言わないでくれよ！　兄さん、賭け事に金をつぎ込むのと同じくらい危険なことなんだ！」

そのような懸念は言われるまでもなく、じゅうぶん承知している。「自分のしていることがわかっていない人間にはな」

レディ・ロクスデールとの婚約によって資金を借り入れられたことはジョージには話していなかった。銀行家たちはみな言うがままに承諾してくれた。婚姻について話題に出す者はいなかったが、あのように気前よく貸し付けてくれたのはむろん婚約のおかげだ。

その資金をどうにか倍増させたものの、大部分はすでに領地の維持費に消えた。

婚約の解消の知らせが広まれば、銀行家たちにすぐにも貸付を引き上げられ、何ひとつなくなってしまう。即刻何か手を打たなければならない。

だがまずは、階下《した》で待つ不機嫌な面々に会わなければ。

「まあ、気を鎮めてくれ、レディ・アーデン」モントフォードは言った。「そういらいらと歩きまわられては見ているだけでくたびれてしまう」

レディ・アーデンが向きなおった。「どうしてそんなふうに落ち着いていられるのかしら！　ジュリアン、あなたのところのお嬢さんが捨てられたのよ！」

「ああ。このことがおおやけになれば、きみは二度と婚姻省には顔を出せなくなる」

「わたしがそんなことを気にしていると思う？　コンスタンティンは身を滅ぼそうとしているわ。あの人にはほんとうに期待をかけていたのに、こんなことになるなんて……」レディ・アーデンは背を向けて、片方の手で脇腹を押さえ、もう片方の手で炉棚につかまった。

モントフォードはハンカチを出そうとポケットを探った。そばに寄り、ハンカチを差しだしたが、撥ねのけられてしまった。振り向いたレディ・アーデンは目こそ涙で潤んでいたもののの、いつもの気高さを取り戻したように見えた。

モントフォードにとっては見慣れた、決意に満ちた顔つきだ。「何か手を打たないと」

「そうだな。まずは事情を確かめてからだが」

じつのところ、モントフォードも見た目ほど落ち着いているわけではなかった。コンスタンティン・ブラックの手脚を嚙み切ってやりたいくらいだが、そのような殺気を見せれば、レディ・アーデンはすぐさまコンスタンティンの味方につくに決まっている。いったん何か心に決めたら、たいていはやり通してしまうご婦人だ。そのためには女性の武器を駆使することさえいとわない。

それこそが戦う相手としてこんなにも……やりがいを搔き立てられる理由のひとつでもあ

[illegible]危険の大きい戦いだ

「ふたりは愛しあっている」モントフォードは言った。

「ええ」

「私には予想外のことだった」

レディ・アーデンが眉を上げた。「予想していたら、この婚姻に手を貸しはしなかったでしょう」

「当然だ」モントフォードは口の片端を上げて皮肉っぽく笑った。「よけいな情熱を抱いてもいいことは何もない。この破談がその証しだ」

レディ・アーデンは唾を飲みこみ、顔をそむけた。「ふたりに忠告したのよ。コンスタンティンはあくまで便宜上の結婚だと言っていたけれど、そうではないのはわかっていたから」

「それで結局、ふたりの愛とやらが何を生みだしたんだ？」モントフォードはみずから答えた。「醜聞と恥辱だ」

「まだ、わからないでしょう！」レディ・アーデンは優美な顎をこわばらせた。「わたしがそうはさせない」炉棚から離れ、ふたたび歩きだした。「あの愚かな若者はどこにいるの？身支度でも整えてるの？　まったく、誰から見てもすてきな殿方ですものね！」

「そんなことはありませんよ！」

戸口からいらだたしげな声が聞こえ、そこにロクスデール本人が立っていた。

モントフォードはその姿を注意深く観察した。まるであの洪水が起きたあとと同じように青白い顔で、げっそりとしていて、言い表わしようのないくらいやつれている。口角もわずかにさがり、いつものどこか斜にかまえたような目にも生気がない。

「燃え尽きてしまったようだな」モントフォードは言った。「深い闇に迷いこんでいたのか？」

コンスタンティンがいくぶん横柄に公爵を見返した。「公爵閣下、ぼくにはあなたにお答えしなければならない義務はないはずです」

「いや、あるとも。その理由は自分がいちばん承知しているだろう」咎める口ぶりではなかったが、コンスタンティンはすぐさま公爵のほうに一歩踏みだした。

「ふたりとも、おやめなさい」レディ・アーデンがすかさず近づいてきて、コンスタンティンの両手を取った。「どうしたの、コンスタンティン？　どうして、こんなことになったの？」

コンスタンティンはやつれたいかめしい顔をわずかにやわらげ、レディ・アーデンの顔を見やった。「答えられないのはおわかりでしょう」

モントフォードは歯の隙間から吐きだすように言った。「ならば私から言わせてもらおう。きみがレディ・ロクスデールの名を穢すことなど、とうてい受け入れられない。彼女のいとこたちもきみを容赦なく追いつめるだろうが、私もみずから対決を挑ませてもらう」

んだ。「ジュリアン、やめて！」

[illegible]」公爵は静かに告げた。「お引き取りいただいたほうがいいだろう」

「わたしはどこにも行かないわ。それと、けんかはやめなさい。そんなことをしてもなんの解決にもならないのよ！」

「この男は一族の面汚しではないか」モントフォードは苦々しくつぶやいた。「厄介者を始末してやるのだから、礼の言葉を賜《たまわ》りたいくらいだ」

「あなたと争うつもりはありません」コンスタンティンは腕組みをした。「ぼくを挑発しようとしても無駄です」

公爵は眉を上げた。「年長の私が不利だとでも思っているのか？　言っておくが、それは思い違いだ。それに、たしかきみは剣上ではないと言っていたはずだ」

「ふだんからフェンシングをしているわけではないと言ったんです」

「やめて。そもそもきょうはそんなことをしに来たのではないでしょう！」レディ・アーデンは公爵に向きなおった。「モントフォード、あなたはこんな……こんな人ではなかったはずよ。見損なったわ！」

モントフォードは陰気におどけた口ぶりで返した。「では私なら、どうすると思っていたのかね？」

「少なくとも、いまよりは分別ある態度を見せていただけると思ってたわ！　あなたたちが対決したことがおおやけになれば、恥の上塗りになるのよ。わたしたちがここに来たのは被害を抑えるためであって、噂話の種を増やすためではないでしょう！」

そのとおりであるのはモントフォードも頭のどこかでわかってはいたが、ウェストラザー家に脈々と受け継がれてきた、血に飢えた戦士の本能が荒らいでいた。

ジェインが世間のさらし者になるのは覚悟の上で、コンスタンティンを切り刻んで犬の群れに放り込んでしまいたい。「ここでいますぐ片をつければ、誰にも知られまい」

「ジュリアン！　ねえ、そんなことをしてもあの子のためにはならないのよ！」レディ・アーデンは公爵の顔を両手で包み、しっかりと見据えて互いの目を合わせた。「あなたがジェインを実の娘のように愛しているのはわかるけれど、いまは頭を働かせなければ。考えるのよ、そうしなければ、あの子を永遠に失うことになるわ」

その言葉は公爵の頭に垂れこめた赤い霞を切り裂いた。もうすでに一度、ジェインを失っている。ジェインはこのならず者を愛していると信じこんでいる。そうでなければ婚約を破棄されることもなかったはずだ。

モントフォードはそう考えて、ふっと思いめぐらせた。束の間の反芻でレディ・アーデンの言いぶんが正しいことに気づかされた。とはいえ認めるのは癪にさわる。

不機嫌に鼻を鳴らし、コンスタンティンに背を向けて窓の外を見やった。

背後で、レディ・アーデンがまた歩きだした。「婚約はすでに発表されているわ。そうでなければ、何事もなかったふりもできたけれど。コンスタンティン、あなたの決断はまだおそのぎこちない沈黙がモントフォードの注意を引いた。振り返って、コンスタンティンの引き攣った口もとに目を留めた。「ほかに考えなければならないことがいろいろあったので」

レディ・アーデンがコンスタンティンの肩に両手をおいた。「撤回する可能性はないの？　コンスタンティン、もう一度じっくり考えてみて。あなたやジェインのためだけではなく、領民たちのために！」

そう強く促され、コンスタンティンが蒼ざめた。モントフォードの目にはロクスデールがいまにも砕け散りそうに見えた。

怒りがいくぶん熱を失った。この男が婚約を破棄しようとしている理由がなんであれ、その決断に苦しんでいるのは間違いない。ひょっとするとジェイン以上に。少なくともジェインは向こう見ずな愚かさゆえとはいえ、まだ希望を抱いているのだから。

「どうか」コンスタンティンは肩からレディ・アーデンの両手をはずし、両手で握った。「信じてください、ぼくは――」こみあげる感情が苦しみをもたらしたらしく、声が途切れ、いったん口を閉じた。レディ・アーデンの手を離した。「どうかお引き取りください。体調がすぐれないので」

レディ・アーデンの顔には揺るぎない決意が表われていた。「コンスタンティン、これではすまされないわよ。まだ婚約を発表しただけだもの。わたしは破棄を発表するつもりはないわ！」

コンスタンティンは親指と人差し指で鼻梁をつまんだ。「おまかせします。発表なさっても、しなくてもかまいません。事実は変わらないのですから」

「ロクスデール卿、わたしはあなたをかいかぶっていたようね」レディ・アーデンの声には哀しみが滲んでいた。「わたしが間違っていたんだわ」最後に悲痛な目でモントフォードを一瞥《いちべつ》し、去っていった。

モントフォードはじっと立っていた。「レディ・アーデンの言うとおりだ。発表はしばらく控えよう。まだきみが分別を取り戻す可能性もあるからな」

「念のため、ぼくは分別を失ってはいません」

公爵はため息をついた。「これだから私は若者たちに感情にとらわれない婚姻を勧めているのだ。そのほうがすべてがはるかに楽になる」部屋を見まわす。「坐らないか?」

「いえ。お引き取りいただきたいのですが」

「ああ、だがきみの財務状況の件で、喜んでもらえそうな話があるんだ」

25

コンスタンティンは公爵の目をじっと見返した。何を言われようが決意を変えるつもりはなかった。どんな話でもだ。だが、資産にかかわることであれば、モントフォードの話であれ耳を傾けておくべきだろう。

手を向けて椅子を勧め、ともに腰をおろした。

公爵は椅子の背にもたれて、のんびりと脚を組んだ。「私はフレデリックに会っていた。そうだな、亡くなる一カ月ほど前のことだ。彼はしばらく前から自分の命が長くはないことを知っていて、その頃には死期が近づいているのを悟っていた」

コンスタンティンはその言葉に興味をそそられた。だが黙って、モントフォードが先を続けるのを待った。

「フレデリックは領地がきみに引き継がれることを憂慮していた」

「それならば、なぜ遺言書を書き換えなかったんです?」コンスタンティンは苦々しげに訊いた。「ぼくは相続することになっているのを知らなかった」

「いずれにしても、夫妻は子を授からなかった」その理由を察していたとしても、公爵はそうしたそぶりはおくびにも出さなかった。

「遺産を分割するというのは私が提案したことだ」モントフォードが続ける。

コンスタンティンは殴られたような衝撃を受けた。「どういうことです？」ほとんど息がつけなくなっていた。「あなたが仕組んだことだったんですか？」

モントフォードは両手を広げた。「ジェインはきわめて意志の強い聡明な女性だ。フレデリックもレーゼンビーをきみに破滅させられないようにできる人間がいるとすればジェインしかいないと、私の提案を受け入れた。むろん、きみたちふたりが結婚するだろうともくろんでのことだ」

「ばかな」コンスタンティンは思わず声を漏らした。「そんなことが信じられるか！」

公爵は何事もなかったかのように言葉を継いだ。「だがきみが結婚に同意しなかった場合に備えて、フレデリックはきみが新たな役割をしっかりと果たしているか私に見守るよう約束させた。きちんとやれると見定められたら、信託に預けてある資金をきみに移行するようにと。もし半年経っても、きみに期待に応える働きが見られなければ、全財産はレディ・ロクスデールのものとなる」

コンスタンティンは公爵が初めに口にした言葉が胸に引っかかっていた。「しかしあなたは、ぼくに彼女との結婚を考えることさえ許そうとしなかった！」

モントフォードは頭を傾けた。「ロクスデール、きみはそのように我《が》が強く血の気の多い[illegible]ね。それに当初は本心からそれが最善の判断だいた。あのような態度を見せられれば、ジェインとの結婚に承諾できるはずがないだろう。だが、いまとなっては……」

肩をすくめる。「洪水のときにきみの働きは目にした。レーゼンビーの管理人や領民たちとも話をした。レディ・ロクスデールへの今回の仕打ちはともかく、フレデリックはきみの人格や領地を担う能力を見誤っていたと私は思った――いや、いまもそう思っている。というわけで、受託者たちに資金及び財産権をきみに移行するよう勧告する手続きをとるつもりだ。レディ・ロクスデールには寡婦給与が設定されているから。それでじゅうぶん事足りるだろう」

喜ぶべきことであるのはコンスタンティンにもわかっていた。レーゼンビーは救われた。これで借金を返済し、工場の所有権も守られる。

もう足枷《あしかせ》はない。

それなのに、自由になれたとは思えなかった。むしろ終身刑を言い渡された気分だ。

公爵を見つめた。「あなたが慈善心からこのようなことをしたとは思えない」

モントフォードは眉を上げた。「もちろんだ。どうして私がそんなことをしなければならないんだ？　フレデリックの一族はもともと女性相続人のジェインが嫁いできただけでもじゅうぶん満足していた。彼らにできることと言えば、フレデリックが死んだら遺言書どおり次の相続人に引き継ぐことだけだった。フレデリックも私が純粋な親切心から行動しているなどという幻想は抱いていなかったはずだ。だが、追い込まれていたんだ。きみが領地を引き継ぐことは確信していたが、まじめに責任を果たしてくれるという保証が欲しかったのだろう。私の提案はその解決策でもあったわけだ」

「あなたはずっとぼくを――われわれを――操っていたんですか！」

「たしかに、きみは操り人形のように踊らされていたな」公爵は皮肉っぽく口もとをゆがめてつぶやいた。「私はきみがレディ・ロクスデールを追いかけるよう仕向けておけば、あとはレディ・アーデンが事を動かしてくれるだろうともくろんだ」眉を上げる。「知恵が働くだろう？　だが、ロクスデール、最後に笑ったのはきみではないかね？　私にはジェインがきみにのぼせあがってしまうとは予想できなかった」

　コンスタンティンは肺がつぶれそうなほど胸を締めつけられた。声をとがらせて言った。

「のぼせあがってなどいない」

「あの子はそうは言わないかもしれない。私もいまだに信じられんのだからな」モントフォードは立ちあがった。「言っておくが、あの子をこのように動揺させたり惑わせたりすることはしてほしくない。なにしろ心配性な子どもだった。あの子に必要なのは平穏と安定だ。きみのように気性が激しく、自尊心の強すぎる男とではそれは叶えられない。婚約の解消に同意するよう私が説得しよう。それで話がつけば、きみから婚約を破棄しようとした件についてはもう咎めまい」

　公爵は両手を広げた。「そうとも。私はきみが最も愛する自由を与えてやるわけだ。もはコンスタンティンの頭のなかで、まぎれもない否定の絶叫が響きわたり、胸が圧迫され、腸が煮えくり返った。あらゆる感情がせめぎあい、気が変になりそうで頭を両手でかかえた。

公爵の声が遠くから聞こえた。「あとは私が手配しておく。すべてまかせてくれたまえ。ロクスデール、きみは大変な金持ちになったんだ。楽しめることを願っている」

「楽しむ」コンスタンティンの声はひび割れていた。あまりのばかばかしさに笑いだしたかったが、声を出せそうにない。

「さしあたって」モントフォードが言う。「ふたつ頼みがある。あすの晩、モントフォード館で開く舞踏会への招待状が届いているだろう。まずはそこにぜひ来てほしい。そのときには……友人のご婦人でも同伴してくれ」

いったい何を言ってるんだ！　このようなことを公爵が言いだした理由はひとつしか考えられない。コンスタンティンは目を上げた。「彼女が来てるんですか？　ロンドンに？　舞踏会に現われるんですね？」

モントフォードはうなずいた。「話さなくていい。目を合わせる必要もない。本人とそこにいる全員に、不相応な婚約を修復するつもりはないことをはっきりと示すんだ。あとは立ち去って、二度とあの子には会うな」

公爵は息をついた。「経験から言わせてもらえば、すっぱりと断ち切ったほうが痛手の快復が早い。きみが憎まれれば、ジェインはそれだけ早くきみとのことを乗り越えられる」

この言いぶんにはコンスタンティンも納得がいったが、心は全力で反対の声をあげていた。

苦痛に耐えて舞踏会に出席し、ほかの婦人を同伴してジェインに憎まれるなどということができるものか……それもすべてはジェインにきれいさっぱり自分を忘れさせるために。

　だがジェインを苦しめたくはないだろう？　言われたとおりにすれば、ジェインはきっとさっさと自分を忘れ、モントフォードの言うがままになる、お気に入りの花婿候補と結婚するだろう。ふさわしい男と。

　こらえようとしたが、それでも言葉がこぼれでた。「結局、トレントに嫁がせるつもりなんですか」

「いや、そのつもりはない」モントフォードが言う。「トレントのことはきみ以上に気に入らんのでね」

　コンスタンティンは陽気さのかけらもない笑いを漏らした。「それで、もうひとつの頼みとは？」

「あの少年の養育権を私にゆずってほしい」

「だめです」問題外だ。ルークは自分を必要としていて、自分に頼っている。公爵にゆだねなどしたら、どうなることかわかったものではない。

　公爵が眉を吊り上げた。「いいか、よく聞きたまえ、ロクスデール。きみが六歳の少年をしょいこんでいったいどうするというんだ」

「先ほども言ったように、渡せません！　レディ・ロクスデールにも定期的に訪問させると約束しましたが、ルークはレーゼンビー館の子どもです。ぼくが面倒をみます」

――もしきみがあの子を何かの取引材料として考えているのなら――」

「あなたの基準でぼくを判断しないでください、公爵閣下」コンスタンティンは辛らつな口ぶりで言い放った。「あなたさえよろしければ、いまここで訪問の頻度《ひんど》を決めてもかまいません。そうすればジェインと連絡をとる必要はない」

またもナイフで胸をえぐられたような痛みを覚えた。アマンダに裏切られた心の傷は永遠に消えないものと思っていた。だが太陽に焼かれるようなジェインへの愛と比べれば、あのときの落ちこみなど蠟燭でやけどした程度のものに思える。

愛。

ああ、なんてことだ。それを認めたとたん水門が開いたかのごとく、かつて経験したことのないつらさがあふれだしてきた。

公爵が何か話している。耳を傾けなければ。

「ルークの父親が誰なのかはもうわかったのか？」

「いいえ、でも察しはついています」いくぶん言葉を濁した。「なんでもご存じのあなたのことですから、ぼくの息子だという噂は耳に入っておられることでしょう」

「そのような話はたしかに耳にした。そうであれば、きみのおじがあの少年を引き取ったのも理解できる」

「ですが、ぼくの息子ではありません。ただし、おじがルークを受け入れた理由はおそらくあなたの言うとおりでしょう。ルークがぼくの息子だと思い、養うことにしたのではないかと」またも行き場のない怒りが押し寄せてきた。おじはそう信じたまま亡くなった。いまはもう説明のしようがない。

公爵が身を乗りだした。「ふむ。それはなんとも興味深い話だな。では、いったい誰の子だと？」

モントフォードがこんなにもたやすく自分の言葉を信じるものだろうか？　コンスタンティンは急に湧きあがった相半ばする感情をどうにか抑えた。この男にはなんにであれ感謝の念など抱くつもりはない。

唇を湿らせた。疑いだけでは口にできない。つまるところ証拠がないのだから、懸念を声に出したところでなんの意味もない。「わかりません」肩をすくめた。「トレントと考えるのがいちばん自然でしょう。隣人で、出入りできる機会はじゅうぶんにあるし――」

「友人の家の女中をもてあそんでもふしぎではない男だ」モントフォードはあとを継ぎ、不愉快そうに高く鋭角な鼻孔を広げた。

天使の顔をしたアダム・トレントのべつの一面をほかの人間の口から耳にするとは、コンスタンティンは考えもしなかった。

「証拠はないですし、本人もけっして認めはしないでしょうから、これ以上は何も言うつもりはありません」

「そうだな、私もそれが賢明だと思う」公爵は息をつき、これまで見せたことのない穏やかな目でコンスタンティンを見やった。「きみがあの少年のことを親身に考えているのはわかる。だが、この件については交渉の余地はない。レディ・ロクスデールはあの少年を必要としている。少年のほうも同じだろう。ふたりを引き裂くのはきみの身勝手というものだ」

コンスタンティンは髪を掻き上げた。ジェインはルークを長く愛してきたし、大切に想っているのは当然だ。かたや出会ってまだ日の浅い自分のほうがルークの人生から消えるのはたやすい。モントフォードが言うとおり、ジェインと暮らしたほうが少年にとっては苦しみが少なくてすむのだろう。だが、自分もともに暮らそうとしていたことをルークにはわかっていてほしい。コンスタンティンは約束を破ったのではないし、ルークを捨てたのでもないということを。

ようやく、ゆっくりと息を吐きだした。「あなたのおっしゃるとおりです。あの子は彼女に預けます。ですが、ぼくはあの子の後見人です――それについては何も変わりません。それに、一年おきに夏はレーゼンビー館で過ごさせます」モントフォードの日を見据える。

「これについては交渉の余地はありません」

ルークを手放すのがこれほどつらいとは想像していなかった。いつしかルークへの愛情が深まっていたからだろうが、こうしてジェインとの最後の絆もだんだんと体裁よく断たれていくのだろうという気がした。むろん、それがモントフォードのもくろみなのだろう。

公爵は考えこんだ。「妥当な条件だろう。今後レディ・ロクスデールとかかわらないことに同意するなら、私からそのように説得してみよう。必要なやりとりはすべてジェインに直接ではなく、私を通すように」

ジェイン。公爵がその名を口にするたび、コンスタンティンは巨大な手で魂をもぎ取られるような心地がした。モントフォードに苦痛を悟られまいと視線をさげた。

「おお、忘れるところだった」公爵が封蠟で閉じられた手紙を取りだして差しだした。「フレデリックからきみに、私がいま話したことを説明した手紙だ」

コンスタンティンは差しだされた手紙を反射的に受けとり、いまでは自分のものとなった封蠟の印章を親指でなぞった。モントフォードがそこにいようとかまわず封蠟をとき、紙を広げた。

目がかすんで、字がぼやけて見えた。ああ、すっかり疲れてしまっている。

だが焦点が定まるや、たちまち感覚が研ぎ澄まされた。そこには単に財産分与についての説明だけでなく、きわめて重い罪の告白が記されていた。


コンスタンティン、ぼくが赤ん坊をきみの子だと父に信じさせたことは、卑劣な行為だったと承知している。だが、きみはすでにアマンダとのことで名誉を傷つけられていた。もうひとつ汚点が付いたところでたいして変わらないだろうが、ぼくの場合には真実がおおやけになれば、レーゼンビーでみじめな暮らしを強いられることになる。

ぼくではなくきみがやったとしても不自然ではなかったことだと自分を納得させていた。しかしこの数カ月、死の影に脅えて暮らすなかで、真実に向きあわざるをえなくなった。責任はぼくにある。本来はすぐに認めるべきだったんだ。

心の底ではわかっていたのではなかったのか？　トレントではないと。フレデリックは死にぎわまで自分を欺《あざむ》いていたのだ。いとこの残忍きわまりない自分への仕打ちに、コンスタンティンは気力をいっきに奪われ、息がつかえた。

無言で、手紙をモントフォードに返した。長い間をおいて、公爵が口を開いた。「なるほど。答えが出たわけか。これで、少なくともトレントがあの子の父親だと名乗りでることを恐れる必要はなくなった」

手紙をテーブルに置く。「私がきみなら、この手紙はどこか安全なところにしまっておく。いつ必要になるかわからないからな」

その声はコンスタンティンにほとんど届いていなかった。心を打ちひしがれ、感覚を失った。言い表わしようのないくらい当惑していた。おじにも、ほかの家族にも、自分が許しがたい罪をおかしたと誤解されていたのはすでにわかっていた。けれども、あのフレデリックがみずから一族の人々みなをこのように欺いていたとは……。

哀しみと失望の重みが肩にのしかかり、立っているのもやっとだった。ジェインについで、またもだ。おじは自分を屋敷の女中を手籠《てご》めにするような男だと信じたまま死んでしまった。父もその話を聞いていたのだろうか？　母にも姉妹たちにも、そんな男だと思われていたのか？　当然なのかもしれない。家族に自分のほんとうの姿をきちんと見せようとはしなかったのだから。

ほんの一週間前までは希望に満ちあふれているように見えた自分の人生が、いまでは広漠な不毛の地のように思える。

「失礼するとしよう」公爵が静かに告げた。「では、明晩に」

コンスタンティンは目を上げなかった。

しばし沈黙が流れ、やがてモントフォードが言った。「この件がすべて片づいたら、新たな気持ちでレーゼンビーに戻るといい。ロクスデール、言わせてもらえば、いまのきみはひどい顔をしているぞ」

「あの人を絶対に取り戻すわ」ジェインはいとこたちに向きなおった。「ロザムンド、セシリー、力を貸して」

ジェインとルークはレディ・アーデンを家に送り届けてから、旅の疲れでぐったりとした姿で前夜にモントフォード館に到着した。公爵の家は年に一度の舞踏会の準備で大わらわとなっていた。

少ししか寝ていないものの、入浴でさっぱりしたのと神経がずっと高ぶっているせいで、ジェインの頭のなかでは憶測や思案が忙しくめぐっていた。

ロザムンドとセシリーが視線を交わした。先に口を開いたのはロザムンドだった。「ええもちろん、わたしたちは協力するわ。それは当然だけれど……」唇を噛んだ。「あの方はあなたをこんなにも苦しめてる。あきらめたほうが賢明かもしれないわ」

ジェインに首を振った。「あなたにはわからないんだわ！　わたしはあの人を愛しているの。お互いにとって必要な相手なのだと、あの人に気づかせなくてはいけないのよ」

ロザムンドがわずかに唇を開いた。セシリーは目をしばたたいた。「控えめに言っても、予想外の事態ね」

ジェインに迷っている時間はなかった。「わかってるわ。あなたたちが何を言いたいのかは想像がつくけど、そういうことではないの。あの人もわたしを愛しているのよ。確信があるの！」両手を打ち鳴らした。「あの人にわかってもらわないと……」

けれど考えるほどに、望みを叶える可能性は低くなっていくように思えた。こうしているあいだにも、コンスタンティンはほかの女性と戯れて哀しみをまぎらわしているかもしれない。ジェインは下腹部に不快な痛みが押し寄せてくるのを感じて目を閉じた。

意を決して顎を上げる。「あすの晩に開かれる舞踏会に出る準備を手伝って」

「あなたが？　舞踏会に出るの？」セシリーがちらりとロザムンドを見やった。「恋に落ちたのね！」

「ええ、できるかぎり大胆なドレスを着たいわ！」

ロザムンドはまだ眉をひそめたままだった。「でも、あなたは喪中の身なのよ」

ジェインは奥歯を噛みしめた。「わたしはコンスタンティンに、あの人が落ちぶれるのなら、わたしも一緒に落ちぶれる覚悟であることを伝えたわ。ふたりとも数週間前に公爵から招待状を受けとっているから、あすの晩はあの人も舞踏会に現われるはずよ。でも、わたしが来るとは思っていない」

「このような状況で、あの方はいらっしゃるかしら」ロザムンドが言う。「公爵の怒りをかっているのよ。コンスタンティンに決闘を迫ったらしいとレディ・アーデンから聞いたわ」

「なんですって？」ジェインは驚いた目をロザムンドに向けた。

「結局は何も起きてないわ。コンスタンティンは断わったでしょうし、レディ・アーデンがモントフォードに撤回させたのではないかしら。そんな戦いをしても醜聞に火を注ぐだけのことだもの」ロザムンドは慎重に言葉を選んでいるらしい。「ジェイン、レディ・アーデンが驚くようなことをおっしゃってたのよ。あの公爵が取り乱していたというんですもの。あなたはどうしてだと思う？」

ジェインはいらだたしげに首を振った。「わからないわ。コンスタンティンに挑発されたのかもしれない。たまに、ほんとうに癪にさわる態度をとるから」

「そうなのかしら」ロザムンドはあいまいに答えた。

ジェインはためらった。「公爵がわたしを心配して平常心を失ったと思ってるの？」

そんなことがあるのだろうか？　そうだとすれば、モントフォードには自分が思ってもみなかった一面があるということになる。

「わたしたちが力になるわ、そうでしょう、ロザムンド？」セシリーが勢いよく立ちあがった。「婦人帽《ボンネット》を取ってこないと。ボンド・ストリートに行きましょう。ぐずぐずしてはいら[illegible]う。とびきりすてきな装いを整えてあげる」ジェインに目配せした。「べつにわたしの扱え[illegible]いたらみなさんの目をそらさせるためではないわよ」

その言葉にジェインが反応した。「あなたはまだ社交界に登場していないでしょう。舞踏会でいったい何をするというの？」

セシリーは濃い睫毛をはためかせた。「あら、ジェインったら、わかってないわね。まあ、見てなさいって」

「もう生意気なんだから！」ジェインは自分を元気づけようとしてくれているセシリーの思いに感謝して、微笑んだ。「さあ、先に支度をしておいて。わたしは公爵様に話しておかなければいけないことがあるから」


モントフォードは図書室の窓辺に立ち、コンスタンティン・ブラックとの今回の一件について、なぜこんなにもあと味が悪く感じられるのだろうかと考えていた。

自分の判断は正しい。それはわかっている。これでジェインは苦しみや不安から解放されて楽になるだろう。そうではあるのだが……。

よもや歳を重ねて、ほだされやすくなっているのだろうか？　自分のようにしたたかな皮肉屋が、おとぎ話のごとき結末を望んでいるというのか？　ばかばかしい。

それでも、モントフォードは気持ちを切り替えられなかった。コンスタンティン・ブラックに新たに得られる資金について説明しながら、その表情を注意深く観察していた。目にしたのは喜びでも安堵でもなく、見るも無残な失望だった。絶望。

むろん、まだルーカス・ブラックの問題が残されている。ジェインの説得は難儀するだろう。なにしろコンスタンティンとまたそのうちともに暮らすようになるのだから、どちらがルークを引きとるかは決める必要がないと言い張っているのだ。

ため息が出た。若者たちは愛にうつつを抜かすと強情になって、不合理で予想のつかない行動をとりはじめる。ジェインは昔からとても物分かりのいい少女だったので、愛に苦しむ彼女を諭さなければならない日がくるとは思いもしなかった。

ドアを軽く打つ音がして、目をやると、いまちょうど考えていたその女性が戸口に立っていた。「ジェイン」呼びかけた。「入りなさい、さあ」

暖炉のそばにある坐り心地のよい椅子にジェインを導き、自分は長椅子に腰をおろした。

「ロクスデールと話をした」

「ええ、聞きました」ジェインは低い声で答えた。「失礼ながら、公爵様、いったいなぜ決闘を持ちかけるようなことをなさったのですか？　とても信じられない話ですわ！」

なぜそんなことをしたのか？　モントフォードは考えこんだ。めずらしく答えが見つからなかった。

「きみが気にする必要のないことだ」

十七歳のときならば、ジェインはそれで納得しただろう。

「いいえ、気になるんです」ジェインは食いさがった。「なぜかというと……あの方がわたしを傷つけたと思っていらっしゃるのではないですか？　つまり、わたしの気持ちを傷つけた

「こんなことを話していてもまったく意味がない。私はただ自分が担うべき務めを果たしたにすぎない」

ジェインはいぶかしげに片方の眉を上げたが、その問題についてはそれ以上は何も言わなかった。

「公爵様、あなたにお伝えしたかったんです……」ジェインは立ちあがり、公爵と並んで長椅子に腰をおろした。驚いたことに、さらに片手を取った。「長いあいだ、わたしの面倒をみてくださったことへのお礼を申しあげたくて。わたしはいままで恩知らずでした」

いったいどうしたというんだ？「そんなことはない」

「あなたはご存じないんですわ。わたしはほんとうは恩知らずだったんです。いろいろと……」ジェインは大きなため息をついた。「フレデリックとは、うまくいかないことが多々ありました。それをあなたのせいにしていたんです。でも、あなたにそんなことがおわかりになるはずもない。責任はあの人にあったんです。状況を改善するための努力をしなかったわたしにも」

モントフォードはかつてこの娘に抱いていた無力感を思いがけず呼び起こされた。厄介な感情だ。ジェインに取られている手を見おろす。「幸せではないことは薄々察していたが、きみがけっして口にしようとはしなかったから、私も口出しするのは控えていた。夫婦の問題に他人が首を突っこんでうまくいくことはめったにないからな」

「いいえ、あなたにしていただけることは何もありませんでした」ジェインは続けた。「それに、気づいたんです……自分がルークに責任を負う立場となってから、子どものためにどうしてやるのがいちばんいいのかを見つけるのが、いかにむずかしいかということに。あなたはわたしたち六人のことを考えてくださっていた。わたしたちがやってきたとき、あなたもお若かったはずですわよね？　あなたはいつもとても――」ジェインはやや気まずそうに言葉を途切らせた。

「気むずかしく見えたのか？」

ジェインは微笑んだ。「近寄りがたかったと言おうとしたんですわ」まなざしがやわらいだ。「でも、あなたはつねに正しいと思うことをなさっていた。もしあなたがあんな恐ろしい場所から救いだしてくださらなければ……」身をふるわせた。「わたしはどうなっていたか」

モントフォードは喉が苦しくなって話しづらかった。「私がロクスデールに戦いを挑んだのは、きみがつらい目に遭うのを見たくなかったからだ。だがこれは言っておかねばなるまい」きびしいまなざしで言葉を継いだ。「ロクスデールはいまここにいるきみより、はるかに苦しんでいるだろう」

ジェインの目に希望の光が灯り、モントフォードは口を滑らせたことを悔やんだ。どうかしている。このところ計算高い頭の働きが、いくらか鈍っているのではないだろうか。

[illegible]。「あの方には気遣ってあげられる人が必要なんです」モ

の顔を見つめた。「わたしのことを何かおっしゃっていましたか？」

「話の流れで。仕事のこと、それにルークについても話した。どうやら……」そうとも、この情報はジェインにも聞く権利がある。「どうやらわれわれは、ルークの素性について思い違いをしていたようだ」

ジェインが冷静なグレーの瞳でさっと見やった。「どうして？　ルークの父親が誰なのかご存じなのですか？」

モントフォードはうなずいた。「フレデリックだったんだ。真意を説明する手紙を遺していた」その事実を知ったときのロクスデールの表情が脳裏に焼きついている。あのように打ちひしがれた人間の顔は見たことがない。「ロクスデールはトレントではないかと疑いはじめていた。これで少なくとも新たな揉め事は避けられたわけだな」

「でも、フレデリックだなんて！　あの人がどうしてそんな身勝手で卑劣なまねを？」ジェインはモントフォードの片手を両手で握った。「ああ、公爵様、それならやはりわたしがコンスタンティンのところへ行かなければ。どんなにつらい思いをしているか……」

モントフォードはそれでも言わずにはいられなかった。「ジェイン、あの男はきみを求めてはいない。放っておいてやりなさい」

そしておのれの務めを最後まで果たさねばと心を決め、咳払いをした。「ロクスデールはルークに一年おきにレーゼンビー館で夏を過ごさせるという条件で、われわれと暮らさせてもいいと提案している」

ジェインは唇をわななかせた。「そうですか」ぼんやりと暖炉に視線を移した。「そうなんですね」

モントフォードはまたも後ろ暗い思いにとらわれた。肩と胸が張りつめた。いささか気詰まりがちに続けた。「婚約の解消の公表については、こちらにまかせてもらえるよう話をつけた」

「わたしは承諾するつもりはありません」ジェインが静かに言った。

「たとえそれでも、コンスタンティンはきみを捨てたという汚名に苦しむことになる」モントフォードは続けた。「彼をほんとうに愛しているのなら、きみもそのようなことを望みはしまい」

返事はなかったが、ジェインの体がやや沈みこんだのが見てとれた。

ジェインが目を上げて見つめた。「コンスタンティンはあすの晩の舞踏会に来るのですか?」

「おそらく」

睫毛が涙で濡れている。「でしたら、あとひと晩だけ時間をください。舞踏会の晩だけ。お願いです、公爵様。婚約の解消を発表するのは、もうひと晩だけ待ってください」

このように懇願されて撥ねのけられるだろうか? この子がこんなふうに何かを自分に頼んだことがあっただろうか? 「ジェイン、いいかね、あの男はきみにふさわしくない。あの男がきみにしたことを考えてみなさい」

……に首を振った。「違うわ。わたしなの。悪いのはすべてわたし。わたしがあの人を誤解していたんです。おわかりになりますか？　わたしがあの人を傷つけたんです！　許しがたいほど深く……人として至らなかったのは、わたしのほうですわ」

「しかし、あの男がきみを幸せにできるはずが——」

ジェインの声が熱を帯びてきた。「コンスタンティンは言葉ではとてもお伝えできないほどの喜びをわたしにもたらしてくれたんです。まるで長いあいだ死んでいるのも同然だったわたしを生き返らせてくれたかのように。これまで一度も感じたことのなかった生きる喜びを与えてくれたんです！　それに、あの人にもわたしが必要なんです。あの人を気遣い、信じてあげられる人が。わたしがあの人に気づかせてあげなければ——」

言葉が途切れ、ジェインは喋りすぎてしまったと気づいたらしかった。

はからずも、モントノォードはいまの演説に心動かされていた。つねに冷静で、物静かで、たまに皮肉の利いた機知を覗かせるジェインは、このように感情豊かな表情を——情熱のようなものは——一度も見せたことがなかった。ブラックとの関係がなにかしらの効果をもたらしたことはもはや認めざるをえない。

モントフォードは思案した。きょうのロクスデールの様子から判断するかぎり、ジェインがひと晩で相手の気持ちを取り戻すのは奇跡に等しい。だからもしそれができたなら、そのときにはジェインの好きなようにさせてやるしかないだろう。ジェインはもう自分のもとを離れ、自立している大人の女性だ。本人がどうしても思いどおりにしたいと言うのなら、自分が阻止しようとしても限界がある。

レディ・アーデンの言うとおりだ。またもジェインを失いたくはない。

「よかろう」モントフォードはようやく答えた。「ひと晩だけ待とう」

ジェインがすばやく首に両腕を巻きつけてきて、目をきらきら輝かせ、頬に口づけた。モントフォードはその顔を見返し、いまと同じ表情でいつも自分を見上げていた昔のジェインを思い起こした。わたしの王子様。貧民街の粗末な下宿屋から救いだしたとき、ジェインはそう自分を呼んだ。

だが、こんなにも屈託なく抱きついてきたことはなかった。それはこちらが慎重に距離をおいていたからではなかったのか？　後見人として子どもたちの面倒をみていることで不適切な中傷を受けたくなかったからだ。いま初めて、モントフォードは警戒心を捨て去り、両腕をジェインの体にまわして、抱きしめ返した。

そしてふと、この娘から惜しみない愛情を与えられるロクスデールは幸運な男だと思った。いまはロクスデールがこの子の王子様なのだから、仕方あるまい。

だが、その王子様がこの子のために戦わない男であったなら、そのような恩恵を得る資格はない。戦うのならば、たしかに、あの男への見方を考えなおさなければなるまい……これもむろん、一族のためにほかならない。誰が領主となるにしろ、レーゼンビーが可能性に満ちた豊かな土地であることに変わりはない。

いずれにせよ、モントフォードはこの一瞬だけでもあのときの少女を取り戻せたことが嬉

[illegible]修復できたこのもろい繋がりを壊しかねないことは、なるべくならしたくない。

こみあげる感情に負けて、ジェインの頭のてっぺんにキスをして、囁きかけた。「大丈夫、きっとすべてうまくおさまる。そのうちわかる」

26

舞踏会が開かれる当日の夕方、ジェインは柔らかな刷毛《はけ》で白粉《おしろい》を顔にきちんとはたけそうにないほど手がふるえていた。

「さあ、わたしがやるわ」ロザムンドがジェインの手から化粧道具を取り上げ、白粉をやさしく薄く肌にのせていく。

それから背を起こし、いとこの顔を眺めた。「ちょうどよく赤みがさしているから、頬紅はいらないわね。でも口紅だけ軽く塗っておけば……これでよしと。きれいだわ。見て」

ジェインは鏡に映った自分を眺めた。丁寧に巻いて高く結い上げた髪は赤褐色の筋がうっすら混じっているだけでいつもより濃い色に見える。瞳は輝き、頬はほんのり赤みを帯び、唇は柔らかでふっくらとして赤い。

「奥様、ドレスをお召しになるのですか?」ウィルソンが非難がましく声をふるわせて問いかけた。ジェインは女中の不満げな態度にはかまわず、うなずいた。

「ここから楽しくなるわよ!」セシリーは小枝模様のモスリンのドレスが皺になるのも気にせず、はしゃいで跳ねていた。一緒に舞踏会に出席するわけではないのに、このいとこがでも、今夜のジェインには、コンスタンティン以外のことまで考える余裕はなかった。

ウィルソンが、胸もとの大きくあいた、きらきらと輝きを放つ深紅のドレスを持ちだした。かつて一度も身につけたことのない大胆なドレスだけれど、今夜のジェインの気分にはぴったりだった。コンスタンティンが体を熱くたぎらせてくれたときの熱情、その炎を思わせる色なのだから。

ウィルソンの手で頭からかぶされたドレスは、静かな衣擦れの音を立てて滑り落ち、なめらかな絹地になまめかしく肌を撫でられた。背中に連なるボタンを女中に留めてもらうあいだ、ジェインは息を詰めていた。

ウィルソンがボタンを留め終わると、ジェインは姿見の大きな鏡に向きなおった。この数週間、重苦しい黒い喪服で過ごしていただけに、鮮やかな色をまとった自分の姿に心が活気づいた。

ロザムンドがにっこり笑いかけた。「まあ、ジェイン、まさしく女神だわ！　こんなに輝いているあなたを見たのは初めてだもの」

「その色はあなたにぴったりよ。わたしが言ったとおりだったでしょう？」セシリーが両手を打ち鳴らし、ジェインの宝石箱に手を入れて探りはじめた。「モントフォードの顔を見るのが待ちきれない！」

「わたしはロクスデールの顔を見るのが待ちきれないわ」ロザムンドが静かな声で言う。

「今夜はわたしたちと晩餐をご一緒なさるのよね？」

ジェインの鼓動が大きく響いた。「そうだといいんだけれど。わたしが発表を行なうときにいてもらいたいから」

「発表？」セシリーがさっと顔を上げた。「なんの発表？」顔を下向きに戻して宝石探しを再開した。「よかった、やっと見つけたわ」ビロードが敷かれた抽斗から重厚なネックレスを慎重に取りだした。蠟燭の灯りのもとでまばゆいほどの輝きを放っている。

「言えないわ」ジェインは答えた。「驚かせてしまうから」

「あら、それは意地悪だわ、ジェイン。わたしは晩餐会に出られないのだから、聞けないじゃない」セシリーは指で唇を打った。「ディコンのお仕着せを借りて従僕のふりでもしないと」

ロザムンドがぶるっと身をふるわせた。「前にもしたことがあるような口ぶりね。いえ、いいわ」片手を上げてとどめた。「それ以上言わないで。知りたくないから」

首を振って言葉を継ぐ。「来週ティビーが付添人《シャペロン》として来てくれるのはありがたいわ。やっと肩の荷をおろせるもの」

「あなたがわたしのシャペロンなの？」セシリーが眉をひそめた。「わたしがあなたのシャペロンのつもりだったのに！」

「まあ、そんなふうに思ってたの？　セシリー、あなたを付添人として認めてくれるところジェインは秘やかに笑い、いとこたちの微笑ましいやりとりからべつのことへ気持ちは自然と移ろいだ。晩餐会が始まる時刻が近づくにつれ、緊張がじわじわと高まっていく。

深々と息を吸いこんだ。深呼吸を繰り返す。落ち着かなければ。これからの数時間はためらいや怯えを見せたら、計画がすべて壊れてしまう。

コンスタンティンが社交界で名誉を回復するには自分が必要だ。今夜、その務めを果たす。上流社会でひそかに特別なことを起こそうとするときには、動揺はみじんも見せずにそしらぬふりをしていなければいけない。ウェストラザー家はほかの人々にどう思われようと気に留めない。ジェインはそれをモントフォードから、そしていとこたちからも学んでいた。

今夜この重大な決意表明をなし遂げるには精いっぱいの勇気を奮い起こし、怯まずに堂々としていなければ。コンスタンティンのために、うまくいきますようにとジェインは祈った。


コンスタンティンがモントフォード館に着いて最初に対面した招待客は、レディ・アーデンとデヴィア卿だった。

正式な挨拶の仕方をはっきりとは思いだせず、とりあえず頭をさげた。鼓動は大きく打ち鳴らされ、胸は太鼓の膜のごとく張りつめている。自分がどうしてここにいるのかわからない。知らぬ間にモントフォードに的外れな義理でも感じていたのだろうか？　けっしてジェインに会いたいからなどではない。

「コンスタンティン」レディ・アーデンが低い声で呼びかけ、コンスタンティンの肘をつかんで少し離れたところへ連れだした。「今夜ここに現われたということは、婚約の解消を考えなおしたからなのよね」

「考えなおしたわけではありません」コンスタンティンはぼそりと答えて、周りに目を走らせた。「モントフォードにはぼくの申し入れを承諾してもらいました。理解してくださったのでしょう」

レディ・アーデンを見つめた。濃い色の瞳に懸念と落胆の影が差している。この貴婦人の顔に泥を塗ることになってしまったのを申しわけなく思った。

声をやわらげて続けた。「みなさんにも冷静にご理解いただけるはずです。心配は無用です。お行儀よく振るまいますから」

耐えなければならない時間が長引かないよう胸のうちで願った。

せめて弟がこの舞踏会への招待を断わっていなかったなら心強かったのだが、ジョージは社交界の催しを嫌悪していた。それに、もともとジョージはこの時期にロンドンにいる予定ではなかった。今回やってきたのはおそらく、兄の向こう見ずな行動をとめるためでもあったのだろう。

レディ・アーデンは凄みのあるまなざしで見返してから、デヴィア卿に導かれて客間へ向かった。コンスタンティンは玄関広間にとどまっていた。舞踏会だけならまだしも晩餐会の招待も受けてしまったことが悔やまれた。舞踏場でなら、人々の目に留まらないようやり過ごすのはたやすい、避けたい相手からは離れていればいい。

もともとシェインとの婚約を祝う晩餐としてモントフォードが計画していたものだからだ。

コンスタンティンはため息をついた。今夜はウェストラザー家とブラック家の面々が集結している。

「あら、コンスタンティン！」

振り返った。「母上！　いらしていたのですか？」近づいて、母の頰にキスをした。「ですが……」姉のラヴィニアの姿を目にして口をつぐんだ。「家族の集《つど》いというわけか」冷ややかに言い、姉にも軽く頭をさげた。

「コンスタンティン」ラヴィニアも同じくぎこちなく頭をさげて応えた。まあ少なくとも、今回は無視はされなかった。

母を見やり、何年も会わずにいていまさらいったい何を話せばいいのか当惑した。話しこめるような時でも場でもない。世間話をするのもばからしい気がする。

ひと言も口にできずにいるうちに、ラヴィニアが母の腕に手をかけた。「行きましょう、お母様。みなさん客間でお待ちよ」

母はラヴィニアに困ったような視線を投げてから、息子に弁解がましい笑みを見せた。

「わたしはただ……」

コンスタンティンはつい皮肉っぽく顔をしかめた。「どうぞ、行ってください」〝穢れた息子からは離れて〟。

「コンスタンティン?」上のほうから声がした。ブラック家の三人は振り返って階段の上にいる女性の姿を目にした。

母と姉の息を呑む音がかすかに聞こえた。

コンスタンティンは唾を飲みくだした。このようなものは、まだひどく向こう見ずに過ごしていた若き日々にも一度も目にしたことはなかった。ジェインが天から舞い降りた楽園の鳥のごとくゆっくりと階段をおりてくる姿に、永久に消えそうにない炎を燃え立たされた。

ジェインは赤いドレスをまとっていた。

瞳はきらめき、肌は華美なドレスにまさるほど艶やかに輝いている。その鮮やかなドレスの色が、黄褐色の光が散りばめられた髪をいっそうきわだたせている。乳房を包みこむように優美な襞飾りがあしらわれているだけの、きわめてすっきりとした形のドレスだ。このようなドレスを着こなせる女性はそう多くはいないだろうが、ジェインは……。

大きくあいた飾り気のない襟ぐりからそそられる乳房のふくらみが覗き、首にはダイヤモンドが輝きを放っている。コンスタンティンはふと、初めてふたりで過ごした晩を思い起こして激しい疼きを覚えた。あのとき、その首に口づけると、ジェインは身をゆだねてきて……。

記憶は怒りに断ち切られた。夢想にとらわれるとは、いったい何をしているんだ? ふたりの関係は終わった。終わりだ。もうけっして、永遠にだ。

[illegible]気がついた。ジェインは舞台に上がった女優よろし

呆然とその姿を眺めている。やがてジェインが顎を上げ、悠然と階段をおりてきた。

ここにいるのはお姫様ではない。今夜のジェインは女王だ。

「ごきげんよう」奇抜なドレスに呆気にとられている女性たちを気にするそぶりもなく、にこやかに微笑みかけた。「コンスタンティン、あなたのお母様よね。ご紹介いただけないかしら。ぜひお目にかかりたかったの」

コンスタンティンはかすれがかった声で紹介の労をとった。母が慌てたふうに口を開いた。「お目にかかれて嬉しいですわ、レディ・ロクスデール。めったに都会には出てこないのですが、今回はぜひお伺いしなければと……」見るからに言葉に詰まって、周りに目を走らせた。「なんて……なんてすてきなお住まいなのかしら」

ジェインはコンスタンティンの母の手を取り、握手をして、温かな笑みを浮かべた。「ブラック夫人。ごりっぱな息子さんをお持ちで、さぞ鼻が高くていらっしゃいますわね」

ラヴィニアが鼻先で笑った。母はどう答えればいいのかわからないようだった。コンスタンティンはジェインに諫める視線を投げた。いったいどういうつもりだ？

ジェインはラヴィニアに向きなおった。「あなたもですわ、リース夫人、いらしてくださって光栄です」

「わたしの聞きまちがいではなかったのね？」ラヴィニアが問いかけた。「ほんとうに、わたしの弟と結婚なさるおつもりなの？」そんなばかげた話は聞いたことがないとでも言いたげな口ぶりだった。

ジェインは上目遣いにコンスタンティンを見やった。「あなたも、その答えを知りたくて待ちきれないでしょう！　さあ、どうぞ、客間にお入りになって。公爵様がお待ちよ」

魔術師のようにひらりと腕を広げて促され、コンスタンティンの母と姉はすなおに客間へ入っていった。

コンスタンティンはその場にとどまり、ジェインを睨みつけた。

ジェインはまったく意に介さぬそぶりで眉を上げたものの、わずかに反抗的に顎を持ち上げた。馬に乗って戦場に挑もうとしている女王のようだ。

コンスタンティンは穏やかに話しだしたが、自分の声が廊下に響きわたっているかのように聞こえた。「その身なりはいったいどういうつもりだ？」

「これのこと？」ジェインが自分のドレスを手ぶりで示し、コンスタンティンはそそられる体の曲線に思わず目を引かれた。股間が張りつめ、歯を食いしばった。

ほかのことを考えろ。なんでもいい。

この女性にどんなふうに裏切られたのかを思いだすんだ。

けれども口は渇き、呼吸が速まり、頭に血がのぼった。物であれ人であれ、これほどまで何かを欲したことはない。目が階段に向き、男の本能が、これから寝室へ上がってなまめかしいドレスを剥ぎとり、壁に押しつけて交わることはできないだろうかと考えはじめた。

[illegible]視線を落とせばこちらの負けになる。

[illegible]して出してはならない　すでにもうモントフォードとの約束と自分の理性にそむいて、みずから話しかけてしまったのだが。

その赤く色づいた唇がゆっくりとほころび、コンスタンティンはぞくりとした。ジェインがほっそりとした肩の片方をわずかにすくめた。「陰気で古めかしい黒装束《しょうぞく》には飽きてしまったのよ」

いま、その唇は何をした？　唇を……とがらせたのか？

ジェインが唇をとがらせた。ああ、まったく、いつそんなことを憶えたんだ？

思わせぶりに、ジェインが一歩踏みだした。低くかすれた声で続ける。「あなたはいつも喪服を脱いだわたしを見てみたいと言ってたでしょう。だから、さあ、どうぞ」

〝わたしを奪って〟。

たとえ声にはしなくとも、その目がそう語っていた。

あの唇が……コンスタンティンはあの唇に触れられたときのことを思い起こし、どんなことをしてもらえるのかを想像して、ふたたび体が熱く疼きだした。ジェインは船人を難破させる海の精だ。姿を見てはいけないし、呼びかけには耳をふさがなくてはいけない。

この女性がおまえをどんな男だと思っていたかを呼び起こすんだ。

するとまたべつの息苦しさに襲われて、ジェインにかけられていた魔法がようやくとけた。頭をさげた。「失礼」

踵を返すと同時に、腕をつかまれた。

「やめろ！」コンスタンティンは吐きだすように言った。「ぼくにさわらないでくれ」

けれどもジェインは二の腕をしっかりとつかんでいた。苦しげな息遣いから、自分と同じようにこのささやかな接触に昂らされているのが感じとれた。「コンスタンティン、腕を貸してくださらない？　一緒に行きましょう」

コンスタンティンはジェインの顔を見つめた。「だめだ」

手を振りほどき、ほかの人々が向かったほうへ大股で歩きだした。


ジェインが入っていくと客間は沈黙に包まれた。毅然と首を起こし、左右の招待客と挨拶を交わしつつ公爵のもとへ向かった。驚き、呆れたような人々のまなざしにそしらぬふりを保つには、懸命に気力を奮い立たせなければならなかった。

ベカナムの眉根を寄せた顔を目にしたときには、足がふらつきかけた。それでもうなずきで挨拶し、せっかくの努力を台無しにすることを言わないでくれるよう、ひそかに祈りを唱えながら脇を通りすぎた。

けれども、ほんとうの試練はこれからだ。公爵。

ジェインが部屋の反対端まで来ると、モントフォードはその手を取り、身をかがめて頭を垂れた。ジェインは片膝を深く曲げて挨拶をしてから、公爵の表情を窺った。覚悟していた怒りや嫌悪はいっさい読みとれない。

[illegible]高らかに言った。「おお、レディ・コクスデール、こんな

客間じゅうの人々に聞こえる大きな声だった。ジェインは愉快げな公爵の目を見て内心でたじろいだ。これが厳格で堅苦しい、自分が畏怖《いふ》の念にとらわれていた公爵なの？　もちろん、モントフォードが内心ではどう思っていようと、おおやけの場で不作法を咎めるようなことはしないのはわかっていた。でも、よもや褒めてくれるとは夢にも思っていなかった。思いがけない言葉をかけられ、ジェインはいま公爵に抱きつきたいくらい嬉しかった。

モントフォード公爵の意向であれば、社交界の人々はどんなことであれ従う。ひとり、またひとりと会話を再開し、モントフォードはジェインを初めて会う様々な招待客に紹介してまわった。全体の人数からすると、こぢんまりとした晩餐会になりそうだった。三十人程度では、ウェストラザー家の基準からすれば小規模な集まりだ。

執事が晩餐の支度が整ったことを知らせた。人々が食堂へ移動しはじめ、ジェインは同席する男性に腕を取られ、そのときはっと目にしたものに息を呑んだ。

アダム・トレント。

愕然として公爵を見やった。いったいどうしてトレントがここにいるの？　厄介な隣人であることが判明する前に、モントフォードからすでに招待を受けていたのに違いない。なんて不運なの！　トレントが取り乱して騒動を起こすようなことがないようジェインは願った。

けれども、その願いはすぐに潰えた。トレントはともに食堂へ向かう婦人に話しかけようと身をかがめ、わずかにふらついた。その婦人は懸命に礼儀をとりつくろっていたものの、呼気の臭いのせいか少しばかり身を引かずにはいられないようだった。

ジェインは辺りを見まわした。トレントを屋敷から連れだすよう従僕に頼んだほうがいいかもしれない。

けれどもう遅いと気づいた。いまトレントを連れだそうとすれば騒ぎになるのは避けられない。

晩餐の席につくと、向かいにコンスタンティンが坐っていた。芳しく、美しく盛りつけられた豪華な料理が運ばれてきた。ジェインはひと口も食べずに、コンスタンティンを食い入るように見ていた。

たまに両隣りの人々とぎこちなくたわいない言葉を交わした。ひと晩じゅう上手に世間話を続けるのはとても無理だ。それでもジェインは頭の一部分でどうにか会話をつくろいながら、残りの部分でこれから言うべきことを何度も何度も暗誦《あんしょう》していた。

もうすぐ、待ち望んでいた瞬間がくる。乾杯の儀が始まった。王に、女王に、摂政皇太子に、国家に、招待主に、次々に杯が捧げられた。

ようやく慣例の乾杯の儀が終わった。

ジェインは席を立った。

はっきりと、よくとおる声で告げた。「閣下、紳士、淑女のみなさま、わたしはわたし自

27

いったい何がどうなってるんだ！　ジェインは何をしようとしているんだ？

コンスタンティンは晩餐が始まってからずっと、そのグレーの熱っぽいまなざしからわざと目をそらしていた。だがいまや風格さえ漂わせて毅然と立っているジェインに目を向けずにはいられなかった。その後ろにはお仕着せ姿の従僕がひとり、守るように付き添っている。

ジェインははっきりと落ち着いた声で話しだした。「みなさんは、わたしとロクスデール卿――現在のロクスデール卿です――が、婚約していたことをお聞き及びのことと思います」

顔がやや紅潮しているが、そのほかは平静を保っている。「婚約していたと申しあげたのは、わたしたちの婚約はもはや解消されたからです。けれども、今回の破談についてロクスデール卿には非がないことを、みなさんにきちんとお伝えしておきたいのです。非はわたしにあります。わたしは愚かな過ちをおかし、心から後悔しています。わたしは彼を誤解していたのです」ジェインは晩餐の席についた人々にさっと目を走らせ、コンスタンティンの母にしばししっかりと視線を据えた。「ここにおられる多くの方々が、同じ罪をおかしているのではないでしょうか。ご自身では知り得ないほど深い罪を」

深々と息を吸いこんだ。「もし男爵様にお許しいただけるのなら、わたしは……」そこでいったん声が途切れ、ジェインは小さく首を振った。「わたしは彼を愛しています」挑むような口調で続けた。「彼の妻になれるのなら、どのような犠牲を払ってもかまいません。彼がわたしを娶ってさえくれるのなら」

ジェイン、ジェイン、きみは何を言ってるんだ？

ジェインは決然とコンスタンタンティンの目を見据え、グラスを掲げた。「ですから……杯を捧げます。わたしがこれまでお目にかかる機会に恵まれた人々のなかで、誰より有能で、勇敢で、高潔な紳士に」

部屋は静まり返った。招待客たちはみなあきらかに、コンスタンティンと同じように驚嘆し、耳にした言葉をまだ呑みこめていない面持ちだった。コンスタンティンは何か硬く鋭いものが喉につかえたように感じた。ジェインの口ぶりには気持ちがこもっていた。しかも、全員に聞こえるように堂々と言ってのけた。

突如、テーブルの向こう端から女性の声があがった。「ええ、そのとおりよ！」

むろん、レディ・アーデンだった。コンスタンティンは喉をひくつかせて息を吸いこんだ。きのうの話が物別れに終わったことで、このご婦人には完全に見限られてしまったのだろうと思っていた。

そのとき、なんとも奇妙なことが起こった。モントフォードが口を開いたのだ。「ロクステールに！」グラスを掲げて軽く頭をさげると、中身を飲み干した。

ほかの人々も公爵のあとに続こうと口々に低い声で祝杯の言葉を述べてグラスを掲げた。コンスタンティンは肺がつぶれるのではないかと思うほど胸を締めつけられた。母までもが感極まった様子で口もとをわななかせ、グラスを掲げている。

テーブルを囲む人々の声が大きくなっていった。モントフォードの招待客たちはそれぞれに見るからにとまどい、または心浮き立ち、あるいは好奇心を激しく搔き立てられていた。だがモントフォード公爵がおおやけの場で快く承諾を示したのだから、ほかの人々がけちをつけられるはずもない。

姉のラヴィニアだけが椅子にじっと坐ったまま、頰を紅潮させていた。

やはり姉は自分をどうしても許せないのだろう。だが顔に刻まれた険しい皺を見るかぎり、ひょっとすると弟のことというより、ラヴィニア自身が何か問題をかかえているのかもしれないという気がした。

もはやジェインの目を見ずにはいられず、視線を上げた。ジェインの目は涙で潤んでいた。グラスを握っている手がふるえている。人目を引くのがとりわけ苦手な女性なのだから、今夜はまさに生涯に一度の行動だったのだろう。

そうしているうちに、レーゼンビーでジェインに傷つけられた心が癒えていくように思えた。突如として胸がはきちれそうなほどにジェインへの愛があふれだした。

ジェインは自分を愛している。ここにいる全員の目の前で、そう言いきった。それだけでなく、みずからの評判が貶められるのも恐れず、自分の名誉を回復しようとしてくれた。隣席の年配の貴婦人が骨ばった肘でコンスタンティンの脇を突いた。「さあ、あなた。答えてあげなければ」

答えなければいけない。そうとも。

コンスタンティンはゆっくりと立ちあがった。目が合い、ジェインは椅子に腰をおろして場をゆずった。ふたたび部屋は静まり返った。緊張感が深まっている。

すぐには言葉が出てこず、ようやく話しだした声はしわがれていた。「レディ・ロクスデールのお言葉は、身に余る栄誉です。ぼくは――」

「そこまでだ！」

トレントがいきなり立ちあがって椅子をひっくり返し、気の毒な従僕を払いのけて、テーブルに沿って連なる椅子の後ろをコンスタンティンのほうへつかつかと進んだ。「おまえがどんな嘘でここにいる人々を丸めこんだのかは知らないが、ぼくがおまえのほんとうの姿をあきらかにしてやろう！」

コンスタンティンは歯の隙間から吐きだすように言った。「坐れ、愚か者め」

トレントは怒りで頬を紅潮させ、目を細くすがめた。鼻息荒く言葉を継いだ。「いいや、黙っていられるものか！　ずいぶんと長いあいだ口をつぐんできたんだからな」憎々しげに唇をゆがめた。「おまえはレディ・ロクスデールとは結婚できない。彼女にへつらえる柄ではないだろう――

コンスタンティンはにやりと笑った。「ああ、トレント、それだけは意見が一致したようだ」ジェインのほうを向く。「だが、もしこの女性に望まれているのなら、ぼくはそれを拒めるほど崇高な男でもない」

「このろくでなしが！」

トレントはコンスタンティンの肩をつかんで向きなおらせた。コンスタンティンは振りあげられた握りこぶしをさっとよけて、トレントの腕をつかみ、後ろにねじり上げて、しっかりと押さえつけた。

トレントの耳もとに言う。「おまえはレディ・ロクスデールに恥をかかせて笑い者になろうとしているんだぞ。叩きのめされる前に、ここから出ていけ」

デヴィア卿の声がテーブルに轟いた。「トレント、何をしておるんだ！　おまえのような情けない蛆虫《うじむし》に比べたら、ロクスデールのほうが何倍もの価値がある。ほれ、そこの！」壁ぎわに並んだ従僕たちに手ぶりをつけて言う。「私の見えないところへ連れていけ！　顔を見ているとむかむかしてくる」

トレントは呆然と口をあけ、抵抗をやめた。おじに非難されたことにあきらかにうろたえていた。

コンスタンティンも同じように驚いていた。甥にいくら腹が立っていたとしても、デヴィアが自分を褒めるとはただごとではない。

ジェインの無謀な意思表明が、テーブルについている人々全員の心をつかんだのだろう。

モントフォードが賛同を示してくれるのを期待していたわけではなかったが、まったく見込みがないと思っていたと言えば嘘になる。それにレディ・アーデンの力添えが頼りになるのもわかっていたものの、デヴィアがこのような形で仲裁に入るとは……やはり、かつてないことだった。デヴィアが自分の一族のひとりを非難してブラック家の人間をかばうとは。そんなことが誰に想像できただろうか？

コンスタンティンはモントフォードが晩餐会に招いた客人たちを呆然と見まわした。ジェインの大胆な戦術によって、自分は社交界で最も影響力を持つ三人に受け入れられたのみならず、おおやけの場で支持を得た。帰ってきた放蕩息子が両腕を広げて迎え入れられたというわけだ。

ジェインは不可能なことをなし遂げた。物笑いの種になることを恐れず、みずからの非を認め、愛する気持ちを堂々と告白した。それもすべてはこの男のために。

自分のために。

ジェインは本人ですら信じられなくなっていた高潔さを信じ、擁護してくれた。

コンスタンティンはふたりの従僕に顎をしゃくり、トレントを押しやった。「お送りしてくれ」

お仕着せ姿の従僕たちはぼんやりと主人のほうを見やった。モントフォードは頭を傾けてそれに応えてから、隣席の人々に顔を戻し、何事もなかったかのように会話を再開した。

「このままですむと思うなよ！」トレントは吐き捨てるように言い、完全に取り乱して甲高い声をあげた。「彼女は騙されてるんだ。みんなは欺けても、ぼくはおまえの正体を知っている。この成りあがりの下衆《げす》野郎が！」

　急に時がゆっくりと流れだしたかのように、トレントがポケットから手袋を取りだし、従僕たちを振り払い、コンスタンティンの顔に叩きつけた。

　かっと燃え立った怒りがコンスタンティンの体を駆けめぐり、脳を満たした。このような挑発を放ってはおけない。今度ばかりは拒もうという気持ちはほとんど働かなかった。

　何年も前にアマンダをめぐる決闘で、一度人を殺しかけている。二度とそのようにいきがった愚かなまねはしまいと胸に誓っていた。何があろうとつねに相手との距離をおき、冷静さを保ってきた。どのような挑発を受けようとも、ハムステッド・ヒースでのおぞましい夜明けの出来事を繰り返さないよう努めてきた。

　いままでは。

　ふと、昔、父から投げかけられた言葉がよみがえった。〝コンスタンティン、名誉はおまえのなにより大切な財産だ。命をかけて守れ〟。

　父が生きているあいだにその名誉を取り戻す機会は得られなかった。だがいまからでも遅すぎることはないはずだ。

　コンスタンティンはゆっくりと凄みのある笑みを広げた。

「コンスタンティン、だめよ！」テーブルの向こう側からジェーンの脅えた声がした。

　それには応えず、上着の皺を伸ばし、襞飾りの付いた袖口を整えた。「きみにそんなふうに挑まれては、トレント、受けざるをえないだろう？」

部屋は完全な静寂に包まれた。ジェインをちらりと見やると、恐怖にとらわれた青白い顔をしていた。

モントフォード公爵がもの憂げに口を開いた。「きみたちふたりも……その……活発な議論を終えたのなら、晩餐に戻ろうではないか」

ジェインには、テーブルから離れるよう婦人たちに勧めるロザムンドの声はほとんど聞こえていなかった。

だめ、だめ、だめよ。否定の声が頭のなかで繰り返され、そのほかのことまで考えがまわらない。コンスタンティンはどうするつもりなのだろう？　戦わせてはいけない。トレントは命をかけて決闘を挑んでもふしぎではないほど逆上している。それほどの怒りが少し腕を振りまわした程度でおさまるとは思えない。

でももしコンスタンティンがトレントを死に至らしめてしまったとしたら？　イングランドから追われる。ああ、なんてこと。今夜抱いていた大きな希望が目の前で粉々に打ち砕かれようとしている。

コンスタンティンはとたんに旺盛な食欲を見せて料理を口に運んでいる。そして時おり、気がかりなことは何もないといった笑顔で、近くの席の人々と言葉を交わしている。こちらには目もくれない。一度も。

[illegible]話したいけど、コンスタンティンがこの屋敷を去る前にそのような機会があるのだろうか？　あすの夜明けに決闘に出向くつもりなら、舞踏会まで残るとは考えにくい。

肩にそっと手をかけられた。はっとして振り向くと、ロザムンドが声を出さずに口を動かしていたが、言おうとしていることは読みとれなかった。

それから周りを見やると、この部屋にいる女性はロザムンドと自分だけになっていた。

「まあ」ジェインはロザムンドが差しだした手を取り、食堂を出るために立ちあがった。

さっと振り返ると、コンスタンティンの熱っぽい目と目が合い、激しい切望がはっきりと見てとれた。けれども頑固そうな顎のこわばりには厳粛な決意が表われていた。言葉にしなくとも、トレントとの対決を思いとどまるつもりはないことが見えた。

ジェインはすぐにも駆け寄って説得したかった。ロザムンドにつかまれている手を引いた。

「ジェイン！」ロザムンドが低くきつい声で言った。「行きましょう」

ジェインは聞き流そうとしたが、ロザムンドが腕をつかむ力を強めた。貴族の紳士たちが大勢いる前でいとこに逆らうべきではないと判断できる程度の理性はまだ残されていた。視線を落とし、ロザムンドに導かれるまま食堂を出た。

廊下を少し進むと、ロザムンドは誰もいない書庫にジェインを引き入れ、ドアを閉めた。

「ジェイン、いったいどうするつもりだったの？　テーブルを乗り越えて彼の胸に飛びこもうとでも？　わたしはあなたのために手伝ったのよ。舞踏会の準備も、そのドレスも――あなたが思うとおりにやれるように。でも、あんな恥ずかしいことをするなんて！　どうしてしまったの？」

　ジェインは唇を噛んだ。「ほかにどうしようもなかったのよ。あの人を愛してるんだもの！」

　ロザムンドはじっと見つめた。「あなたは自分の評判を貶める手段を選んだ。どんなに危険なことなのかわかってるの？　ジェイン、評判にはあなたの人生がかかってるのよ！　次の社交シーズンにはセシリーもお披露目される。今夜のあなたの行動で、あの子の名にも傷がついたらどうするの？」

「セシリーには影響はないわ。それに、コンスタンティンはわたしと結婚する意志を示していたでしょう？」

「あなたがそのように仕向けたんだもの。ジェイン、行動には気をつけて。殿方は罠に掛けられることは好まないわ」

　ジェインは黙って首を振った。仕向けた？　罠に掛ける？　わたしがコンスタンティンにしたのはそういうことなの？　あの人はそんなふうに思ってるの？

　ロザムンドはしばらくジェインをまじまじと見ていた。表情がやわらいだ。「かわいそうに。客間で待っていられる気分ではないでしょう。舞踏会が始まるまで階上《うえ》で休んだほうがいいのではないかしら？」

[illegible]。今夜はまだ先が長い。「そうね」ジェインは答えた。「ええ、

」

ロザムンドは美しくしとやかにすうっと書庫を出ていった。いとこの生来の気品に比べ、自分が今夜披露した勇気は強がりにすぎなかった。風船から空気が抜けるようにたちまち消え去り、不安とあと味の悪さだけしか残らなかった。

ジェインは寝室に着くと、呼び鈴を鳴らしてウィルソンを呼んだ。どうすればコンスタンティンとふたりきりで話せるのだろう？　夕食を終えたら帰るのだろうか？　そうだとしたら、自分が舞踏会をこっそり抜けだせばいい。もちろん、ディコンのお仕着せを借りる案は気が進まないとはいえ、セシリーなら手を貸してくれるはずだ。きっとなにかしら方法があるはず……。

ウィルソンがジェインの髪を整え、透けるように薄い赤のショールをさりげなく肘が隠れるように肩からまとわせた。ジェインは唇にもう少しだけ口紅を足した。それから白く長い手袋の皺を伸ばし、扇子《せんす》を手にして、姿見の鏡の前に立って全身を映した。身なりをきちんと整えるといつも心が鼓舞されるような気がする。今夜はできるかぎり気持ちを強く保たなければいけない。

ジェインはまた階下でほかの婦人たちに加わるために部屋を出ようとしたが、男性たちの話し声と階段を上がってくる騒々しい足音を耳にして立ちどまった。ドアをわずかに開いて覗いてみると、晩餐を終えた紳士たちが次々に階段を上がってきて、長い画廊のほうへ歩いていくのが見えた。

その紳士たちがモントフォードの美術品を眺めにいくわけではないのは気配から感じとれた。

「どうなさいました、奥様？」ウィルソンが尋ねた。

「しいっ！」ジェインは静かにするよう後ろに手をまわして合図した。

そのうち階段を上がってくる人の列は途切れ、踊り場に人けがなくなり、ジェインは恐ろしさで鼓動が高鳴りだした。忍びやかに寝室を出る。

「ジェイン！」同じように廊下の先に出てきたセシリーがひそひそ声で呼びかけた。「何があったの？　あの人たちは何をしに行ったの？」

「いやな予感がするわ」ジェインは顔をしかめた。「見に行ってみましょう」

紳士たちが向かった細長い広間は上に回廊が付いた二層式の造りになっている。ジェインはセシリーと手を繋ぎ、誰にも気づかれずに眺められる上層の回廊へ上がった。その道すがら、手短に状況を説明した。

「これからどうするつもり？」セシリーが囁いた。「ジェイン、静かな暮らしを送っていたあなたが、いったいどうしてそれほど大胆に行動できる人になってしまったの？」

「わたしはどうすればいいの？」決闘をとめることなどできないのはジェインにもわかっていた。男性は頭に血がのぼってしまうと理性に耳を傾けられなくなるし、なにしろ今回はコンスタンティンの名誉がかかっている。

[illegible]、男性たちが戦いでいかに潔く振るまうかといったことに

コンスタンティンがここで和解を求めたり決闘を避けようとしたりすれば、今夜せっかく取り戻せた名誉が水の泡となるだろう。

もちろん、それでも生きてはいけるけれど、そのような選択をするつもりはさらさらないはずだ。

「殿方はどうしてこうなのかしら！」ジェインはいらだたしげにつぶやいた。

「ねえ、どうするの！」セシリーが囁き声で訊いた。「なんならわたしが下におりていって、どうにかして引きとめてあげましょうか」

「いいえ、だめよ、セシリー」ジェインはいとこの手をぎゅっとつかんだ。「好きなようにさせてあげて。あの人の名誉のために」

自分もそうしなければいけない。

コンスタンティンにここから見ているのを気づかれれば、集中力を切れさせてしまうので、誰にも見られないよう静かに成り行きを見守るしかない。

紳士たちはブラック家側と、それに対するトレントのデヴィア家側のふた手に分かれているらしい。デヴィア卿ことオリヴァーは先ほど非難したはずの甥の介添人となり、コンスタンティンにはモントフォードが付き添っていた。ジェインはそれを見ていくぶん気がなぐさめられた。公爵は反則行為は許さない。

コンスタンティンは剣での戦いを選んだらしく、光り輝く刃先の鋭い二本のレイピアが互いの介添人によってあらためられ、そのあいだに従僕たちが剣士たちの上着とブーツを脱がせた。

上着を脱いだコンスタンティンの筋骨逞しい体はいつも以上に大きく見えた。くつろいだ気だるげな身ごなしで、口もとにうっすら笑みを浮かべて、見物人のひとりと何か言葉を交わしている。自分の命を狙う男との危険な決闘に挑むというより、紳士のクラブでゲームを楽しんでいるかのような風情だ。

トレントも身勝手な怒りに駆られて正気を半分失っていたとしても、体が鍛えられているのは見まちがいようがない。しなやかな細身で、いかにも剣士らしい。砂色の髪は蠟燭の灯りで天使のごとく輝いているものの、怒りに満ちた顔にいつもの穏やかさはいっさい見受けられない。

ジェインは胸を締めつけられた。トレントが多少なりとも自制できるとはとても思えない。始めの合図の声がかかり、決闘者が互いに頭をさげた。剣が交わる音が響き、ジェインは身を跳ねあげた。

戦いの準備をしているあいだに、モントフォードがコンスタンティンに囁いた。「きみはたしか剣士ではないと言っていたはずだが」

「ふだんはフェンシングをしないと言ったんです」

「トレントはふだんからフェンシングをする。どうして拳銃を選ばなかったのだ？」

[illegible]しないし、自分も命を失いかねません。こちら

[illegible]」

モントフォードはいぶかしげに目を狭めたが、それ以上は何も言わなかった。

この数カ月は練習不足で腕がなまっているのは間違いなかった。おかげで勘を取り戻すまでにだいぶ時間がかかった。トレントが巧みに突きだした剣がコンスタンティンの腕をかすめてシャツを切り裂き、焼けつくような傷を残した。

利き腕だったが、問題はなかった。その痛みに感覚が刺激され、高価な蠟で磨かれたモントフォードの屋敷の床に血の溜まりをこしらえて死にたくなければ、早く調子をつかめという指令が体に伝達された。

トレントが剣の達人であるのは知っていた。もっと若い頃にはともに気晴らしに熱中していた。トレントのフェンシングはフランス式だが、コンスタンティンはイタリア式を好んだ。剣の腕前はちょうど同じくらいだが、トレントは少し酔っていて激昂しているので、打ちそこないも多い。コンスタンティンは冷静に戦いを長引かせ、相手が疲れるのを待った。

戦ううちにシャツが血で濡れていることも、痛みも、憤りも頭から消え去った。ふいにジェインのことが思い浮かんだときにはすぐに振り払った。ともかく生き延びることに心も意識も集中させることが欠かせない。

そして技を駆使してどうにかトレントの防御を崩し、その隙を突いて命を奪わずに利き腕を痛めつけなければならない。

トレントに致命傷を与えないようにするのは想像以上にむずかしかった。

さいわいにも、技術に見合うほどの体力がトレントには欠けていた。ほどなく、コンスタンティンの鋭敏な目は、トレントの踏みまちがいや、わずかなふらつきをとらえた。いまだ。徐々に足の動きを速め、どんどん激しい突きを食らわせ、とうとう部屋のほとんど向こう側まで追いこんだ。トレントが守りをゆるめたのはほんの束の間だったが、それが命取りとなった。コンスタンティンは強烈な突きでトレントの肩を刺した。

レイピアが音を立てて床に落ちた。トレントは血の気を失い、呆然とした目で腕をつかんで後ろによろめいた。

終わりを告げる声が響いた。デヴィアがトレントの傷の手当てをするために大股で歩み寄った。

コンスタンティンは剣を手放し、荷物を取りに戻った。紳士たちの祝福の歓声にはできるだけ愛想よく応えたが、内心ではいらだちで煮えくり返っていた。無意味な戦いはしたくなかった。こうしたむなしい慣習にはいつもやりきれないものを感じていた。いやしかし、トレントのような男には理解できる手段で教訓を学ばせることもときには必要だ。

ブーツを履き、傷を負っていないほうの腕に上着を掛けた。クラヴァットをほどき、まだ床に血を滴らせている傷口に押しあてた。

トレントが血を流して青白い顔で横たわっている長椅子に歩いていく。

静かに言った。「今回は生き延びられるだろうが、もし今後また、ぼくやあのご婦人を穢

[illegible]しれ[illegible]ませんか　着替えに戻らなくてはなりません」

階段の踊り場に着くと、ジェインが駆け寄ってきた。

「気をつけてくれ」ジェインが腕のなかに飛びこんでくる前に鋭い声で言った。「きみのドレスを血で汚したくない」

ジェインは足をとめ、探るように顔を見つめた。「わたしを許してくれてないのね」

「いや、もちろん、ぼくは……」コンスタンティンは目を閉じた。ふいにトレントに刺されて負けたかのような疲れを覚えた。

食堂であの勇敢で向こう見ずな演説を聞いているあいだに、いつの間にかジェインを許してしまっていた。

ジェインがけがをしていないほうの腕に触れた。ふるえがちな声で言う。「せめて傷の手当てをさせて。セシリーがいま必要なものを取りにいってくれたから」

ジェインは階段の右手にある来客用の寝室にコンスタンティンを引き入れた。

「ほんのかすり傷だ」コンスタンティンはそうつぶやいたものの、あまりに長い時間会えずにいたジェインに近づきたくてたまらず、おとなしく従った。

「ええ、だけど、もう少し見苦しくない身なりに整えてもらわないと。そんな姿で舞踏会には出られないでしょう？」ジェインはてきぱきと言った。

「出るつもりはなかった」いまはなにより家に帰って、この女性とベッドに入りたい。いや、だがやはり、舞踏会に出席すべきではないだろうか？　ジェインのために。そしてむろん、自分自身の誇りのためにも。コンスタンティン・ブラックは決闘をして家に逃げ帰るようなことをしてはならない。

「新しいシャツを届けてもらわなければいけない」血で濡れた腕のあて布を見おろした。

「それと、新しいクラヴァットもだ」ベストも少し汚れているが、上着で隠せるだろう。

「ええ、すでに手配してあるわ。ベカナムのシャツならあなたにちょうど合うはずよ」ジェインはきびきびと女中からたらいと布を受けとり、鏡台に置いた。

「ここに坐ってもらえないかしら」クッション付きの低い椅子を手ぶりで示した。

コンスタンティンはジェインの世話焼きな態度に軽く笑って、言われたとおり腰をおろした。まるで家に戻ってきたかのようで、胸がじんわりと温かくなった。

包帯や清潔な亜麻布を持って戻ってきたセシリーは、見るからに興奮していた。「お医者様が画廊に上がっていくのを見たわ。あなたはほんとうにあの不埒な男爵様なの？　トレントが死んで、あなたがジェインをさらって国を出るようなことにならなければいいんだけど」

「いや、彼は死なない」感染症を引き起こさないかぎりは。その可能性は考えずとも大丈夫だろう。

「ありがとう、セシリー」ジェインはやんわりといとこを追い返した。

セシリーはわけ知り顔でてきぱきと膝を曲げて挨拶し、さっさと部屋から出ていった。

ジェインは包帯とバジルの粉末薬を鏡台に並べ、布を水に浸けた。

のシャツのボタンをはずし、丁寧に脱がせた。

「今度はシャツよ」ジェインの態度は淡々としていたが、経験豊かなコンスタンティンはその声がわずかにかすれがかっているのを聞き逃さなかった。

いつもなら何か甘い言葉を囁きかけるところだが、いまは思わせぶりな軽口を叩ける気分ではない。ジェインに血に濡れた衣類を脱がしてもらい、傷を負った腕から湿った布地を剝がされたときにはつい毒づいた。

「ええ、そうね、ほんのかすり傷よ」ジェインの声には安堵が滲んでいた。

コンスタンティンの腕から慎重に血を拭きとってから、二の腕に伸びる十五センチほどの切り傷にそっと叩くように布を押しあてた。「わたしはもっとひどい傷の手当てもしているのよ。いとこたちは」簡単に説明を加えた。「いつもけんかばかりしていたから」

コンスタンティンは自分の腕に目をやり、それほど深い傷ではないとわかって胸をなでおろした。するとすぐそばにいるジェインの気配と、香り、いつもキスを待ち望んでいる耳の裏の柔らかで繊細な皮膚がにわかに気になりだした。

「ブランデーよ」ジェインが囁いた。傷口にたっぷりと注がれ、コンスタンティンは身を怯ませた。

ジェインがその顔を見て、くすりと笑った。「あなたはほんとうに我慢強いのね」

「勇敢な戦士にご褒美《ほうび》をくれないか？」考える間もなく、からかい言葉が口をついた。

ジェインがさっと目を見て、驚いた表情で唇を開いた。東の間、時がとまったかのようにためらったあと、視線をさげた。粉末薬に手を伸ばし、腕の傷に振りかけて、包帯を巻いた。「これでいいわ」わずかに息を乱して言う。「これくらいの厚さで巻いておけば、上着がきつくならないでしょう」

「ありがとう」

コンスタンティンはしばし押し黙った。それから口を開いた。「レーゼンビーを出てから、ぼくには誰もいなかった」早急にはっきりさせておいたほうがいい。

「そう」ジェインが言う。「わたしもよ」

ジェインがほかの男といると考えただけで猛烈な怒りが突きあげてきて取り乱しかけた。平静をつくろったが、うまく隠せているのかわからない。

それから目を上げると、ジェインの目に愉快そうな光が灯っていた。

やはり気づかれていても当然だ。コンスタンティンは立ちあがり、両手でジェインの両手を取った。

ジェインが真剣な表情になって言う。「もう誰もほかにはいらない。たとえあと百年生きられたとしても。たとえあなたとあす離れればなれになってしまっても」

コンスタンティンはジェインを引き寄せた。「その言葉を聞けてほんとうによかった。なにしろ本気で、きみに触れる男は誰でも殺してやるつもりだったんだからな」

ついにそのときがきた。あまりに激しい感情がこみあげて、ジェインもそれを目から読みとれたか。それはずっと口にできなかった言葉。いまはそれを言わずには、

を、一瞬たりとも生きていられそうにない

「ジェイン、きみを愛している」

ジェインのまばゆいばかりの笑顔にコンスタンティンは息を奪われた。ジェインが首に両腕をまわしてきて、見上げた。

コンスタンティンは目を閉じて、唇を探りあて、飢えているかのごとく際限なく存分に深い口づけを交わした。夢中になってジェインの髪に手を差し入れるうち、ピンがぱらぱらと床に落ちた。立ちのぼってくるジェインの香りをむさぼるように吸いこんだ。この瞬間を頭にも心にも、どうにかして刻みつけておきたい。

ジェインに胸や肩や腰を手でたどられ、血が沸きかえり、下腹部に熱さがめぐった。ジェインが喉の奥から狂おしげな声を漏らし、コンスタンティンの股間はたまらず疼きだした。

階下から音楽が聴こえてきた。ジェインがふるえる息をついた。「やめないと」

それでも手はその気持ちに逆らうかのようにコンスタンティンの体をたどり、唇はやさしいキスを胸に浴びせつづけている。

コンスタンティンは息を呑み、どうにかうなずいた。「ああ。やめよう。あと一、二分で」

ジェインの髪を梳き、そっと顔を上向かせてキスをしてから、さりげなくベッドのほうへ導いた。

「後ろを向いて」囁いて、手早くボタンをはずし、リボンをほどいていく。「皺にならないようにしておかなければ」

「すばらしくよくできた衣装でしょう」ジェインは吐息をついた。

「これを身につけたきみはまさしく芸術品だ、お姫様」

コンスタンティンは熟練の侍女並みの手ぎわでドレスを脱がせ、椅子に丁寧に掛けておいた。さらに、ペティコート、コルセット、シュミーズも脱がせた。柔らかでなめらかな肌が見えてくると、この世で最も貴重でありがたい贈り物であるかのように感嘆の言葉をつぶやいた。

階下の舞踏会がどれほど盛りあがっていようと、結婚前にこのようなときを過ごせるのはこれが最後だろうし、精いっぱい楽しんでおきたかった。

ジェインがようやくすべてを脱がされ、光輝く深みのある赤褐色の髪にピンクと白い肌だけの姿になると、コンスタンティンは抱き上げてベッドに横たわらせ、しばしただじっくりと眺めた。ジェインも頬を赤らめ、完全に心を開き、信頼しきった面持ちで見上げている。コンスタンティンは愛と、このような贈り物を授かった感謝の念に胸を満たされた。寝室のドアに鍵を掛けてから、自分も服を脱ぎ捨てた。ジェインと同じように一糸まとわぬ無防備な姿となってベッドに戻り、傍らに身を横たえた。

互いに横向きになって見つめあった。ジェインは楽しげな目で、問いかけるように片方の眉を上げた。

今回ばかりは駆け引きやたくらみは無用だ。コンスタンティンは小さく首を振り、身を乗り出して唇を触れあわせた。ゆっくりとやさしいキスで唇を味わいつつ、ジェインの背筋を房の丸みを包みこんでから、太腿の裏側に手を滑らせた。仰々しい前置きは省いて、ジェインの膝を自分の腰に掛けさせ、彼女のなかに入っていった。

滑りこむと、ふたりの吐息が混じりあった。ゆっくりと浅く突くたび切迫は高まり、全身をふるわせながらどうにか安定した動きを保とうとした。ジェインは目を閉じたが、コンスタンティンはその顔を見つめていた。どんな小さな反応も、わずかな表情の変化も見逃さず、ついにはジェインが最後の大波にさらわれて、身をふるわせながら甘美な極みに達したのを見届けた。

コンスタンティンもしゃがれた呻き声を漏らしてそのあとに続き、かつて経験したことのないほど深く響きあう悦びに呑まれた。

その後しばらくともに静かに横たわっていたが、だんだんと舞踏会の喧騒が耳につきはじめた。コンスタンティンはジェインの乳房に指で模様を描いた。「おりていかないと、探されてしまう」

「そうかしら」ジェインはコンスタンティンの肩になにげなく唇を寄せた。「騒がれることはないでしょう？　あなたはわたしを幸せな女性にしてくれたんだもの」

コンスタンティンはふっと笑いを漏らした。「ぼくがきみをみだらな女性にしてしまったのは間違いないが、むろん不満はない」

ジェインの顎の下に指をあてがい、顔を上向かせて、銀色にきらめく瞳を見つめた。「いいかい、今夜はぼくとだけ円舞曲《ワルツ》を踊るんだ」

ジェインがむくれた顔を見せた。「だけど、わたしは踊れないのよ」

伸びあがって口づけようとするので、コンスタンティンはその唇に囁きかけた。「お姫様、舞踏会できみはダンスをするんだ。ぼくにまかせてくれ」

28

モントフォードはダンスをしないが、音楽には造詣《ぞうけい》が深く、ゆったりとした優雅なワルツの上質な演奏が聴こえてくると心地よく耳を傾けた。しかも見る者にとっては得るものが大きいダンスだ。これほど体を近づけて踊っているときに気持ちを隠しきれる男女はほとんどいない。

ロザムンドも騎兵隊の将校と優雅にまわりながら舞踏場のなかを移動している。ロザムンドを崇めるように見つめる端整な容姿の将校が、モントフォードにはどことなくスパニエル種の仔犬のようにも見えた。あの哀しげな目。まったく、愛を阻まれた若者気どりか。

ロザムンドのほうはどこか落ち着かなげな表情だった。ダンスの相手にあからさまに見つめられているにもかかわらず、視線をあちらこちらに泳がせている。もしやジェインを探しているのか？　たしかにモントフォードも気にならないわけではなかった。

「なんてどきどきさせられる晩なのかしら」レディ・アーデンが傍らに来て言った。「胸がときめいてしまうじゃないの！」

このご婦人は幸せな結末を信じているらしい。モントフォードはそれほど楽天的にはなれなかった。

「今夜のロザムンドは格別にきれいね」レディ・アーデンがなにげなく言う。「ローダデール大尉が食い入るように見つめているわ」

モントフォードは口もとを引き締めた。「困ったものだ。だが、私がどうにかするとも」

「わたしの目は確かなのよ」レディ・アーデンはゆっくりと口もとをほころばせた。「もしあなたの可憐《かれん》な薔薇の蕾が、デヴィアが花婿に選んだあの無骨者に耐えられなければ、わたしはもちろん、あちらの男性をお勧めするわ」

「いや、心配無用、レディ・ロザムンドはすでに定められた婚姻を受け入れる」モントフォードはそう答えた。「きみにはもうウェストラザー家の女性相続人をひとりくれてやったのだから、そう欲をかかないでくれたまえ」

「あの子に嫁いでもらうのは二度めということになるのね」レディ・アーデンはつぶやくように言い、首を伸ばして人々に目を走らせた。「あのふたりはどこに行ってしまったの?」

そしてほどなく、目を留めた。人込みのなかで赤いドレスが揺れているのがちらりと見えた。

モントフォードは目を見開いた。ジェインがダンスをしているのか? しかもコンスタンティン・ブラックの腕に抱かれ、ワルツを踊っている。

ふたりは回転しながら公爵とレディ・アーデンのほうへ近づいてきた。ジェインは愛らし

っている。かつての内気で不器用な少女の面影は

みじんもなく、自信に満ちた、愛情あふれる女性の姿がそこにあった。

コンスタンティンもなんともやさしく微笑みかけていて、見ているほうが気恥ずかしくなってしまうくらいだ。それでも、モントフォードはふたりから目を離せなかった。

「まあ！」レディ・アーデンが声をあげ、腕をつかんできた。「あれを見て！　わたし、泣いてしまいそうだわ」

モントフォードはハンカチを取りだして差しだした。「涙もろくなられたものだ」

「違うわよ！」レディ・アーデンは頭文字が刺繍されたハンカチを公爵の手からつかみとり、そっと目をぬぐった。鼻を啜り、瞬きを繰り返す。「だって、ふたりが信じられないくらい幸せそうなんですもの」

ああ、たしかにそうだ。モントフォードもそれは認めざるをえなかった。

「いかがかな、お姫様？」コンスタンティンはジェインの足が床から浮き上がりそうなほど力強く支えながら回転させた。「だからきみもワルツを踊れると言っただろう？」

コンスタンティンと一緒にいれば、ジェインは空も飛べそうな気がした。「今夜は踊れてるわ」息をはずませて答えた。「体が宙に浮いているみたい。ようやく一緒にいられるようになったことが信じられないわ」

吐息まじりに言う。「いますぐ結婚できたらいいのに。もう一秒も離れたくないんだもの」

コンスタンティンが人目を気にせず抱き寄せた。「結婚式に社交界の人々を招かなくてもいいのか？」

「わたしが社交界の人々の目など気にしていないのは知っているはずよ」唇を舌で湿らせると、ちょっぴり口紅の味がした。「それどころか」声をひそめて言う。「舞踏場の真ん中で、こうしてワルツを踊っている最中にキスしてくれても、ちっともかまわない」

　コンスタンティンがさっと唇に目を向けた。手を握る力を強めた。「ほんとうにそうなのか？」静かに言う。「だが、ぼくは気にする。わが妻に非難の目を向けられるようなことはさせられない――非の打ちどころのない妻なのだから」

「つまらないことをおっしゃるのね」

「それでもかまわない」

　ジェインは口をとがらせた。

「そのしぐさをどこで憶えたんだ？」コンスタンティンは唸るように尋ねた。

　ジェインは睫毛をはためかせた。「なんのこと？」

「とぼけても無駄だぞ。ぼくがいないあいだに、男の気をそそるわがまま女になる授業でも受けていたんじゃないだろうな」

　ジェインはいかにも得意そうに横目で見やった。「つまり、うまくできているということね？」

　コンスタンティンは小さく毒づいて、ダンスをしながら舞踏場のドアがあけ放たれた戸口を抜け、テラスへ導いていった。

足をとめずにジェインを抱き寄せ、キスをした。深く情熱的に長々と唇を触れあわせているうちに、周りの世界は消えてなくなり、ふたりは夜闇に溶けこんだ。今夜、コンスタンティンはようやくほんとうにこの女性を我がものにする資格を手に入れた。

「ジェイン、きみを愛している」おでこを合わせ、温かい息をジェインの唇に吹きかけるように囁いた。「きみがいなくては気が変になってしまうところだった」

ジェインはコンスタンティンの美しい顔を両手で包んだ。やさしく、気持ちを込めて、もう一度口づけた。「わたしもあなたを愛してるわ。あす、結婚しましょう」

コンスタンティンは微笑んだ。「ほんとうに?」そう訊いてから頭をのけぞらせて笑い、ジェインをくるりとまわらせた。「階上《うえ》にいるルークに知らせなければ」

ジェインの胸はあふれんばかりの幸せに満たされた。「ええ! もちろんだわ。そうしましょう」

エピローグ

「ジェインとコンスタンティンはまだ出発してないの？」ロザムンドが言った。「三十分前にお別れの挨拶をしたのよ」

セシリーは居間の窓辺に立ち、ルークの肩に手をかけていた。

ロザムンドも窓辺にやってきた。曲がりくねった砂利敷きの車道のはるか先へ目をやる。

「きっとどこかでキスしてるんだよ」ルークが呆れたように瞳をまわした。「この頃いつもキスしてべたべたしてるんだから」

セシリーがため息をついた。「ほんとうにそうよね。まったくうんざりするくらい幸せそうな夫婦なんだもの。さっさとスコットランドへ新婚旅行に出かけてほしいわ」

ロザムンドは胸に切ない痛みを覚えていた。コンスタンティンとジェインが幸せになれてよかったと思っているのは偽りではない。ふたりの披露宴は伝統的な朝食会というより祝祭日のようなものとなった。ロクスデール男爵夫妻はみなと喜びを分かちあいたいからと祝宴の場に領民たちを招き入れたのだ。

ロザムンドはジェインの幸福を胸ふるえるほど喜びつつも、祝福する人々の賑わいに少し

[illegible]なものにはならない、そんな思いが頭上から剣が吊るされているかのごとく胸に重く垂れこめた。

「出てきたよ！」ルークが声をあげ、はしゃいで両手を叩いた。

「ようやくだわ！」セシリーが言う。

ロザムンドは玄関先に視線を落とした。屋根の上に荷物をうず高く積みあげた旅行用の馬車だけでなく、コンスタンティンが大きな白馬にまたがっている姿も見えた。ジェインは鞍頭に乙女のようにしとやかに腰をおろし、夫の肩に頭をもたせかけている。

「国境まで馬に乗って行けはしないでしょう！」セシリーが声を張りあげた。

「ええ、無理だわ」ロザムンドは答えた。「しばらくしたら馬車に乗り換えるのではないかしら」

牡馬がいったんこちらに向きを変えさせられて首を振り、跳ねるように足踏みをした。コンスタンティンが笑いながらジェインに何か話しかけ、ふたりはロザムンドとセシリーとルークのほうを見上げた。

「いってらっしゃい！」ルークが叫んだが、聞こえているとは思えなかった。

セシリーが必死に手を振った。ロザムンドは感傷的な涙を瞬きでこらえ、片手を上げた。ジェインが降りそそぐ陽射しのように晴れやかな笑顔で手を振り返した。コンスタンティンはにっこり笑って軍人のように敬礼し、馬の向きを戻して駆り立てた。牡馬が軽やかに進みだし、車道をどんどん遠ざかっていった。白馬の尻尾《しっぽ》が紋章旗のごとく揺れている。

セシリーはさりげなくロザムンドの肘をつかんで、ともに窓から離れた。「まったく、またわたしたちだけになってしまったわね。ルークを連れてすぐにロンドンに戻る？　それとももう少しここにいる？」

「ロンドンに戻りましょうか」ロザムンドは答えた。少なくともあちらにはフィリップ・ローダデールがいるのだから。

「あっ、だめだよ！」窓辺からルークの声がした。

ロザムンドは眉を上げた。「あら、どうして？　ロンドンに戻りたくないの？」

「違うんだ。その話じゃない」ルークは呆れ顔で振り返った。「ふたりがとまって、またキスしてるんだ。車道の真ん中で！　あれじゃ、スコットランドまでとてもたどり着けないよ！」

訳者あとがき

本作はオーストラリアの新鋭ヒストリカル・ロマンス作家、クリスティーナ・ブルックの初邦訳作品です。

舞台は一八一四年のイングランド、コッツウォルズとロンドン。貴族たちの暮らしは華やかで、比較的のんびりとした空気の漂っていた摂政時代、権力争いの場は戦場から舞踏会へと移り、地位と富を獲得するための最も確実な手立ては政略結婚であった――そんな仮定のもと、じつは有力な一族の代表者たちがひそかに集まって権力が偏らないよう婚姻を調整する〝婚姻省〟なるものが存在したという設定で、この秘密結社の暗躍に翻弄されながらも、若い主人公たちが愛する人とめぐり逢い、幸せをつかもうとする姿を描く〈婚姻省シリーズ〉の第一作となっています。

この婚姻省のおもなメンバーが、名門貴族のウェストラザー家、ブラック家、デヴィア家。なかでもウェストラザー家の当主モントフォード公爵は婚姻省の創設者でもあり、未婚の身ながら、広く枝分かれした大一族のなかで親を亡くした女性相続人や爵位継承者の男子たち六人を育ててきました。六人にはそれぞれウェストラザー家に有利に働く結婚をさせようともくろんでいるわけですが、今回は数年前にわずか十七歳で男爵家に嫁がせたジェインの夫が急死し、遺言書によって、ジェインは財産こそ手にしたものの屋敷を去らざるをえない立場となります。

しかも、息子同然に育ててきた遠縁の少年ルークの後見人には、亡き夫のいとこにあたる男爵位の継承者で、放蕩者との悪名高いコンスタンティン・ブラックが定められていました。亡き夫との名ばかりの結婚生活のなかで、この少年だけが生きる望みとなっていたジェインは、ルークを手放したくない一心で、新たなロクスデール男爵となったコンスタンティンと〝契約結婚〟をする以外に手はないと思いつめるのですが……。

ジェインとコンスタンティンは互いにはじめて姿を目にしたときには強烈に惹かれあいますが、正式に対面してからの印象はそれぞれ、気位高いウェストラザー家の女性相続人である〝氷の女王〟と、放蕩ぶりが過ぎて社交界からもはじきだされてしまったろくでなしの美男子。けれどじつはどちらも家族にすら明かせない苦しみをかかえており、徐々に互いの意外な一面を知り、ときには周囲の人々の思惑も絡んで気持ちがすれ違いつつも、真実の姿を理解して身も心も通わせていく過程が、じっくりと丁寧に描かれています。

未亡人にしてはあまりに若く清らかなジェインも自然と応援したくなってしまう女性ですが、本作ではなにより、気どりがなく女性心をくすぐる魅力にあふれ、それでいてじつはきわめて高潔なコンスタンティンのすてきさがきわだっています。

登場人物たちについての説明が随所に散りばめられていますが、本作ではまだ姿を現わしていない面々も含めてどの人物もみな個性の強さが窺えますし、思惑が絡んだ駆け引きも大きな面白みとなっている物語とあって、説明調の煩わしさは感じさせません。モントフォードのもとでジェインとともに育ったロザムンド、セシリー、ベカナム、アンドルー、ザヴィアはとても絆が強く、両人とも特徴のはっきり異なる若者たちであるのが、なにげなく語られるエピソードから浮かび上がってきます。それ以上に、婚姻を取り仕切ろうとしながら若者たちの恋愛に右往左往させられるモントフォード、ブラック家の最強の貴婦人レディ・アーデン、デヴィア家当主で豪胆なわりに妙に大人げない態度の目立つデヴィアといった大人たちの言動が、絶妙にコミカルな風味を添えています。

いっぽうで、ジェインが幼少時にモントフォードに助けられたいきさつには、まさしく『レ・ミゼラブル』の一場面を髣髴とさせる（ジェインの血筋はもともと貴族ではありますが）ところもあり、一見クールでいたって現実主義のモントフォードのべつの一面も垣間見えます。そうした読み手をほろりとさせる要素も加わって、読み応えじゅうぶんの一作に仕上がっているのではないでしょうか。

あわよくばお届けできる機会に恵まれますよう祈りつつ、あくまでご参考までにシリーズの内容を簡単にご紹介しておくと――

英語での原書は、〈婚姻省シリーズ〉として第二作にロザムンドの物語『*Mad about the earl*』、第三作にセシリーの物語『*A duchess to remember*』がすでに刊行されており、さらに著者の公式ウェブサイト（http://www.christina-brooke.com/）によれば、〈ウェストラザー家シリーズ〉として男性たちが主人公の物語も順次刊行される予定とのこと。

というわけで、冷静沈着なはずのモントフォードは今後も次々に、みずから育てた子どもたちの恋物語に直面することになるのですから、そのなかでまたどのような一面があきらかにされていくのかも楽しみなシリーズです。

ちなみに本作は、二〇一二年のRITA（米国ロマンス作家協会）賞の長篇ヒストリカル部門の候補作に選ばれています。著者クリスティーナ・ブルックは弁護士からヒストリカル・ロマンス作家に転身し、クリスティーン・ウェルズ名義のデビュー作『*Scandal's Daughter*』（二〇〇七年）で、オーストラリア人作家として初めて米国ロマンス作家協会のゴールデンハート賞を受賞。長篇ロマンス部門のノミネートも本作ですでに二度めとなります。現在ひときわ勢いのあるリージェンシー・ロマンス作家のひとりと言ってよいでしょう。

その著者が今回作家名も新たにイングランド摂政時代の〈婚姻省〉というユニークな設定で、母国オーストラリアや米国のロマンス界で高い評価を受けた物語を、日本の読者のみなさまにもぜひ楽しんでいただければ幸いです。

二〇一三年七月

ザ・ミステリ・コレクション

密会《みつかい》はお望《のぞ》みのとおりに

著者　クリスティーナ・ブルック

訳者　村《むら》山《やま》美《み》雪《ゆき》

発行所　株式会社 二見書房

東京都千代田区三崎町2-18-11

電話 03(3515)2311［営業］

03(3515)2313［編集］

振替 00170-4-2639

印刷　株式会社 堀内印刷所

製本　株式会社 関川製本所

落丁・乱丁本はお取り替えいたします。

定価は、カバーに表示してあります。

ISBN978-4-576-13122-1

http://www.futami.co.jp/

恋のかけひきにご用心
アリッサ・ジョンソン
阿尾正子［訳］

存在すら忘れられていた被後見人の娘と会うため、スコットランドに夜中に到着したギデオン。ところが泥棒と勘違いされてしまい…実力派作家のキュートな本邦初翻訳作品

鐘《ね》の音は恋のはじまり
ジル・バーネット
寺尾まち子［訳］

スコットランドの魔女ジョイは英国で一人暮らしをすることに。さあ〝移動の術〟で英国へ――、呪文を間違えたジョイが着いた先はベルモア公爵の胸のなかで…⁉

星空に夢を浮かべて
ジル・バーネット
寺尾まち子［訳］

舞踏会でひとりぼっちのリティに声をかけてくれたのは十一歳の頃からの想い人、ダウン伯爵で…『鐘の音は恋のはじまり』続編。コミカルでハートウォーミングな傑作ヒストリカル

危険な愛のいざない
アナ・キャンベル
森嶋マリ［訳］

故郷の領主との取引のため、悪名高い放蕩者アッシュクロフト伯爵の愛人となったダイアナ。しかし実際の伯爵は噂と違う誠実な青年で、心惹かれてしまった彼女は…

はじめてのダンスは公爵と
アメリア・グレイ
高科優子［訳］

早くに両親を亡くしたヘンリエッタ。今までの後見人もみな不慮の死を遂げ、彼女は自分が呪われた身だと信じていた。そんな彼女が新たな後見人の公爵を訪ねることに…

唇はスキャンダル
キャンディス・キャンプ
大野晶子［訳］

教会区牧師の妹シーアは、ある晩、置き去りにされた赤ちゃんを発見する。おしめのブローチに心当たりがあった彼女は放蕩貴族モアクーム卿のもとへ急ぐが……⁉

誘惑の炎がゆらめいて
テレサ・マデイラス
高橋佳奈子［訳］

婚約者のもとに向かう船旅の途中、海賊に攫われた令嬢クラリンダは、異国の王に見初められ囚われの身に……。だがある日、元恋人の冒険家が宮殿を訪ねてきて!?

運命は花嫁をさらう
テレサ・マデイラス
布施由紀子［訳］

愛する家族のため老伯爵に嫁ぐ決心をしたエマ。だがその婚礼のさなか、美貌の黒髪の男が乱入し、エマを連れ去ってしまい……雄大なハイランド地方を巡る愛の物語

ハイランドで眠る夜は
リンゼイ・サンズ
上條ひろみ［訳］
〔ハイランドシリーズ〕

両親を亡くした令嬢イヴリンドは、意地悪な継母によって〝ドノカイの悪魔〟と恐れられる領主のもとに嫁がされることに…。全米大ヒットのハイランドシリーズ第一弾！

その城へ続く道で
リンゼイ・サンズ
喜須海理子［訳］
〔ハイランドシリーズ〕

スコットランド領主の娘メリーは、不甲斐ない父と兄に代わり城を切り盛りしていたが、ある日、許婚が遠征から帰還したと知らされ、急遽彼のもとへ向かうことに…

ハイランドの騎士に導かれて
リンゼイ・サンズ
上條ひろみ［訳］
〔ハイランドシリーズ〕

赤毛と頬のあざが災いして、何度も縁談を断られてきたアヴリル。そんなとき、兄が重傷のスコットランド戦士を連れて異国から帰還し、彼の介抱をすることになって…？

罪つくりな囁《ささや》きを
コートニー・ミラン
横山ルミ子［訳］

貿易商として成功をおさめたアッシュは、かつての恨みをはらそうと、傲慢な老公爵のもとに向かう。しかし、そこで公爵の娘マーガレットに惹かれてしまい……。

その夢からさめても
トレイシー・アン・ウォレン
久野郁子［訳］
〔バイロン・シリーズ〕
大叔母のもとに向かう途中、メグは吹雪に見舞われ近くの屋敷を訪ねる。そこで彼女は戦争で心身ともに傷ついたケイド卿と出会い思わぬ約束をすることに……!?

ふたりきりの花園で
トレイシー・アン・ウォレン
久野郁子［訳］
〔バイロン・シリーズ〕
知的で聡明ながらも婚期を逃がした内気な娘グレース。そんな彼女のまえに、社交界でも人気の貴族が現われ、熱心に求婚される。だが彼にはある秘密があって…

あなたに恋すればこそ
トレイシー・アン・ウォレン
久野郁子［訳］
〔バイロン・シリーズ〕
許婚の公爵に正式にプロポーズされたクレア。だが、彼にとって〃義務〃としての結婚でしかないと知り、公爵夫人にふさわしからぬ振る舞いで婚約破棄を企てるが…

この夜が明けるまでは
トレイシー・アン・ウォレン
久野郁子［訳］
〔バイロン・シリーズ〕
婚約者の死から立ち直れずにいた公爵令嬢マロリー。兄のように慕う伯爵アダムからの励ましに心癒されるが、ある夜、ひょんなことからふたりの関係は一変して……!?

あなたに出逢うまで
ジュディス・マクノート
古草秀子［訳］
港での事故で記憶を失った付き添い婦のシェリダン。ひょんなことからある貴族の婚約者として英国で暮らすことになり…!? 『とまどう緑のまなざし』関連作

許されぬ愛の続きを
シャロン・ペイジ
鈴木美朋［訳］
伯爵令嬢マデリーンと調馬頭のジャックは惹かれあいながらも、身分違いの恋と想いを抑えていた。そんな折、ある事件が起き……全米絶賛のセンシュアル・ロマンス